Königin der Berge

8. Auflage

Umschlagbild: © Zen Shui/Isabelle Rozenbaum,
GETTY IMAGES
Umschlaggestaltung: BoutiqueBrutal.com
Druck und Bindung: CPI books GmbH, Leck
ISBN 978-3-99027-224-4

DANIEL WISSER

Königin der Berge

Roman

JUNG
UND
JUNG

für Robert Meran

Meine sehr verehrten Damen und Herren, Sie erwarten von mir, daß ich Ihnen etwas aus meinem Leben erzähle. Mein Leben war uninteressant. Mein Leben war kahl, still, ereignislos und eigentlich nicht erwähnenswert. Mein Leben floß so dahin, es war ein unauffälliges Vorbeitreiben an ganz kleinen Bewegungen oder an gar nichts, von Anfang an bis zu diesem Moment, bis jetzt, wo ich vor Ihnen stehe, um Ihnen etwas aus meinem Leben zu erzählen.

ROR WOLF: Die neunundvierzigste Ausschweifung

Ein Kapuziner begleitete einen Schwaben bei sehr regnigtem Wetter zum Galgen. Der Verurtheilte klagte unterwegs mehrmal zu Gott, daß er, bei so unfreundlichem und schlechtem Wetter, einen so sauren Gang thun müsse. Der Kapuziner wollte ihn christlich trösten und sagte: du Lump, was klagst du viel, du brauchst doch bloß hinzugehen, ich aber muß, bei diesem Wetter, wieder zurück, denselben Weg.

HEINRICH KLEIST: Berliner Abendblätter (53. Blatt)

Erster Teil

Dukakis

1. Aus der Rollstuhlperspektive

Ich liebe Schwester Aliki. Aliki. Aliki. Aliki. Und keine andere. Schwester Aliki macht alles richtig: Sie lässt die Tür zu meinem Zimmer einen Spaltbreit offen, sie stellt die Schnabeltasse mit dem Früchtetee immer auf meine linke Seite, sie will mir die Whiskeyflasche in meinem Nachtkästchen nicht wegnehmen, sie rügt mich nicht, wenn ich in der Cafeteria Wein trinke, und sie animiert mich nicht dazu, in den Garten zu gehen. Wenn Schwester Aliki Dienst hat, möchte ich ausschließlich von Schwester Aliki betreut werden. Wie oft habe ich ihnen das schon gesagt! Doch obwohl Aliki Dienst hat, schicken sie mir heute eine neue Schwester. Ich kenne sie nicht, ich habe sie nie zuvor gesehen. Ob sie mich wohl in die Schweiz fahren würde?

DIE NEUE: Grüß Gott, Herr Turin!

Alle wissen, dass mein Name auf der ersten Silbe betont wird. Die neue Schwester betont meinen Namen auf der zweiten Silbe, wie die italienische Stadt. Außerdem hasse ich dieses ewige *Grüß Gott*. Ich muss ihr alles erklären, aber ich weiß nicht, wie sie heißt. Das Namensschild kann ich nicht lesen.

DR. STEINHÄUSER: Dem Krankheitsverlauf entsprechende Visusminderung.

Es wird immer schlimmer mit den Augen. Bald werde ich mit einer Lupe lesen müssen, wie die alte Ditscheiner von Zimmer 407. Manchmal sehe ich tagelang alles verschwommen, dann wieder sehe ich nur auf einem Auge. Schließlich ist alles wieder in Ordnung, und die Schwestern glauben mir nicht. Die Königin der Berge nimmt mir das Augenlicht, schön langsam, bis ich völlig blind sein werde. Die Sehnerventzündung kommt immer wieder, dann beginnt alles von vorne: Augenarzttermine, Gesichtsfeldmessungen, wieder andere Medikamente.

DIE NEUE: Möchte Herr Turin vielleicht in den Garten gehen, ein wenig Sonne tanken?

Hier im Pflegeheim nennen mich alle Herr Turin, aber dass mich diese Schwester in der dritten Person anspricht, irritiert mich. Nein, Herr Turin möchte nicht in den Garten gehen, Herr Turin möchte die Natur überhaupt nicht sehen. Herr Turin hasst die Natur. Weil sie grausam ist und ungerecht. Herr Turin muss nur seinen Körper ansehen, um festzustellen, wie grausam die Natur ist. Der Körper eines Fünfundvierzigjährigen, der aussieht wie der Körper eines Fünfundsechzigjährigen, der aber nicht einmal mehr mit einem Fünfundachtzigjährigen Schritt halten kann: Das ist die Natur! Herr Turin braucht keine Sonne, denn Herr Turin nimmt Vitamin D in Tropfenform zu sich. Und Herr Turin wird auch nicht Sonne tanken. Herr Turin wird in der Cafeteria Veltliner tanken. So sieht das Leben aus, zumindest aus der Rollstuhlperspektive.

Es gefällt mir, von mir selbst in der dritten Person zu sprechen. Es klingt fast so, als ginge es um jemand anderen, als hätte jemand anderer Multiple Sklerose, als säße jemand anderer in diesem Rollstuhl, als würde jemand anderer von einem Harnbeutel überallhin begleitet werden, als wäre jemand anderer Insasse dieses Pflegeheims.

Die neue Schwester verlässt Herrn Turins Zimmer. Ihre Brüste sind sehr klein. Fast alle Schwestern auf der MS-Station haben kleine Brüste. Herr Turin nennt es die Waschbrettbrust. Von seiner Frau Irene hat Turin ein Tablet geschenkt bekommen. Aliki hat es zum Aufladen an die Steckdose gehängt. Nun sollte er es endlich in Betrieb nehmen, damit er Irene am Wochenende etwas zu erzählen hat und ihr nicht wieder wortlos gegenübersitzen muss. Irene kommt jeden Samstag und Sonntag.

Herr Turin: Ich habe auf dem Tablet schon ein Youtube-Video angeschaut.

Herr Turin: Wir haben eine neue Schwester auf der Station. Sie betont meinen Namen auf der zweiten Silbe.

Herr Turin: Die alte Ditscheiner sitzt die halbe Nacht im Sozialraum vor dem Fernseher, und weil sie so schlecht hört, dreht sie die Lautstärke voll auf. Auf der ganzen Station muss man sich das anhören.

Herr Turin: Heute hat Schwester Aliki Dienst. Du weißt doch, die kleine Griechin mit dem Ohrring in der Nase.

All das wird Irene nicht interessieren. Herr Turin liebt das Leben im Heim, sobald er aber Irene davon erzählt, kommt ihm alles lächerlich vor. Irene wird kurz von der Zeitung aufblicken und Herrn Turin zunicken, als hätte sie ihm zugehört. Schwester Aliki kommt mit dem Mittagessen.

Schwester Aliki: Herr Turin, geht es nicht ein wenig freundlicher?

Herr Turin: War ich unfreundlich?

Schwester Aliki: Warum ist Schwester Nata gerade heulend zu mir gekommen?

Herr Turin muss den Namen einer neuen Schwester dreimal laut vor sich hersagen, damit er ihn nicht vergisst. Jeden Abend übt er das Schwesternalphabet. Aliki. Aliki. Aliki. Barbara. Barbara. Barbara. Jessy. Jessy. Jessy. Und jetzt also: Nata. Nata. Nata. War der Name auf dem Schild wirklich so kurz? Die neue Schwester tut Herrn Turin leid, aber er heißt nun einmal Turin mit Betonung auf der ersten Silbe und er will nicht in den Garten gehen, er will nicht, er will nicht, er will nicht. Er möchte, dass Aliki ihn betreut und nicht irgendeine neue Schwester, das hat er doch schon hundertmal gesagt. Wenigstens bringt Aliki ihm jetzt das Mittagessen.

Herr Turin: Was gibt es denn heute?

Schwester Aliki: Geschnetzeltes.

Herr Turin: Geschnetzeltes! Warum soll ich heute essen, was ich gestern schon zurückgeschickt habe?

Aliki zieht die Tischplatte aus dem Nachtkästchen, dann geht sie und kommt mit dem Tablett wieder. Herr Turin mag alles an Aliki, außer dass sie ein Piercing in der Nase hat.

Herr Turin: Schwester Aliki, Sie haben den Ohrring an der falschen Stelle.

Schwester Aliki: Das verstehen Sie nicht, Herr Turin.

Das Abendessen lässt Herr Turin fast immer aus, da er abends lieber in der Cafeteria sitzt. Das Mittagessen isst er nur, wenn es ihm von seiner Lieblingsschwester gebracht wird. Wenn Schwester Margit, die Leiterin der Station, ihm das Essen bringt, rührt er es nicht an. Herr Turin nimmt den Deckel von der Suppenschüssel, Kondenswasser tropft auf das Tablett. Herr Turin hasst nasse Tabletts. Er hasst nasse Tische. Er hasst Feuchtigkeit überhaupt, da ist er wie die Katzen.

Schwester Aliki: Wie schmeckt es Ihnen?

Herr Turin: Essbar.

Aliki bleibt im Zimmer, während Herr Turin isst. Sie weiß, dass es nicht lange dauert. Essen braucht Zeit, wertvolle Zeit, in der er schon in der Cafeteria sitzen könnte.

Schwester Aliki: Haben Sie das Tablet schon ausprobiert?

Herr Turin: Wenn Sie mir Ihre private E-Mail-Adresse geben, schreibe ich Ihnen.

Schwester Aliki: Herr Turin, bei so vielen Verehrerinnen ist für mich kein Platz.

Herr Turin: Wer sind denn meine Verehrerinnen?

Schwester Aliki: Frau Dr. Payer zum Beispiel, die neue Psychologin. Sie hat schon dreimal nach Ihnen gefragt. Heute Nachmittag kommt sie wieder.

Aliki nimmt das Tablett von Herrn Turins Tischchen. Herr Turin mag sie wirklich, wie schade, dass sie so kleine Brüste hat. Aber in ihrem Fall gefällt ihm sogar das. Aliki weiß, dass er es eilig hat, in die Cafeteria zu kommen.

Herr Turin: Schwester Aliki, fahren Sie mich in die Schweiz?

Schwester Aliki: Nicht schon wieder, Herr Turin! Sie brauchen nicht in die Schweiz zu fahren.

Herr Turin: Ich muss in die Schweiz, dort ist die Freitodbegleitung erlaubt.

Schwester Aliki: Sie sterben auch so. Ganz bestimmt.

Herr Turin: Vielleicht kann ich mit Uber in die Schweiz fahren. Wissen Sie, wie das mit diesem Uber funktioniert?

Herr Turin fährt jeden Tag zwischen 12:00 und 13:00 Uhr in die Cafeteria, die sich in der Eingangshalle des Heims befindet. Dort sitzt er, bis die Cafeteria schließt, und trinkt Wein. Aliki ist die Einzige, die ihn deswegen nicht rügt und ermahnt, alle anderen Schwestern weisen ihn ständig zurecht und erklären ihm, wie schädlich Alkohol ist. Aber was könnte ihm Besseres passieren, als am Veltliner zugrunde zu gehen?

2. Das Muttermal

Tisch 1, so nennen die beiden Zivildiener Marcus und Dejan den Tisch, an dem Herr Turin sitzt. Wenn Turin mit dem Rollstuhl aus dem Lift fährt, ist schon alles für ihn vorbereitet. Ein Stuhl wurde entfernt, damit er zufahren kann. Auf dem Stuhl rechts von ihm liegt die Tageszeitung. Wenn Marcus Herrn Turin kommen sieht, gießt er ein Glas Veltliner ein und stellt es auf Tisch 1. Das Weinglas muss immer auf der linken Seite stehen. Und Herr Turin trinkt kein Wasser zum Wein.

HERR TURIN: Wasser ist zum Waschen da.

Mit dem ersten Glas Veltliner spült Herr Turin die Geschmacksreste des Mittagessens weg. Beim zweiten Glas wird er von hinten an der Schulter gepackt.

SCHWESTER MARGIT: Nicht zu viel Wein trinken, Herr Turin!

Turin hasst diese Zurechtweisungen. Den meisten Schwestern hat er das schnell ausgetrieben, doch Schwester Margit hört nicht damit auf. Sie bildet sich nicht nur ein, für Herrn Turins Zustand verantwortlich zu sein, sie will auch seine Seele retten. Sie hat noch immer nicht verstanden, dass er gar keine Seele hat. Trotz der edlen Absichten empfindet Turin solche Einmischungen als Überschreitung. Er ist ein freier Mensch und zahlender Kunde in diesem Heim. Er zahlt so viel, dass Irene sich mit jedem weiteren Tag seines Lebens Sorgen um ihre finanzielle Situation machen muss. Laut ruft Herr Turin dem Zivildiener Marcus durch die Cafeteria zu, dass er ihm ein großes Bier bringen soll. Dann dreht er sich zu Oberschwester Margit.

HERR TURIN: Ich werde heute nicht zu viel Wein trinken,

Schwester Margit. Heute werde ich ausnahmsweise einmal zu viel Bier trinken.

Schwester Margit geht ohne Gruß davon, und Herr Turin kann sich endlich wieder der Zeitung widmen. Hacker haben die Daten von 500 Millionen Yahoo-Nutzern erbeutet: Namen, E-Mail-Adressen, Geburtsdaten. Vielleicht ist die Adresse von Aliki dabei? Herr Turin wird das Tablet benutzen, das ihm Irene geschenkt hat. Er wird Hacker werden. Er wird Alikis E-Mail-Account hacken, um noch mehr über sie zu erfahren.

Schwester Aliki: Ein Patient hat mich, halb im Scherz, nach meiner privaten E-Mail-Adresse gefragt. Ist es richtig, dass ich mich abgrenze und ihn abweise?

So oder ähnlich wird Schwester Aliki die Hauspsychologin um Rat oder Bestätigung fragen, und genau in diesem Moment kommt die Psychologin durch die Eingangshalle direkt auf Herrn Turin zu.

Die Psychologin: Herr Turin, darf ich mich zu Ihnen setzen?

Herr Turin hat vergessen, wie sie heißt, dabei hat ihm Aliki den Namen doch heute noch gesagt. Er muss sie ins Schwesternalphabet aufnehmen. Gerade will Turin der Psychologin den Platz an seiner linken Seite anbieten, da setzt sie sich schon auf den Stuhl rechts von ihm.

Herr Turin: Könnten Sie sich bitte links von mir setzen?

Die Psychologin hebt kurz eine Augenbraue. Gut sieht das aus, es gefällt Herrn Turin, dass sie wütend ist, wütend gefällt sie ihm gleich viel besser. Herr Turin hat es lieber, wenn man an seiner linken Seite sitzt, denn auf der rechten Seite des Rollstuhls hängt der Harnbeutel, und er will nicht, dass man im Gespräch mit ihm ständig seinen Urin anstarrt. Die Psychologin gehorcht und setzt sich auf den Stuhl links von Turin.

Die Psychologin: Payer, Katharina Payer, ich habe mich ja schon kurz bei Ihnen vorgestellt. Ich bin die Psychologin und für das Personal und die Patienten zuständig.

Katharina. Katharina. Katharina. Es gefällt Turin nicht, dass sie ihn mit einem sehr gespielten Lächeln begrüßt, aber alles andere gefällt ihm. Sie ist groß gewachsen und hat langes lockiges brünettes Haar. Und sie hat Brüste. Richtige, sichtbare, schöne Brüste.

Katharina Payer: Wie geht es Ihnen, Herr Turin?

Herr Turin: Sehen Sie, liebe Frau Doktor …

Katharina Payer: Lassen Sie die Frau Doktor einfach weg.

Herr Turin: Sind Sie denn nicht Akademikerin?

Katharina Payer: Wenn Sie es ganz genau wissen wollen: Ich bin Bachelor.

Herrn Turin stört der Name Payer, noch mehr aber stört ihn ihr Akzent. Bestimmt kommt sie aus dem südöstlichen Niederösterreich, Herr Turin erkennt das an ihrer Aussprache. Wo er herkommt, hat man die Menschen dort als Pregner bezeichnet. Eine Pregnerin also! Und doch hat diese Ungegend eine so imposante Frau mit richtigen Brüsten hervorgebracht. Herr Turin sollte sie nach ihrer privaten E-Mail-Adresse fragen.

Herr Turin: Haben Sie eine Yahoo-Adresse?

Katharina Payer: Herr Turin, ich wollte gerne über Sie sprechen. Wie geht es Ihnen?

Herr Turin: Frau Payer, ich habe eine Krankheit, die ich die Königin der Berge nenne.

Die Pregnerin verzieht keine Miene, sie fragt auch nicht,

woher der Ausdruck *Königin der Berge* kommt. Das ist typisch für Psychotanten, sie täuschen Verständnis vor. Herr Turin bezahlt für das Heim Geld, viel Geld, und er bezahlt es, damit er tun kann, was er will. Er hat keine Lust, sich von Psychotanten analysieren zu lassen.

HERR TURIN: Liebe Frau Doktor, Ihre Wissenschaft ist an mir verschwendet. Sie beschäftigen sich mit der Seele, aber ich habe gar keine. Wenn es eine Seele gäbe, würde ich mir dort ein Piercing machen lassen.

KATHARINA PAYER: Eigentlich wollte ich Sie nicht therapeutisch betreuen, Herr Turin. Sie sind ja ein ganz gewöhnlicher Mensch, wie ich feststelle, und können daher auch ganz gewöhnlich behandelt werden.

Auf dem Hals der Pregnerin befindet sich ein großes Muttermal. Rundherum ist die helle weiße Haut ein wenig gerötet. Herr Turin könnte diesen Hals küssen, er könnte in dieses Muttermal beißen.

KATHARINA PAYER: Eigentlich wollte ich Sie etwas über das Heim fragen. Sie könnten in mein Büro kommen. Sagen wir, Montag um 15:00 Uhr?

Die Pregnerin steht auf und geht. Bis Montag sind es drei Tage. Drei lange Tage. Ich liebe Katharina. Katharina. Katharina. Katharina.

3. Das Schwesternalphabet

Herr Turin kommt erst nach dem Abendessen auf die Station zurück. Um 18:00 Uhr findet die Dienstübergabe statt, danach machen die Nachtschwestern die Pflegerunde. Turin nimmt das Tablet, das Irene ihm geschenkt hat, in die Hand, es ist vollständig aufgeladen. Herr Turin sucht ein Youtube-Video über Sterbehilfe, und schon ist er mitten in einer Doku, die einen deutschen ALS-Patienten in die Schweiz begleitet, wo er sich für die Freitodbegleitung beworben hat. Das Schlimmste an dieser Doku ist die Musik. Dieses andauernde Klaviergeklimper.

Als das Video zu Ende ist, sieht Turin in der Liste vorgeschlagener Videos auf der rechten Seite eine große Zahl ähnlicher Dokumentationen, und Turin schaut eine nach der anderen an. Dann öffnet Turin das Mailprogramm. Noch ist kein E-Mail-Account eingerichtet. Herr Turin öffnet den Browser. Er könnte tun, was er schon lange tun möchte: mit einer Organisation Kontakt aufnehmen, die Freitodbegleitung anbietet. Er hat gehört, dass es solche Organisationen in der Schweiz gibt. Schon oft hat Herr Turin mit Irene darüber gesprochen und sie gefragt, ob sie ihn in die Schweiz fahren würde, und jedes Mal endete es in Streit.

Sehr spät erscheint Schwester Jessy in Herrn Turins Zimmer und entschuldigt sich dafür. Jessy kommt aus Südindien, sie ist ruhig und arbeitet gewissenhaft. Zum Beispiel kontrolliert sie, ob die Box mit den Latexhandschuhen, die sich an der Wand neben dem Waschbecken befindet, befüllt ist. Da sie fast leer ist, holt Jessy aus dem Pflegearbeitsraum eine neue Box mit Handschuhen, öffnet sie und steckt sie in die Halterung. Herr Turin beobachtet jeden ihrer Handgriffe und bewundert die Leichtigkeit und Gelassenheit, mit der Jessy ihre Arbeit erledigt. Sie will alles richtig machen. Wahrscheinlich aus Angst vor Oberschwester Margit, die die Schwestern ständig kontrolliert und immer etwas auszusetzen hat. Eigentlich ist es verboten, dass eine Schwester allein pflegt. Früher war es die Ausnahme, doch aufgrund des Personalmangels ist es inzwischen zur Normalität geworden. Niemand beklagt sich mehr darüber. Jessy stellt sich vor den Rollstuhl, dreht die Füße quer und stemmt Turin hoch. Nach einer Drehung um neunzig Grad setzt sie ihn auf das Bett. Zwei Handgriffe und Turin liegt im Bett. Nun wird er in diesem Bett gefangen sein, bis ihn die Morgenschwester wieder in den Rollstuhl setzt. Eine Person wie Jessy würde Herr Turin brauchen: eine sanfte, ruhige Schwester, die ihn in die Schweiz fährt.

HERR TURIN: Schwester Jessy, bitte legen Sie mir das Tablet auf das Nachtkästchen.

Als Jessy fertig ist und geht, lässt sie die Tür einen Spaltbreit offen. So muss es sein. Turin liebt die Nacht auf der Station. Er hört das gleichmäßige Summen der Klimaanlage. Nur der Fernsehapparat im Sozialraum, wo die alte Ditscheiner sitzt und schläft und ihre Träume mit dem Fernsehprogramm verwechselt, ist in der Ferne zu hören. In dieser Geräuschkulisse singt Turin gerne ein Lied. Ein Lied, das er immer mit dem Vater gesungen hat. Ein Lied, das der Vater sich für den Sohn ausgedacht hatte, als Herr Turin ein Kind war, und in dem die Familienmitglieder, Verwandten und Bekannten der Reihe nach besungen wurden.

> Nach Hause, nach Hause,
> nach Hause fahren wir.

Und wenn Robert nicht mehr kann,
dann kommt sofort Heinrich dran.
Nach Hause, nach Hause,
nach Hause fahren wir.

Es folgte die Mutter:

Nach Hause, nach Hause,
nach Hause fahren wir.
Und wenn Heinrich nicht mehr kann,
dann kommt sofort Anita dran.
Nach Hause, nach Hause,
nach Hause fahren wir.

Seit er im Pflegeheim ist, singt Turin dieses Lied, um die Schwestern alphabetisch durchzugehen. Heute sind gleich zwei neue Namen hinzugekommen.

Nach Hause, nach Hause,
nach Hause fahren wir.
Und wenn Jessy nicht mehr kann,
dann kommt sofort Katharina dran.
Nach Hause, nach Hause,
nach Hause fahren wir.

Wie schnell ihn die Pregnerin um den Finger gewickelt hat, ist schon erstaunlich. Was will sie denn von ihm wissen? Dass die Pflegerinnen meist alleine pflegen? Dass Schwester Margit hin und wieder Dienst macht, ohne es in den Dienstplan einzutragen, damit die Station überhaupt ausreichend besetzt ist? Dass sie ihm manchmal von ihren missratenen Söhnen erzählt, die sich mit fast dreißig noch von ihr aushalten lassen, weil sie es nicht übers Herz bringt, sie aus dem Haus zu werfen? Dass Aliki sich das ganze Jahr darauf freut, nach Griechenland zu fahren? Dass es für sie von Jahr zu Jahr schwieriger wird, am Stück fünf Wochen Urlaub zu bekommen? Dass Pfleger Bernhard sich immer wieder Schmerzmittel und Psychopax-Tropfen aus dem Medikamententresor nimmt? Dass die Physiotherapeutin Mila fast täglich mit Pater Reisinger, dem Seelsorger, essen geht?

Nach Hause, nach Hause,
nach Hause fahren wir.
Und wenn Mila nicht mehr kann,
dann kommt sofort Nata dran.
Nach Hause, nach Hause,
nach Hause fahren wir.

Herr Turin weiß alles über die Schwestern, nur über Nata weiß er nichts. Noch nichts. Sie hatte heute Tagdienst, also wird sie vermutlich auch morgen Tagdienst haben. Tag – Tag – Nacht – frei – frei – frei, so geht das Dienstrad. Herr Turin mag es, wenn Aliki es wie ein Mantra aufsagt.

Ich musste den Befund einer Lumbalpunktion abholen, der die Gewissheit brachte, dass ich an Multipler Sklerose leide, und saß im Wartezimmer der Privatordination eines Neurologen. Neben mir wartete eine Mutter mit einem Mädchen, das sieben oder acht Jahre gewesen sein muss. Irgendwann wurde ich aufgerufen, das Gespräch war unvermeidlich. Als ich wieder ins Wartezimmer zurückkam, um meine Jacke von der Garderobe zu nehmen, wurde die Mutter mit dem Kind aufgerufen. Während die beiden an mir vorbeigingen, blickte mir das Mädchen tief in die Augen.

Das Mädchen: Ich weiß nicht, wer du bist, aber ich, ich bin die Königin der Berge.

Bis heute weiß ich nicht, ob die Mutter oder die Tochter die Patientin war. In meiner Vorstellung war es die Mutter. Können Kinder in dem Alter überhaupt an MS erkranken? ~~Herr Turin weiß es nicht. Er weiß vieles nicht~~. Jetzt könnte Turin einschlafen. Könnte. Stattdessen überprüft er, ob er genug Geld in seinem Portemonnaie hat. Nur mehr einen Zehner. Immer muss er Irene mit seiner Karte zum Bankomat schicken, damit sie ihm Bargeld bringt. Er würde das Geld gerne selbst holen, aber die Bank ist zu weit weg. Und er hat niemand anderen, der ihm Geld bringen kann. Er hat auch niemand anderen, der ihm Whiskey bringt, wenn die Flasche in seinem Nachtkästchen leer ist. Herr Turin liebt irischen Whiskey wie Redbreast oder Jameson. Hat Jessy die Tür offen gelassen? Wenn die Tür geschlossen ist, kann Turin nicht schlafen.

DR. STEINHÄUSER: Taphophobie. Die Angst, lebendig begraben zu werden.

4. Michael und Kitty

Herr Turin wacht um 03:06 Uhr auf. Die schwarze Stunde kommt immer zwischen 02:00 und 04:00 Uhr. Turin ist schweißüberströmt, er befürchtet einen neuen Krankheitsschub, bemerkt sogar schon erste Anzeichen. Seine Oberschenkel sind seit Wochen fast völlig gefühllos. Gestern ist ihm in der Cafeteria das Mobiltelefon aus der Hand gefallen, es landete in seinem Schoß, aber er hat es einfach nicht gespürt. Er spürt nichts mehr. Doch dann beginnen die Schmerzen wieder. Ein Ziehen, Herr Turin kann es nicht anders beschreiben, ein ständiger Drang, die Beine zu bewegen, damit sie leichter werden, ein Gefühl, dass die Beine, dass der gesamte Körper verzogen ist. In diesem Moment spürt Herr Turin, wie etwas auf dem Bett landet und sich zwischen seine Oberschenkel legt, so wie es früher sein Kater Dukakis getan hat. Dukakis kam 1988 zur Welt.

Ich erinnere mich, es war im Herbst 1988 während des amerikanischen Präsidentschaftswahlkampfs, als der Vater vom Vorzimmer aus in den Garten blickte und mich zu sich rief. Eine Tigerkatze lief, ein winziges Kätzchen im Maul tragend, auf der Mauer entlang, die unser Grundstück von dem der Nachbarn trennte. Wenig später kam die Katze ohne das Kätzchen im Maul denselben Weg zurück und verschwand in unserem Keller. Sie kam mit einem zweiten Kätzchen wieder und trug es hinüber zum Nachbargrundstück. Und dann noch ein drittes Kätzchen. Zwei oder drei Tage später ging ich mit dem Vater zur Nachbarin, um die neugeborenen Kätzchen anzuschauen. Einem getigerten und einem rotbraunen Kätzchen hatte man bereits Namen gegeben. Man forderte uns auf, das dritte Kätzchen zu taufen. Der Vater stellte fest, dass es ein Männchen war, und nannte es Dukakis. Dukakis hatte schwarzes Fell mit einem winzigen weißen Fleck auf der Brust. Zwei Monate später brachte die Nachbarstochter Dukakis in einem Karton.

ANITA TURIN: Wer wird sich um die Katze kümmern? Nächstes Jahr ziehst du nach Wien.

HERR TURIN: Es ist keine Katze. Es ist ein Kater.

Herr Turin kann nicht schlafen. Der Samstag hat schon begonnen, Turin hasst das Wochenende im Heim. Die vielen Besucher, die stinkenden Blumensträuße, die Fahrtendienste, die Gottesdienste in der Hauskapelle, die überfüllte Cafeteria, das reduzierte Personal – all das gefällt ihm nicht.

DUKAKIS: Weißt du, wo meine Ausgaben von *The Quayle Quarterly* sind?

Die Morgenrunde kommt einfach nicht. Vielleicht ist es noch viel zu früh? Herr Turin ist wieder eingenickt. Eine Schwester weckt ihn, es ist die neue. Herr Turin hat ihren Namen nicht vergessen.

HERR TURIN: Guten Morgen, Schwester Nata.

Schwester Nata macht sich schweigend an die Arbeit. Es ist ihr zweiter Tagdienst, genau, wie Turin sich das gedacht hat. Herr Turin möchte sein Verhalten von gestern wiedergutmachen, aber er weiß einfach nicht, was er zu Nata sagen soll.

HERR TURIN: Ich sollte mich entschuldigen.

DUKAKIS: Wofür?

HERR TURIN: Ich brauche eine Vertraute auf der Station. Damit sie mir von der Bank Geld holt und Whiskey bringt.

Dukakis: Sie soll einen Lottoschein mitbringen.

Endlich hilft Schwester Nata Herrn Turin aus dem Bett auf und setzt ihn in den Rollstuhl. Turin verträgt das lange Liegen in letzter Zeit schlechter als das Sitzen. Die erste halbe Stunde im Rollstuhl ist eine Wohltat. Plötzlich ist der Schmerz in den Beinen weg, und wenn seine Atemwege nicht zu stark verschleimt sind, kann Turin ein paar Mal tief durchatmen.

Herr Turin: Sind Sie neu im Haus, Schwester Nata?

Schwester Nata: Ich arbeite auf Station 6, hier bin ich nur Vertretung. Ich würde lieber hier arbeiten, aber Schwester Margit sagt, das geht nicht.

Herr Turin hat Mitleid mit Nata, Station 6 ist das Schlimmste. Es ist eine geriatrische Station, die Endstation. Bestimmt hat Schwester Margit etwas gegen Nata, Turin ist ganz sicher. Sie akzeptiert Schwestern, die muslimisch oder orthodox sind, nicht. Die meisten von ihnen bleiben nicht lange auf der Station, oder Schwester Margit lehnt sie von vornherein ab. Herr Turin möchte sich bei Schwester Nata für gestern entschuldigen, aber er findet nicht die richtigen Worte.

Schwester Nata: Gut, ich bringe Ihnen eine Flasche Mineralwasser. Kann ich sonst noch etwas für Sie tun?

Herr Turin: Das Wasser, Schwester Nata, das Wasser … das ist eine gute Idee. Schwester Nata, könnten Sie für mich Geld abheben? Ich brauche zweihundert Euro – drei Fünfziger und fünf Zehner.

Schwester Nata: Ich kann erst am Abend nach der Dienstübergabe gehen. Am Wochenende darf ich das Haus während des Dienstes nicht verlassen, wir sind nur zu zweit.

Herr Turin gibt Nata seine Bankomatkarte und teilt ihr den vierstelligen Code mit. Sie wiederholt den Code. Schwester Nata geht. Mit seiner Bankomatkarte wird sie schon nicht flüchten, und wenn, dann kommt sie nicht weit. Turin ist müde, kurz nickt er ein. Aber er darf nicht müde sein, heute kommt Irene.
Die ersten Tage hielt Dukakis sich unter der Kommode im Vorzimmer versteckt. Hin und wieder legte ich mich auf den Boden vor die Kommode und las dem Kater aus der Zeitung vor. Als ich mit meinem Vater am Morgen des 9. November die Berichterstattung über die Präsidentenwahl im Fernsehen verfolgte, lief Dukakis schon manchmal mit einem gewissen Sicherheitsabstand zu uns im Haus auf und ab. Der geschlagene Präsidentschaftskandidat Michael Dukakis trat irgendwann frühmorgens mit seiner Frau Kitty vor die Journalisten.
HEINRICH TURIN: Michael und Kitty. Wir werden uns noch eine Katze zulegen, die nennen wir dann Kitty!

5. Das japanische Mädchen

Irene ist heute so schön wie nie zuvor. Wer sie sieht, ihren perfekten Körper, ihre glatte Haut, der kann nicht glauben, dass sie dreiundvierzig ist. Schon als Jugendliche war ihre Erscheinung so elegant, dass man sie *das japanische Mädchen* nannte. Herr Turin beneidet den Mann, mit dem Irene Sex hat. Oder die Männer. Öfter schon wollte er mit Irene darüber sprechen, aber sie blockt jedes Mal ab oder behauptet, dass es keinen Mann in ihrem Leben gibt. Herr Turin weiß, dass sie lügt. Seit er hier im Heim ist, erkennt er jede Lüge sofort. Er kann sogar Gedanken lesen. Er weiß, was die Besucher, die am Wochenende mit ihren alten Müttern, die nicht und nicht sterben wollen, in der Cafeteria sitzen und Irene anstarren, denken.

Ein Besucher: Sieh doch, da sitzt das schöne japanische Mädchen. Den ganzen Tag muss sie neben ihrem alten Vater im Heim sitzen.

Auch Pater Reisinger wirft Irene immer bedeutungsvolle Blicke zu. Sogar Marcus, der Zivildiener, hat ein Auge auf Irene geworfen. Wenn Turin alleine in der Cafeteria sitzt, kommt Marcus immer, wenn Turins Glas leer ist, mit einem neuen Glas und serviert das alte ab. Wenn Irene zu Besuch ist, kommt er zwei Mal, einmal zum Abservieren und ein zweites Mal zum Servieren. Er stellt sich dabei neben Irene, sodass er von oben auf ihre Brüste blicken kann.

Herr Turin: Bitte vergiss nicht den Notartermin nächste Woche.

Irene Turin: Hier steht: Der texanische US-Senator Ted Cruz unterstützt Donald Trump.

Kommenden Donnerstag haben Herr Turin und Irene einen Termin beim Notar. Irene blickt nicht von der Zeitung auf. Sie weiß, dass Turin ihr die Wohnung und seinen gesamten Besitz überschreiben und ein Testament machen möchte.

Herr Turin: Geh jetzt, sonst sperren die Geschäfte zu.

Irene Turin: Willst du mich loswerden? Die Geschäfte haben am Samstag bis 18:00 Uhr geöffnet.

Wieder wird lange geschwiegen. Turin muss sich etwas einfallen lassen. Der alte Kelemen, der auch auf der MS-Station liegt, sitzt zwei Tische weiter und wartet auf seine Nichte, die sich wie jeden Samstag verspätet. Wenn Turin und Irene zu lange schweigen, kommt Kelemen mit dem Rollstuhl zu ihnen gefahren. Vor zwei oder drei Wochen erzählte er Irene eine Stunde lang, dass die Firma seines Vaters in den Sechzigerjahren Textilien für die britische Designerin Mary Quant hergestellt habe.

Herr Kelemen: Mary Quant war die Erfinderin des Minirocks. Aber ich störe nicht länger, meine Nichte muss gleich da sein.

Doch Kelemen erzählte weiter, war bald bei der Hochkonjunktur der späten Sechzigerjahre, bei der Ölkrise, den autofreien Tagen und seinem ersten Auto, einem weißen Ford Cortina, angelangt und kam dann darauf zu sprechen, wie schön die alten Nummerntafeln gewesen seien.

Herr Kelemen: Können Sie sich daran noch erinnern, Gnädigste?

Irene Turin: Selbstverständlich. Ich bin Jahrgang 1973.

Herr Kelemen: Was Sie nicht sagen! Sie sehen fünfzehn Jahre jünger aus. Sie könnten einen Minirock tragen, mit Ihrer Figur!

Damit die Attacke Kelemens heute unterbleibt, muss Turin jetzt etwas sagen. Irene blickt von der Zeitung auf. Wenn sie blass ist und aussieht, als wäre sie eben erst aufgestanden, ist sie am schönsten.

Irene Turin: Hast du das Tablet schon ausprobiert?

Herr Turin antwortet nicht. Er möchte das Thema wechseln, denn er will nicht darüber ausgefragt werden, was er im Internet sucht, und Irene lehnt es ab, über Freitodbegleitung ernsthaft zu diskutieren. Herr Turin will, dass Irene nach Hause geht, und benutzt die Katze als Ausrede.

Herr Turin: Geh jetzt, Melissa wird schon hungrig sein. Und vergiss nicht auf den Notartermin am Donnerstag.

Irene Turin: Wenn du es noch einmal sagst, vergesse ich es wirklich. Morgen kommt vielleicht die Beba mit.

Seit einem halben Jahr war Irenes Schwester Christiane, die in der Familie *die Beba* genannt wird, Turin nicht besuchen. Das macht ihm nichts aus, denn wenn sie mitkommt, ist ein Gespräch mit Irene nicht möglich. Irene hat Mitleid mit ihrer Schwester, weil sie gerade zum zweiten Mal geschieden wurde. Die Beba ist Anästhesistin im Allgemeinen Krankenhaus.

Dukakis: Die Beba ist eine unpraktische Ärztin.

Eigentlich mag Herr Turin seine Schwägerin, in früheren Jahren gefiel sie ihm sogar außerordentlich. Über die kurze Affäre zwischen den beiden wird in der Familie geschwiegen.

Die Beba: Du warst nicht gerade ein Engel, lieber Robert.

Anita Turin: Ich habe nie verstanden, warum Irene und

Robert geheiratet haben. Kinder haben sie keine. Und jeder hat doch gesehen, dass sie nicht zueinanderpassen.

Gregor Mentula: Es waren andere Zeiten, wir hatten eben viel Spaß mit den Mädels. Also, bei uns war immer klar: Hände weg von den Frauen der Freunde! Das war Ehrensache. Aber Irene, die war schon wirklich scharf.

Als man auf einer der Motorradfahrten, die sie alle gemeinsam mit Roberts Arbeitskollegen Gregor Mentula und anderen unternahmen, an einem kleinen See stehen blieb, dessen Ufer menschenleer war, schlüpfte Irene als Erste aus ihren Kleidern, ging nackt an allen anderen vorbei und sprang ins Wasser. Bis heute kann Turin das Gesicht nicht vergessen, das Mentula bei diesem Anblick gemacht hat. Irene war damals knapp über zwanzig und so schlank und perfekt, man hätte sie mit Daumen und Zeigefinger am Schlüsselbein nehmen und hochheben können. Bei diesem Gedanken treten Herrn Turin Tränen in die Augen. Er hasst sich dafür. Glücklicherweise ist er jetzt alleine.

Vor wenigen Wochen wollte Irene ihn überreden, auf ein Smartphone umzusteigen. Sie hat ihm auf ihrem Mobiltelefon Fotos gezeigt, alte Fotos aus den Familienalben, die sie eingescannt hatte. Darunter ein Foto von Robert im Alter von zwei Jahren unter dem Weihnachtsbaum. Irene blätterte nicht weiter, sondern betrachtete das Bild lange.

Irene Turin: Du hast dich kaum verändert.

Nein, Herr Turin braucht sie nicht, die Erinnerung und die Vergangenheit. Herr Turin ist durstig, vier Gläser Veltliner haben nicht ausgereicht. Nachdem Irene gegangen ist, winkt er Marcus, der heute einen harten Tag hat; am Wochenende ist in der Cafeteria immer mehr Betrieb als unter der Woche.

Herr Turin: Ach, Herr Marcus, eine kommt noch dazu für den Abend.

Marcus nickt. Herr Turin und er haben eine geheime Abmachung. Wenn Herr Turin abends nach dem Schließen der Cafeteria weiter Wein trinken will, hinterlässt Marcus in einer schwer zugänglichen Nische in der Eingangshalle für ihn eine Flasche Veltliner samt Glas.

6. Simbabwe

Nach 19:00 Uhr herrscht in der Eingangshalle des Pflegeheims Ruhe. Herr Turin kann die Flasche Wein und das Glas aus dem Versteck holen und sich an einen Tisch setzen.

DUKAKIS: Ich habe dir gesagt, sie wird kommen. Deine Nervosität war unbegründet.

Als Nata das Geld um 18:05 Uhr noch immer nicht gebracht hatte, war Turin außer sich. Vor lauter Nervosität hat er sogar das Abendessen zu sich genommen. Nata kam um 18:09 Uhr und brachte das Geld und die Karte. Turin gab ihr zwanzig Euro dafür, die sie zuerst zurückwies, dann aber doch annahm. Dabei hat Turin erfahren, dass sie mit vollem Namen Natalija heißt und aus Serbien kommt. Dann fuhr Herr Turin in die Cafeteria und bezahlte Marcus, der zwar die Cafeteria schon geschlossen hatte, aber noch mit der Abrechnung beschäftigt war. Nun sitzt Turin schon beim ersten Glas Veltliner, während Marcus die Kasse beim Portier abgibt und, nachdem er Turin noch einmal gewunken hat, durch die große Glastür in der Eingangshalle verschwindet. Es gehen so wenige Menschen durch die Eingangshalle, dass es Turin nicht peinlich ist, das Vergrößerungsglas auszupacken, um zu lesen. In einer medizinischen Fachzeitschrift hat er einen Artikel mit dem Titel *Ein möglicher Durchbruch im Kampf gegen Multiple Sklerose* gefunden. Der Titel gefällt Turin nicht. Kampf? Was für ein Kampf? Turin kämpft nicht. Die neue Hoffnung der Experten heißt Zyklotid. Bei genauer Betrachtung geht es – wie immer bei neuen Medikamenten – nur darum, die Frequenz von Schüben zu verlangsamen. Und dann steht dort: *Erste Studien könnten bereits Ende 2019 starten.* Sehr gut! Dann kann man Turin bestimmt im Jahr 2019 exhumieren, um ihn zu heilen. Auf der nächsten Seite ist eine Statistik über die MS-Kranken in verschiedenen Ländern der Welt abgedruckt. An der Spitze liegt Norwegen: Auf eine Million Einwohner entfallen dort 1.900 MS-Kranke. Deutschland, Österreich und die Schweiz liegen mit 1.250 Fällen im Mittelfeld. An letzter Stelle liegt Simbabwe: nur drei MS-Kranke pro eine Million Einwohner.

DUKAKIS: Laut Wikipedia hat Simbabwe dreizehn Millionen Einwohner.

Das heißt, dass es in Simbabwe insgesamt neununddreißig MS-Patienten gibt. Bestimmt kennen einander alle persönlich. Und dann liest Turin noch, dass der Name Simbabwe übersetzt Steinhäuser bedeutet. Der Name seines Internisten, so ein Zufall! Herr Turin trinkt die nächsten zwei Gläser auf den Zufall. Und dann noch ein Glas auf die Pregnerin. Herr Turin ist in die Pregnerin verliebt, aber er wird am Montag nicht zu ihr gehen. Er wird sich hier nicht tagein, tagaus von Weibern herumkommandieren lassen. Weiber. Weiber. Weiber. Wohin man schaut! Und mit keinem Einzigen kann er wirklich reden.

Wenn Herr Turin jemandem erklären will, dass er eine Person braucht, die ihn in die Schweiz fährt, damit er sein Leben beenden kann, dann werden alle stumm. Die Schwestern sind plötzlich mit anderen Tätigkeiten beschäftigt, Irene wischt auf ihrem Mobiltelefon. Und wenn es doch zu einem Gespräch darüber kommt, einmal im Monat höchstens, dann erklärt man ihm, dass er noch nicht sterben muss, dass er geistig fit ist, dass es zu früh ist für den Tod. Die Menschen verstehen nicht, dass er bei völliger geistiger Gesundheit sein muss, um die Freitodbegleitung in Anspruch zu nehmen. Wenn er nicht mehr sprechen und nicht mehr denken kann, ist es zu spät. Turin hat doch auch in den Youtube-Videos gesehen, dass die Menschen, die in die Schweiz fahren, wie normale Menschen aussehen. Das ist eben so. Jetzt ist der richtige Zeitpunkt. Jetzt und nicht später.

Dr. Steinhäuser: Leider müssen wir nach dem Bild, das sich uns bietet, vom sekundär progredienten Verlaufstyp Ihrer Erkrankung ausgehen.

Dukakis: Immer dieser Dr. Steinhäuser. Was ist mit Mila? Du musst sie etwas fragen!

Herr Turin: Mila, können wir einmal unser Therapieziel vergessen und etwas anderes machen?

Mila: Was würden Sie denn gerne machen, Herr Turin?

Herr Turin: Ich würde gerne Ihre Brüste anfassen, Mila. Machen Sie Ihren Oberkörper frei.

Dukakis: Sie macht es! Sie macht es! Ich schwöre dir, sie macht es!

Herr Turin muss lachen. Die ersten Tränen rinnen über seine Wangen, aber bald kann er nicht mehr unterscheiden, ob die Tränen gelacht oder geweint wurden. Herr Turin spürt es, langsam und warm. Er senkt den Kopf und blickt nach unten. Wenn er seinen Penis betrachtet, wird ihm klar, dass dieser Penis zu nichts mehr gut ist. Er kann noch pissen, aber selbst das Pissen ist kein Pissen mehr, sondern nur mehr das elende Tropfen in einen Plastiksack. Keine Frau wird dieser Penis mehr sehen. Nein, nicht mehr in diesem Leben. Und ein anderes Leben gibt es nicht. Dieses Leben. Die erste Hälfte war gar nicht so schlecht.

Herr Turin bringt die leere Weinflasche und das Glas ins Versteck zurück. Er muss leise sein, denn manchmal machen die Nachtwächter ihren Rundgang. Die Nachtwächter sind von einer Fremdfirma und verstehen keinen Spaß. Meistens aber sitzen sie ohnehin im Hinterzimmer der Portiersloge und schauen Fußball. Viele von ihnen trinken nachts Bier, obwohl Alkohol im Dienst streng verboten ist.

DUKAKIS: Darf ich dir einen Witz erzählen?

HERR TURIN: Bitte!

DUKAKIS: Austria Wien spielt gegen einen Schachcomputer. Nach fünfundvierzig Minuten führt der Computer mit 1:0. Der Trainer der Austria stürmt in der Pause aufgeregt in die Kabine und beginnt zu brüllen: Reißt euch zusammen, Burschen! Vielleicht können wir diesen Spielstand bis zum Schluss halten!

7. Der suprapubische Blues

Im Juni 1989 zog ich nach Wien, wo ich im Herbst mit dem Jusstudium beginnen wollte. Juli und August arbeitete ich im Postzentrum Wien-Süd, um Geld zu verdienen. Ich hatte immer zwei Tagdienste von 06:00 bis 18:00 Uhr, dann einen Nachtdienst von 18:00 bis 06:00 Uhr und dann drei Tage frei. Genauso wie die Schwestern hier. Am Morgen des 21. August rief meine Mutter mich um die Mittagszeit an. Sie weckte mich, ich war nach dem Nachtdienst kurz vor 07:00 Uhr zu Bett gegangen. Die Mutter sagte, mein Vater sei am Morgen in den Keller gegangen. Da er bis Mittag nicht mehr zurückgekommen sei, sei sie in den Keller hinunter, um nach ihm zu sehen, und habe ihn dort, am Boden liegend, tot aufgefunden. Ich fuhr noch am selben Tag aufs Land. Alles musste organisiert werden, Parte, Sarg, Begräbnis, ein Termin beim Notar, alles ging schnell. Mein Vater war vierundsechzig Jahre alt, als er starb. Meine Mutter sagte, sie könne sich nicht mehr um die Katze kümmern und müsse sie weggeben, und so nahm ich Dukakis mit nach Wien in meine kleine Wohnung. Während der Fahrt wimmerte er die ganze Zeit. Dann versteckte er sich zwei Wochen lang unter einer Kommode.

Schwester Margit kommt ins Zimmer. Kein Gruß. Als Erstes öffnet sie die Fenster.

SCHWESTER MARGIT: Ich muss lüften, Herr Turin. Es stinkt erbärmlich hier.

HERR TURIN: Wo ist Jessy?

SCHWESTER MARGIT: Schwester Jessy hat sich krankgemeldet.

Natürlich, Oberschwester Margit, die Unersetzbare, macht Vertretung. Wenn Schwester Margit selbst krank ist, nimmt sie einen Urlaubstag. Ihre Statistik ist makellos. In den über zwölf Jahren, die sie im Haus ist, war sie keinen einzigen Tag im Krankenstand. Schwester Margit macht alles richtig, die anderen Schwestern machen alles falsch. Sie stellt fest, dass der Harnkatheter gewechselt werden muss.

Schwester Margit: Ich habe gerade Ihre CRP-Werte im Blutbild gesehen, Herr Turin. Wahrscheinlich haben Sie wieder einen Harnwegsinfekt. Wenn es so weitergeht, müssen wir einen suprapubischen Katheter setzen lassen.

Damit will sie Herrn Turin quälen. Sie weiß, dass er dagegen ist. Der suprapubische Katheter wird in die Bauchdecke gelegt, das wäre das Aus für die allerletzte Funktion von Turins Penis. Er ist diesen Angriff von Schwester Margit gewohnt. Glücklicherweise kommt es nicht oft vor, dass Schwester Margit selbst pflegt. Turin hofft immer noch, dass sie im Haus Karriere macht, dass sie von der Station wegbefördert wird. Herr Turin will an diesem Tag im Bett bleiben, er will nicht in den Rollstuhl. Er hat das Gefühl, dass er das Sitzen nicht lange aushalten wird. Über den Gang hört man die alte Ditscheiner beständig rufen.

Schwester Margit: Wann hat man bei Ihnen zuletzt Blutdruck gemessen? Ein Wahnsinn, die Mädchen! Sie denken an nichts.

Frau Ditscheiner: Schweeester! Schweeeeeeester!

Schwester Margit: Und zu Frau Ditscheiner geht auch wieder niemand.

Herr Turin: Sie wissen genau, dass die Mädchen hier unter enormem Zeitdruck stehen. Sie müssen immer alleine pflegen, obwohl das gesetzeswidrig ist.

Schwester Margit: Na und? Ich pflege hier auch alleine. Und ich denke dabei noch an Ihren Blutdruck. Die Mädchen tun nichts.

Herr Turin: Da ist Ihnen die Erziehung zu Hause wohl besser gelungen.

Schwester Margit: Jetzt reicht es mir aber mit Ihnen!

Schwester Margit geht und wirft die Tür hinter sich zu. Herr Turin liegt ungewaschen im Bett. Dann schläft er ein.

Kurz nach 11:00 Uhr hört er Schritte auf dem Korridor. Er erkennt die Schritte, den Klang der Absätze. Irene. Bestimmt haben sie die Besucher, die mit ihr im Lift gefahren sind, angestarrt, vor allem ihre Brüste. Und sie haben versucht, ihren Geruch einzuatmen. Langsam kommt Irene den Gang entlang. Sie öffnet die Tür.

Irene Turin: Warum ist die Tür zu?

Herr Turin: Schwester Margit hat sie aus Zorn zugeworfen.

Irene kommt auf Turin zu und küsst ihn auf beide Wangen. Dann nimmt sie etwas aus ihrer Handtasche.

Irene Turin: Die neue Trainingshose, bitte wirf die alte weg. Hast du getrunken?

Herr Turin: Irene, ich habe gestern nichts getrunken. Null.

Irene Turin: Immer wenn dein Satz mit meinem Namen beginnt, lügst du. Immer.

Irene legt die Trainingshose zur Seite und setzt sich an den Bettrand. Sie streichelt Turins Wange. Dann steht sie auf, zieht die Jacke aus und hängt sie auf den Haken an der Tür. Der schwarze Rollkragenpullover sitzt perfekt. Irene trägt das Haar heute streng zusammengebunden und hochgesteckt.

Irene Turin: Den Notartermin am Donnerstag müssen wir wohl absagen.

Herr Turin: Nein, kommt nicht infrage!

Wieder setzt sich Irene an den Bettrand. Sie sitzt sehr gerade da, ihr Rücken ist durchgestreckt. Bewundernswert, wie lange Irene regungslos in dieser vornehmen Haltung ausharren kann. Es gibt keine schönere Frau als Irene. Wer das nicht sieht, der leidet an Visusminderung.

Irene Turin: Du Armer! Was kann ich für dich tun?

Herr Turin: Lass mich deine Brüste festhalten, nur kurz!

Irene lacht. Sie steckt die Hände unter den Rollkragenpullover und hebt ihn vorsichtig, um ihre Frisur nicht zu zerstören. Dann öffnet sie ihren BH. Es ist ein Sport-BH, der vorne geöffnet wird. Herr Turin riecht schon lange nichts mehr, seine Nase ist ständig verschleimt, aber seine Fingerkuppen spüren immer noch alles. ~~Diesen Moment darf Turin niemals vergessen. Es ist wahrschein~~lich der schönste Moment ~~vor seinem Tod. Er atmet tief ein und versucht Irenes Geruch in seine verschleimte Nase zu bringen~~.

Dukakis: Sie macht es aus Mitleid. Glaub nicht, dass es ihr gefällt!

Herr Turin: Das ist mir egal.

Plötzlich ist Pfleger Bernhard an der Tür. Als er Irene mit nacktem Oberkörper auf dem Bett sitzen sieht, entschuldigt er sich eilig und geht. Er geht und zieht die Tür hinter sich zu. Irene lacht.

Dukakis: Wenn du verliebt bist, bist du unerträglich.

Herr Turin: Du verstehst vielleicht etwas von Fußball, Dukakis. Von Fußball, Politik und den Rolling Stones.

Du hörst und siehst und riechst besser als ich, aber davon – davon verstehst du nichts.

DUKAKIS: Zum Glück! Sonst würde ich am Ende so reden wie du.

HERR TURIN: Du mochtest Irene nie. Als wir die große Wohnung gekauft haben und zusammengezogen sind, hast du vier Jahre lang nicht gesprochen.

DUKAKIS: Kannst du dich an Osho erinnern? Shree Bhagwan Rajneesh, den indischen Guru? Er hat auch einmal vier Jahre lang geschwiegen.

8. Der Wein korkt

Keinen Tropfen Alkohol hat Herr Turin am Vortag getrunken. Keinen Whiskey, keinen Veltliner. Seit seinem letzten großen Krankheitsschub vor zwei Jahren hat er gestern zum ersten Mal nichts getrunken. Dennoch ist er heute schon zu Mittag erschöpft. Der Gedanke, weitere acht Stunden im Rollstuhl sitzen zu müssen, macht ihm bereits jetzt zu schaffen. Das Nichttrinken hilft also nicht, er wird sofort wieder damit aufhören.

Die kleine Barbara: Haben Sie gut geschlafen, Herr Turin?

Herr Turin: ~~Nein, ich habe schlecht wach gelegen~~. Danke. Es geht so.

Die kleine Barbara: Ich öffne einmal das Fenster, Sie brauchen Frischluft.

Mit Schwester Barbara hat Herr Turin so seine Probleme. Er muss sich ständig von ihr zurechtweisen lassen, wenn er sie aber bittet, den Harnbeutel zu leeren oder andere Kleinigkeiten zu erledigen, dann belehrt sie ihn, dass sie die Pflegerin ist, nicht er. Auf der Station wird Schwester Barbara *die kleine Barbara* genannt, denn auch die Leiterin der Pflege des gesamten Hauses heißt Schwester Barbara – das ist *die große Barbara*.

Wenn sie Turins Zimmer betritt, reißt die kleine Barbara immer zuerst das Fenster auf. Eine typische Krankenschwester! Irgendwann wird sie die Zugluft dorthin zurückwehen, wo sie hergekommen ist: in die Hügellandschaften der Slowakei. Das Zweite, was an der kleinen Barbara unerträglich ist: ihre Aussprache des L. Ihre Zunge klebt so lange am Gaumen, dass man Gänsehaut bekommt, wenn sie von einem lauen Lüftchen spricht.

Herr Turin: Am Donnerstag Vormittag brauche ich den Fahrtendienst.

Die kleine Barbara: Jetzt machen wir einmal die Pflegerunde.

Hat Herr Turin es verdient, so behandelt zu werden? Er hat schließlich einen wichtigen Termin außer Haus, auf den er sich lange vorbereitet hat. Den Vormittag verbringt er damit, die Dokumente für Donnerstag in einer grünen Mappe zu sammeln. Immer wieder schläft er dabei ein. Als die kleine Barbara danach noch immer nicht gekommen ist, um die Bestellung des Fahrtendienstes zu bestätigen, reicht es Turin, und er fährt auf den Gang und zum Stationsstützpunkt. Bevor er dort ankommt, hört er, dass ein Gespräch im Gang ist. Turin sieht fast nichts mehr, sein Geruchssinn ist tot, aber er hört noch gut, sehr gut sogar. Er hört, dass die kleine Barbara und Katharina Payer miteinander sprechen, und zwar über ihn. Turin hat das Glück, dass er mit dem Rollstuhl vor der Korkwand steht, auf der unter anderem der Dienstplan angeschlagen ist. Die kleine Barbara und Katharina Payer stehen hinter der Pinnwand und können Turin nicht sehen. In ihrem Gespräch geht es um die schlechten Zucker- und Leberwerte im Blutbefund von Herrn Turin. Schwester Barbara beschwert sich wortreich über den täglichen Alkoholkonsum des Patienten und seine Uneinsichtigkeit, dann aber wird sie von der Pregnerin unterbrochen.

Katharina Payer: Mein Gott, der Mann trinkt eben, das würde ich an seiner Stelle auch machen.

Die beiden beginnen einen kurzen Streit und verlassen dann den Stützpunkt. Herr Turin versucht noch schnell den Gang entlang in sein Zimmer zu fahren, doch zu spät, schon begegnet er den beiden streitenden Frauen. Turin grüßt freundlich.

Katharina Payer: Herr Turin, nicht vergessen, wir haben heute einen Termin!

Die kleine Barbara grinst.

Die kleine Barbara: Huu-huuuuuuuuuuh! Herr Turin hat ein Rendezvous!

Turin fährt zurück ins Zimmer, um die Dokumente in der grünen Mappe noch einmal zu überprüfen. Hat er auch nichts vergessen? Reisepass, Geburtsurkunde, Heiratsurkunde, die Grundbuchauszüge von der Wohnung und den zwei Grundstücken, die er von seiner Mutter geerbt hat. Es ist 10:45 Uhr, und der Tag nimmt schon am Morgen kein Ende. Turin muss am Donnerstag zum Notar, das ist in vier Tagen. Vier Tage muss er überleben. Wenn das erledigt ist, wird er sich mit dem Tablet beschäftigen, dann wird er sich für die Freitodbegleitung anmelden. Er kennt Irenes Taktik, die Sache zu verzögern, immer und immer wieder, bis er nicht mehr dazu fähig sein wird, auch nur ein E-Mail zu schreiben.

Vielleicht ein Schluck Whiskey? Aber Turin ist zu schwach, um mit der Hand nach unten zu greifen und nach der Flasche zu tasten. Turins Rücken schmerzt im Sitzen so stark, dass er zurück ins Bett will. Aber er muss durchhalten, sonst bietet man ihm für den Tag den Pflegerollstuhl an. Der Pflegerollstuhl ist in Wahrheit eine Liege auf Rädern, die letzte Station vor dem Sarg. Turin wartet geduldig auf das Mittagessen. Was immer Schwester Barbara zu ihm sagen wird, er wird nicht darauf antworten.

Dukakis: Eine Frechheit, wie sie dich heute behandelt hat, diese slowakische Schlampe.

Herr Turin: Jedes Land hat die Bewohner, die es verdient.
Dukakis: Und die Jugos, die es verdient.
Herr Turin: Slowaken sind keine Jugos!
In aller Ruhe isst Herr Turin das Mittagessen, um 12:20 Uhr fährt er in die Cafeteria. Leider hat heute nicht Marcus Dienst, sondern Dejan. Herr Turin braucht etwas, das ihn stärker macht, doch heute schmeckt der Veltliner in der Cafeteria nicht. Turin bittet Dejan, nachzuschauen, ob mit der Flasche alles in Ordnung ist.
Herr Turin: Ich glaube, der Wein korkt.
Herr Dejan: Unmöglich. Schraubverschluss.
Alles wissen sie besser! Auch die Zivildiener wissen alles besser! Wenn Herr Turin sagt, dass der Wein nicht in Ordnung ist, dann ist er nicht in Ordnung. Wer außer ihm hat so viele Flaschen von diesem Wein getrunken? Wer könnte das also besser beurteilen?
Herr Dejan: Haben Sie schon gehört, Herr Turin? Die Cafeteria soll ausgelagert werden.
Herr Turin: Ausgelagert?
Herr Dejan: Ja, eine Fremdfirma soll die Cafeteria übernehmen. Wir müssen dann in der Pflege weiterarbeiten, in der neuen Cafeteria dürfen keine Zivildiener beschäftigt werden.
Herr Turin: Wann soll denn diese Auslagerung stattfinden?
Herr Dejan: Im Jänner.
Herr Turin weiß, dass ihn diese Nachricht betrifft, andererseits will er sich von Dejan nicht in Untergangsstimmung versetzen lassen. Wie viele Privatisierungen, Einsparungen, Rationalisierungen hat er in den Neunzigerjahren miterlebt! Und niemand ist daran zugrun-

de gegangen. Natürlich sind alle fürchterlich betroffen, wenn man sie dazu zwingt, ihre Blumenvase von der Vorzimmerkommode auf den Schrank im Wohnzimmer zu übersiedeln, doch nie ist jemand daran gestorben. Turin wartet, bis Dejans Gejammer vorbei ist. Heute hat er einen Termin bei Katharina, er muss hingehen. Noch klingt der Satz, den sie zu der kleinen Barbara gesagt hat, in seinem Ohr: Mein Gott, der Mann trinkt eben, das würde ich an seiner Stelle auch machen. Ausgeruht wollte er zu ihr gehen, aber jetzt ist er schon müde. Und Dejan hört nicht auf, auf ihn einzureden und ihm die Hiobsbotschaft zum wiederholten Mal in anderem Wortlaut mitzuteilen. Herr Turin bestellt noch ein Glas Veltliner. Obwohl der Wein korkt.

9. Seeleopard

Schon um 14:50 Uhr sitzt Herr Turin vor dem Büro von Katharina Payer. Das Warten ist er gewohnt. Seit er im Heim ist, hat er sich niemals verspätet, im Gegenteil, immer ist er zu früh dran. Turin beobachtet die Putzfrau, die den Korridor wischt. Bis vor fünf Jahren gab es im Heim angestellte Putzfrauen, dann hat das eine Reinigungsfirma übernommen. Wenn ihm die große Barbara im Jahr 2021 mitteilen wird, dass man die Pflege ganz auf Roboter umstellt, wird Herr Turin den Kopf schütteln und Entsetzen vortäuschen. Die Putzfrau klappt den Mopp auseinander, taucht den Lappen ins Wasser und drückt ihn in einer Presse aus. Dann spannt sie den Lappen wieder ein und wischt, rückwärts gehend und den Putzwagen mit dem Rücken hinter sich herschiebend, in S-Linien den Korridor auf. Als Katharina Payer kommt, trägt sie, wie immer, eine weiße Trainingshose und ein weißes Poloshirt mit dem Institutsemblem. Um den Hals der Pregnerin baumelt ein Band mit einem Schlüsselbund. Sie bückt sich bis zum Schloss der Bürotür hinunter und sperrt mit dem Schlüssel auf, ohne das Halsband abzunehmen.

KATHARINA PAYER: Kommen Sie, machen Sie es sich bequem. Ein Glas Wasser?

HERR TURIN: Grüner Veltliner.

Katharina setzt sich an den Schreibtisch. Das Büro ist winzig. Es gibt nur einen kleinen Aktenschrank, einen Kleiderständer neben der Tür und den Schreibtisch. Mit Herrn Turin im Rollstuhl ist der Raum voll. Katharina spricht von einer vertraulichen Angelegenheit, in der sie Turin befragen müsse. Turin versteht nicht, worum es geht. Er sucht das Muttermal über dem Schlüsselbein von Katharina.

DUKAKIS: Zuerst wickelt sie dich ein, dann kommt das Psycho-Gelaber.

KATHARINA PAYER: Auf Ihrer Station wird sich einiges ändern. Margit Frasl, also Oberschwester Margit, soll zwei andere Stationen übernehmen. Ab November wird Barbara Gugrell die MS-Station leiten.

Barbara Gugrell ist die kleine Barbara. Sie hat einen Österreicher geheiratet, einen arbeitswütigen Handlungsreisenden namens Gugrell, der so selten zu Hause ist, dass Barbara nicht und nicht schwanger wird. Nun hat sie sich also offenbar für die Karriere entschieden.

KATHARINA PAYER: Die Entscheidung des Leitungsausschusses war einstimmig.

Katharina steht auf. Sie geht um den Schreibtisch herum und steht vor ihm. Aus der Rollstuhlperspektive sieht sie aus wie eine Riesin. Weit müsste Herr Turin sich nach vorne beugen, um ihre Brüste berühren zu können. Katharina setzt sich auf den Schreibtisch und blickt auf Herrn Turin hinunter.

KATHARINA PAYER: Es geht jetzt darum, eine Stellvertreterin für die Stationsschwester zu finden. Daher wollte ich wissen, welche Pflegerin Sie besonders schätzen.

HERR TURIN: Schwester Aliki.

KATHARINA PAYER: Aliki Kostopoulos? An die habe ich auch gedacht, aber sie will nicht.

HERR TURIN: Ich verstehe. Dann würde ich Nata nehmen.

KATHARINA PAYER: Nata? Wer ist Nata?

HERR TURIN: Sie arbeitet auf Station 6 und ist auf Station 4 nur Vertretung.

Katharina steht auf und setzt sich wieder an den Schreibtisch. Sie setzt eine Lesebrille auf, tippt in die Tastatur und schaut auf den Bildschirm.

Katharina Payer: Es gibt keine Nata.

Herr Turin: Ihr richtiger Name ist Natalija. Natalija mit J.

Katharina Payer: Ah, hier: Natalija Simeunović.

Lange lobt Turin nun Schwester Nata. Irgendwann nimmt Katharina die Brille ab, steht wieder auf und kommt auf Turin zu. Sie packt ihn an beiden Schultern.

Katharina Payer: Ich habe es doch gleich gewusst, dass Sie so etwas aus dem Ärmel schütteln.

Robert Turin sitzt erstarrt in seinem Rollstuhl, nachdem Katharina Payer längst wieder an ihrem Schreibtisch Platz genommen hat. Turin spürt immer noch ihre Hände auf seinen Schultern. Er fragt sich, wie dieses große Mädchen den wilden Haufen Pflegerinnen in den Griff bekommen will. Da sind die besessenen Katholikinnen wie Oberschwester Margit, die sich von Katharina bestimmt nichts sagen lassen werden. Dann die ausländischen Pflegerinnen, die keinen besseren Job bekommen. Und schließlich die Schwestern, die den falschen Beruf gewählt haben. Für sie ist jeder Versuch der Motivation nicht mehr als eine Erniedrigung.

Katharina Payer: Hat man Ihnen jemals eine Gesprächstherapie angeboten?

Dukakis: Jetzt geht's los!

Herr Turin: Das Angebot war nie das Problem. Die Nachfrage ist das Problem.

Katharina Payer: Sie wissen also gar nicht, worum es dabei geht.

Herr Turin: Ich spreche hier im Haus mit allen: mit den

Pflegerinnen, den Haustechnikern, den Zivildienern, manchmal sogar mit dem sehr schweigsamen Gärtner, mit Ihnen, sogar mit Pater Reisinger. Und wir unterhalten uns prächtig, obwohl ich Atheist bin. Ich spreche auch mit einem toten Kater.

KATHARINA PAYER: Mit einem toten Kater? Was sagt er denn?

DUKAKIS: Zeig uns, was du in der Bluse hast!

HERR TURIN: Er mag nur Whiskey, Rapid und die Rolling Stones.

KATHARINA PAYER: Da könnte ich nicht mitreden.

HERR TURIN: Ich will nur sagen: Es mangelt mir nicht an Gesprächspartnern. Noch eine Therapie, das schaffe ich nicht.

KATHARINA PAYER: Sie haben also Antriebsprobleme?

HERR TURIN: Ich fahre noch einen alten Motor, der mit Veltliner betrieben wird.

KATHARINA PAYER: Haben Sie morgens Schwierigkeiten, sich für den Tag zu motivieren?

HERR TURIN: In vier Tagen muss ich mit meiner Frau zum Notar. Es ist wichtig, dass ich ihr mein gesamtes Vermögen überschreibe und ein Testament mache. Dafür muss ich mich motivieren.

KATHARINA PAYER: Sie wissen, dass es Medikamente gibt, die Ihren Antrieb steigern können.

HERR TURIN: Wissen Sie, wenn dieser Notartermin vorbei ist, dann möchte ich sterben. Ich möchte ohne Schmerzen sterben und zu einem von mir gewählten Zeitpunkt.

KATHARINA PAYER: Was kann ich also für Sie tun?

HERR TURIN: Freitodbegleitung ist in unserem Land illegal. Sie könnten mich in die Schweiz fahren.

Katharina Payer: Das ist nicht ganz mein Aufgabengebiet hier. Ich möchte Ihnen aber eines sagen, da Sie offensichtlich sehr freimütig über diese Sache sprechen: Erwarten Sie nicht, dass irgendjemand in diesem Haus für dieses Thema offen ist. Nächste Woche können wir gerne weiterreden. Sagen wir wieder um 15:00 Uhr?

In der vorangegangenen Nacht hat Herr Turin im Fernsehen eine Dokumentation über Seeleoparden gesehen, und da musste er an Katharina denken, denn der Seeleopard beginnt wie die Seele. Als Robert Turin aus dem Zimmer fährt, bleibt er kurz neben dem Kleiderständer stehen, auf dem Katharinas Jacke hängt. Er fährt mit dem Rollstuhl so nahe heran, dass er sein Gesicht in die Jacke drücken kann. Er versucht Katharinas Geruch einzuatmen. Irgendeine Duftnote: Raucherhaushalt, billiges Parfum, teures Parfum, Frittierfett, der Wunderbaum in ihrem Auto, was auch immer. Aber er riecht nichts. Seele. Seele. Seeleopard.

10. Umlernen

DUKAKIS: Die alte Ditscheiner hat den Fernsehapparat wieder auf volle Lautstärke gestellt. Aber du denkst nur an die Frau Doktor, die keine Frau Doktor ist.

HERR TURIN: Bachelor.

Meine Mutter war nach dem Tod meines Vaters der Meinung, ich solle besser arbeiten gehen als zu studieren. Sie hatte Angst, das Haus verkaufen zu müssen. Irgendwie war meine Mutter immer glücklich, wenn jemand krank wurde. Nicht glücklich, aber sie reagierte auf eine Erkrankung oder einen Todesfall stets gelassen. Die Tage, an denen ich krank war, waren die schönsten meiner Kindheit. Als ich meiner Mutter viele Jahre später von meiner MS-Erkrankung erzählte, versuchte sie, so gut wie möglich, Bestürzung vorzutäuschen, aber es gelang ihr nicht. Vielleicht wollte ich mein Leben lang krank sein. Vielleicht habe ich die Königin der Berge selbst gerufen.

ANITA TURIN: Und aus Rache hast du unser Haus verkauft. Das Haus, das mein Vater gebaut hat. Gott sei Dank hat er das nicht erleben müssen.

Am 1. November 1989 begann ich, für die Universitätsbuchhandlung Manhart zu arbeiten. Nicht in der Buchhandlung selbst, sondern im Büro: Bestellung, Logistik und Buchhaltung sollten auf EDV umgestellt werden. Meine Mutter kannte die Frau des Chefs und hatte ihm stolz erzählt, dass ich schon im Alter von zehn Jahren mit dem Homecomputer hatte umgehen können und seither viele Stunden täglich vor dem Bildschirm verbrachte. Ich hatte meine eigene Wohnung, Dukakis und eine Arbeit, befreundete mich mit zwei Kollegen, mit denen ich auch privat viel Zeit verbrachte: Gregor Mentula und Viktor Soporan.

Mentula war schlau und mutig. Er hatte sich umgehört und herausgefunden, dass viele Firmen zu dieser Zeit Computer anschafften, und er schloss daraus, dass es für uns auch anderswo genug Arbeit geben müsste. Ich erinnere mich noch an das Geheimtreffen in einer Mittagspause, bei dem wir alle aus Nervosität Wein tranken. Mentula schlug vor, eine Firma zu gründen und EDV-Umstellungen zu betreuen. Wir könnten damit viel mehr verdienen, als wenn wir Angestellte blieben. Mir machte es nichts aus, zu kündigen, im Gegenteil, doch mit meiner Mutter kam es zu einem langen, mehrwöchigen Streit darüber. Für sie, die pessimistisch war und eine Kündigung für eine Katastrophe hielt, bedeutete jede Veränderung den Untergang. Zu meinem Glück hörte ich nicht auf sie. Das Einzige, was mich an der Firma störte, war der Name: EDV 2000. Wie kann Mentula nur eine Jahreszahl wählen, die in wenigen Jahren hinfällig sein wird, dachte ich damals. Es stellte sich heraus, dass ich selbst vor dieser Jahreszahl hinfällig werden sollte.

GREGOR MENTULA: Ihr werdet mir noch danken. Ihr werdet bei EDV 2000 das Dreifache von dem verdienen, was ihr bisher verdient habt.

Und genauso kam es.

Herrn Turin stört die Schlaflosigkeit in dieser Nacht nicht, aber er will an Katharina denken und nicht an die Vergangenheit. Geschichten von früher machen ihn traurig. Zugleich hat er nicht das Gefühl, der Mensch zu sein, der diese Vergangenheit erlebt hat. ~~Herr Turin ist nicht ich. Herr Turin, das ist ein anderer~~. Die Königin der Berge hat ihm dieses Heim geschenkt. Und obwohl Turin es am Donnerstag für einen Notartermin verlassen muss, denkt er ungern daran, dass es überhaupt eine Welt außerhalb des Heims gibt. Darum geht er auch nicht in den Garten. Was jenseits der Fenster und Mauern des Pflegeheims ist, ist für ihn unecht. Echt sind nur Katharina, Aliki, die anderen Schwestern, die Cafeteria, der Harnkatheter und der Urinbeutel, die Schmerzen und die Angst vor dem nächsten Schub. Natürlich muss er eines Tages auch dieses Heim aufgeben: an dem Tag, an dem er in die Schweiz fährt. Und Turin muss es bald tun. Gesunde Menschen können das nicht verstehen: Man muss bei Kräften sein, um sich vor einem kraftlosen Dahinsiechen zu bewahren.

Morgens kommt Schwester Barbara. Sie wirkt abwesend und deprimiert. Heute keine L, kein Lüften, kein Lächeln und auch keine provokanten Bemerkungen. Der Haussegen hängt schief bei den Gugrells. Es klappt einfach nicht, Barbara wird nicht schwanger. Wahrscheinlich haben sie schon viel Geld in allen möglichen Befruchtungskliniken ausgegeben. Turin kennt diese Niedergeschlagenheit, bei Irene war es ähnlich. Zuerst wollten die beiden keine Kinder, dann, als sie immer häufiger davon sprach, hatte man bei Turin bereits MS diagnostiziert. Und obwohl die Ärzte zunächst behaupteten, dass Turin diesbezüglich in keiner Hinsicht eingeschränkt sei, klappte es nicht. Und Irene wurde stiller und stiller.

Die kleine Barbara: So, Herr Turin, fertig. Ach ja, der Fahrtendienst für Donnerstag ist bestellt. Und machen Sie sich bereit: Die Physiotherapeutin holt Sie gleich zur Behandlung ab.

Nachdem die kleine Barbara Herrn Turin in den Rollstuhl gesetzt hat, verlässt sie wortlos sein Zimmer. Vom Korridor ist das Geräusch einer Bohrmaschine zu hören. Sofort fährt Turin nach draußen. Er lässt es sich nie entgehen, wenn ein Grauer (so werden die Haustechniker wegen der Farbe ihrer Arbeitskleidung genannt) eine Arbeit verrichtet. Herr Kelemen steht mit seinem Rollstuhl auch schon vor der Tür zu seinem Zimmer, das sich gleich neben dem französischen Fenster am Ende des Korridors befindet. Herr Turin hat dieses Fenster noch nie offen gesehen. Offenbar wird es mit einem speziellen Schlüssel versperrt. Der Graue, ein etwas übergewichtiger junger Mann mit vielen Tätowierungen auf den Armen, öffnet das Fenster. Tatsächlich könnte man hier barrierefrei in die Tiefe stürzen, wenn vier Stockwerke schon eine Tiefe ausmachen. Der Graue nimmt die Bohrmaschine zur Hand und beginnt zu bohren. Dann setzt er ab und lehnt sich mit dem Rücken an die Wand.

Der Graue: Spannend, nicht wahr?

Herr Turin: Spannender als Fernsehen.

Der Graue: Wir müssen bei allen französischen Fenstern außen ein Sicherheitsgitter montieren. Und ich bereite die Verankerung vor.

Der Graue ist sichtlich genervt. Als er die Bohrmaschine wieder zur Hand nimmt, kommt auch die alte Ditscheiner im Rollstuhl aus dem Sozialraum. Minutenlang steht sie neben Turin.

Frau Ditscheiner: Glauben Sie, dass seine Haare echt sind?

Herr Turin: Die Haare des Haustechnikers?

Frau Ditscheiner: Nein. Die Haare von Traaamp.

Herr Turin: Wer ist das?

Frau Ditscheiner: Der kennt den Traaaamp nicht!

Schweeester! Schweeeeeeester! Der kennt den Traaaaaamp nicht.

Mila kommt pünktlich, um Turin abzuholen. Wenn er ihr mit dem Rollstuhl bis zum Behandlungszimmer hinterherfahren muss, kommt er sich wie ein Schulkind vor. Auch bei der Physiotherapie fühlt er sich nicht anders. Mila beginnt mit dem Therapieziel: Herr Turin soll eigenständig aus dem Rollstuhl aufstehen, sich um neunzig Grad drehen und auf ein Bett setzen. Schon die ersten Versuche zeigen, dass dieses Ziel in unerreichbarer Ferne liegt. Drei Anläufe, sich mit beiden Armen aus dem Rollstuhl zu stemmen und kurz auf den Beinen zu stehen, um die Griffe eines vor Turin stehenden Rollators zu fassen, scheitern. Jedes Mal fragt sich Turin, ob Mila tatsächlich glaubt, dass Turin in einigen Monaten plötzlich wieder von alleine aufstehen kann. Gerne würde Turin für einige Sekunden aufrecht stehen, bis er die Balance verliert und im Fallen nach Milas Brüsten greifen kann, um sich daran festzuhalten.

Dukakis: Jetzt frag sie endlich! Sie sagt bestimmt Ja.

Herr Turin: Die Katze soll jetzt still sein.

Dukakis: Jetzt sagst du auch schon *Katze* zu mir.

Nun werden Turins haptische Fähigkeiten trainiert. Die Übung besteht darin, dass ihm die Augen verbunden und nacheinander verschiedene Gegenstände in die Hand gegeben werden. Er muss sie durch Tasten erkennen: Schlüsselbund, Kugelschreiber, Mobiltelefon, Esslöffel, Handgymnastikball.

Mila: Das war sehr gut, Herr Turin.

Herr Turin: Stellen Sie sich vor, Mila, ich kann die Brüste einer Frau von einem Weißweinglas unterscheiden.

11. Der Substitut

Der Tag des Notartermins ist gekommen, doch Herr Turin hat eine schlaflose Nacht hinter sich. Zuerst konnte er nicht einschlafen, dann hat Frau Ditscheiner eine halbe Stunde lang nach der Schwester gerufen. Kurz nach Mitternacht kam die Rettung auf die Station und brachte Herrn Kelemen ins Krankenhaus. Wahrscheinlich ein Schlaganfall, mehr konnte Herr Turin von Schwester Michaela auch nicht erfahren. Wieder konnte Turin nicht schlafen. Er betete für Kelemen, dass er den Schlaganfall nicht überlebt.
Der Fahrer hält vor der Wohnung. Während Irene den Reisepass holt, raucht der Fahrer eine Zigarette. Er beachtet Herrn Turin nicht. Er schaut grinsend auf sein Mobiltelefon und spuckt manchmal auf die Straße. Irene kommt aus dem Haustor und winkt Turin mit dem Reisepass zu. Warum Irene nur dieses dunkelgrüne Kostüm trägt! Und dieses Seidentuch! Als würde man eine alte Tante besuchen. Es wird weitergefahren. Turin kommt alles fremd vor: Die Straßen, die Autos, selbst die Menschen an den Kreuzungen erscheinen ihm wie auf einer Fernreise, wenn man nach der Ankunft den Flughafen verlässt. Turin kann sich nicht mehr vorstellen, in dieser Stadt gewohnt, sich hier selbstverständlich bewegt zu haben.
Beim Notar im Warteraum und wenig später in der Kanzlei sitzt Irene mit fast feierlichem Blick. Turin sitzt neben ihr und kann ihren Gesichtsausdruck aus dem Augenwinkel nicht genau erkennen, aber er könnte schwören, dass sie lächelt. Irenes Heiterkeit stört Herrn Turin, sie verstört ihn, sie zeigt ihm, dass Irene trotz ihrer Weigerung, mit ihm über seinen Freitod zu sprechen,

mit seinem Ableben vor ihr bereits routiniert umgehen kann. Routiniert, das ist das Wort. Irene ist routiniert. Sie sitzt da, als würde man in Kürze einen Kleinkredit beantragen oder eine Mautvignette kaufen.
Was für ein großartiges Ende hatte Irenes Mutter! Turin ist neidisch. Zu ihrem fünfundachtzigsten Geburtstag gab es ein großes Familienfest. Die Nana, wie Irenes Mutter genannt wurde, war überglücklich und blieb mit allen anderen bis 03:00 Uhr morgens wach. Sie trank Cognac und lachte und erzählte superbe Geschichten, besonders von ihrem Großvater, der im ausgehenden 19. Jahrhundert ein Erfinder gewesen war. Am Morgen nach diesem Fest stand sie kurz vor Mittag auf und ging in den Garten, um Petersilie zu holen. Sie fiel um und war sofort tot.
In der Kanzlei sitzt Turin Irene gegenüber, der Notar sitzt links von ihm. So ist es richtig. Der Notar ist jung und elegant gekleidet, doch er schmeichelt Irene ein wenig zu sehr. Ständig nennt er sie *Frau Ingenieur*, und das nur, weil sie eine Höhere Technische Lehranstalt besucht hat. Dann geht alles sehr schnell: Herr Turin muss drei Mal unterschreiben, über die Unterschrift muss er seinen Namen und sein Geburtsdatum setzen. Damit hat Turin nicht gerechnet. Er schreibt seinen Namen in Blockbuchstaben und hat Angst, dass seine zittrige Schrift unleserlich ist und daher nicht akzeptiert wird. Doch der Notar würdigt sie keines Blicks. Stattdessen schaut er andauernd zu Irene. Die beiden schmunzeln über den Ausdruck *Aufsandungserklärung* und tauschen Theorien aus, woher der Ausdruck wohl stammt. Überhaupt hat Turin das Gefühl, als habe Irene diese Prozedur schon öfter mitgemacht, er hingegen fühlt sich verlo-

ren. Herr Turin hat schon einmal eine Wohnung gekauft, eben die, die er soeben Irene überschrieben hat. Und er hat auch schon einmal ein Haus verkauft, nämlich das Haus seiner Mutter. Und beides muss wohl auch bei einem Notar geschehen sein. Nur kann er sich beim besten Willen nicht mehr daran erinnern.
Turin hat sein Testament bereits an den Notar übermittelt. Der legt es ihm nun vor und bittet ihn, es nochmals genau zu überprüfen. Das Testament besteht aus einem einzigen Satz: *Ich, Robert Turin, geboren am 23. Dezember 1970 in Mattersburg, im Vollbesitz meiner geistigen Kräfte, vermache meinen Besitz und mein Vermögen (siehe unten stehende Liste von Grundstücken, Immobilien, Wertpapierdepots, Sparbüchern und Konten) meiner Gattin Irene Turin, geborene Siewert, geboren am 26. Juli 1973 in Frankfurt am Main.*
Turin beobachtet, wie Irene während der ganzen Zeit mit dem Verschluss ihrer Handtasche spielt. Der Notar macht Kopien oder druckt etwas aus. Er überreicht Herrn Turin eine Honorarnote, die Irene ihm sofort aus der Hand nimmt. Sieh an, sieh an! So schnell ist sie in ihre neue Rolle geschlüpft. Und damit sind sie fertig. Aber Herr Turin will noch nicht gehen. Er will dableiben und weitermachen. Er hat ein wenig mehr Feierlichkeit erwartet. Auch der souveräne Herr im Anzug erledigt alles wie normalen Papierkram. Und er sieht gar nicht wie ein Notar aus.
Herr Turin: Sie sind Dr. Liebhart?
Der Notar: Nein, ich bin der Substitut.
Er greift in ein Fach und gibt Irene und Herrn Turin eine Visitenkarte. Und drei Minuten später stehen sie auf der Straße.

Es ist sonnig, so sonnig, so wolkenlos, so windstill, dass Turin übel wird.

IRENE TURIN: Du hast so bedrückt gewirkt da drinnen.

HERR TURIN: Da irrst du dich. Alles ging schnell. Ganz in meinem Sinn.

Irene blickt in den Himmel. Dieser Scheißhimmel, der keine Blitze schickt. Dieser Himmel, der Robert Turin auslacht und regungslos seinem Verfall zusieht.

IRENE TURIN: Willst du nicht … also … ich dachte … vielleicht … also … du kommst noch mit zu uns nach Hause. Es ist nicht weit.

HERR TURIN: Hast du Veltliner zu Hause?

12. Melissa

Der Hauseingang, die Briefkästen, der Lift, die Wohnungstür. Schon der Anblick treibt Turin die ersten Tränen in die Augen. Noch überspielt er seine Stimmung, schneuzt sich öfter und klagt über eine hartnäckige Verkühlung. Dann öffnet Irene die Wohnungstür. Turin kann keine Zeichen eines männlichen Mitbewohners entdecken, weder im Vorzimmer bei der Garderobe noch im Wohnzimmer.

IRENE TURIN: Willst du das Schlafzimmer sehen?

Natürlich ist alles aufgeräumt. Natürlich sieht alles so aus, als schliefe Irene immer nur alleine in diesem Schlafzimmer. ~~Irene hat alles perfekt vorbereitet. Fast perfekt~~. Der Bodhibaum, den Turin vor fünfzehn Jahren vom Samen gezogen hat, macht einen kümmerlichen Eindruck. Irene hat ihn viel zu stark zurückgeschnitten. Immerhin ist der hölzerne Buddha noch da, den sie von der Burma-Reise mitgebracht haben.

HERR TURIN: Wann hat denn deine Agnieszka zum letzten Mal …

IRENE TURIN: … die Fenster geputzt? Am Freitag kommt sie.

Herr Turin lacht. Irene gibt ihm einen Klaps und lacht auch. Das zweite Mal treten Turin Tränen in die Augen. Er lässt sich sein Arbeitszimmer zeigen. Dort steht eine Wäschespinne mit Irenes Unterwäsche. Sie will die Wäschespinne zur Seite schieben, aber Turin bedeutet ihr, sie stehen zu lassen.

HERR TURIN: Sind die Ausgaben von *The Quayle Quarterly* noch da?

IRENE TURIN: Irgendwo müssen sie sein. Was willst du denn damit?

Dukakis muss eben auf seine Lieblingslektüre warten, bis Irene die Hefte wiederfindet. Im Wohnzimmer fährt Turin mit dem Rollstuhl zum Couchtisch. Irene bringt eine Flasche Wein in einem Flaschenkühler und zwei Gläser.

HERR TURIN: Das Glas bitte links.

IRENE TURIN: Dann stell es selbst nach links.

Kurz ist Turin irritiert. ~~Eine Frechheit. Da ist er ein paar Minuten in der Wohnung und schon sucht Irene die Konfrontation~~.

HERR TURIN: Irene, wenn du … wenn es da jemand gibt … Ich will nur zwei Dinge nicht: dass ich ihn kennenlernen muss und dass du Schulden machst mit ihm oder für einen Kredit bürgst oder so etwas. Aber sonst … es ist für mich absolut in Ordnung.

Sein Mund brennt, er ist müde. Er hat heute alles geschafft, was er sich vorgenommen hat. Er hat alles gegeben. Er hat Irene alles gegeben, was er hat. Versteht sie nicht, dass sie ihn jetzt quält?

IRENE TURIN: Ach so, du glaubst, ich frage dich, ob du mitkommst, weil ich dir etwas sagen will? Du irrst. Und was deine Vermutung betrifft: Die ist ja nicht neu. Und du irrst auch da. Ich habe keine Lust, das immer wieder sagen zu müssen.

Herr Turin trinkt und schweigt. Tatsächlich ist der Veltliner gut. Und auch kalt genug. Das erste Glas ist schnell leer. Irene bemerkt das zuerst nicht.

IRENE TURIN: Ich frage mich oft, was du denkst … den ganzen Tag.

HERR TURIN: Was soll ich schon denken? Ist der Urinbeutel voll? Wie spät ist es? Kommt ein neuer Schub? Kann ich die Zeitung lesen oder brauche ich dazu ein

Mikroskop? Wer wischt mir heute den Arsch aus? Wie lange kann ich noch sprechen? Übrigens: Herr Kelemen, du weißt ja, der mit dem Minirock – er hatte vorgestern einen Schlaganfall.

Irene nimmt die Flasche und gießt Turin Wein nach. Der aber hat unter dem Couchtisch Melissa erblickt. Er zwinkert ihr zu, wie er es früher getan hat. Nachdem Dukakis eingeschläfert worden war, wollte Turin keine Katze mehr. Irene aber, die sich anfangs so schwer damit getan hatte, dass Robert einen Kater hatte, behauptete plötzlich, sie könne nun nicht mehr ohne Katze sein. Die Bäuerin in der Wachau, bei der sie jeden Sommer Marillen kauften, hatte einen frischen Wurf in einem Schuppen auf ihrem Hof. Die Katze wurde abgeholt und von Robert nach einem Computervirus aus dem Jahr 1999 auf den Namen Melissa getauft.

IRENE TURIN: Du kannst Herrn Kelemen doch überhaupt nicht leiden.

HERR TURIN: Ich hätte ihm gewünscht, dass er es schafft.

IRENE TURIN: Genug! Und fang jetzt nicht mit der Schweiz an. Weißt du, wenn du das alles inszeniert hast, damit ich in dieser Sache tue, was du von mir erwartest, werfe ich dich hinaus. Aus *meiner* Wohnung. Ich habe Millionen Mal darüber nachgedacht, und ich sage es dir heute zum letzten Mal: Ich kann es nicht tun. Ich kann meinem Mann nicht dabei behilflich sein, sich umzubringen.

HERR TURIN: Warum gönnst du mir nicht ein schmerzfreies Ende, wie es die Nana auch hatte?

IRENE TURIN: Die Nana ist ohne meine Hilfe gestorben.

Herr Turin legt den Kopf in den Nacken und betrachtet die Zimmerdecke. Die Diskussion endet immer an diesem Punkt. Turin macht etwas falsch, das ist ihm klar. Irene hat die ganze Welt auf ihrer Seite. Turin weiß, wie die anderen denken.

Die grosse Barbara: Wir sind dazu da, Krankheit und Schmerz zu lindern und zu heilen. Geburt und Tod legen wir getrost in Gottes Hände.

Schwester Aliki: Herr Turin ist ein harter Knochen. Er schafft alles, was er will. Aber ich finde nicht, dass er das von seiner Frau verlangen darf.

Dr. Steinhäuser: Die Freitodbegleitung ist in unserem Land und in den meisten Ländern der Welt verboten. Die Beihilfe dazu ist eine Straftat.

Schwester Margit: Gott hat uns gegeben, anderen Menschen zu helfen. Durch Christus, unseren Herrn, amen!

Die kleine Barbara: Wenn ich Stationsschwester bin, werde ich alles tun, damit Herr Turin auf andere Gedanken kommt. Und ich werde auch etwas gegen seine Alkoholkrankheit unternehmen.

Pater Reisinger: Das Leid des Patienten verführt ihn eben zu allen möglichen Gedanken. Wir dürfen Herrn Turin deswegen nicht verurteilen. Wir müssen ihm helfen, auf dem rechten Weg zu bleiben.

Mila: Mit mir hat er nie darüber gesprochen. Er hat immer nur auf meine Brüste gestarrt.

Nach dem dritten Glas Wein ist die Flasche fast leer. Irene gießt Turin den Rest ein.

Herr Turin: Weißt du, ich will ja nicht, dass du das morgen für mich tust. Ich will nur über diese Sache nachdenken können.

Irene Turin: Es stört mich nicht, wenn du darüber nachdenkst. Aber ich kann dir dabei nicht helfen. Viel mehr macht es mir zu schaffen, wenn du immer wieder über deine Schmerzen sprichst. Wieder und wieder erzählst du dasselbe, und trotzdem weiß man nicht genau, was und wo es dir wehtut.

Spricht er so oft über seine Schmerzen? Und sagt er nicht immer ganz konkret, was ihm fehlt? Minutenlang schweigen die beiden. Herr Turin setzt immer wieder zu einem Satz an. Er ist gekränkt. So aber will er nicht gehen, er will Irene nicht mit einem schlechten Gefühl zurücklassen. Er sieht, wie sie mit dem Handrücken den Augenwinkel trocken wischt.

Herr Turin: Musst du nicht arbeiten?

Irene Turin: Ich habe Zeitausgleich genommen.

Irene geht in die Küche und kommt mit einer neuen Flasche zurück. Sie gießt ein und prostet Turin zu. Die Gläser klingen schön. Das sind richtige Weißweingläser, nicht wie die Billiggläser vom Textildiscounter, die sie in der Cafeteria haben.

Irene Turin: Zum Wohl, mein Schatz. Und jetzt vertragen wir beide uns wieder.

Herr Turin trinkt. Wie gut ihm der kalte Wein tut! Wie leicht sich sein Körper plötzlich anfühlt. Er genießt das Kribbeln, das er im Bauch spürt. Mit einem Satz springt Melissa auf Turins Schoß. Er spürt es sogar ein wenig in den Oberschenkeln. Sie lässt sich am Hals kraulen wie früher. Turin fährt mit der Hand durch ihr Fell und bewundert das schwarze Dreieck zwischen den Ohren. Und als er Melissa mit der linken Hand streichelt, drückt sie, wie früher, ihren Kopf fest in seine rechte Armbeuge. Diesmal kann Turin das Schluchzen nicht zurückhalten. Er versucht es gar nicht. Irene schweigt. Sie reicht ihm ein Papiertaschentuch.

DUKAKIS: Habe ich schon gesagt, dass ich eine Katzenallergie habe?

HERR TURIN: Darf ich mir den Bodhibaum ins Heim mitnehmen?

Zweiter Teil

Keine Details

1. Das dritte Klavierkonzert

Vor mehr als einem Monat ist Herr Turin in das Zimmer umgezogen, in dem früher Herr Kelemen gewohnt hat. Kelemen ist nach einem Spitalsaufenthalt ins Heim zurückgekehrt, allerdings nicht auf die MS-Station. Die Folgeschäden seines Schlaganfalls sind so groß, dass man ihn auf Station 6 verlegt hat. Außerdem sitzt er nicht mehr im Rollstuhl, sondern ist dauerhaft bettlägerig. Am Montag hat Katharina Payer Turin versprochen, Herrn Kelemen gemeinsam einen Besuch abzustatten. Heute ist es endlich so weit.

Herr Turin hat also ein neues Zimmer mit einem Süd- und einem Ostfenster, und nachdem Irene auf Roberts Wunsch den Bodhibaum aus der Wohnung ins Heim hat bringen lassen, kümmert Turin sich nun täglich um dessen Pflege. Mithilfe von Schwester Nata hat er das Bäumchen umgetopft, und obwohl es anfangs so ausgesehen hat, als würde die Feige den Umzug nicht verkraften, bildeten sich schon nach drei Wochen neue Triebe.

Dr. Steinhäuser: Ficus religiosa, der Baum, unter dem Buddha die Erleuchtung erlangt hat.

Dr. Steinhäuser hat Herrn Turin von Beta-Interferon auf Tysabri umgestellt. Gegen die Schmerzen bekommt er seit Neuestem Novalgin. Seither ist er so fit, dass er den Wecker auf 05:00 Uhr stellt und vor der Morgenrunde noch arbeitet.

Dukakis: Die Arbeit der Freitodmaurer.

Herr Turin hat sein Tablet nun endlich in Betrieb genommen. Er hat jetzt auch eine E-Mail-Adresse und kann das Mailprogramm benutzen. Hauptsächlich benutzt Turin aber den Browser, und er hat auch schon

zwei Vereine in der Schweiz gefunden, die Freitodbegleitungen durchführen. Immer wieder liest er ihre Informationsbroschüren auf dem Tablet. Er entscheidet sich bereits jetzt für einen der Vereine, und zwar deshalb, weil die Abfolge der notwendigen Schritte sehr klar und verständlich dargestellt ist. Herr Turin kann über diese Sache mit niemand sprechen – vielleicht mit Katharina, aber auch das nur, wenn sie unter vier Augen sind. Zuerst ist eine Beitrittserklärung erforderlich. Turin kann diese per E-Mail schicken, eine entsprechende Nachricht hat er bereits im Ordner *Entwürfe* abgespeichert.
Der Wecker läutet um 05:00 Uhr. Turin nimmt das Tablet zur Hand, liest sein E-Mail noch mehrmals durch und drückt dann auf *Senden*. Es ist 05:19 Uhr. Das Brummen auf dem Korridor, das Turin so liebt, ist im neuen Zimmer leiser als im alten. Turin nennt es den Urton. Plötzlich aber wird der Urton von einem Ruf übertönt.
Frau Ditscheiner: Der Traaaaaaaamp gewinnt! Der Traaaaaamp gewinnt Floridaaaaaaaa!
Die ganze Nacht hat die Alte vor dem Fernsehapparat im Sozialraum geschlafen, soeben scheint sie wach geworden zu sein. Fünfzig Bundesstaaten, das macht fünfzig Schreie. Herrn Turin ist gleichgültig, ob Trump gewinnt oder Hillary. Er überlegt, einen Schluck Whiskey zu nehmen, aber dann schläft er wieder ein.
Als er wieder erwacht, hat Turin vom Verein für Sterbehilfe bereits eine Antwort auf sein E-Mail. Man anerkennt zwar seine Mitgliedschaftserklärung, doch weiter wird darin auf seinen Wunsch nach Freitodbegleitung nicht eingegangen. Man fordert ihn dazu auf, mit den zur Verfügung stehenden Ärzten zu prüfen, ob seine Schmerzmedikation ausreichend ist oder umgestellt

werden muss. Stünde ihm ein Experte dafür nicht zur Seite, so würde man ihm dabei helfen, einen Palliativmediziner ausfindig zu machen.

SCHWESTER JESSY: Ich muss heute auch den Katheter wechseln, Herr Turin.

Wie immer ist Herrn Turins Tür offen. Vom Gang her hört man die neuesten Auszählungsergebnisse.

FRAU DITSCHEINER: Pennsylvaniaaaaaaa! Der Traaaaaamp!

HERR TURIN: Die Alte schreit schon seit 05:00 Uhr.

SCHWESTER JESSY: Was will sie denn schon wieder?

HERR TURIN: Sie brüllt die Wahlergebnisse der amerikanischen Bundesstaaten durch die Station.

SCHWESTER JESSY: Ist es wahr, dass Trump die Wahl gewinnt?

HERR TURIN: Es sieht so aus. Mir ist es egal.

SCHWESTER JESSY: Mir nicht.

HERR TURIN: Ich will nur, dass die Ditscheiner den Mund hält. Das schafft Trump offensichtlich nicht. Im Gegenteil.

SCHWESTER JESSY: Ach, Herr Turin, summen Sie doch etwas. Das dritte Klavierkonzert von Beethoven. Mögen Sie Beethoven?

Inzwischen hat Jessy den alten Harnkatheter entfernt. Tatsächlich hat Turin kaum etwas gespürt. Wenn Schwester Margit das macht, tut es immer weh. Und Schwester Barbara lässt Turin bei einer solch heiklen Sache erst gar nicht ran.

SCHWESTER JESSY: Wir werden Ihnen den Urologen schicken, damit er sich das genau anschaut.

HERR TURIN: Summen Sie mir doch das dritte Klavierkonzert vor. Ich weiß nicht, wie es geht.

Jessy beginnt zu summen. Herr Turin ist erstaunt, und als er nachfragt, erzählt Jessy ihm, dass sie in ihrer Jugend Bratsche gespielt hat. *Viola*, sagt sie dazu und spricht das Wort englisch aus.
Früher beim Arbeiten habe ich oft Beethoven gespielt. Doch Dukakis mochte Musik nicht. Mit einer Ausnahme: die Rolling Stones. Eine Band, die ich noch nie ausstehen konnte.
Herr Turin: Mit den Rolling Stones geht es mir wie mit Rapid: Ich habe nichts gegen sie selbst, sondern nur gegen ihre Fans.
Oft habe ich zu Hause die Nacht durchgearbeitet und für Kunden neue Laptops aufgesetzt. Gregor Mentula sagte immer *aufsetzen*, er meinte damit das Installieren des Betriebssystems. Dabei saß man eigentlich nur da und wartete. Bevor CDs verwendet wurden, musste man noch mit Disketten arbeiten, wobei die Programme oft auf sehr viele Disketten aufgesplittet waren, die man händisch wechseln musste.
Dukakis: Entfernen Sie nun Diskette 43 und legen Sie Diskette 44 ein.
Herr Turin: Und danach die Space-Taste drücken.
Dabei spielte ich oft Musik. Besonders bei klassischer Musik versteckte sich Dukakis in einer entfernten Ecke der Wohnung. In den Jahren 1993 bis 1995 war EDV 2000 mein Leben. Ich arbeitete oft Tag und Nacht, wir bekamen laufend neue Aufträge, stellten bald Teilzeitkräfte ein, suchten größere Firmen als Kunden und zahlten uns Prämien aus. Selbst meine Mutter musste einsehen, dass ich alles richtig gemacht hatte. Mit dem Aufkommen von Laptops und internen Netzwerken boomte das Geschäft noch mehr. Im Jänner 1994 stieg Soporan aus der

Firma aus. Er machte ein Jahr Zivildienst, wo er in der EDV einer Hilfsorganisation eingesetzt wurde, die ihn danach sofort anstellte. EDV 2000 gehörte nun Mentula und mir. Wir gründeten eine GmbH.

DUKAKIS: Eine Frage: War Gregor Mentula dich ein einziges Mal hier im Heim besuchen?

Turin hat den Katheterwechsel eigentlich gar nicht bemerkt. Jetzt setzt Schwester Jessy ihn in den Rollstuhl.

2. Seine Haare

Herr Turin betrachtet den Bodhibaum und den kleinen hölzernen Buddha, der neben dem Bäumchen in der Topferde steht. Es klopft an der Tür: Die Pregnerin steht da, allerdings nicht wie üblich in der Anstaltskleidung, heute trägt sie Jeans, eine weiße Bluse und darüber einen Poncho aus Wolle. Sie sieht unausgeschlafen aus.

KATHARINA PAYER: Sind Sie sicher, dass Sie mitgehen wollen?

HERR TURIN: Ganz sicher. Ich muss Herrn Kelemen etwas sagen.

Katharina geht auf Herrn Turin zu. Auch die Schuhe sind nicht die üblichen weißen Turnschuhe. Turin hört ein Klappern. Katharina steht vor ihm, dann geht sie in die Hocke und legt die Unterarme auf ihre Knie. Sie sieht ihn von unten an, auch das ist völlig ungewohnt, aber das Kinn hebt sie wie immer.

KATHARINA PAYER: Sie werden ihm nichts sagen können. Also, natürlich können Sie zu Herrn Kelemen sprechen, aber er wird es nicht verstehen.

Seit Tagen weist Katharina ihn nun auf den Zustand von Herrn Kelemen hin, als würde Turin in diesem Heim nicht täglich menschliche Existenzen in unbrauchbarem Zustand sehen. Katharina geht voran. Vor dem Aufzug macht Turin mit dem Rollstuhl eine Drehung um hundertachtzig Grad und fährt dann rückwärts in den Lift. Das fasziniert Katharina.

KATHARINA PAYER: Gut machen Sie das. Wie lange braucht man, bis man den Elektrorollstuhl mit dem Joystick so gut bedienen kann?

HERR TURIN: Ach, das geht schnell. Mit Joysticks kenne ich mich aus.

Im Lift thront Katharina über Turin. Er atmet tief ein, aber er riecht sie nicht. Alles, was er riechen kann, sind diese Cremesuppen aus der Küche, die alle gleich schmecken. Im sechsten Stockwerk steigen sie aus und gehen vor zum Stationsstützpunkt. Katharina stellt Herrn Turin Oberschwester Dorothea, die Leiterin von Station 6, vor.

SCHWESTER DOROTHEA: Herr Turin, ich habe schon so viel von Ihnen gehört.

Ob er sie in das Schwesternalphabet aufnehmen soll? Mit D gab es bisher keine einzige Schwester. Dann gehen sie in das Zimmer von Herrn Kelemen, der im Bett liegt, nicht im Pflegerollstuhl. Zuerst glaubt Turin, dass er schläft. Katharina spricht ihn an, dann sieht Turin, wie er daliegt, die Augen verdreht, und manchmal unverständliche Silben stammelt, die klingen, als würde er Ja sagen.

HERR TURIN: Herr Kelemen, meine Frau lässt Sie grüßen und Ihnen ausrichten, dass sie sich nun wirklich einen Minirock besorgt hat. Übrigens wurde unlängst in der Quizshow am Montag nach der Erfinderin des Minirocks gefragt, und da dachte ich: Herr Kelemen hätte diese Frage ohne Probleme beantwortet.

HERR KELEMEN: Ja – ja – ja – ja – ja.

HERR TURIN: Seien Sie froh, dass Sie nicht mehr in die Cafeteria dürfen. Die wird jetzt an eine Fremdfirma ausgelagert, stellen Sie sich das vor! Da servieren dann nicht mehr Herr Marcus und Herr Dejan, sondern irgendwelche Menschen, die aussehen wie die Bedienung im Speisewagen. Und teurer wird auch alles.

HERR KELEMEN: Ja – ja – ja.

Katharina steht die ganze Zeit hinter Robert Turin, und in einem Moment, den er nicht bemerkt hat, muss sie ihre Hände auf seine Schultern gelegt haben.

HERR TURIN: Kommt Ihre Nichte noch manchmal?

HERR KELEMEN: Ja – ja – ja. Ja – ja.

HERR TURIN: Sehen Sie, Herr Kelemen, ich habe Glück. Es gibt eine einzige Frau in diesem Haus, die mir zuhört. Aber sie ist grausam, grausam wie die Königin der Berge. Jeden Montag empfängt sie mich in ihrem Sprechzimmer. Dann kann ich unter vier Augen mit ihr reden. Das ist mein wichtigster Termin in der Woche. Deshalb kann ich am Montag nicht zu Ihnen kommen, Herr Kelemen. Verstehen Sie?

Katharina nimmt die Hände von Turins Schultern.

HERR TURIN: Und ich hätte besser geschwiegen. Sehen Sie! Ich bin ein Idiot. Hätte ich geschwiegen, dann hätte die schöne Frau ihre Hände noch länger auf meinen Schultern liegen lassen.

Eine Schwester betritt das Zimmer. Herr Turin hat sie schon öfter in der Cafeteria gesehen, aber er weiß nicht, wie sie heißt. Die Schwester nickt Katharina zu, sehr freundlich ist dieser Gruß nicht. Herrn Turin ignoriert sie überhaupt. Dann wendet sie sich zu Kelemen.

DIE SCHWESTER: Jetzt bringe ich Ihnen dann bald das Essen, gelt? Bald kommt es. Bald.

KATHARINA PAYER: Schwester, kommt die Logopädin zu Herrn Kelemen?

DIE SCHWESTER: Ja. Jeden Tag eine Viertelstunde.

HERR KELEMEN: Ja – ja – ja.

DIE SCHWESTER: Ja, genau, gelt? Ja können wir noch sagen, gelt?

Die Schwester geht wieder. Bevor sie den Raum verlässt,

schlägt sie mit der Handfläche gegen den Türstock. Ein klatschendes Geräusch entsteht.

DIE SCHWESTER: Ja, so ist das, Herr Kelemen, gelt?

HERR TURIN: Ich habe jetzt Ihr Zimmer, Herr Kelemen. Ich hoffe, Sie sind einverstanden. Die Ditscheiner dreht völlig durch, seien Sie froh, dass Sie nicht mehr auf Station 4 sind. Die ganze Nacht hat sie die Berichte aus Amerika geschaut, von der Wahl. Sie redet nur mehr von Donald Trump und von seinen Haaren. Wenn Sie mich fragen, hätte man die Alte schon vor Jahren auf die Psychiatrie verlegen müssen.

HERR KELEMEN: Ja – ja – ja – ja – ja.

Als Katharina und Herr Turin gehen, wirkt die Pregnerin bedrückt. Sie spricht nicht. Auch als sie den Stationsstützpunkt passieren, winkt Katharina Schwester Dorothea nur kurz zu. Im Lift schweigt sie auch.

HERR TURIN: Wollen Sie einen Whiskey?

KATHARINA PAYER: Einen Whiskey? Wo?

HERR TURIN: In meinem Zimmer. Redbreast, ein irischer Whiskey. Wir können die Zimmertür auch schließen, wenn Sie wollen. Ja, jetzt ist er Gemüse, der Herr Kelemen.

KATHARINA PAYER: Gemüse?

HERR TURIN: Menschliches Gemüse. Aber seine Haare!

KATHARINA PAYER: Seine Haare?

HERR TURIN: Das ist etwas anderes als bei Trump. Siebzig Jahre und so schönes volles Haar!

3. Im Flug

Ein Fluchen, Ächzen und Stöhnen, ein Scheppern und Schlagen hört Turin vor seinem Zimmer, als er schon im Rollstuhl sitzt und nach der Morgenrunde fast wieder einnickt. Sofort fährt er auf den Gang. Zwei Graue – einer davon ist der Übergewichtige mit den vielen Tätowierungen, der schon vor Wochen da war, der zweite ein junger pickelübersäter Mann – haben ein Aluminiumgitter gebracht und neben Herrn Turins Zimmertür gegen die Wand gelehnt. Nun öffnet der Dicke mit dem Vierkantschlüssel das französische Fenster. Der Tätowierte gibt dem Verpickelten Anweisungen, während beide das Gitter halten und in die Verankerung stecken wollen. Da es nicht gelingt, werden sie immer lauter und ungehaltener. Irgendwann beschließen sie, abzusetzen und das Gitter wieder an die Wand zu lehnen. Der Tätowierte beauftragt den Jungen, eine Bohrmaschine zu bringen.

Der junge Graue geht davon, in einer Gangart, die der Welt mitteilen soll, was er von seiner Arbeit hält. Als Turin jung war, strahlten alle Kellner, Taxifahrer, Bankbeamte, Arbeiter und sogar Geschäftsleute, von denen man redlich etwas kaufen wollte, diesen aggressiven Unwillen aus. Dass dieses Desinteresse an der eigenen Tätigkeit das Land nicht zugrunde gerichtet hat, ist ein Wunder. In den Neunzigerjahren gab es erstmals Menschen, die an ihrer Arbeit Freude hatten und damit sogar andere anstecken konnten. Gregor Mentula war ein solcher Mensch.

Der junge Graue ist weg. Der ältere nimmt sein Mobiltelefon zur Hand und macht einen Anruf. Als er zu sprechen beginnt, wird sofort klar, dass es ein privates Gespräch ist. Der Tätowierte bemerkt auch bald, dass Herr

Turin mithört, und geht daher den Gang entlang Richtung Lift. Als Schwester Barbara an ihm vorbeikommt, zischt sie ihn an und hält ihren Zeigefinger vor die Lippen, um ihm zu bedeuten, leiser zu sein. Der Graue geht bis zum Treppenhaus, um dort ungestört weiter zu telefonieren. Herr Turin steht mit dem Rollstuhl etwa drei Meter vom französischen Fenster entfernt. Beide Flügel sind ganz geöffnet. Niemand ist auf dem Gang. Schwester Barbara ist in einem Zimmer verschwunden. Vier Stockwerke geht es in die Tiefe. Wie hoch kann das sein? Zehn oder zwölf Meter? Wie lange ist wohl Zeit, zu überlegen? In Turins Leben ist alles getan. Herr Turin fährt mit dem Rollstuhl drei bis vier Meter zurück und positioniert sich exakt vor dem französischen Fenster. Dann drückt er den Joystick nach vorne und fährt mit Höchstgeschwindigkeit auf das Fenster zu. Und schon fliegt er ins Freie. Zuerst wird man ihm das hier sehr übel nehmen, aber schon in einem Jahr wird man ihn vergessen haben.

Herr Turin: Noch fünf Sekunden bis zum Aufprall. Ich wünsche mir, dass Irene und Melissa und auch Herr Kelemen einen schnellen, schmerzfreien und friedlichen Tod finden werden.

Irene Turin: Mein Mann ist vor einem Jahr verstorben. Er hat sehr schwer an einer unheilbaren Krankheit gelitten und sich [redacted].

Katharina Payer: Ich habe mit ihm noch am Vortag einen Patienten besucht, der nach einem Schlaganfall gelähmt ist und nicht mehr sprechen kann. Herr Turin hat darauf bestanden, mit ihm zu reden. ~~Herr Turin hat den meisten Menschen im Heim viel bedeutet und sie unterhalten und aufgebaut~~.

Die kleine Barbara: Zwei Haustechniker haben in unverantwortlicher Weise ein offenes Fenster unbeaufsichtigt gelassen.

Schwester Margit: Wäre ich noch Stationsschwester gewesen, wäre so etwas nicht passiert. Die Mädchen ~~träumen den ganzen Tag und~~ sehen die Arbeit nicht.

Schwester Aliki: Das Letzte, was er mich gefragt hat, war: Schwester Aliki, wie funktioniert das mit diesem Uber? Können Sie mir das erklären?

Pater Reisinger: Über [redacted] zu sprechen, ist sehr schwierig. Wir wollen Herrn Turin als den in Erinnerung behalten, der er war.

Mila: Unsere letzte Übung war es, Wasser von einem Becher in einen anderen umzulernen. Das konnte er gut.

Schwester Margit: Mit Flüssigkeiten hat er sich immer leichtgetan.

Herr Turin: Noch vier Sekunden. Beeilt euch! Alle sollen drankommen.

Schwester Nata: Nach seinem [redacted] hatte ich seine Bankomatkarte in meiner Tasche, weil ich immer für ihn Geld abheben war. Ich wollte nicht, dass seine Frau davon erfährt und auf falsche Gedanken kommt.

Herr Kelemen: Er wusste alles, was im Heim passiert. Alles. Und er hat es mir erzählt.

Gregor Mentula: Natürlich wusste ich, dass er in einem Heim ist. Er hatte schon zwei, drei Jahre von zu Hause aus gearbeitet, weil er nicht mehr richtig gehen konnte. Ich gebe zu: Ich habe ihn nie besucht. Ich halte das nicht aus, Spitäler, Altersheime, mir wird sofort übel. Ich wollte ihn so in Erinnerung behalten, wie er war. Ein feiner Kerl!

Herr Turin: Noch drei Sekunden bis zum Aufprall. Was ist denn mit Schwester Claudia? Sie hat mich doch geliebt.

Schwester Claudia: Ich arbeite schon seit drei Jahren nicht mehr im Heim. Herr Turin war mein Lieblingspatient, und ich habe ihn nach meinem Ausscheiden aus dem Heim zwei Mal im Jahr besucht. Er hat mir öfter E-Mails geschrieben. Ich wusste, dass er nicht mehr leben wollte.

Frau Ditscheiner: Die Nachrichten haben ihn gar nicht interessiert.

Schwester Dorothea: Frau Dr. Payer hat ihn mir am Tag davor vorgestellt. Ich habe etwas Schreckliches in seinen Augen gesehen.

Schwester Michaela: Seinen Mut bewundere ich schon.

Anita Turin: Was er getan hat, war das einzig Richtige. Das war doch kein Leben mehr!

Dukakis: Das Leben vergeht im Flug.

Herr Turin: Noch zwei Sekunden.

Frau Ditscheiner: Inzwischen ist Herr Turin dement geworden. Er hat noch nie etwas von Donald Trump gehört. Und er glaubt, dass Katzen sprechen können.

Schwester Aliki: Wir fliegen nach Athen. Wir sehen die alte Welt von oben. Herr Turin liebt mich. Er liebt mich, und wir werden gemeinsam überallhin fliegen.

Katharina Payer: Ich wusste vom ersten Augenblick an, dass er etwas Besonderes ist. Ich nehme ihn bei der Hand und fliege mit ihm.

Irene Turin: Nein, Robert, nicht! Ich bin nicht richtig angezogen. Schau dir mein Kleid an! Es ist voller Katzenhaare. Ich muss mich noch umziehen.

Turin spürt, dass er auf einem Gegenstand landet, der unter dem Rollstuhl zusammenkracht. Der Rollstuhl landet aufrecht mit einem harten Schlag und stürzt mit einem zweiten Aufschlag auf die linke Seite. Herrn Turins Schläfe schlägt auf den Fliesenboden. Oder ist es Asphalt? Ist das wirklich die Straße? Herr Turin weiß immer noch nicht, wie das mit diesem Uber funktioniert. Wenn er tot ist, muss er es auch nicht mehr erfahren. Es ist so ruhig hier auf der Südseite des Heims. Zwischen dem Heim und dem Bürogebäude dahinter verläuft eine Gasse mit einem kleinen Park, der eigentlich nur eine winzige Grünfläche ist. In diesem Park steht ein Ginkgobaum. Eigentlich müsste Turin auf dieser Gasse liegen. Und er müsste den Ginkgobaum sehen. Aber er sieht zuerst nur ein Geländer. Dann nur mehr Schwarz.

4. Zwischen Indien und Burma

Vielleicht war Herr Turin kurz bewusstlos, vielleicht war es aber auch nur der Aufprall. Er greift sich an die Schläfe. Blut ist da keines. Er liegt auf einer Terrasse. Natürlich. Der dritte Stock hat ein verlängertes Vordach mit Terrasse, auf der Patienten und Angehörige rauchen. Wie konnte er das vergessen? Er ist also nicht vier Stockwerke nach unten gestürzt, er ist nur ein Stockwerk tiefer gefallen.

DR. STEINHÄUSER: Etwa drei Viertel aller Sprünge aus dem vierten Stockwerk enden tödlich. Für einen Sturz aus dem ersten Obergeschoss liegt mir keine Statistik vor.

Es ist ganz still. Wahrscheinlich hat niemand seinen Sturz bemerkt. Turin kann nicht von alleine aufstehen und schon gar nicht den Rollstuhl wieder aufstellen. Turin weiß, was jetzt kommt, ist viel schlimmer als alles, was er sich vorstellen kann. Das war das Schlimmste: ein neuer Schub, die kleine Barbara hat Dienst, in der Cafeteria arbeitet Dejan, der Veltliner schmeckt nicht, es muss ein neuer Harnkatheter gesetzt werden, er kann nicht schlafen. Alles Kleinigkeiten gegen das, was jetzt kommt: Herr Turin, der erfolglose Selbstmorder, muss vor sich selbst geschützt werden. Die Station kann keine Verantwortung übernehmen, wenn die Gefahr der Selbsttötung besteht. Er muss in die geschlossene Psychiatrie. Herr Turin hört eine Stimme. Noch im Flug hat er schöne Stimmen gehört. Jetzt ist es eine hässliche, nasale, krächzende Stimme.

DIE STIMME: Hallo, hören Sie mich?

Turin spürt zwei Finger, die an seinen Hals greifen, um den Puls zu fühlen. Dann ein Ohr über seinem Mund.

Die Stimme: Die Rettung muss gleich da sein. Bleiben Sie auf der Seite liegen. Ich lagere Sie jetzt nicht um.
Und schon hört Turin die Sanitäter. Eine junge Frau beugt sich über ihn.
Die Sanitäterin: Können Sie mich verstehen?
Herr Turin: Ja.
Die Sanitäterin: Wie ist Ihr Name?
Herr Turin: Robert Turin.
Die Sanitäterin: Wann sind sie geboren?
Herr Turin: Am 23. Dezember 1970.
Die Sanitäterin: Was ist heute für ein Tag?
Herr Turin: Ein Scheißtag.
Die Sanitäterin spricht zu jemand anderem. Es wird telefoniert. Turin versteht nur einige Worte. Es geht darum, wohin er transportiert wird. Zuerst wirft man eine Decke über ihn. Dann kommt ein Mann mit einer Trage, die in der Mitte geteilt wird. Zwei Sanitäter drehen ihn auf den Rücken. Der dritte hält den Harnbeutel. Dann werden die beiden Hälften der Trage unter seinem Körper zusammengesteckt. Auf ein gemeinsames Kommando hebt man Turin hoch. Der Mann, der zuerst Turins Puls gefühlt hat, berät die Sanitäter, wie sie mit der Trage nach unten kommen. Am besten durch die Station zum Lift und dort den Bettenlift nehmen. Turin kennt diesen Mann, er ist Pfleger auf Station 3. Immer wieder hat Turin ihn in der Cafeteria gesehen, er hat ihm den Namen *Fisch* gegeben. Die Sanitäterinnen, zwei junge Frauen, tragen ihn durch die Station. Als sie beim Lift stehen, wartet dort auch Mila, die Physiotherapeutin. Dass sie jetzt hier stehen muss! Warum trifft man sie eigentlich so oft beim Lift? Ist sie Aufzugswärterin? Diese aufgedonnerte Nutte!

Die Sanitäterin: Der Herr ist gestürzt.
Mila: Was? Gestürzt? Auf Station 3?
Zu allem Unglück müssen sie jetzt noch auf den Fisch warten, denn der Bettenlift muss mit einem Schlüssel freigeschaltet werden, damit nicht jeder damit fahren kann.
Mila: Soll ich Schwester Barbara Bescheid sagen?
Herr Turin: Wollen Sie mir helfen?
Mila: Aber sicher.
Herr Turin: Dann sagen Sie Schwester Barbara nicht Bescheid.
Herr Turin legt seinen Zeigefinger auf die Lippen.
Herr Turin: Keine Details!
Endlich geht der Bettenlift auf und die Sanitäterinnen tragen Turin in die Kabine. Sie fahren ins Erdgeschoss. Turin wollte in einem Sarg aus dem Pflegeheim transportiert werden, nun trägt man ihn auf einer Bahre am helllichten Tag durch die Eingangshalle an der Cafeteria vorbei, wo ihn jeder kennt. Er schließt die Augen, als ob er dann nicht gesehen werden könnte. Er hält die Augen mit aller Kraft geschlossen und denkt an die alte Geschichte, die Irene nicht gerne hört, die Turin aber immer noch witzig findet.
Ende der Neunzigerjahre hatten Mentula und ich bereits fünfundzwanzig Angestellte. Mentula ist immer ein ungebildeter, ungehobelter Mensch gewesen, aber er war der Personalchef der Firma. Kein Bewerber kam an einem Gespräch mit ihm vorbei, auch nicht der junge Mann aus Bangladesh, der sich eines Tages bewarb. Kurz nachdem der Bangladeshi gegangen war, trat Gregor Mentula in mein Büro.
Gregor Mentula: Sag einmal, wo ist Bangladesh?

Herr Turin: Zwischen Indien und Burma.

Gregor Mentula: Keine Details, Mensch! Welcher Kontinent?

Diese Episode ist berühmt geworden. Niemand, der Herrn Turin besser kennt, kann sie noch hören, weil er sie schon so oft erzählt hat. Turin wird von der Liege auf das Bett des Rettungswagens verfrachtet. Eine der Sanitäterinnen bleibt neben ihm sitzen, die andere nimmt neben dem Fahrer Platz. Die Sanitäterin neben Turin ist jung, fast noch ein Mädchen, jedenfalls keine dreißig Jahre alt. Offensichtlich wurde ihr in der Ausbildung beigebracht, dass die Kommunikation mit dem Patienten während der Fahrt nicht abreißen soll. Also versucht sie andauernd, Turin in ein Gespräch zu verwickeln.

Die Sanitäterin: Seit wann sitzen Sie denn schon im Rollstuhl?

Herr Turin: Warum tun Sie das?

Die Sanitäterin: Was meinen Sie?

Herr Turin: Warum retten Sie mich? Ich will nicht gerettet werden.

Die Sanitäterin: Wir sind von der Einsatzzentrale hierher beordert worden.

Einsatzzentrale. Aber wer hat die Einsatzzentrale informiert? Herr Turin lebt in einem Heim, in dem selbst die geschulten Pflegerinnen und Pfleger sich davor drücken, Erste Hilfe zu leisten, und stattdessen lieber die Rettung rufen.

Herr Turin: Wissen Sie, ich höre Menschen sprechen, die gar nicht da sind.

Die Sanitäterin: Wirklich?

Herr Turin: Nicht nur Menschen. Sogar einen Kater.

Die Sanitäterin: Wirklich? Was sagt denn der Kater?

Herr Turin: Er war der intelligenteste Kater, den ich kannte. Er ist schon lange tot.

Die Sanitäterin: Das tut mir leid.

Herr Turin: Was für ein Glück er hatte! Ich habe ihn einschläfern lassen. Ich habe kein solches Glück.

Die Sanitäterin: Katzen sind süß. Ich habe einen Hund. Wenn Sie wollen, kann ich Ihnen ein Foto von ihm auf meinem Handy zeigen.

5. Ein seltsamer Brauch

Irene kommt heute nicht. ~~Damit will sie ihren Mann bestrafen~~. Herr Turin liegt in einem Dreibettzimmer. Rechts von ihm liegt ein Sportler, der irgendeine Operation hatte. Der Sportler sagt den ganzen Tag lang nichts, nur wenn ihn seine Eltern besuchen, redet er eine Stunde ununterbrochen. Links von Turin liegt ein alter Obdachloser, der sich bei einem Treppensturz einen Oberschenkelhalsbruch zugezogen hat.

Am Vormittag kommt Nata. Turin kann sehen, dass sie die Dienstkleidung unter dem Mantel trägt. Sie bringt die Bankomatkarte und das behobene Geld und sagt, dass sie sich sehr große Sorgen mache. Gerne würde Herr Turin mit ihr sprechen, aber gleich nachdem Nata das Zimmer betreten hat, wird Turin zum Röntgen abgeholt, und als man ihn in seinem Bett auf das Zimmer zurückschiebt, ist sie schon weg. Klar, sie hat schließlich Tagdienst.

Die beste Krankenschwester hier heißt Asuman. Herr Turin beobachtet etwas Seltsames: Immer wenn Asuman den Raum verlässt, schlägt sie mit der Handfläche gegen den Türstock, so wie es die Schwester auf Station 6 gemacht hat, als Turin Herrn Kelemen besucht hat. Ein seltsamer Brauch. So hat Turins Großmutter, die Mutter seiner Mutter, immer gesagt. In ihrer Sprache wurde eine Angewohnheit als *Brauch* bezeichnet.

HERR TURIN: Überhaupt gab es im Dialekt meiner Großeltern viele seltsame Wörter: *Rar* bedeutete *angenehm*, *studieren* bedeutete *nachdenken*, *aufdenken* bedeutete *sich erinnern*. Und jetzt wollen Sie mit mir bestimmt über meinen Fenstersturz sprechen.

Katharina Payer: Ich will Sie nur warnen: Morgen kommt Schwester Barbara zu Ihnen.

Herr Turin: Oh, nein. Ich habe eine Katastrophe ausgelöst.

Katharina Payer: Sagen wir: eine kleine Katastrophe.

Herr Turin: Es war wohl nicht sehr klug von mir, das Ganze.

Katharina Payer: Von uns auch nicht. Im Heim wird nicht täglich aus dem Fenster gefallen. Wahrscheinlich haben Sie jetzt noch stärkere Schmerzen vom Aufprall.

Das dachte Turin auch, doch eigenartigerweise hat er keine Schmerzen. Unglaublich, wie verjüngend so ein Fenstersturz sich auswirkt! Auch sein Sehvermögen ist plötzlich wieder völlig hergestellt. Jetzt, wo er Katharina außerhalb des Heims sieht, kommt es ihm vor, als sähe er sie zum ersten Mal. Legere Straßenkleidung in dunklen Farben steht ihr wesentlich besser als das ewige Weiß. Sie trägt Jeans und einen dunkelblauen Pullover, und das Haar ist heute nicht nach hinten zurückgebunden, sondern offen und zur Seite frisiert. Sie sitzt da, ein Bein über das andere geschlagen, und verändert ihre Position kaum. Das Schöne an Katharina ist, dass man sieht, dass sie erst vor Kurzem aufgewacht ist. Turin erkennt das an ihren Augen und Wangen. Und trotzdem wirkt Katharina auf Herrn Turin wie eine riesige Maschine, ein ungeheuer mächtiger Roboter, den man nur deshalb als Mensch anerkannt hat, weil man zu faul ist, das 15.000-seitige Bedienungshandbuch auch nur aufzuschlagen. Katharinas Besuch scheint den Zweck zu haben, Turin zurechtzuweisen, denn sie schweigt, sodass Turin nachdenken muss, was er überhaupt sagen könnte. Er versucht, den Roboter zu überraschen.

Herr Turin: Also, wenn Sie die Schwester beobachten, werden Sie feststellen, dass sie jedes Mal, wenn sie aus dem Zimmer geht, mit der Handfläche auf den Türstock klopft.

Katharina Payer: Ein Tic?

Herr Turin: Ein Brauch, würde meine Großmutter sagen. Ein blöder Brauch.

Katharina Payer: Hatten Sie auch einen Brauch als Kind?

Ich hatte eine Zeit lang, mit sechs oder sieben Jahren, einen Niederknie-Zwang. Beständig musste ich niederknien, sodass das rechte Knie den Boden berührte. Und da ich überall niederkniete, auch beim Fußballspielen in der Schule, fiel mein Zwang bald auf. Meine Großmutter sagte immer: so ein blöder Brauch! Aber es kam noch schlimmer. Neben dem Sportplatz, auf dem wir als Kinder Fußball spielten, lag ein Rübenacker. Die Rüben wurden eigentlich als Tierfutter angebaut, aber wenn sie noch klein und saftig waren, aßen wir sie als Kinder gerne. Wir schossen den Ball also absichtlich auf den angrenzenden Rübenacker, damit wir ihn holen gehen mussten. Dabei drehte jeder von uns zwei oder drei Rüben aus der Erde, die wir dann aßen. Die anderen Kinder wuschen die Rüben oder wischten wenigstens die Erde ab, ich aber mochte es, wenn ich Erde mitaß, wenn sie in meinem Mund knirschte. Bald ging ich täglich alleine auf das Rübenfeld, und eines Tages geschah es: Ich kniete auf dem Feld nieder, beugte mich nach vorne, biss in den Acker und hatte den Mund voll Erde.

Dr. Steinhäuser: Geophagie – der Zwang, Erde zu schlucken.

Katharina Payer: In einem solchen Fall sollte man immer eine Therapeutin aufsuchen. Aber das müssen Sie jetzt sowieso tun.

Herr Turin: Muss? Was heißt, ich muss? Sind Sie nur gekommen, um mir das zu sagen?

Katharina Payer: Wenn Sie sich die Psychiatrie ersparen und als freier Mann leben wollen, dann müssen Sie das tun. Und wenn Ihr Anliegen mit der Schweiz ernst gemeint ist, dann müssen Sie aufhören, solchen Unsinn zu machen.

Das erste Mal seit Turin die Pregnerin kennt, ist ihr Ton scharf und zurechtweisend. Er schweigt.

Katharina Payer: Wie war es denn, das Fliegen?

Herr Turin: Keine Details!

Und nun erzählt er Katharina die alte Geschichte. Sie lacht. Sie lacht so sehr, dass sie sich Tränen aus den Augenwinkeln wischen muss.

Katharina Payer: Keine Details, Mensch! Welcher Kontinent? Das ist herrlich.

Der Sportler schaut immer wieder genervt zu ihnen. Er ist eifersüchtig. Aber er kann mit Krücken gehen. Irgendwann humpelt er wortlos aus dem Zimmer.

Katharina Payer: Wo ist sie denn nun, Ihre Schwester mit dem Brauch? Ist sie schön?

Herr Turin: Schön, schön, was heißt schön? Alle Schwestern sind schön. Auf der MS-Station sind alle Schwestern schön.

Katharina Payer: Vermissen Sie das Heim?

Herr Turin: Ja. Und ich würde es auch vermissen, wenn ich tot wäre. Die Mädchen … Schwester Margit nennt die Pflegerinnen immer *die Mädchen* … die Mädchen sind alle Engel. Alle.

Katharina Payer: Manche von diesen Engeln können ganz schön beißen.

Herr Turin: Das können Sie auch, liebe Frau Doktor. Habe ich nicht gerade gesehen, wie Sie heimlich in eine Karotte gebissen haben?

~~Herr Turin: Katharina, ich danke Ihnen, dass Sie gekommen sind.~~

~~Herr Turin: Katharina! Ich weiß, Sie hätten nicht zu mir kommen müssen. Ich schätze es sehr, dass Sie …~~

~~Herr Turin: In Wirklichkeit sind Sie ein Engel, Frau Dr. Payer. Obwohl ich glaube, dass Sie gar kein Engel sind. Sie sind auch keine Frau Doktor. Irgendwann kriege ich raus, was Sie wirklich sind~~.

Minutenlang ist es still. Dann kommt der Sportler zurück ins Zimmer, legt sich in sein Bett und setzt die Kopfhörer auf. Nur der Obdachlose links von Turin, der schon auf das Abendessen wartet, beobachtet, was Katharina tut. Die Pregnerin steht auf und klopft Turin auf die Schulter, dann geht sie, und es wird Abend. Auch hier wird Essen gebracht. Alle Mahlzeiten, die Turin bis jetzt bekommen hat, hat er dem Obdachlosen gegeben.

Dukakis: Hier liegen wirklich die letzten Penner.

Herr Turin: Und wir.

Dukakis: Heimlich in eine Karotte gebissen!

Herr Turin: Mir ist nichts anderes eingefallen.

6. Damenhandtasche

Verdacht auf Gehirnerschütterung, aber keine Gehirnerschütterung. Verdacht auf Nasenbeinbruch, aber kein Nasenbeinbruch. Die Ergebnisse kommen früh am Morgen, und das an einem Samstag! Herr Turin ist überrascht. Vom Ergebnis aber ist er unterrascht. Das ist ihm immer klar gewesen, dass er sich bei einem Sturz aus so geringer Höhe nicht ernsthaft verletzt haben kann. Nun muss er noch ausharren in diesem Krankenhaus. Und er muss hungrig bleiben, denn auch sein Frühstück geht an den Obdachlosen. Es kommt die Visite, die Turin nichts anderes mitteilt, als dass keine durch den Sturz verursachten Schäden festgestellt werden konnten. Man werde ihn also noch zwei Tage hierbehalten und beobachten.

HERR TURIN: Am Montag kann ich gehen, hat die Ärztin gesagt.

Hunderte Male wiederholt Turin diesen Satz. Er schreibt Irene ein SMS und erhält eine Dreiwortantwort: Komme heute Nachmittag. Eigentlich erwartet Herr Turin die große Barbara, doch dann wird er mit seinem Bett in ein Behandlungszimmer geschoben. Dort lässt man ihn zunächst ein paar Minuten allein. Schwester Barbara kommt zur Tür herein. Sie schließt sie hinter sich. Turin kennt ihren langsamen, leicht unsicheren Gang, das rechte Bein schleift ein wenig nach. Schwester Barbara nimmt einen Stuhl, stellt ihn neben Turins Bett und setzt sich. In ihrer Hand befinden sich Papiere. Sie nimmt die Halbbrille, die an einer Kette um ihren Hals hängt, und setzt sie auf.

DIE GROSSE BARBARA: Herr Turin, ich habe Ihnen Folgendes anzubieten. Glücklicherweise kenne ich Schwester Elisabeth, die hier zuständig ist. Wir können in den Unfallbericht schreiben, dass Sie bei einem Manöver mit Ihrem Rollstuhl seitlich umgekippt sind. Voraussetzung ist, dass Sie und Ihre Frau sich an diese Version halten, wenn Sie über den Vorfall sprechen. Dann können Sie ins Heim zurückkehren. Wenn Sie aber noch einmal …

Bei diesen Worten nimmt Schwester Barbara die Halbbrille ab und lässt sie fallen, woraufhin sie an ihrem Hals baumelt. Schwester Barbara hebt den rechten Zeigefinger, er ist aber nicht ganz ausgestreckt, sondern leicht gekrümmt.

Die grosse Barbara: Wenn Sie noch einmal in ähnlicher Absicht irgendwelche Schritte setzen, dann, mein lieber Herr Turin, muss ich Sie einweisen lassen. Und das werde ich in einem solchen Fall auch umgehend tun. Ich werde nicht zulassen, dass Sie unserem Haus einen massiven Imageschaden zufügen. Haben Sie das verstanden?

Herr Turin nickt. Aber das Nicken wird nicht ausreichen. Immer noch schaut sie ihn an, mit gesenktem Kopf, so als würde sie über die Brille blicken, die sie zurzeit gar nicht aufhat.

Die grosse Barbara: Unsere Psychologin Frau …

Nun greift Schwester Barbara wieder nach der Brille und beginnt in den Blättern, die sie in der Hand hält, zu suchen.

Herr Turin: Payer.

Die grosse Barbara: Danke. Frau Dr. Payer kommt auf Sie zu. Und Sie werden dem, was sie Ihnen vorschlägt, Folge leisten. Vergessen Sie nicht, was der Apostel Paulus in seinem Brief an die Epheser schreibt: *So legt nun von euch ab nach dem vorigen Wandel den alten Menschen, der durch Lüste im Irrtum sich verderbt.*

Die große Barbara verlässt den Raum. Turin ist nicht klar, wann er hier wieder abgeholt werden soll. Es ist das erste Mal in seinem Leben, dass er von einer katholischen Schwester zur Lüge angestiftet wurde. Er darf wieder nach Hause: Sein Zuhause ist das Pflegeheim, vierter Stock, Station 4, Zimmer 409. Um dort wieder hinzugelangen, muss er eine Lüge erzählen. Sie klingt vermutlich ohnehin besser als die Wahrheit.

Herr Turin:

Ich war auf dem Vordach im dritten Stock. Als ich zurückfahren wollte, bin ich beim Wenden mit dem Rollstuhl rückwärts über die Türschwelle gefahren. Dabei ist mein Rollstuhl umgekippt.

Im vierten Stock wurde ein französisches Fenster repariert. Die Arbeiter haben es offen gelassen und sind weggegangen. Ich dachte, dass es vier Stockwerke in die Tiefe geht, und bin mit dem Rollstuhl durchgefahren und hinuntergestürzt.

Schwester Asuman: Da haben Sie wirklich Glück gehabt. Ihnen ist nichts passiert.

Schwester Asuman betont Turins Namen auf der zweiten Silbe. Seltsamerweise macht ihm das nicht nur nichts aus, er findet es auch besser, hier im Krankenhaus unter einem falschen Namen bekannt zu sein. Das wäre genug gewesen. Genug für einen Tag! Doch es steht noch Irenes Besuch bevor. Herr Turin versucht zu schlafen, doch er bemerkt, dass er Angst hat, Irene zu verpassen. Turin kennt Irene. Wenn sie ihn schlafend vorfindet, weckt sie ihn nicht, sondern bleibt im Zimmer sitzen, holt vielleicht einen Kaffee vom Automaten am Gang und kommt dann wieder. Wenn Turin innerhalb einer Stunde nicht aufwacht, schreibt sie ihm ein SMS und geht. Tatsächlich ist Herr Turin eingeschlafen. Als er erwacht, hört er, wie Irene sich mit dem Sportler unterhält.

Irene Turin:

Mein Mann ist mit dem Rollstuhl umgekippt.	Mein Mann hat versucht, [redacted].

Der Sportler: Sie sehen so fit aus. Machen Sie Sport?

Irene kramt in ihrer Handtasche. Wahrscheinlich sucht sie ihren Lippenstift oder eine Bürste oder das Mobiltelefon. Sie kramt in der Handtasche, ohne hineinzuschauen. Turin sollte die Augen öffnen und sich in das Gespräch einmischen, bevor der Sportler beginnt, Irene seine Triathlonergebnisse aus den letzten fünfzehn Jahren vorzutragen. Doch in diesem Moment fällt Herrn Turin ein Gleichnis ein.

Dukakis: Vergessen Sie nicht, was Herr Turin in einem Brief an die Epheser schreibt.

Herr Turin: Die Welt ist eine Damenhandtasche. Was man sucht, weil man es gerade braucht, kann man nicht finden. Aber dafür findet man tausend andere Dinge, von denen man gar nicht wusste, dass es sie gibt.

7. Bierdiät

Irene schweigt. Und Herr Turin auch. Auf die Frage, wie das Essen geschmeckt hat, erzählt er kurz, warum er es nicht einmal kosten konnte. Dann ist es wieder still. Die Station hier hat einen ganz anderen Urton. Manchmal ist ein seltsamer Alarm zu hören, das dreimal wiederholte Piepen einer Maschine. Irene hat einen Strauß violette Tulpen mitgebracht und sucht nach einer Vase. Dann fragt sie die anderen im Zimmer, ob es sie stört, wenn sie die Vase auf das Fensterbrett stellt. Die Antwort ist auf beiden Seiten nicht mehr als mürrisches Gemurmel. Dann setzt sich Irene an Turins Bett. Sie erzählt, dass sie nun hauptsächlich mit japanischen Geschäftspartnern zu tun habe. Aus diesem Grund müsse sie lernen, wie man mit Japanern konversiert und verhandelt. Es ist wichtig, in bestimmten Situationen zu schweigen, in denen Europäer oder Amerikaner eher versuchen würden, ein Gespräch in Gang zu bringen. Chinmoku heißt diese Form der Stille, die ein Europäer als lang und quälend, ein Japaner aber als höflich empfindet. Jemandem, der geradeheraus sagt, was offensichtlich der Fall ist, vertraut man weniger als jemandem, der eine solche Situation mit Chinmoku meistert.

Herr Turin muss zugeben, dass er nicht weiß, was Irene beruflich macht. Er weiß, dass sie in einer Firma arbeitet, die aus verschiedenen Metallen Teile für technische Anlagen und Roboter herstellt, auch Spezialanfertigungen für Prototypen; zumindest hat er das immer so verstanden. Doch Irene hat sich vor fünf Jahren entschieden, das Angebot ihrer Firma, in das mittlere Management aufzusteigen, anzunehmen. Früher hatte sie solche Angebote abgelehnt, wohl im Hinblick auf möglichen Nachwuchs. Letztes Jahr kam der nächste Karrieresprung. Seither ist Robert Turin nicht mehr auf dem Laufenden, und seither hat er Irene auch nicht mehr nach ihrer genauen Tätigkeit gefragt. Vor Monaten hat ihn Herr Kelemen einmal darauf angesprochen, und, um nicht dumm dazustehen, hat Turin behauptet, dass Irene für die Prozessabwicklung in einer Hardwarefirma zuständig ist.

IRENE TURIN: Möchtest du einen Schluck Veltliner?

Herr Turin ist so erstaunt, dass er kein Wort sagen kann. Irene nimmt die kleine Aluflasche aus der Handtasche, sie hat die Flasche immer dabei. Normalerweise ist sie mit Wasser gefüllt, denn so wie Beduinen Angst haben, in der Wüste zu ertrinken, haben moderne Büroarbeiter Angst zu verdursten. Irene steht auf, entleert Turins Schnabeltasse im Waschbecken, kommt zurück und schenkt ihm ein. Tatsächlich ist es Wein.

HERR TURIN: Ich darf nicht. Hier ist strenges Alkoholverbot.

IRENE TURIN: Sie werden dich schon nicht umbringen. Und du hättest wohl auch wenig dagegen.

Herr Turin lacht über diesen Satz, während er trinkt, und verschluckt sich. Schade um den ersten Schluck.

HERR TURIN: Ich habe nichts. Die Ärztin sagt, ich kann morgen wieder gehen.

IRENE TURIN: Das hast du mir schon geschrieben.

HERR TURIN: Stimmt. Ich kann dir also nichts Neues erzählen.

IRENE TURIN: Was hat Schwester Barbara gesagt?

HERR TURIN: Keine Details!

IRENE TURIN: Bitte lass das! Du weißt, ich kann diese Geschichte nicht mehr hören.

Herr Turin: Sie hat mich zum Schweigen verpflichtet. Und dich auch. Im Unfallbericht steht, ich sei bei einem Rollstuhlmanöver umgekippt. Wenn wir uns nicht an diese Version halten, lässt sie mich in die Psychiatrie einliefern.

Obwohl Herr Turin heute ausschließlich mit sich selbst beschäftigt ist und wenig Interesse für seine Umwelt aufbringen kann, fällt ihm auf, wie entspannt Irene wirkt. Auch wenn sie nachdenklich in den Kaffeebecher blickt, den sie aus dem Automaten am Gang geholt hat, hat sie etwas sehr Souveränes an sich.

Irene schweigt. Das kann alles bedeuten. Herr Turin stellt sich vor, wie Irene einen Japaner anschweigt, irgendeinen Entwicklungsleiter oder Consultant. Ob er überrascht wäre, dass sie Chinmoku beherrscht? Ob Irene für einen Japaner dadurch begehrenswerter oder ein wenig ordinärer wirken würde? Hat Irene wirklich Geschäftsessen mit Japanern? Bei japanischen Geschäftsessen muss man doch unglaublich viel Alkohol trinken. Bier und Whiskey. Wahrscheinlich beginnen die Japaner Irene erst anzubaggern, wenn sie betrunken sind.

Herr Turin: Hast du wirklich Geschäftsessen mit Japanern?

Irene Turin: Natürlich. Mein Zuständigkeitsbereich ist CJK. Also: China, Japan, Südkorea. Das weißt du doch.

Herr Turin trinkt. Er wartet, bis sich die Wirkung des Veltliners einstellt, doch stattdessen quält ihn die Stille. Eigentlich ist da keine Stille, denn Turin hört den Obdachlosen atmen, und er hört, wie Irenes Strümpfe knistern, wenn sie ihre Beine aneinanderreibt.

Irene Turin: Ich wollte es dir eigentlich unter anderen Umständen sagen …

Nun ist Herr Turin beunruhigt. Die Japaner haben doch recht mit ihrem Chinmoku. Das Gespräch, das aus Mangel an Gesprächsstoff entstanden ist, scheint jetzt an einem unangenehmen Punkt angekommen zu sein.

Irene Turin: Ich sollte im Dezember eine Dienstreise machen. Für sechs Wochen. Aber nun geht das ja wohl nicht mehr. In dem Zustand, in dem du bist …

Herr Turin: Kommt gar nicht infrage. Du fährst!

Irene Turin: Und was ist mit dir?

Herr Turin: Was soll mit mir sein? Ich habe doch das Heim. Für mich wird gesorgt.

Irene Turin: Das haben wir ja gerade gesehen, wie gut sie sich um dich sorgen.

Herr Turin: Du musst fahren, Irene.

Irene Turin: Die Beba kann jeden Samstag und Sonntag zu dir kommen.

Alle Frauen in Irenes Familie haben einen Kurznamen. Irenes Mutter wurde *die Nana* genannt, obwohl sie eigentlich Magdalena hieß. Irene ist *die Didi* und Irenes Schwester Christiane *die Beba*. Herr Turin mochte diese Namen nie und hat Irenes Schwester immer Christiane genannt. Turin verehrt seine Schwägerin bis heute, aber sie ist ihm zu anstrengend. Dass Irene sie aus schlechtem Gewissen schickt, um ihn zu besuchen, passt ihm gar nicht.

Herr Turin: Zwing sie nicht. Sie ist seit einem halben Jahr nicht da gewesen. Hier sind Hunderte Weiber im Heim, die sich um mich kümmern.

Irene Turin: Und dann fährst du mit dem Rollstuhl aus dem Fenster.

Herr Turin: Dafür können doch die Schwestern nichts.

Wieder Chinmoku. Turin kann die Erleichterung an Irenes Verhalten ablesen, die Erleichterung darüber, dass sie nach Japan reisen kann. Auch den Veltliner, von dem sie neuerlich in Turins Schnabeltasse gießt, hat sie wohl nicht zufällig mitgenommen. Turin ist seiner Frau nicht böse, er ist froh, dass er etwas für sie tun kann. Er hört ja, was sie ihm sagen will, auch wenn sie schweigt.

Herr Turin: Was muss ich jetzt sagen? Melissa wird schon hungrig sein.

Irene Turin: Nein, das ist der Schlusssatz. Vorher musst du etwas anderes sagen.

Irene nimmt seine Hand und legt sie auf ihre Brust.

Herr Turin: Wann wirst du weg sein?

Irene Turin: Von 15. Dezember bis 23. Jänner.

Ein seltsamer Termin für eine Dienstreise. Arbeiten denn die Japaner zu Weihnachten und zum Jahreswechsel? Außerdem hat Herr Turin am 23. Dezember Geburtstag.

Herr Turin: Und Melissa?

Irene Turin: Die kommt zur Beba. Sie mag doch Katzen so gern.

Zwölf Jahre ist Melissa schon alt, und nun muss sie sich das erste Mal in ihrem Leben an einen neuen Wohnort gewöhnen. Das wird eine Tragödie.

Herr Turin: Was ist denn, wenn die Beba für einen Monat in die Wohnung zieht?

Irene Turin: Daran habe ich gar nicht gedacht. Das ist eine gute Idee.

Herr Turin: Und lass Christiane lieb von mir grüßen. Was macht sie denn so die ganze Zeit?

Irene Turin: Ach, du weißt ja, es ist alle paar Wochen etwas Neues. Das letzte Mal hat sie mir erzählt, dass sie eine Bierdiät macht.

Herr Turin: Eine Bierdiät?

Irene Turin: Eine Bierdiät. Und zwar, um zuzunehmen. Ach ja: Sie hat den Segelschein für Binnengewässer geschafft und beginnt jetzt mit dem Hochseeschein.

8. Freiheitsstatue

Der Fahrtendienst hat Herrn Turins Rollstuhl gebracht, schon frühmorgens. Seither sitzt Turin in einem Aufenthaltsraum und wartet auf das Entlassungsschreiben. Die hohen Räume in diesem Krankenhaus, dieser herrliche Bau aus dem 19. Jahrhundert – nichts davon erinnert an das Pflegeheim, in das er jetzt zurückkehrt. Turins Vorfreude wird allerdings getrübt von dem Gedanken, dass er im Heim alle belügen muss. Es ist nicht schlimm, dass er jene belügen muss, die die Wahrheit nicht kennen. Das Schlimme ist, dass er die erfundene Geschichte auch jenen erzählen muss, die genau wissen, was geschehen ist. Und wie realistisch ist die erfundene Geschichte wirklich? Kann ein Elektrorollstuhl bei einem Wendemanöver wirklich einfach umkippen? Dann müssten eigentlich alle Fabrikate daraufhin überprüft werden. Das Schöne an einem großen Krankenhaus ist, dass der Einzelne kaum wahrgenommen wird. Entfernt man sich nur ein wenig von dem Zimmer, in dem man liegt, gehen alle an einem vorbei. Im Aufenthaltsraum gibt es einen Fernsehapparat, doch Turin findet keine Fernbedienung. Auf einem alten Regal liegen Zeitungen, Illustrierte und Bücher, doch die Zeitungen sind nicht etwa von gestern oder letzter Woche, sondern mehrere Monate alt, manche sogar vom vorigen Jahr. Die Bücher noch viel älter, was auch immer weggelegt wurde. Vielleicht würde sich ein Buch in Turins Zimmer gut machen? Seit er im Heim ist, hat er kein Buch mehr gelesen.

Herr Turin ist froh, dass Irene ihn gestern über ihre Zukunftspläne informiert hat. Er darf nur nicht daran denken, dass er ein Monat ohne seine Frau auskommen muss. Ein Monat, in das sein Geburtstag, Weihnachten und Silvester fällt. Irene war noch nie so lange weg. Eine Krankenschwester steckt ihren Kopf in das Zimmer.

Die Schwester: Ein bisschen dauert's noch, der Herr!

Herr Turin ist Warten gewohnt, nur im Rollstuhl ist er seit vier Tagen nicht mehr gesessen. Die Beine spürt er heute gar nicht. Er bemerkt nicht einmal, dass er eine Hose anhat. Und doch spürt er ein leichtes Kribbeln auf den Fußsohlen, wie damals.

Dukakis: Ach, dieses Kribbeln. Millionen Mal habe ich schon von diesem Kribbeln gehört.

Herr Turin: Sei still. Wenn ich Kribbeln sage, dann meine ich Kribbeln.

Irgendwer muss die Lehne von Turins Rollstuhl verstellt haben. Oder hat sich sein Körper im Spitalsbett verformt? Er wird es Schwester Aliki sagen. Mit Entsetzen bemerkt Turin, dass er nicht weiß, wer heute Dienst hat. Er hat den Dienstplan völlig vergessen, das Schwesternalphabet vor dem Einschlafen, alle seine Routinen. Und der Bodhibaum braucht doch täglich Wasser.

Turin hat seit Tagen kaum gegessen, und das Seltsame ist: Es macht ihm nichts aus. Er hat keinen Appetit, schon gar keinen Hunger. In vier Tagen hat er nur einmal Wein getrunken, es scheint also auch ohne Wein zu gehen. Und das Tablet? Er hat nicht einmal danach gefragt, Irene nicht gebeten, es ihm aus dem Heim zu bringen. Turin kommt ohne all diese Dinge aus.

Das Kribbeln in den Fußsohlen hört nicht auf. Es ist wie damals 1996, als wir mit den Motorrädern in die Südsteiermark fuhren. An diesem Tag hatte die Königin der Berge ihren ersten Auftritt. Mentula veranstaltete diese Ausflüge, nachdem er ein Seminar über Personalführung absolviert hatte. Wir waren zu sechst. Irene hasste es, denn sie hatte Angst vor dem Motorradfahren. Als wir unser Ziel erreicht hatten, spürte ich beim Absteigen meine Füße nicht mehr. Ich sagte zunächst nichts und musste ganz langsam gehen. Niemand bemerkte etwas. Ich dachte, es läge an den Motorradstiefeln.

Irene Turin: Ich dachte, dass es vom Rauchen kommt.

Herr Turin: Habe ich damals noch geraucht?

Irene Turin: Wir haben beide geraucht, kannst du dich nicht erinnern? Wir haben aufgehört, als wir Melissa bekommen haben. Am 23. Juli 2005 haben wir beide die letzte Zigarette geraucht.

Auf dem Rückweg blieben wir stehen, weil Irene bei einem kleinen Stand an der Straße Spargel kaufen wollte. Wir stiegen von den Motorrädern ab und Irene ging vor. Meine Beine waren bis über die Knie taub. Außerdem spürte ich starken Schwindel. Es waren vielleicht zehn Meter von meinem Motorrad zu dem kleinen Stand, doch ich hatte keine Ahnung, wie ich auch nur einen Schritt gehen sollte. Irene war schon vorausgegangen und drehte sich nun fragend nach mir um. Die anderen folgten ihr, und ich stand nun als Einziger neben meinem Motorrad und traute mich nicht, einen Schritt zu machen. Immerhin konnte ich mich an meinem Motorrad festhalten.

Bis heute träume ich von dieser und ähnlichen Szenen. Irene ist nur einige Schritte von mir entfernt. Sie dreht sich zu mir um und sagt: Kommst du? Ich nicke, aber ich kann nicht gehen. Mir ist, als hätte ich gar keine Beine, als wäre ich eine Statue, die nun für viele hundert Jahre das Treiben vor sich beobachten muss, ohne sich bewegen zu können. Wie die Freiheitsstatue, machtlos gegen die Freiheit, die sie mit ihrer Unfreiheit zu verkörpern hat. Gerne machte sie einen Schritt vorwärts und triebe damit die verschreckten Touristen vor sich auseinander. Manche würde sie gar zertreten, sodass ein kurzes knackendes Geräusch entstünde, wenn sie gerade einen Inder oder einen Japaner oder einen Deutschen unter sich begräbt.

Als Irene mit dem Spargel zum Motorrad zurückkam, schüttelte sie den Kopf. Sie fragte, was mit mir los sei. Ich konnte es ihr nicht erklären und bestand darauf weiterzufahren. Wie ich überhaupt wieder auf mein Motorrad gekommen bin, weiß ich heute nicht mehr.

DIE SCHWESTER: So, Herr Turin! Jetzt haben wir alles. Werden Sie abgeholt?

Turin nimmt das Mobiltelefon zur Hand und ruft beim Fahrtendienst an. Jedes Mal ist er fassungslos, wie unfreundlich die Menschen in der Rufzentrale sind. Sie sind vielleicht noch unfreundlicher als die Fahrer. Herr Turin verabschiedet sich auf der Station. Er wollte ein kleines Geschenk für Schwester Asuman besorgen, nun wird es aber doch ein Kuvert mit einem 50-Euro-Schein.

HERR TURIN: Geben Sie das Schwester Asuman, bitte.

DIE SCHWESTER: Aber gerne. Und was wird mit den schönen Tulpen im Zimmer?

HERR TURIN: Die bekommt der Herr neben mir.

9. Blue and Lonesome

Als Herr Turin den Gang entlang zu seinem Zimmer fährt, würdigt er das französische Fenster keines Blicks. Bestimmt ist das Gitter dort inzwischen montiert worden, aber er wird nicht hinsehen, nein, nein. Täglich wird er diesen Blick vermeiden müssen. Und alle, die Bescheid wissen, werden sich ihren Teil denken, wenn sie Turin in der Nähe des Fensters sehen. Herr Turin ist pünktlich zum Mittagessen gekommen. Nata bringt das Tablett, keine Bemerkung über seine Abwesenheit. Alles ist, als ob er nicht weg gewesen wäre. Herr Turin isst das Mittagessen auf: Suppe, Hauptgericht, Dessert.

SCHWESTER NATA: Soll ich Ihnen noch eine Portion bringen? Frau Ditscheiner hat das Essen nur kurz angeschaut, aber nicht angerührt.

HERR TURIN: Was die Ditscheiner angeschaut hat, esse ich nicht.

Aliki nimmt das Tablett mit. Herr Turin muss die Unterlagen für die Schweiz vorbereiten: das Ersuchen um Freitodbegleitung, alle seine medizinischen Befunde und einen selbstverfassten Lebensbericht. Schon der Gedanke daran nimmt ihm den Mut. Er hat noch so viel anderes zu tun. Wer wird die Glückwunschkarten und Geschenke für die Schwestern zu Weihnachten besorgen, wenn Irene nicht da ist? Wer wird Herrn Kelemen besuchen, den Montagstermin bei der Pregnerin wahrnehmen, in der Cafeteria nach dem Rechten sehen, Nata um Geld schicken, den Bodhibaum gießen und Bonsaidünger im Internet bestellen? Bis er den ersten Punkt dieser langen Liste in Angriff genommen hat, bekommt er einen Schub, der ihn endgültig außer Gefecht setzt. Dann ist alles vorbei.

Dukakis: Die Rolling Stones bringen am 2. Dezember nach über einem Jahrzehnt wieder ein Studioalbum heraus. Es heißt *Blue & Lonesome.*

Zwei Arten von Menschen waren Herrn Turin immer suspekt: Rapid-Fans und Rolling-Stones-Fans. Aber Turin hat für diese Dinge keine Zeit. Er hat mehrere E-Mails mit dem Schweizer Verein gewechselt und erklärt, dass seine Schmerztherapie von einem namhaften Spezialisten eingestellt wurde. Mehrmals betont Turin, dass seinem Gesuch um FTB monatelange reifliche Überlegungen vorausgingen.

Dr. Steinhäuser: FTB bedeutet Freitodbegleitung.

Nun hat er eine Beitrittserklärung als PDF erhalten, die er unterschrieben zurücksenden muss. Er braucht also jemanden mit einem Drucker und einem Scanner. Aus verständlichen Gründen will Herr Turin nicht, dass das im Heim gemacht wird. Deshalb hätte er gerne, dass Marcus es bei sich zu Hause erledigt. Turin würde ihm dafür Geld geben, doch momentan hat er nichts bei sich.

Dukakis: Nata muss es besorgen und sie soll auch gleich …

Herr Turin: Fang jetzt nicht wieder mit dem Lottoschein an! Ich bin schon froh, wenn wir es schaffen, an Geld und Whiskey zu kommen.

Glücklicherweise muss Herr Turin nicht mehr darauf warten, bis Nata Nachtdienst hat, wenn er Bargeld braucht. Nata hat die anfängliche Schüchternheit und Ängstlichkeit abgelegt. Sie nimmt es sich sogar heraus, die Station zu verlassen, wenn sie will. Fragt eine andere Schwester, wieso sie weggehe, dreht Nata sich nicht um, sondern winkt nur mit der rechten Hand oder ruft *Reise! Reise!* Turin kann das nur recht sein, er bekommt Bargeld und Whiskey. Heute aber wundert sich nicht nur Schwester Michaela, sondern auch Turin über Natas langes Fernbleiben. Erst um 13:30 Uhr kommt sie zu Turin auf das Zimmer.

SCHWESTER NATA: Ich stelle den Whiskey gleich in das Nachtkästchen.

Sie flüstert, wie es sich bei einer geheimen Mission gehört. Dann gibt sie Turin das Bargeld und die Bankomatkarte.

HERR TURIN: Setzen Sie sich kurz zu mir, Schwester Nata! Sie sehen müde aus!

Turin hat gedacht, Nata würde sich einen Stuhl nehmen, doch sie setzt sich auf das Bett.

SCHWESTER NATA: Ich habe nicht gut geschlafen. Sie wissen ja, meine Tochter ist anorektisch, also magersüchtig. Seit gestern ist sie wieder im Krankenhaus.

HERR TURIN: Was kann ich für Sie tun?

SCHWESTER NATA: Sie haben doch schon so viel für mich getan!

HERR TURIN: Unsinn. Ich habe gar nichts getan. Soll ich Ihnen sagen, wer Sie auf Station 4 gebracht hat?

Plötzlich ist Nata hellwach. Sie streckt den Rücken durch und dreht sich zu Turin. Aber niemals kann Turin einen Blick auf die Tätowierung in ihrem Nacken werfen. Herr Turin winkt Nata zu sich und flüstert ihr ins Ohr.

SCHWESTER NATA: Wirklich? Ist das wahr? Die Kolleginnen sagen immer, sie ist gegen die Schwestern.

HERR TURIN: Unsinn! Sie weiß genau, wie gut ihr eure Arbeit macht. Besonders Sie, Nata! Aber Sie dürfen das niemand erzählen. Was ist das für eine Tätowierung?

Nata lacht. Sie setzt sich mit dem Rücken zum Rollstuhl auf den Boden und streicht das lange schwarze Haar aus dem Nacken. Turin kann die Tätowierung nun gut sehen. Es ist ein sich aufbäumendes Pferd mit einem Ritter auf seinem Rücken.

HERR TURIN: Was ist das?

SCHWESTER NATA: Der Feuerreiter.

HERR TURIN: Wer?

SCHWESTER NATA: Der Feuerreiter. Nach einem Gedicht von Eduard Mörike.

DUKAKIS: Zwei Arten von Menschen waren mir immer suspekt: Menschen mit Tattoos und Menschen, die Gedichte lesen.

SCHWESTER NATA: Es ist mein Lieblingsgedicht. Ich habe in Belgrad Deutsch unterrichtet, an der Universität.

Es entsteht eine Pause. Turin ist das Schweigen unangenehm, aber es ist genauso, wie es ihm mit Irene oft passiert: Ihm fällt nichts ein. Langsam streckt er seinen Arm aus. Er würde Nata gerne im Nacken berühren, genau dort, wo der Feuerreiter ist. Er sieht, wie seine Hand zittert, dann steht Nata auf.

HERR TURIN: Sagen Sie mir bitte eines: Ich bin am Montag aus dem Krankenhaus gekommen, aber niemand hier redet über meinen Spitalsaufenthalt. Wissen alle, dass ich versucht habe, [redacted]?

Nata schüttelt den Kopf und legt den Zeigefinger auf die Lippen.

SCHWESTER NATA: Alles, was ich sagen kann, ist, dass ich nichts sagen darf. Und selbst das darf ich eigentlich nicht sagen.

HERR TURIN: Sie müssen nichts sagen. Nicken Sie einfach nur oder schütteln Sie den Kopf. Wissen die Schwestern, was passiert ist?

Nata blickt ihm in die Augen. Dann senkt sie den Kopf und nickt.

SCHWESTER NATA: Und jetzt muss ich arbeiten. Und meinen Sohn muss ich auch anrufen.

HERR TURIN: Sie haben einen Sohn?

SCHWESTER NATA: Er ist einundzwanzig und sitzt den ganzen Tag zu Hause herum. Vor einem Jahr hat er wenigstens noch halbtags gearbeitet.

HERR TURIN: Was hat er denn studiert?

SCHWESTER NATA: Er hat nicht studiert. Er hat eine HTL besucht und dann als Softwareentwickler gearbeitet. Java. Sagt Ihnen das etwas?

HERR TURIN: Natürlich. Das ist eine Programmiersprache.

SCHWESTER NATA: Also, wenn Sie eine Arbeit wissen, für die man Java können muss, sagen Sie Bescheid.

DUKAKIS: Also: Ihre Tochter soll auch diese Bierdiät machen, um zuzunehmen. Und was den Sohn betrifft: Ruf doch deinen alten Kumpel Soporan an.

HERR TURIN: Wie meinst du das? Ihn anrufen? Wir haben uns seit fünfzehn Jahren nicht mehr gesehen.

10. TUSL

Zum ersten Mal nimmt Herr Turin das Tablet mit in die Cafeteria. Doch als er dort ankommt, sieht er, dass zwei Frauen an seinem Tisch sitzen. Als Marcus Herrn Turin sieht, läuft er sofort auf ihn zu.

HERR MARCUS: Herr Turin, ich wusste nicht, dass Sie wieder da sind. Jetzt ist Ihr Tisch besetzt, das tut mir leid.

HERR TURIN: Macht nichts. Da drüben ist es auch gut.

Turin zeigt auf einen anderen Tisch. Sofort schiebt Marcus einen Stuhl zur Seite, und Turin fährt zu. Ebenso schnell bringt Marcus die Tageszeitung.

HERR MARCUS: Wie immer, oder?

HERR TURIN: Was haben Sie denn geglaubt? Ich war nicht im Krankenhaus, um mich umoperieren zu lassen.

HERR MARCUS: Ich meine, Sie wollen einen Veltliner?

HERR TURIN: Natürlich will ich einen Veltliner. Und jetzt hören Sie auf, mit mir zu diskutieren.

Marcus beeilt sich und bringt das Weinglas und die Zeitung. Turin beginnt zu lesen. Er hat alles vorbereitet und hofft, dass Marcus irgendwann Zeit hat für ein vertrauliches Gespräch, aber der ist gerade beschäftigt. Die Cafeteria besteht aus zwei Teilen, die durch eine Glastür getrennt sind. Früher, bis vor zwölf Jahren, durfte in der gesamten Cafeteria geraucht werden. Dann wurde sie in eine Raucherzone und eine Nichtraucherzone geteilt. Die unattraktivere Raucherzone war damals begehrter, da dort nicht nur Raucher, sondern auch die Angehörigen von Rauchern saßen, und einfach mehr los war. Dann wurde im gesamten Heim, also auch in der Cafeteria ein Rauchverbot verhängt. Die Raucherzone wurde zwar zur Nichtraucherzone, aber die Glastür blieb. Dennoch sitzt seither kaum jemand dort, und Marcus und Dejan sind froh, weil sie sonst jedes Mal die Glastür mit dem Fuß aufstoßen müssen. Heute sitzt dort ein Gast. Der alte Herr Sykora von Station 1, der 89 Jahre alt ist und an Demenz leidet, hat alleine in der ehemaligen Raucherzone Platz genommen und sich eine Zigarette angesteckt. Herr Turin beobachtet, wie Marcus zum alten Sykora eilt und auf ihn einredet. Irgendwann nimmt Marcus dem Alten die Zigarette weg und schiebt ihn aus der ehemaligen Raucherzone in die ehemalige Nichtraucherzone. Sykora bleibt vor Turin stehen.

HERR SYKORA: Ah, der junge Herr, rauchen Sie nicht mehr?

HERR TURIN: Ich habe meine letzte Zigarette am 23. Juli 2005 geraucht.

HERR SYKORA: 2005. 2005. 2005.

An Sykoras Gesichtsausdruck sieht Turin, dass das Jahr 2005 für ihn in einer fernen Zukunft liegt. Der arme Alte setzt sich zu Turin an den Tisch.

HERR SYKORA: Sie erlauben, junger Herr!

Und wieder steckt er sich eine Zigarette an. Marcus versucht es neuerlich mit Erklärungen, doch Turin sieht gleich, dass das zwecklos ist. Er nimmt Marcus beiseite.

HERR TURIN: Rufen Sie Oberschwester Margit an, Station 1. Sie soll eine Schwester schicken. Ich mach das hier.

Turin stellt Herrn Sykora inzwischen einige Fragen, und die Ergebnisse sind erstaunlich: Sykora weiß, wie er heißt, wo er ist, und er kennt die Aufstellungen und Torschützen des Spiels Österreich gegen die Schweiz bei der Fußballweltmeisterschaft 1954 genau.

Herr Sykora: Das letzte und entscheidende Tor zum 7:5 hat Ernst Probst geschossen. Er ist genau am selben Tag geboren wie ich: am 5. Dezember 1927. Er war Rapidler mit Leib und Seele. Genauso wie ich.

Herr Turin: Mein Kater ist auch Rapid-Fan.

Herr Sykora: Jetzt brauchen sie wieder mehr Mut und Kampfgeist, die Burschen.

Irgendwann kommt eine Schwester von Station 1.

Herr Turin: Schwester, bringen Sie Herrn Sykora in die Nicht-Nichtraucherzone im Garten.

Das überfordert die Schwester, Marcus muss herzlich lachen. Er ist erleichtert, dass der Alte geht.

Herr Turin: Herr Marcus, ich muss Sie etwas fragen. Wenn ich Ihnen ein PDF als E-Mail schicke, können Sie mir das ausdrucken? Auf einem privaten Drucker, nicht hier im Heim.

Herr Marcus: Ja, das ist ganz einfach.

Herr Turin: Und wenn ich diesen Ausdruck dann unterschreibe, können Sie das unterschriebene Dokument dann einscannen und mir wieder als PDF schicken?

Herr Marcus: Natürlich, Herr Turin, das ist kein Problem.

Herr Turin: Können Sie das für mich machen? Strengstens vertraulich. Ich gebe Ihnen zwanzig Euro.

Herr Marcus: Dafür müssen Sie mir kein Geld geben, Herr Turin. Ich schreibe Ihnen meine E-Mail-Adresse auf.

Herr Turin: Bitte geben Sie sie gleich selbst hier ein.

Herr Turin gibt ihm das Tablet, Marcus tippt, Turin nimmt die Brieftasche zur Hand.

Herr Turin: Doch, doch, ich will Ihnen Geld geben. Und eine Flasche für heute Abend kommt noch dazu.

Herr Marcus: Würden Sie die Flasche bitte gleich bezahlen? Sonst stimmt die TUSL nicht.

Herr Turin: Was stimmt nicht?

Herr Marcus: Die TUSL. Die Tagesumsatzliste.

Herr Turin trinkt auf das, was er heute geschafft hat. Die To-do-Liste kann so lang werden, wie sie will, er hat Geld, er hat Whiskey, und er ist der Schweiz ein Stück näher gekommen. Heute will er nichts mehr erledigen müssen, die Wirklichkeit geht Turin heute auf die Nerven.

Schwester Jessy: Summen Sie doch das dritte Klavierkonzert von Beethoven.

Turin kennt dieses Klavierkonzert nicht, und er hat es auch nicht erkannt, als Jessy ihm das Thema des ersten Satzes vorgesummt hat. Er weiß gar nicht, ob er es je gehört hat. Aliki hätte in diesem Fall eine einfache Lösung.

Schwester Aliki: Haben Sie es schon auf Youtube gesucht?

Turin spielt gleich den ersten Treffer ab. Der Ton am Tablet ist aus, aber das macht Turin nichts. Er schaut sich gerne die Orchestermusiker an, wie sie angestrengt in die Noten blicken, während sie für den Einsatz einatmen. Der Dirigent ist Claudio Abbado. Am meisten hat es Turin die Dame mit der Querflöte angetan, eine schlanke Frau in schwarzem Kleid, mit langem Haar und blauem Lidschatten. Sie spitzt die Lippen, wenn sie Pause hat. Im Hintergrund ist sie immer im Bild, wenn der Pianist gezeigt wird. Auf ihrer linken Wange befindet sich ein Muttermal. Wenn sie die Querflöte zur Hand nimmt und spielt, sieht es aus, als würde sie leicht schielen. Ihr Aussehen lässt Turin auf spanische oder lateinamerikanische Vorfahren schließen. Turin versucht das Video zu stoppen, sodass er ein Standbild von der Querflöterin bekommt, aber das ist nicht so einfach. Schließlich gelingt es ihm: Wie schön man das Schlüsselbein der Querflöterin sehen kann!

Schwester Margit: Herr Turin, nicht zu viel Wein trinken!

Wie immer hat sie sich mit ihren Crocs angepirscht, Turin hat sie nicht kommen gehört.

Herr Turin: Trinken Sie ein Glas Wein mit mir, Oberschwester Margit.

Schwester Margit: Danke, ich bin im Dienst.

Herr Turin: Wie geht es Ihnen auf Ihrer neuen Station?

Schwester Margit: Ich danke für die Nachfrage. Es ist eine Doppelstation, wie Sie wissen. Station 1 und 2.

Herr Turin: Ich weiß, wir hatten gerade Herrn Sykora da.

Schwester Margit: Der Zivi hat mich angerufen. Danke, Herr Turin, das haben Sie gut gemacht.

Herr Turin: Stets zu Ihren Diensten.

Schwester Margit:

Haben Sie sich wieder eingelebt?

Werden Sie noch einmal versuchen, sich [redacted]?

Herr Turin: Ich war nicht lange weg, Schwester Margit. Bin ich Ihnen abgegangen?

Schwester Margit:

Sie fehlen mir wirklich. Ich mache mir aber ernste Sorgen um Sie.

Glücklicherweise bin ich nicht mehr auf Station 4. Machen Sie jetzt eine Therapie?

Herr Turin: Das ist nicht nötig, Schwester Margit. Ich habe keine Aussicht auf eine Verbesserung meines Zustands. Also ist gleichbleibend schlecht schon gut.

Schwester Margit:

Jetzt dramatisieren Sie einmal nicht, Herr Turin.

Sie werden mit Ihrer Krankheit zurechtkommen wie alle anderen auch.

Herr Turin: Bei aller Wertschätzung: Sie wissen bestimmt mehr über meine Krankheit als ich. Aber über mich wissen Sie nicht mehr als ich selbst.

Schwester Margit:

Das habe ich auch nicht behauptet.

Glauben Sie, dass Sie anders sind als die anderen?

Herr Turin: Ich würde auch gerne über andere Dinge nachdenken als über meine Krankheit. Darum hat mir meine Frau dieses Ding hier geschenkt.

Schwester Margit:

Wie geht es Ihrer schönen Frau? Ich habe sie schon lange nicht mehr gesehen.

Schlimm, dass Ihre Frau Sie nur am Wochenende besucht.

Herr Turin: Es geht ihr gut. Und sie macht in ihrem Beruf Karriere. Wissen Sie, das freut mich so sehr.

Schwester Margit:

Das ist nett von Ihnen, Herr Turin. Ich höre auch von den Schwestern, dass Sie sehr rücksichtsvoll sind.

Dann machen Sie den Schwestern hier das Leben nicht schwerer und stürzen Sie sich nicht wieder aus dem Fenster.

Herr Turin: Die Mädchen sind mein ganzes Leben.

Schwester Margit: Wie macht sich Schwester Barbara?

Herr Turin: Nun, sie versucht, in Ihre Fußstapfen zu treten. Sie wird es bestimmt schaffen.

Schwester Margit: Ich hätte schon ein paar Ratschläge, aber auf mich wird sie nicht hören. Vielleicht können Sie ein wenig auf sie einwirken.

Herr Turin: Wollen Sie jetzt gleich drei Stationen leiten?

Schwester Margit: Herr Turin, ich sorge mich um alle Patienten, also auch um Sie.

Schwester Margit verabschiedet sich und geht. Herr Turin widmet sich wieder seinem Video. Er beschließt, dass die Querflöterin Carla heißen muss.

11. Der Feuerreiter

Irene kommt zu Mittag, doch seit sie ihrem Mann von der bevorstehenden Dienstreise erzählt hat, erkennt Turin in ihrem Verhalten bei ihren Besuchen, dass sie ein schlechtes Gewissen hat. Sie bleibt länger als sonst, fragt, was er braucht, wie es ihm geht und ob dieses und jenes erledigt oder in die Wege geleitet wurde. Heute bleibt Irene sogar, bis die Cafeteria schließt. Das hat den Nachteil, dass Turin sich keine weitere Flasche bestellen kann, denn davon soll Irene nichts wissen. Sie bringt ihn also um 18:15 Uhr zurück aufs Zimmer. Dort stochert Turin dann mit der Gabel im Abendessen, während Irene das Dessert in kurzer Zeit aufisst.

HERR TURIN: Die Pflegerunde wird bald kommen.

IRENE TURIN: Ich werde mich jetzt auf den Weg machen. Ich bin ja morgen wieder da.

Aber Irene macht keine Anstalten, zu gehen. Turin denkt, dass es da vielleicht noch etwas anderes gibt, das sie ihm zu sagen hat. Zum Beispiel, dass diese Reise nur eine von mehreren Reisen ist oder dass sie gar dazu dient, eine permanente Verlegung ihres Arbeitsplatzes nach Japan anzubahnen. Und nun ringt Irene mit sich, ihm die ganze Wahrheit oder zumindest ein weiteres Stück davon mitzuteilen. Irene sieht das Tablet auf dem Nachtkästchen.

HERR TURIN: Ich habe mir ein Video angeschaut. Immer dasselbe Video.

Aber Irene fragt nicht danach, was für ein Video es ist. Sie stellt sich vor den kleinen Spiegel in der Ecke neben dem Schrank und zupft ihren Pullover zurecht. Dann stellt sie sich hinter Turin und massiert seine Schultern.

Irene Turin: Ich habe mit dieser neuen Stationsschwester gesprochen. Das ist vielleicht eine seltsame Person!

Herr Turin: Sie ist manchmal ein wenig unsicher. Was hat sie denn gesagt?

Irene Turin: Ich wollte nur fragen, ob es nicht irgendwas gibt, was wir noch nicht ausprobiert haben. Aber sie hat sich nur beklagt, was sie alles nicht machen kann, weil ihr Zeit und Personal fehlen.

Herr Turin: Wie oft haben wir das jetzt schon durchgekaut!

Turin ist nicht erfreut, zu hören, dass Irene hinter seinem Rücken mit der kleinen Barbara spricht. Jetzt, wo sie ihm davon erzählt, beunruhigt es ihn noch mehr.

Herr Turin: Kannst du dich noch an Viktor Soporan erinnern?

Irene Turin: Ich habe ihn zwei oder drei Mal gesehen. Der hat doch in der Firma aufgehört, bevor wir uns kennengelernt haben, oder?

Herr Turin: Er ist jetzt IT-Bereichsleiter in der Stadtverwaltung oder so etwas. Ich habe ihm ein E-Mail geschrieben.

Irene Turin: Warum denn?

Herr Turin: Der Sohn einer Krankenschwester sucht einen Job. Da dachte ich, ich könnte Soporan fragen.

Irene Turin: Schreibst du wieder E-Mails? Du hast gesagt, du wirst nie wieder welche schreiben.

Herr Turin: Na ja, jetzt mit dem Tamagotchi!

Irene Turin: Tamagotchi!

Herr Turin: Stell dir vor, die Schwestern hier wissen nicht mehr, was ein Tamagotchi ist.

Irene Turin: Die sind zu jung dafür. Hast du Gregor auch geschrieben?

HERR TURIN: Nein. Er hat sich kein einziges Mal gemeldet, seit ich hier bin. Kein einziges Mal in zehn Jahren!

Irene steht neben dem Rollstuhl. Irgendetwas stimmt nicht mit ihr, aber Herr Turin ist müde, zu müde, um Fragen zu stellen. Sie drückt ihm einen Kuss auf die Lippen, dann nimmt sie ihre Handtasche und geht. Als sie bei der Tür angelangt ist, ruft Turin ihr nach.

HERR TURIN: Jetzt schlag mit der Hand gegen den Türstock.

Irene tut es, aber es sieht komisch aus, viel zu sanft und zögerlich. Und es macht kein klatschendes Geräusch.

HERR TURIN: Wir üben morgen weiter.

Endlich geht Irene. Herr Turin hat noch zu tun. Vor zwei Tagen hat Marcus Turin das ausgedruckte PDF gebracht, Turin hat unterschrieben und es Marcus wieder zum Einscannen mitgegeben. Schon heute Morgen hat er den unterschriebenen Brief als PDF per E-Mail erhalten. Dieses PDF kann Turin in die Schweiz mailen. Freilich weiß Marcus nun über alles Bescheid, und das heißt, dass Turin auf seine Vertraulichkeit angewiesen ist. Er hofft, dass ein Zivildiener, der nur mehr wenige Monate im Haus ist, kein Interesse haben wird, irgendetwas auszuplaudern.

Nata kommt erst spät, wahrscheinlich ist Turin der letzte Patient der Pflegerunde. Sie sieht auch heute müde aus, bemüht sich aber, zu lächeln. Als sie Herrn Turin aus dem Rollstuhl hochzieht, ist sie ihm plötzlich ganz nah. Turin wird verlegen. Nata blickt ihm in die Augen. In ihren Pupillen spiegelt sich das Zimmer. Turin kann das Fenster erkennen, sogar den Bodhibaum. Dann setzt ihn Nata auf das Bett. Nachdem sie ihn zugedeckt hat, setzt sie sich zu ihm auf das Bett.

Herr Turin: Ich habe einen alten Freund gefragt, wegen einer Arbeit für deinen Sohn.
Schwester Nata: Das ist lieb von dir.
Herr Turin: Vielleicht kann er sich dort bewerben.
Schwester Nata: Ich war oft bei Bewerbungsgesprächen. Ich habe ganz normal gesprochen, bis mir jemand gesagt hat, du musst mit Akzent sprechen, sonst glauben sie dir nicht, dass du Jugo bist. Also ich habe immer gesprochen so. Damit sehen, ich können Deutsch.

Turin muss lachen. Nata gibt ihm seine Tabletten, aber er muss immer wieder lachen und kann nicht schlucken.

Herr Turin: Willst du einen Whiskey?

Nun legt Nata ihm den Zeigefinger auf den Mund. Dabei schüttelt sie den Kopf.

Schwester Nata:

Sehet ihr am Fensterlein
dort die rote Mütze wieder?
Nicht geheuer muss es sein,
denn er geht schon auf und nieder.
Und auf einmal welch Gewühle
bei der Brücke, nach dem Feld!
Horch: Das Feuerglöcklein gellt!
Hinterm Berg,
hinterm Berg
brennt es in der Mühle.

Schaut, da sprengt er wütend schier
durch das Tor, der Feuerreiter,
auf dem rippendürren Tier,
als auf einer Feuerleiter!
Querfeldein! Durch Qualm und Schwüle

rennt er schon und ist am Ort!
Drüben schallt es fort und fort:
Hinterm Berg,
hinterm Berg
brennt es in der Mühle!

Als Turin erwacht, ist er alleine und schweißüberströmt. Wieder ist er eingeschlafen, ohne das Schwesternalphabet durchzugehen. Nata wird wohl noch länger an seinem Bett gesessen sein. Wahrscheinlich hat sie ihn schnarchen gehört. Warum ist er nur immer so müde? Hat sie das ganze Gedicht vorgetragen?

12. Montag

Herr Turin steht schon lange mit dem Rollstuhl vor dem Büro, als Katharina Payer mit zehn Minuten Verspätung eintrifft. In der weißen Anstaltskleidung wirkt sie heute abweisend. Außerdem ist sie hektisch. Auch im Büro legt sich ihre Nervosität nicht. Sie sucht etwas. Ordner liegen auf dem Schreibtisch, täuschen eine Ordnung aber nur vor. Schließlich wischt Katharina lange auf ihrem Mobiltelefon.

KATHARINA PAYER: Es wird Zeit, dass ich mir wieder einen Taschenkalender kaufe. Das mit den Terminen auf dem Handy klappt nicht.

HERR TURIN: Ich kann auch später wiederkommen.

KATHARINA PAYER: Nein, nein! Ich muss Ihnen gleich etwas sagen, was Sie nicht freuen wird: Schwester Barbara, und übrigens auch ich, finden, dass es gut wäre, wenn Sie eine Gesprächstherapie machen.

HERR TURIN: Muss ich?

KATHARINA PAYER: Niemand kann Sie zwingen, aber Sie würden mir mit einem Nein das Leben sehr schwer machen.

Es ist Montag. Eigentlich liebt Herr Turin Montage, und eigentlich wollte er heute von Marcus einen Blumenstrauß für die Pregnerin besorgen lassen. Jetzt sitzt er in der Falle.

HERR TURIN: Kann es sein, dass ich gerade erpresst werde?

KATHARINA PAYER: Kann es sein, dass Sie Ihre Umgebung in Sorge und Aufregung versetzt haben? Und kann es sein, dass Sie diesen Menschen vielleicht ein ganz klein wenig entgegenkommen sollten?

Herr Turin: Ich habe also keine Wahl?

Katharina Payer: Doch, Sie haben eine Wahl: Sie können zeigen, dass es Ihnen ernst ist.

Katharina schaut ihn an, sucht aber immer noch nach etwas auf dem Schreibtisch. Ihre Hektik verstört Turin. Er versteht nicht: ernst womit?

Katharina Payer: Ernst damit, über Ihre Probleme zu sprechen.

Herr Turin: Eine Therapeutin kann meine Probleme nicht verstehen.

Katharina Payer: Glauben Sie, dass Ihre Probleme so einzigartig sind? Und selbst wenn sie es sind, helfen Sie uns wenigstens, zu dokumentieren, dass wir uns um Ihr Problem gekümmert haben. Schließlich ist das Heim auch Ihnen entgegengekommen. Sonst wären Sie nicht mehr hier.

Darum geht es also: um ein Blatt in einem dieser Ordner, das die Pflegeleitung entlastet, das dokumentiert, dass man alles getan hat, um weitere [redacted] zu verhindern. Und das alles mit der unausgesprochenen Drohung, ihn in die Psychiatrie zu überweisen.

Katharina Payer: Lieber Robert Turin, Sie sind ein intelligenter Mensch, deswegen sind die anderen aber nicht völlig dumm. Außerdem könnte es Ihnen wirklich etwas bringen.

Herr Turin: Ich mache es. Aber nur mit Ihnen.

Katharina Payer: Das geht nicht, Herr Turin. Ich spreche von zwei oder drei Mal die Woche …

Herr Turin: Zwei oder drei Mal die Woche?

Katharina Payer: Sonst können Sie es gleich vergessen. Wir wollen ja Fortschritte sehen, bevor Sie Ihren 100. Geburtstag feiern.

Es ist ein trüber Novembertag. Herrn Turin entsetzt der Gedanke, dass er hundert Jahre alt werden könnte. Dazu müsste er noch dreiundfünfzig Jahre leben. Das allgemeine Schweigen über seinen [redacted] war also doch nur Fassade. Im Hintergrund wurden Gespräche geführt und Pläne gemacht. Wie konnte er so naiv sein!

Katharina Payer: Es kommt ja auch zu keinem schlechten Zeitpunkt. Der Winter ist eine Zeit schwankender Stimmungen, und man hat mir mitgeteilt, dass Sie nun bald ohne Ihre Frau auskommen müssen.

Man hat also nicht nur im Haus hinter seinem Rücken über ihn gesprochen, sondern auch mit Irene. Vielleicht wurde sie zu diesem Gespräch gezwungen. Aber dass sie ihm davon nicht erzählt hat, macht ihn wütend.

Herr Turin: Frau Doktor, ich brauche weder Aufseher noch Beistand. Wenn ich mich mit jemand unterhalten will, dann tue ich das. Meine Frau ist in Japan, aber wir sprechen über Video-Chat. Und wenn ich mich umbringen will, tue ich das auch freiwillig, und weder Sie noch jemand anderer wird mich daran hindern.

Katharina Payer: Ich will Sie nicht daran hindern, sich umzubringen. Aber wenn Sie uns nicht große Schwierigkeiten machen wollen, tun Sie es bitte außerhalb dieses Hauses.

Eine Uhr schlägt zweimal. Turin kann sich nicht erinnern, dass es in diesem Büro zuvor eine Uhr gab.

Herr Turin: Ich brauche weder eine Gesprächstherapie noch eine andere Therapie.

Turin verabschiedet sich und fährt in die Cafeteria. Er kippt die ersten drei Gläser Veltliner schnell. Die Zeitung kann er heute nicht lesen, dazu ist er viel zu aufgeregt. Turin bestellt eine Flasche für den Abend und bezahlt. Marcus bekommt zwanzig Euro Trinkgeld, und schon wieder hat Turin fast kein Bargeld mehr. Und schon wieder muss er Nata bitten, für ihn abzuheben. Angeblich eröffnet im Jänner eine Shoppingmall in der Nähe des Pflegeheims. Sie soll für die Patienten barrierefrei erreichbar sein. Dann wird Herr Turin vielleicht selbst Geld beheben können.

HERR TURIN: Karl Lagerfeld soll gesagt haben: Wer Trainingshosen trägt, hat die Kontrolle über sein Leben verloren.

DUKAKIS: Da hat er recht.

HERR TURIN: Ich trage eine Trainingshose.

DUKAKIS: Und ich würde hinzufügen: Wer eine Gesprächstherapie beginnt, hat die Kontrolle über sein Leben abgegeben.

Dritter Teil

Keep on Running

1. Leider kommt er nicht selbst

Heute, einen Tag vor dem Heiligabend, ist Herr Turin sechsundvierzig Jahre alt. Das erste Glückwunsch-SMS kommt noch vor 06:00 Uhr und zwar von Schwester Claudia. Früher kam sie zu Besuch, dieses Jahr begnügt sie sich mit einem SMS. Kurz danach meldet sich Irene per Video-Chat aus Tokio, wo es schon Nachmittag ist. Irene wirkt aufgeräumt, so wie ihre Wohnung dort. Turin musste sich die Räumlichkeiten schon öfter im Video-Chat zeigen lassen. Er hat wenig Geduld für diese bemühten Versuche, in Irenes Leben eingebunden zu werden. Außerdem wackelt sie mit dem Tablet viel zu viel, und Turin wird immer schwindlig. Nach jedem Video-Chat braucht er zwei, drei Schluck Whiskey. Heute wird Irene glücklicherweise von einem angeblich wichtigen Termin abgelenkt. Wie immer endet der Anruf damit, dass sie ihren Mund nah an die Kamera bringt und ihm Küsse schickt.

Schon gestern Vormittag hat Herr Turin Kuverts beschriftet, Glückwunschkarten unterschrieben und Geldscheine in die Kuverts geschoben. Es war stundenlange, harte Arbeit, Turins Schultern sind nun völlig verkrampft. Aber die kleinen Zuwendungen an Pflegerinnen und Zivis müssen sein. Marcus, Dejan und alle Schwestern bekommen von ihm jeweils fünzig Euro, nur Nata bekommt hundert. Nata hat heute nicht Tagdienst, also wird er ihr das Kuvert morgen persönlich geben. Für Katharina hat er ein Geschenk besorgt, aber er weiß nicht, ob sie kommen wird. Zwar hat er sie zu seiner Geburtstagsfeier eingeladen, aber seit ihrem letzten Streit wegen der Gesprächstherapie hat Katharina kein E-Mail

und kein SMS von Turin beantwortet und die Montagstermine über die Stationsschwester absagen lassen.
Herr Turin hat die Schwestern, die im Dienst sind, für 15:00 Uhr in sein Zimmer eingeladen. Bei einem Lieferdienst hat er sechs Flaschen Prosecco und vier Liter Orangensaft bestellt.
DUKAKIS: Bald kannst du dir mit dem Tablet im Darknet Waffen und Schlaftabletten besorgen.
DIE KLEINE BARBARA: Guten Morgen, Herr Turin. Alles Gute zum Geburtstag!
SCHWESTER MICHAELA: Alles Gute auch von mir.
HERR TURIN: Danke. Ich hoffe, Sie kommen heute Nachmittag zu meinem kleinen Empfang.
Heute besteht die Morgenrunde also aus zwei Pflegerinnen, so wie es eigentlich gehört. Leider lässt Schwester Barbara keine Möglichkeit aus, Schwester Michaela zurechtzuweisen und zu belehren. Turin muss sich sehr bemühen, nichts zu sagen. Heute zeigt sie Michaela gerötete Stellen auf seinem Rücken.
DIE KLEINE BARBARA: Wir müssen ihn einmal pro Nacht umlagern. Siehst du das hier?
SCHWESTER MICHAELA: Ja.
DIE KLEINE BARBARA: Und warum müssen wir ihn umlagern?
SCHWESTER MICHAELA: Dekubitusprophylaxe.
DIE KLEINE BARBARA: Richtig!
Schwester Michaela ist froh, als sie das Zimmer endlich verlassen darf.
DIE KLEINE BARBARA: Herr Turin, wollen Sie auch ein kleines Christbäumchen für Ihr Zimmer haben?
DUKAKIS: Ja, bitte! Mit Wodkafläschchen und Rumkugeln.

Die kleine Barbara: Es ist doch etwas Schönes, so ein Weihnachtsbaum. Er erinnert uns immer daran, dass unser Herr Jesus Christus kommt.

Herr Turin: Da haben Sie ganz recht. Nur leider kommt er nicht selbst.

Schwester Barbara übergeht Turins Bemerkung. Sie nimmt ihr Clipboard vom Nachtkästchen, blickt ernst darauf und streicht einige Sachen von einem Zettel.

Die kleine Barbara: Den Katheter müssen wir auch neu setzen. Morgen, dann haben wir über die Feiertage keine Probleme. So, ich setze Sie jetzt in den Rollstuhl.

Turin hört diese Weihnachtsbotschaft nicht gern. Schwester Barbara zieht seinen Oberkörper hoch, dreht Turin zur Seite, hebt ihn und setzt ihn in den Rollstuhl. Sie nimmt den Harnbeutel und hängt ihn an die Armlehne. In diesem Moment klopft es. Die Pregnerin steht in der Tür.

Katharina Payer: Guten Morgen. Störe ich?

Die kleine Barbara: Nein, Frau Doktor, Pflegerunde ist gerade fertig.

Die kleine Barbara bleibt noch eine Minute im Zimmer stehen und macht Notizen auf dem Clipboard. Damit will sie demonstrieren, dass sie hier das Sagen hat. Dann geht sie, ohne sich umzudrehen, aus dem Zimmer. Herr Turin ist über diese kleine Szene sehr amüsiert.

Die kleine Barbara: So, und jetzt wünsche ich viel Spaß.

Katharina hat noch private Kleidung an, eine eng anliegende schwarze Hose und einen grauen Pullover mit riesigem Ausschnitt, der locker an den Schultern hängt. Sie hat einen weißen Mantel übergeworfen.

Katharina Payer: Alles Gute zum Geburtstag, lieber Herr Turin.

Dabei beugt sie sich zu ihm hinunter und gibt ihm ein Küsschen auf die rechte Wange. Turin versteht nicht, dass sie ihn auf beide Wangen küssen möchte, und dreht den Kopf nicht zur anderen Seite. Kurz berühren sich ihre Lippen. Katharina hat Herrn Turin ein Geschenk mitgebracht.

Herr Turin: Liebe Frau Doktor, das ist aber nett von Ihnen. Der Herr kommt nicht selbst, er schickt Jesus Christus, aber Sie, Sie besuchen mich höchstpersönlich. Ich hoffe, ich sehe Sie heute auch bei meinem kleinen Empfang?

Katharina Payer: Ich fürchte, da bin ich beschäftigt.

Herr Turin: Das ist schade. Im Übrigen wollte ich sagen, dass Sie diese Dame, diese Therapeutin, im Jänner zu mir schicken können. Also, ich bin bereit.

Katharina lächelt. ~~Man muss dieses Lächeln gesehen haben. Es ist ein lässiges Lächeln, ein wenig verschmitzt, es sieht hintergründig aus, sogar ein wenig provokant~~.

Herr Turin: Für Sie mache ich sogar Psychotherapie. Dann kann ich eine Stunde lang die Therapeutin anstarren.

Katharina Payer: Leider nicht. Bei der klassischen Psychotherapie sitzt der Therapeut hinter Ihnen.

Herr Turin: Ist nicht Ihr Ernst?

Katharina Payer: Und warum denken Sie eigentlich an eine Therapeutin und nicht an einen Therapeuten?

Herr Turin: Möchten Sie einen Schluck Whiskey?

Katharina Payer: Warum nicht.

Turin holt die Flasche aus dem Nachtkästchen und gibt sie Katharina. Sie hält sie zuerst lange in der Hand, bis sie kapiert, dass sie kein Glas bekommen wird. Sie nimmt den Verschluss ab, setzt die Flasche an und macht einen kräftigen Schluck.

Katharina Payer: Und ich muss Ihnen auch etwas sagen: Ich feiere Geburtstag, und zwar am 21. Jänner. Das ist ein Samstag. Ich gebe eine Party, zu der Sie eingeladen sind. Die Fahrt hin und zurück organisiere ich.

Turin nimmt Katharina die Whiskeyflasche ab und macht ebenfalls einen kräftigen Schluck.

Herr Turin: Habe ich eine Wahl?

Katharina Payer: Bitte nicht, Herr Turin, diese Diskussion führe ich mit Ihnen nicht ein zweites Mal. Das ist eine private Einladung, eine Absage nehme ich dieses Mal persönlich.

Und dann macht Katharina noch einen Schluck aus der Flasche.

Herr Turin: Sie stellen sich das so einfach vor. Ich war in den letzten Jahren nur außer Haus, wenn ich zum MRT musste. Und zuletzt – Sie wissen ja – nach meinem [redacted].

Katharina Payer: Ich habe alles gesagt, was zu sagen ist. Wollen Sie Ihr Geschenk nicht aufmachen?

Herr Turin: Moment, ich habe auch ein Geschenk für Sie. Nur eine Kleinigkeit.

Im Nachtkästchen hat Herr Turin auf der linken Seite die Glückwunschkarten für die Schwestern und Marcus und Dejan bereitgelegt, auf der rechten Seite liegt das Päckchen für Katharina. Er gibt es ihr. Nun öffnen beide ihr Geschenk. Katharina ist schneller.

Katharina Payer: Ein Taschenkalender für 2017. Danke! Da werde ich jetzt gleich die Party eintragen.

Endlich hat Turin sein Päckchen offen: eine DVD. Turin liest.

HERR TURIN: Königin der Berge.

KATHARINA PAYER: Ich bin zufällig darauf gestoßen. Wahrscheinlich kennen Sie den Film schon, es ist ein Western mit Ronald Reagan.

HERR TURIN: Den Film kenne ich nicht. Danke!

Die Pregnerin steht auf und umarmt ihn.

DIE KLEINE BARBARA: Frau Dr. Payer hat sich auffallend intensiv um Herrn Turin gekümmert. Ich habe das bemerkt, aber ich dachte: Sie ist Psychologin, sie wird schon wissen, was sie tut.

SCHWESTER MARGIT: Dabei hat Herr Turin eine wunderschöne Frau.

PATER REISINGER: Frau Dr. Payer hat sich sehr um den Patienten bemüht. Und wir kennen viele Register der Liebe: Sexos, Eros, Caritas, Agape.

HERR TURIN: Und wie soll ich mir den Film anschauen? Ich habe keinen DVD-Player.

2. Dreihundert Gendarmen

MILA: Sie haben ein Tablet, Herr Turin? Cool!

Herr Turin zeigt Mila ein Stück des Videos von Beethovens drittem Klavierkonzert auf Youtube. Er erklärt ihr, dass er sich jedes Mal auf eine andere Person im Orchester konzentriert. Er zeigt ihr die Querflöterin Carla, die Klarinettistin Dagmar und die Oboistin, die seiner Meinung nach aus Thailand kommt. Da er keine thailändischen Frauenvornamen kennt, hat er ihr bisher keinen Namen gegeben.

MILA: Ich würde sie Intira nennen. Man sieht sofort, dass sie Asiatin ist. Sehen Sie, wie schön gerade sie den Rücken hält und wie locker die Schultern hängen?

Turin ist begeistert, wie Mila das Orchester aus physiotherapeutischer Sicht interpretiert. Ihr Namensvorschlag gefällt ihm allerdings nicht.

MILA: Und die Männer? Den Männern geben Sie keine Namen?

Es ist ungewöhnlich, dass sie sich so viel Zeit nimmt. Es ist ihm schon seltsam vorgekommen, als Mila zuvor in seinem Zimmer aufgetaucht ist und behauptet hat, ihr sei ein Patient ausgefallen, er könne dafür die Stunde von nächster Woche vorziehen.

HERR TURIN: Haben vielleicht die Mädchen Sie geschickt? Damit Sie mich aus meinem Zimmer weglocken? Damit man dort in Ruhe meine Geschenke und die Torte vorbereiten kann?

MILA: Also, Ihnen kann man nichts vormachen, Herr Turin. Wenn Sie es nicht verraten: ja. Aliki war verzweifelt, dass Sie heute nicht in die Cafeteria gehen.

HERR TURIN: Wissen Sie, die vielen Anrufe, und dann hatte ich noch Besuch.

MILA: Von Frau Dr. Payer, mit der Sie jetzt per Du sind und Whiskey getrunken haben.

HERR TURIN: Sie wissen aber auch alles.

MILA: Ich hoffe, Sie glauben jetzt nicht, dass ich neugierig bin.

Und noch mal schauen die beiden den Anfang des Klavierkonzerts. Nein, der Name Intira gefällt Herrn Turin gar nicht. Wie kommt Mila auf Intira? Und heißt es nicht Indhira? Beim zweiten Anschauen stellt Mila fest, dass Intira eine schöne Halskette mit einem Edelstein hat. Laut ruft sie *Stopp!*, damit Turin das Video anhält. Aber wie immer gelingt es ihm nicht rechtzeitig, also muss er noch einen Versuch machen. Am liebsten mögen sie das Standbild bei 1:13.

MILA: Sehen Sie den ruhigen Gesichtsausdruck, wenn Intira in die Klarinette bläst?

HERR TURIN: Das ist eine Oboe, Frau Mila.

MILA: Und sehen Sie nur den schönen Schmuck: die Ohrringe, das Halskettchen mit dem Edelstein und den Ring an ihrer rechten Hand. Vielleicht ist sie Chinesin.

Eigentlich weiß Turin nicht, was er mit Mila reden soll. Er blickt sie von der Seite an. Sie ist ein nettes, kleines Mädchen, aber sie wirkt so puppenhaft, dass es ihm Angst macht.

MILA: Darf ich Ihnen auch ein Video zeigen?

Schon greift sie nach dem Tablet. Herr Turin will eigentlich keine anderen Videos sehen. Es würde ihm ausreichen, nur dieses eine Beethovenkonzert wieder und wieder anzuschauen.

Mila: Das ist mein Lieblingssong. Schauen Sie doch, das Video ist so cool!

Herr Turin hat keine Geduld für Mila. Er hat keine Geduld, sich mit ihrem kindlichen Gemüt auseinanderzusetzen.

Dukakis: Nicht auf das Video starren. Ihre Brüste!

Herr Turin: Wie heißt der Song?

Mila: Keep on Running. Ich kann Ihnen gerne meine Playlist schicken. Haben Sie eine E-Mail-Adresse?

Dukakis: Ja! Ihre E-Mail-Adresse bringt zehn Punkte.

Herr Turin: Natürlich. Würden Sie mir ein Mail schicken?

Mila: Aber sicher. Warum nicht?

Es war im Jahr 1988, am 15. November. Der Vater weckte mich frühmorgens, es war noch viel zu früh für die Schule. Ich war so überrascht, dass ich nicht daran dachte, dass es sein Geburtstag war.

Heinrich Turin: Steh auf, Robert! Sie haben ihn noch immer nicht.

Ich verstand zunächst nicht, worum es ging, sah, dass der Vater schon Frühstück gemacht hatte, und auch, dass er sich nach dem frisch gepressten Orangensaft ein Achtel Wein aus der Doppelliterflasche eingoss, das er in zwei, drei Schlucken trank.

Heinrich Turin: Kastenberger, der Bankräuber … du weißt schon, der mit der Reagan-Maske.

Ich konnte mich erinnern, dass der Vater am Vortag aufgeregt davon gesprochen hatte, dass der genannte Kastenberger bei einem Verhör entkommen war. Die Polizei war ihm später bei seinem Versuch, ein Auto zu stehlen, wieder auf die Spur gekommen.

Heinrich Turin: Dreihundert Gendarmen sind hinter ihm her. Dreihundert!

Der Vater war in einer seltsam aufgekratzten Stimmung. Die Mutter kam bald danach im Schlafmantel in die Küche.

ANITA TURIN: An deinem eigenen Geburtstag machst du das Frühstück! Ich mache es dir dann zum Siebziger.

HEINRICH TURIN: Dieses hohe Alter werde ich nie erreichen!

Ich gratulierte, aber der Vater versuchte, aus Radio und Fernsehen Neuigkeiten über die Verfolgungsjagd zu bekommen. Und dann zeigte die Mutter auf ein Blatt Papier, das an die Korkwand gepinnt war, an der sich der Abrisskalender, die Einkaufslisten, Erlagscheine und Ansichtskarten befanden. Auf diesem Blatt stand: *Keep on Running, Kastenberger!*

ANITA TURIN: Hast du das hingehängt?

Der Vater nickte, und die Mutter ging kopfschüttelnd ins Badezimmer. Neben seiner Kaffeetasse hatte er ein Fünf-Schilling-Stück auf die Kante gestellt. Wenn ich beim Essen mit einem Stoß den Tisch berührte, fiel die Münze um. Geduldig nahm der Vater die Münze jedes Mal und stellte sie wieder auf die Kante. Ich fragte ihn, warum er das tat.

HEINRICH TURIN: Solange dieser Fünfer auf der Kante steht, kriegen sie ihn nicht.

Am selben Tag, als ich nachmittags von der Schule kam, erzählte der Vater mir, dass Kastenberger sich erschossen hatte, nachdem er auf der Verfolgungsjagd angeschossen worden war. Danach sprach er nie wieder über die Sache.

3. Das sechste Glas

Mila bringt Herrn Turin zurück auf sein Zimmer, und schon als sie es betreten, weiß er, dass sich die Gratulantinnen versteckt haben. Ein wenig überrascht muss er sich schon zeigen, er darf ihnen doch die Freude nicht nehmen, wo sie sich so bemüht haben. Mila spielt gut mit.

MILA: Also, Herr Turin, die nächste Einheit ist am Dienstag, 10. Jänner. Ich wünsche Ihnen frohe Weihnachten und ein glückliches neues Jahr. Und …

In diesem Moment treten sie hervor: Drei sind hinter der Tür gestanden, drei andere hinter dem Vorhang. Und jetzt singen sie. Wenn Turin es richtig überblickt, sind Aliki, Michaela, Jessy, Barbara und Bernhard von der Station da, außerdem Schwester Margit und Marcus, also mit Mila insgesamt acht Personen. Herr Turin hat zwölf Sektgläser und sechs Flaschen Prosecco kommen lassen. Auf einem Nirostawagen aus der Küche haben sie eine Torte gebracht, in der eine Sprühkerze steckt.

HERR TURIN: Moment, Moment! Für alle, die morgen nicht mehr da sind, habe ich auch eine Kleinigkeit. Sie wissen ja, dass einen Tag nach meinem Geburtstag Weihnachten ist.

Turin bittet Aliki, ihm die Kuverts aus der Lade des Nachtkästchens zu geben. Und dann gratulieren sie ihm einzeln, und er gibt sie ihnen. Nur für Schwester Margit hat er kein Kuvert. Schließlich heben Aliki und Michaela die Bettdecke, unter der sich vier Päkchen befinden. Ein fünftes großes Paket steht vor dem Bett.

HERR TURIN: Warum seid ihr denn so nett zu mir?

SCHWESTER ALIKI: Auspacken, Herr Turin, nicht reden!

Marcus geht zu der großen Schachtel und entfernt das Geschenkpapier. Die kleine Barbara steht schon hinter ihm, sie hat einen Sack für das Altpapier vorbereitet. Marcus öffnet das Paket, es enthält einen Karton mit sechs Weinflaschen.

Herr Marcus: Das sind die letzten Flaschen von Ihrem Veltliner aus der Cafeteria, Herr Turin.

Herr Turin: Den gibt es dann gar nicht mehr?

Herr Marcus: In der Cafeteria nicht. Die gesamte Speise- und Getränkekarte wird mit der Auslagerung umgestellt.

Vier Geschenke muss Turin noch auspacken. Das erste ist ein massiver Türstopper aus Edelstahl mit Gummirand. Das zweite ist eine Flasche Bonsaidünger. Und das dritte ist eine Tastatur, die man an das Tablet anstecken kann.

Schwester Aliki: Damit können Sie auch längere Texte tippen.

Das kleine Zimmer ist voll. Erst jetzt sieht Robert Turin, dass das kleine Weihnachtsbäumchen bereits gebracht wurde. Schade, dass er nicht dabei war, er sieht den Grauen so gerne beim Arbeiten zu. Viel Arbeit kann es allerdings nicht gewesen sein, es ist mit nichts anderem behängt als einer elektrischen Lichterkette. Daher steht der Weihnachtsbaum auch neben der Steckdose. Herr Turin kann also nur entweder das Tablet aufladen oder den Weihnachtsbaum zum Leuchten bringen.

Die kleine Barbara: Das letzte Päckchen, Herr Turin.

Es ist das Geschenk von der Heimleitung: ein T-Shirt mit dem Institutsemblem. Inzwischen reißen die Schwestern ihre Kuverts auf, aber nachdem Herr Turin zu reden beginnt, werden sie alle still.

Herr Turin: Meine Lieben, ich danke euch. Ich weiß nicht, was ihr im vorigen Leben angestellt habt, dass ihr einem so unausstehlichen Menschen tagein, tagaus Früchtetee ans Bett bringen müsst. Heute habt ihr euer Karma verbessert. Aber vergesst nicht: Niemand kann sich etwas ins Grab mitnehmen. Deswegen gibt es jetzt Prosecco und Torte. Und wenn eine von euch nur Orangensaft trinkt, weiß ich, dass sie schwanger ist.

Aliki kommt mit einem zweiten Nirostawagen ins Zimmer, auf dem sich der Prosecco, Orangensaft, zwölf Sektgläser und Teller und Besteck für die Torte befinden. Herr Turin wird aufgefordert, die Torte anzuschneiden, aber er delegiert es an Schwester Barbara, die beim ersten Schnitt Turins Hand führt und erst dann alleine weitermacht. Jetzt sind alle beschäftigt. Schwester Aliki entkorkt zwei Flaschen und schenkt ein. Jeder muss gefragt werden, ob er den Prosecco pur, mit Orangensaft oder nur Orangensaft will. Es dauert, bis jeder ein Glas hat. Dann wird angestoßen.

Schwester Margit: Wir wünschen Ihnen von Herzen alles Gute, Herr Turin.

Kaum hat Schwester Margit die Station betreten, herrscht sie hier schon wieder, während die kleine Barbara stumm den Verpackungsmüll entsorgt. Dann wird getrunken. Herr Turin hat sich vorgenommen, viel zu trinken. Er weiß, dass Schwester Margit ihn beobachten wird. Er bemerkt, dass viele mit dem Glas nur angestoßen und einen kleinen Schluck gemacht haben und jetzt mit etwas anderem beschäftigt sind. Die Torte interessiert die meisten mehr als der Prosecco. Und so nimmt Herr Turin hin und wieder ein verwaistes Glas vom Servierwagen und trinkt es aus. Wenn sein Glas leer ist, gibt er Aliki ein Zeichen mit den Augen, die dann nachschenkt. Gerade als sie die vierte Flasche öffnet, klopft es an der ohnehin offenen Tür. Pater Reisinger tritt ein.

PATER REISINGER: Mein lieber Herr Turin, Sie sind berühmt. Überall redet man von Ihrem Geburtstag.

HERR TURIN: Nur die drei Weisen sind noch nicht eingetroffen. Dabei brauche ich dringend Myrrhe.

Aliki gibt Pater Reisinger ein Glas, und er stößt mit Turin an. Seit er das Zimmer betreten hat, ist es wieder ein wenig stiller geworden.

PATER REISINGER: Die Nichte von Herrn Kelemen hat mir gestern erst gesagt, dass Sie so viel wissen. Sie ist ganz beeindruckt von Ihnen. Ich auch. Ich weiß, ehrlich gesagt, bis heute nicht, was Myrrhe ist.

HERR TURIN: Das Harz des Commiphora-Baums.

PATER REISINGER: Na, sehen Sie. Wusste das jemand von den Damen?

Die Schwestern stehen schweigend da. Solange Schwester Margit im Zimmer ist, werden sie nichts sagen.

PATER REISINGER: Ihre liebe Frau ist heute nicht da?

HERR TURIN: Meine Frau ist auf einer Dienstreise in Japan.

Die kleine Barbara entschuldigt sich, dass sie zum Stationsstützpunkt muss. Das geschieht, um allen zu zeigen, dass sie sich immer um die Station kümmert.

HERR TURIN: Pater Reisinger, können Sie sich noch an Kastenberger erinnern? Den Bankräuber mit der Reagan-Maske?

PATER REISINGER: Der Pumpgun-Ronnie? Ja, sicherlich!

SCHWESTER ALIKI: Wie kommen Sie denn jetzt auf einen Bankräuber?

Herr Turin: Sie können ihn nicht kennen, Schwester Aliki. Wann sind Sie geboren?

Schwester Aliki: 1989.

Herr Turin: 1989! Stellen Sie sich das vor, Pater, wie jung die Mädchen sind.

Pater Reisinger: Wann war das mit dem Pumpgun-Ronnie?

Herr Turin: 1988. Im November 1988 hat er sich erschossen.

Schwester Margit: Was ist denn mit den anderen Patienten von der Station? Haben Sie die nicht eingeladen, Herr Turin?

Schwester Margit möchte das Thema wechseln, und sie verbindet es mit einem Vorwurf, den sie Turin schon seit Jahren macht: dass er die anderen Patienten ignoriert und nichts mit ihnen zu tun haben will.

Herr Turin: Wir können die Ditscheiner schon fragen, ob sie ein Stück Torte will. Wenn Donald Trump nicht gerade eine Pressekonferenz gibt.

Schwester Margit lacht nicht.

Schwester Margit: Sie wissen bestimmt schon, dass Sie eine neue Nachbarin bekommen. Eine Prominente.

Pater Reisinger: Frau Professor Kupelwieser, die Mutter des aus dem Fernsehen bekannten Psychologen Kupelwieser. Wann kommt sie denn zu uns?

Schwester Margit: Angeblich nächste Woche.

Herr Turin: Ich weiß nichts davon.

Herr Turin hat ein Glas erspäht, das noch voll ist. Bestimmt war es das Glas der kleinen Barbara, die das Feld für die alte Chefin räumen musste. Aber jetzt kann er nicht danach greifen, denn Schwester Margit fixiert ihn, während die Schwestern zu Boden blicken.

Schwester Margit: Na so was, Herr Turin. Ich dachte immer, Sie wissen alles über das Heim. Das sagen zumindest die Damen im Haus, die Ihnen scheinbar sehr nahestehen.

Herr Turin: Es heißt in diesem Fall *anscheinend*, nicht *scheinbar*, Schwester Margit. Und ich verbitte mir, dass Sie hier vor anderen seltsame Andeutungen machen.

Schwester Margit: Dann machen Sie sich nicht über andere Patienten lustig!

Herr Turin: Ich mache mich über Patienten lustig?

Schwester Margit: Natürlich. Über Frau Ditscheiner.

Herr Turin: Ach, Schwester Margit, das ist eben meine Art, mir das Leben erträglich zu machen.

Schwester Margit: Hoffentlich wird es nicht noch erträglicher, Ihr Leben.

Schwester Margit geht zur Tür. Sie zeigt mit dem Finger auf das Glas der kleinen Barbara, das Turin die längste Zeit fixiert hat.

Schwester Margit: Auf Wiedersehen, Herr Turin. Und trinken Sie dieses Glas ruhig auch noch aus. Das wäre dann Ihr sechstes.

4. Two-Night-Stand

Der Nachmittag scheint gelaufen. Pater Reisinger, der längst verstummt ist, geht bald und bedankt sich für den Prosecco. Die kleine Barbara beordert die Schwestern in den Dienst zurück, Marcus ist schon lange gegangen. Turin wollte ihm das Kuvert für Dejan mitgeben, aber Marcus hat darauf bestanden, dass Turin es ihm am nächsten Tag persönlich übergibt; die Cafeteria ist am Heiligen Abend bis 13:00 Uhr geöffnet. Nur Schwester Aliki bleibt noch im Zimmer und räumt auf.

SCHWESTER ALIKI: Ich verwende gleich Ihren neuen Türstopper.

HERR TURIN: Sie hat mir alles verdorben.

SCHWESTER ALIKI: Nehmen Sie es nicht persönlich, Herr Turin, sie kann nicht anders. Glauben Sie mir, ich kenne das seit Jahren.

Turin tut es leid, dass er Aliki nur fünfzig Euro gegeben hat, sie hätte sich mehr verdient. Er öffnet die Lade des Nachtkästchens.

HERR TURIN: Schwester Aliki, sagen Sie es niemand: Ich wollte Ihnen nicht mehr Geld ins Kuvert legen als den anderen, sonst gibt es gleich wieder Eifersüchteleien. Aber Sie haben sich wirklich einen Bonus verdient.

Er hält ihr einen Fünfziger hin. Sie sieht ihn verdutzt an, aber Turin steckt den Geldschein schnell in die Vordertasche ihres Kasacks, auch deshalb, weil jemand an der Tür ist. Es ist aber keine Schwester, sondern Irenes Schwester.

DIE BEBA: Wow, Bombenstimmung! Bin ich zu früh?

HERR TURIN: Christiane, komm herein! Ganz im Gegenteil. Aliki, machen Sie mir bitte die beiden restlichen Flaschen auf und lassen Sie zwei Gläser hier.

Die Beba hängt ihren Mantel an den Haken bei der Tür und kommt auf Turin zu. Sie gibt ihm drei Küsschen – links, rechts, links –, das war immer ihre Angewohnheit. Dann übergibt sie ihm ein Geschenk.

DIE BEBA: Verzeih, dass ich erst heute komme. Die haben mir zu den Feiertagen wieder Dienste eingeteilt! Die Schwester kennt das ja bestimmt.

Sie meint Aliki, doch Aliki schweigt. Sie öffnet die letzten beiden Flaschen Prosecco, stellt zwei Gläser auf den kleinen Tisch und fährt mit den schmutzigen Gläsern und Tellern auf dem Nirostawagen aus dem Zimmer.

HERR TURIN: Versteh ich doch. Bitte, schenk uns ein! Und stell mir das Glas auf die linke Seite!

Turin packt das Geschenk aus.

DIE BEBA: Es ist ein Headset. Dann hast du die Hände frei, wenn du mit der Didi telefonierst.

Sie stoßen an und trinken.

DIE BEBA: Ich war gerade in der Cafeteria, dachte, du bist vielleicht unten. Dort serviert ein netter junger Mann …

Turin freut sich, dass die Schwägerin da ist. Christiane ist drei Jahre jünger als Irene. In der Familie galt sie immer als wild und ungestüm, und die beiden Scheidungen, die sie hinter sich hat, haben dieses Vorurteil nicht beseitigt.

HERR TURIN: Dieses Tablet ist wie ein Gott, dem andauernd geopfert wird.

DIE BEBA: Die Didi sagt, du bist ziemlich gut damit.

HERR TURIN: Ich war fast zwanzig Jahre in der Computerbranche, ich werde doch das Browserfenster von meinem Zimmerfenster unterscheiden können.

DIE BEBA: Oder vom französischen Fenster auf dem Gang.

Herr Turin: Man hat dir von meinem Fenstersturz erzählt?
Die Beba nickt. Sie gießt Prosecco nach.
Die Beba: Mann, du tust mir leid.
Herr Turin: Wieso? Weil ich blöd bin?
Die Beba: Weil dich jetzt alle danach beurteilen.
Die Beba sagt immer gleich, was sie denkt, das weiß Turin. Da besucht sie ihn monatelang nicht, nicht einmal nach einem Selbstmordversuch, und dann sitzt sie an seinem Geburtstag seelenruhig da und spricht alles aus, was ihr in den Sinn kommt. Aber der Tag ist Turin schon verdorben, und er ist der Beba nicht böse: Sie hat recht. Herr Turin schaut zur Tür, dann bedeutet er Christiane mit einer Handbewegung, dass sie leiser sprechen müssen. Er prostet ihr zu, und sie trinken.
Herr Turin: Wir haben seit zwei Jahren diese Diskussion, Irene und ich, nach jedem Schub, den ich habe. Du weißt ja, wie sie ist.
Die Beba: Welche Diskussion?
Herr Turin: Es gibt diese Vereine in der Schweiz. Vereine für Freitodbegleitung.
Die Beba: Ja, und?
Herr Turin: Ich will mich bei einem solchen Verein anmelden.
Es ist seltsam: Wenn Herr Turin der Beba in die Augen schaut, sieht er nur Klarheit und Ehrlichkeit. Er weiß, dass sie zwei Ehen hinter sich hat, er weiß, dass sie mit ihren Ehemännern nicht zimperlich umgegangen ist, aber er glaubt nicht, dass Christiane zu einer Lüge imstande ist.
Die Beba: Ja und?
Herr Turin: Nichts und! Jemand muss mich dort hin-

bringen. Ich kann nicht alleine in die Schweiz fahren, ich brauche Hilfe. Und Irene weigert sich.

Die Beba: Wirklich? Da verstehe ich sie jetzt nicht.

Plötzlich spürt Herr Turin etwas. Es beginnt in den Oberschenkeln. Er würde es als ein Kribbeln bezeichnen. Ein angenehm unangenehmes Kribbeln in den Oberschenkeln und im Bauch. Irene ist glücklicherweise nicht da, denn in ihrer Gegenwart hat er es sich nach allen Auseinandersetzungen verboten, Schmerzen oder Sensationen zu beschreiben. Es ist ein Gefühl, das er als Kind oft hatte, wenn ein anscheinend unlösbares Problem, das ihn lange Zeit bedrückt hat, plötzlich gelöst wurde. Und das macht dieser eine Satz von Irenes Schwester.

Die Beba: Na ja, Irene ist eben … es fällt ihr schwer mit … sie hat ja auch nur zwei Semester Medizin studiert, weil die Nana das unbedingt wollte. Das ist nicht ihr Ding, Krankheit und Tod, das macht sie panisch. Also, ich würde das schon machen. Ich würde dich hinbringen.

Gerade war Herr Turin glücklich über die Wirkung des Prosecco, nun möchte er schlagartig wieder nüchtern sein. Kann es sein, dass er der Lösung seiner Probleme so nahe ist?

Die Beba: Also, du musst dich natürlich schon verabschieden.

Herr Turin: Verabschieden?

Die Beba: Du musst deiner Familie und deinen Freunden sagen, was du machst. Ganz ehrlich.

Herr Turin: Ich bin noch lange nicht so weit. Ich habe gerade erst das Beitrittsansuchen geschickt.

Die Beba: Lass dir Zeit! Das muss lange und gut überlegt sein. Was sagt denn dein Neurologe?

Herr Turin: Ach, ich muss mir einen neuen suchen. Er sagt, mein letzter Krankheitsschub war kein Schub.

Dr. Steinhäuser: Fluktuationen, lieber Turin. Fluktuationen. So nennen wir es, wenn sich bekannte Symptome wellenförmig wiederholen.

Dann wird das Gespräch heiter. Alte Erinnerungen werden wach, und es wird gestritten, wer damals das Auto gefahren hat, als man beschloss, über Nacht nach Venedig abzuhauen. Die erste Flasche ist leer, die zweite kommt dran: Der Prosecco ist zu warm. Und dann erzählt die Beba, wie es sich in seiner Wohnung lebt. Herr Turin hört ihr gerne zu, aber was heißt schon *seine*? Weder die Erinnerungen noch die Tatsache, dass er zuletzt vor wenigen Monaten nach dem Notartermin wieder dort gewesen ist, geben Turin das Gefühl, dass diese Wohnung seine Wohnung ist.

Turin ist betrunken. In nüchternem Zustand hätte er haltgemacht, und zwar vor dem Satzanfang. Doch Turin ist euphorisch. Ein Problem wurde heute schon gelöst.

Herr Turin: Sag mir eines: Hat Irene einen Mann? Einen Freund? Einen Typen? Ich bin nicht eifersüchtig, ich will es nur wissen.

Die Beba: Also, ich weiß von keinem. Aber irgendwie passt das nicht zu dir, dass du dich in so etwas einmischst.

Herr Turin: Ich mische mich nicht ein. Ich will es nur wissen.

Die Beba schwenkt den Zeigefinger vor Turin und schüttelt den Kopf.

Die Beba: Lass das sein. No. No. No.

Herr Turin: Ich will nur, dass sie glücklich ist.

Die Beba: Davon, dass du neugierig bist, wird sie bestimmt nicht glücklicher.

Herr Turin: Sie soll ehrlich zu mir sein. Ich war es auch immer.

Die Beba: Da kenne ich eine andere Version.

Herr Turin: Was? Ich habe Irene nie hintergangen.

Die Beba: Und diese Marketingleiterin?

Herr Turin: Daran kann ich mich nicht erinnern.

Dukakis: Sie meint Lena.

Die Beba: Du kannst dich nicht erinnern?

Plötzlich ist es still. Herr Turin hat Angst vor dieser Stille.

Herr Turin: Ja, mit der hatte ich was. Es war ein One-Night-Stand.

Die Beba schaut ihm in die Augen und schüttelt den Kopf.

Herr Turin: Na ja, vielleicht war es auch ein Two-Night-Stand.

Die Beba: Das glaubst du wohl selbst nicht.

5. Lenas Spüle

HEINRICH TURIN: Weihnachten? Das ist doch das komische Fest einen Tag nach deinem Geburtstag.

Schon am Morgen liest Herr Turin von starken Schneefällen in Japan, den heftigsten seit fünfzig Jahren. Er freut sich, dass es ein Thema gibt. Irene meldet sich früh. Turin wünscht ihr frohe Weihnachten, doch er bemerkt sofort, dass Irene verstimmt ist. Sie weiß bereits alles.

IRENE TURIN: Wie kannst du das mit ihr besprechen? Sie war dich seit Monaten nicht besuchen! Ich fühle mich so hintergangen.

Es nützt auch nichts mehr, auf die Schneefälle in Japan zu sprechen zu kommen. Turin hätte wissen können, dass die Beba den Mund nicht halten kann.

HERR TURIN: Heute ist Weihnachten. Ich sitze hier alleine und schaue mir Youtube-Videos an.

IRENE TURIN: Videos über Sterbehilfe wahrscheinlich.

HERR TURIN: Es ist leider niemand da, um das zu kontrollieren. Hier ist es totenstill und menschenleer, ich bin allein. Und meine Frau hat im Fernen Osten, wo man angeblich so beherrscht ist, gerade einen Wutanfall.

Nie wollte Herr Turin Irene vorwerfen, dass sie gerade um diese Zeit im Jahr auf Dienstreise ist, nun hat er es doch getan.

IRENE TURIN: Ich verlange von dir, dass du solche Dinge mit mir besprichst. Ich bin Mitte Jänner wieder da, bis dahin wird die Sache wohl warten können.

HERR TURIN: Irene, das ist lächerlich. Wir haben die Sache tausend Mal besprochen, und wir kommen immer zum selben Punkt: Du willst nicht darüber reden!

Irene Turin: Anscheinend hast du schon vergessen, dass die Beba gar keinen Führerschein hat.
Herr Turin: Ich wünsche dir ein frohes Fest!
Und Turin legt auf. Er hat sich Weihnachten anders vorgestellt. Er weiß, dass das hart ist, aber er kennt Irene: Sie lässt sich jetzt einen halben Tag nicht mehr beruhigen. Kurz wartet Turin noch, ob Irene wieder anruft. Fehlanzeige. Streit am Heiligen Abend!
Heute ruft niemand an. Gestern, an seinem Geburtstag, hat Turin so viele Anrufe bekommen, dass er manche Gespräche schnell beenden wollte. Heute würde er sich über eine einzige Unterhaltung freuen. Auch die Beba ruft nicht an. Sie hat bestimmt kein schlechtes Gewissen, weil sie Irene von ihrem Gespräch mit ihm erzählt hat. Der kleine Hoffnungsschimmer, das Kribbeln in seinem Körper – beides ist verschwunden. Er hätte gleich wissen können, dass er nicht auf die Beba zählen kann. Am Ende wird sie doch nur tun, was die große Schwester sagt. Aber ist Weihnachten nicht das Fest der Hoffnung? Wurde nicht heute vor 2.017 Jahren der Erlöser geboren?
Dukakis: Erklär mir bitte eines: Die Zeitrechnung beginnt mit Christi Geburt. Wie kann er dann eine Woche vor Neujahr geboren sein?
Herr Turin: Das habe ich mich als Kind auch immer gefragt.
Dukakis: Ist er am 24. Dezember im Jahre 1 vor Christus geboren? Oder am 24. Dezember im Jahre 0? Gab es überhaupt ein Jahr 0? Oder kam nach dem Jahr 1 vor Christus gleich das Jahr 1 nach Christus?
Herr Turin: Wir werden es nie erfahren.
Herr Turin fährt zu der Steckdose und entfernt das Lade-

kabel des Tablets, dann steckt er die Lichterkette des Weihnachtsbaums an.

Herr Turin: Frohe Weihnachten, Dukakis!

Herr Turin schaut noch ein Youtube-Video an, einen Fernsehbeitrag mit dem Titel *Wem hilft die Sterbehilfe?*, dann wartet er auf das Abendessen. Gestern hat ihm Schwester Michaela zwei Flaschen Veltliner eingekühlt; er müsste sie bitten, ihm eine davon zu bringen. Außerdem würde er gerne die DVD anschauen, die Katharina ihm geschenkt hat, aber er hat keinen DVD-Player.

In der Zeit, als unsere Firma gut lief, war ich über Jahre rund um die Uhr beschäftigt. An Wochentagen war keine Zeit für Privatleben. Irene beklagte sich ständig, wenn ich um 20:00 Uhr nach Hause kam, mit ihr aß und dann in meinem Arbeitszimmer verschwand. Wenn ich fertig war, schlief Irene bereits. Sie kämpfte um gemeinsame Wochenenden, ausreichend Urlaub und freie Abende. Auch sie hatte ihren Job, aber sie wollte nicht Karriere machen, und hat jedes Angebot, in ihrer Firma aufzusteigen, ausgeschlagen. Wahrscheinlich rechnete sie damals noch mit einer Schwangerschaft. Ihre Freundinnen hatten alle Kinder, das veränderte die Gespräche und Lebensrhythmen. Irene wurde einsamer. Und dann die Geschichte mit Lena: Ich hätte mir das wirklich sparen können.

Wo Mentula Lena aufgetrieben hatte, wusste ich nicht. Auch nicht, ob es überhaupt ein Inserat oder andere Bewerbungen gegeben hatte. Ich hatte das Gefühl, Mentula hatte die Stelle für Lena erfunden. Sie wurde von einem Tag auf den anderen eingestellt. Auch was ihr Gehalt betraf, wunderte ich mich über Mentulas Großzügigkeit. Die ersten Wochen begleitete sie Gregor auf jede Geschäftsreise, und mir fiel auf, dass er, dem man sonst alles aus der Nase ziehen musste, nun von sich aus oft von neuen Kunden erzählte und was für eine wichtige Rolle Lena bei dem Abschluss gespielt habe.

Irgendwann musste ich selbst geschäftlich verreisen, nach Linz, und da ich von den Auftraggebern zum Abendessen eingeladen war, wurde ein Hotelzimmer gebucht. Lena sollte mich begleiten. Als wir im Hotel ankamen, stellte sich heraus, dass ein Doppelzimmer reserviert worden war. Lena war das peinlich, aber sie fragte mich, ob es mir etwas ausmache. Es war seltsam, wie wir unser Gepäck aufs Zimmer brachten. Zuerst ging sie duschen, dann ich, dann zogen wir uns an. Ich glaube, ich habe ihr sogar geholfen, den Reißverschluss ihres Kleids zuzumachen.

Dukakis: Das glaubt dir kein Mensch, das ist aus einem Film.

Es kam zum Geschäftsabschluss, und danach wurden wir zu einem Dinner mit dem Vorstand ausgeführt. Lange nach Mitternacht kamen wir zurück ins Hotel.

Die Beba: Das war die erste Nacht von deinem Two-Night-Stand.

Herr Turin: Nein. Ich schwöre, dass ich Lena in dieser Nacht nicht angefasst habe.

Wir hatten sogar die Betten auseinandergeschoben. Nein, da war nichts. Nichts. Stattdessen hat Lena mir erzählt, dass sie sich öfter mit Mentula getroffen hatte, privat, bevor er sie von ihrer vorigen Anstellung abwarb. Er lud sie weiterhin großzügig ein, machte ihr Geschenke, und ihr war bald klar, worum es ging. Und eines Tages war es so weit: Lena war mit Mentula auf Geschäftsreise. Mentula rief seine Frau an und sagte ihr, man müsse auswärts übernachten, in Wirklichkeit fuhr er mit Lena nach Wien zurück. Sie gingen in eine Bar und landeten danach in Lenas Wohnung. Als Lena wach wurde, war sie alleine im Bett. Kurz dachte sie, sie habe das alles nur geträumt, doch als sie aufstand, sah sie Mentulas Kleider auf dem Fußboden vor dem Bett verstreut. Sie wollte in die Küche gehen, doch schon aus der Ferne sah sie Mentula nackt dastehen und in die Spüle urinieren. Wochenlang scheuerte sie die Spüle täglich, bis sie sich entschloss, vom Installateur eine neue einbauen zu lassen.

LENA: Bist du jetzt schockiert?

HERR TURIN: Nein.

LENA: Das ist alles, seither war nichts mehr. Ich schwöre es.

Schwester Michaela kommt mit dem Essen zur Tür herein. Sie zieht das Tischchen aus dem Nachtkästchen und knallt das Tablett darauf.

SCHWESTER MICHAELA: Frau Ditscheiner, Herr Hnat und Frau Lakowitsch gehen nach dem Abendessen mit mir in die Hauskapelle zur Christmette. Kommen Sie mit?

HERR TURIN: Ich bleibe hier.

SCHWESTER MICHAELA: Die Station ist inzwischen nicht besetzt. Im Notfall rufen Sie den Portier. Seien Sie brav!

Herr Turin ist anscheinend der einzige Mensch, der auf der Station zurückbleibt. Nicht nur die Patienten sind weg, es ist auch keine Schwester mehr da. Jetzt kann er sich vorstellen, wie es sein wird, wenn Roboter die Pflege übernehmen werden. Wenigstens werden sie sein Getränk bestimmt immer auf die linke Seite stellen, wenn sie einmal richtig programmiert wurden.

Dukakis: Zeit für den Veltliner.
Herr Turin verlässt das Zimmer und fährt zum Stationsstützpunkt. Dort befindet sich eine Theke und ein Schreibtisch, dahinter ist der Raum für die Schwestern, wo auch der Kühlschrank steht. Schwester Michaela hat gleich zwei Flaschen eingekühlt. Das einzige Problem ist nur, dass die Möbel so eng stehen, dass Turin mit dem Rollstuhl nicht bis zum Kühlschrank fahren kann. Erst nach langwierigen Versuchen schafft er es, das Ledersofa zur Seite zu rücken und sich einen Weg zu bahnen. Er öffnet den Kühlschrank. Glücklicherweise liegen die beiden Weinflaschen ganz unten, denn den oberen Bereich könnte er im Rollstuhl sitzend gar nicht erreichen. Turin nimmt eine Flasche, legt sie zwischen seine Oberschenkel und schließt die Tür. Unmittelbar daneben befindet sich der Medikamententresor, der allerdings in Kopfhöhe hängt und für Turin nicht erreichbar ist. Schwester Michaela hat den Schlüssel stecken lassen. Er enthält Schmerztabletten und Beruhigungsmittel, genug, um durch ihre Einnahme eine Atemlähmung herbeizuführen. Herr Turin stellt die Weinflasche ab und geht vor dem Medikamententresor in Position. Dann versucht er, sich aus dem Rollstuhl hochzudrücken. Zuletzt hat er das mit Mila geübt, als er den Rollator benutzen sollte. Es gelingt ihm, sich kurz auf die Beine zu stellen, aber er kann die Knie nicht durchstrecken. Nach wenigen Sekunden lässt er sich in den Rollstuhl zurückfallen. Er versucht es ein zweites Mal. Wenn er sich mit beiden Händen festhält, kann er kurz stehen, aber eine Hand müsste frei sein, um den Medikamententresor zu öffnen. Er lässt los, hat aber zu wenig Halt und fällt wieder in den Rollstuhl zurück.

Herr Turin fährt zurück ins Zimmer. Er öffnet die Weinflasche. Er hat kein Glas. Er nimmt den Deckel der Schnabeltasse ab und gießt den Wein in die Tasse. Normalerweise trinkt er daraus Früchtetee.

DUKAKIS: Frohe Weihnachten, Herr Turin!

6. Kein Anruf

Kein einziger Anruf. Ein kleiner Rest Wein ist noch in der Flasche. Schwester ist bisher keine gekommen.

DUKAKIS: Auch der Erlöser lässt auf sich warten.

DIE BEBA: Wie ging es weiter mit Lena?

HERR TURIN: Schluss! Aus! Ich erzähle nicht weiter. ~~Du verpetzt alles an Irene~~.

DIE BEBA: Die Didi weiß sowieso alles.

HERR TURIN: Und ich war einmal in dich verliebt, kleine Beba.

DIE BEBA: Piccola, hast du immer zu mir gesagt. Piccola.

SCHWESTER ALIKI: Herr Turin war einmal ein attraktiver Mann.

SCHWESTER MICHAELA: Er steigt allen Schwestern nach.

SCHWESTER MARGIT: Wir haben einige Beschwerden von Schwestern, die sich von ihm belästigt fühlen.

KATHARINA PAYER: Aber das ist doch kein Einzelfall. Auch Herr Kelemen und Herr Hnat sollen schon Schwestern angefasst haben. Ich bitte Sie, das ist in der Pflege doch wirklich nichts Besonderes.

SCHWESTER MARGIT: Wieso wissen Sie eigentlich mehr von der Pflege als eine Oberschwester, die in diesem Haus seit über fünfundzwanzig Jahren tätig ist?

DR. STEINHÄUSER: Verlust der Potenz ist auch beim MS-Patienten nicht mit dem Verlust der Libido gleichzusetzen.

DIE KLEINE BARBARA: Laues Lüftchen der Libido.

IRENE TURIN: Ich habe ihm seine Fehltritte in der Vergangenheit verziehen, ich will nicht mehr darüber sprechen. Meine Therapeutin unterstützt mich in jeder Hinsicht, mit der Erkrankung meines Mannes umzugehen.

DIE BEBA: Es ist doch ganz normal, dass du Rachegelüste

hast. Ich verstehe nicht, warum du die Heilige spielen musst.

~~IRENE TURIN: Ich möchte meinen Mann töten.~~

SCHWESTER MARGIT: Es weiß doch jeder hier, dass sie ihn nicht liebt. Sie kommt nur am Wochenende, als wäre sie eine entfernte Verwandte.

IRENE TURIN: Sein ganzes Leben hat er nur an sich gedacht. Und jetzt, wo er krank ist, geht es wieder nur um ihn. Ich bin auf seinen Tod vorbereitet. ~~Aber ich wünsche mir den Tod nicht. Im Gegenteil, ich habe große Angst vor diesem Tag~~.

DR. STEINHÄUSER: Herr Turin zeigt typische Verhaltensmuster für einen Patienten mit sekundär progredienter Verlaufsform der Multiplen Sklerose.

SCHWESTER ALIKI: Er hat diesen Ordnungszwang. Das muss hier stehen, jenes dort. Nein, zwei Zentimeter weiter nach rechts. Nein, nicht so viel. Manche Schwestern flippen dann völlig aus.

HERR TURIN: Sie sehen, wie viel Leid ich verursache. Das wäre doch nicht nötig. Ich habe nichts dagegen, wenn man mich töten will. Wenn es von ihnen niemand tut, dann tut es die Königin der Berge.

IRENE TURIN: Ich kann es einfach nicht mehr hören. Ich bin so froh, dass ich einen Monat weg bin.

HERR TURIN: Ich habe mir auf Amazon eine Ronald-Reagan-Maske bestellt. Jetzt brauche ich nur noch eine Pumpgun.

DR. STEINHÄUSER: Die Psychiatrie ist nicht mein Gebiet. Ich kann nur Kollegen empfehlen.

SCHWESTER ALIKI: Es ist schon wieder ein Paket für Sie gekommen, Herr Turin. Was ist es denn diesmal? Eine Donald-Trump-Maske?

Die kleine Barbara: Es geht nicht, dass Patienten andauernd etwas im Internet bestellen und sich in die Station liefern lassen. Das müssen wir anders regeln, das geht so nicht.

Katharina Payer: Die Stationsschwestern glauben, dass man Herrn Turin dazu zwingen muss, sich selbst einzuschränken. Sie verstehen nicht, dass die Einschränkungen und Verlusterfahrungen, die er durch seine Krankheit erfährt, traumatisierende Erlebnisse sind.

Die kleine Barbara: Frau Doktor Payer stellt sich immer über uns. Wir aber können den Patienten, mit dem wir täglich arbeiten, besser verstehen.

Schwester Margit: Sehr richtig, Schwester Barbara. Außerdem ist dieser Mann kein Heiliger. Ich möchte nicht wissen, wie er seine Mitmenschen behandelt hat, als er noch gesund war.

Katharina Payer: Er ist jedenfalls sehr nett zu den Schwestern.

Die kleine Barbara: Das stimmt.

Lena: Ich habe es sehr geschätzt, dass Robert damals in Linz … ich meine … dass wir nur geredet haben im Hotelzimmer. Wir waren betrunken, und es hätte leicht sein können, dass … Es war dumm von mir, ihm die Geschichte von Gregor zu erzählen … wie Gregor in meine Küchenspüle … ich habe mich lange dafür geschämt. Aber seit dieser Nacht in Linz habe ich Robert … ich war in ihn verliebt. Ich wusste, dass er verheiratet war. Ich hatte ein schlechtes Gewissen. Aber bei der nächsten Begegnung … als wir das nächste Mal miteinander alleine waren, hatte ich das Gefühl, dass er es auch will.

Schwester Samantha: Und war das Christkind brav, Herr Turin?

Herr Turin: Es war die schönste Weihnachtsfeier meines Lebens. Sie hat mich regelrecht verführt.

Schwester Samantha: Na bitte! Und jetzt bringe ich Sie ins Bett.

Herr Turin: Ich kenne Sie nicht, Schwester.

Schwester Samantha: Ich bin Schwester Samantha von Station 2. Ich helfe Schwester Michaela heute.

Herr Turin: Das ist schlecht. Wie soll ich mir Ihren Namen merken?

Schwester Samantha: Sie müssen sich meinen Namen nicht merken.

Herr Turin: Doch, doch. Wir singen immer, der Vater und ich: *Nach Hause fahren wir.*

Schwester Samantha: So, da sind wir schon. Brauchen Sie die Schüssel noch mal vor dem Einschlafen?

Herr Turin: Und ich habe kein Weihnachtsgeschenk für Sie.

Schwester Samantha: Das macht nichts.

Auf dem Nachtkästchen liegt das Kuvert für Dejan. Turin ist heute nicht in der Cafeteria gewesen. Und er will auch die nächsten Tage nicht in die Cafeteria fahren. Er will die alte Cafeteria nicht mehr sehen. ~~Das würde ihn nur traurig machen~~. Er wird sich im neuen Jahr die neue Cafeteria ansehen, er wird ein wenig traurig sein, wird sich nicht gerne umgewöhnen, aber er wird sich umgewöhnen müssen. Er hat sich noch an alles gewöhnt: an die Königin der Berge, an einen Geburtstag ohne Irene, an die kleine Barbara als Stationsschwester, an die MS-Station ohne Herrn Kelemen. Er zieht den Fünfzig-Euro-Schein aus dem Kuvert.

Herr Turin: Alles Gute zu Weihnachten, Schwester.

Schwester Samantha: Danke, Herr Turin, das wäre aber nicht nötig gewesen.

Herr Turin: Sie sprechen meinen Namen richtig aus.

Schwester Samantha: Die zwei leeren Weinflaschen gebe ich besser ins Altglas.

Herr Turin: Zwei?

Schwester Samantha: Und jetzt schlafen Sie gut.

Herr Turin: Bitte die Tür nicht zumachen.

Schwester Samantha: Alles klar.

Herr Turin: Es ist kein Anruf gekommen. Kein einziger Anruf.

Schwester Nata:

Keine Stunde hielt es an,
bis die Mühle borst in Trümmer;
doch den kecken Reitersmann
sah man von der Stunde nimmer.
Volk und Wagen im Gewühle
kehren heim von all dem Graus!
Auch das Glöcklein klinget aus!
Hinterm Berg,
hinterm Berg
brennt's!

Nach der Zeit ein Müller fand
ein Gerippe samt der Mützen
auf der beiner'n Mähre sitzen:
Feuerreiter, wie so kühle
reitest du in deinem Grab!
Husch! Da fällt's in Asche ab!
Ruhe wohl,
ruhe wohl
drunten in der Mühle!

7. Lüge und Wahrheit

Am Christtag hat sich Herr Turin mit Irene versöhnt, und es gab Kalbsbraten zu Mittag. Gestern, am Stefanitag, hatte Nata Dienst, und Turin hat ihr das Kuvert mit den hundert Euro gegeben. Gestern hat er ihr das Du-Wort angeboten. Nata ist nun die einzige Schwester, mit der Herr Turin per Du ist. Keine Cafeteria. Nicht einmal ein Schluck Whiskey. Die Küche provoziert mit kaltem Aufschnitt zum Abendessen.

Heute ist endlich wieder ein Werktag, und das Treiben auf dem Gang vor der Dienstübergabe ist lebendiger als in den Tagen zuvor. Dass es keinen Schnee gibt, stört Turin nicht. Kein einziges Mal hat er aus dem Fenster geschaut. Überhaupt hat er sein Zimmer seit Tagen nicht verlassen. Als Herr Turin das Tablet zur Hand nimmt, sieht er eine ungelesene Nachricht, ein E-Mail von Viktor Soporan. Unglaublich, dass in einer geschützten Werkstätte zwischen Weihnachten und Neujahr gearbeitet wird!

VIKTOR SOPORAN: Lieber Robert! Wir können deinem Schützling gerne ein dreimonatiges Praktikum anbieten, beginnend mit der dritten Jännerwoche. Danach sehen wir weiter. Die Sache mit deiner Krankheit tut mir sehr leid. Ich habe mich gewundert, dass du damals nicht zu Gregors Begräbnis gekommen bist. Irene hat mir alles erzählt. Ich komme dich bestimmt einmal besuchen. Schön, dass du jetzt wenigstens mailen kannst. Lass dich nicht unterkriegen. Bestes, Viktor.

Herr Turin kann es nicht fassen: Gregor ist tot. Offensichtlich schon länger. Und Irene hat es ihm verschwiegen.

Schwester Nata: Mein Sohn hat endlich einen Job. Ich danke dir so sehr!

Herr Turin: Es ist kein Job, es ist nur ein Praktikum.

Schwester Nata: Das macht nichts, es ist ein Anfang.

Herr Turin: Nata, bitte mach die Tür zu. Ich muss mit meiner Frau telefonieren, in einer sehr ernsten Sache.

Doch Irene sitzt gerade beim Mittagessen und hat danach ein Meeting. Und obwohl Herr Turin wütend ist auf seine Frau, muss er darüber lachen, mit welcher Selbstverständlichkeit sie all diese Ausdrücke verwendet: Meeting statt Besprechung. Manchmal sagt sie auch 1:1 (auf Englisch natürlich) und meint damit ein Gespräch unter vier Augen. Und dann denkt Turin plötzlich, dass er Irene nicht sagen wird, was er von Soporan erfahren hat. Dass er ihr nicht vorwerfen wird, dass sie ihm Gregor Mentulas Tod verschwiegen hat.

Zehn Jahre seines Lebens konnte Robert Turin sich ein Leben ohne Gregor Mentula einfach nicht vorstellen. So sehr man sich über ihn lustig gemacht hatte, so wenig konnte man leugnen, dass Mentulas Begeisterung mitreißend und seine Gegenwart beschützend und beruhigend wirkte. In seinem Windschatten wurden aus schüchternen, ängstlichen Menschen selbstbewusste Unternehmer. Auch Turin hatte nur durch Mentula Eigenschaften an sich entdeckt, von denen er vorher nicht gewusst hatte. Als Turin ins Pflegeheim kam, verschwand Mentula aus seinem Leben. Turin weiß nicht einmal mehr, wann und wo die letzte Begegnung stattgefunden hat. Damals wurde ihm klar: Es ist aus. Es ist aus mit der Arbeit, mit der Firma, es ist aus mit Mentula. Dennoch ist es seltsam, dass er schon seit längerer Zeit tot ist. Dabei denkt Turin weniger an die Welt ohne Gregor Mentula, sondern an dessen Todesstunde. Bestimmt hat er bis zum Schluss nicht wahrhaben wollen, dass er stirbt. Bestimmt hat er in seinen letzten Tagen alle gefeuert, die ihm Arbeit abnehmen wollten, weil er das Gefühl hatte, dass sie sich an seinem Besitz vergreifen. Und sein Besitz, das war nicht Geld, und das waren keine Gegenstände oder Immobilien. Sein Besitz war die Firma, die Macht, das Netzwerk an Menschen, dessen unbedingter Herrscher er sein musste. Mentula wäre nicht Mentula gewesen, hätte er dieses Netzwerk nicht mit sich in den Tod gerissen. Rücksicht auf Geschäftspartner, Angestellte, Freunde oder Verwandte gab es bei ihm keine.

Herr Turin: Ich wüsste gerne, woran er gestorben ist.

Dukakis: Warum? Er hat niemals nach dir gefragt oder dich gar besucht.

Viktor Soporan: Weißt du, was Mentula im Lateinischen heißt? Es ist ein umgangssprachlicher Ausdruck für *Penis.*

Herr Turin: Er war ja nicht einmal fünfzig Jahre alt.

Und was mit der Firma passiert ist? Wahrscheinlich hat Gregor sie verkauft. Alles, was die beiden so lange mit so viel Energie betrieben haben, ist weg, vom Erdboden verschwunden. Und wer erinnert sich schon an alte Betriebssysteme und Programme, Hardwarekomponenten, die längst nicht mehr benutzt werden, und Viren, deren Namen den Menschen vor fast zwanzig Jahren geläufig waren – aber auch das nur für einige Tage oder Wochen? Das Einzige, was Robert Turin an diese Zeit erinnert, ist Melissa, die Katze, die den Namen eines Computervirus trägt. Am längsten lebt die Erinnerung wohl in den Katzen fort. Herr Turin könnte Viktor Soporan auf sein E-Mail antworten und fragen, woran Gregor gestorben ist.

Dann würde er aber wissen, dass Turin nicht Bescheid weiß. Er wäre bestimmt verstört, und die Konversation würde ein seltsames Licht auf die Turins werfen. Herr Turin ruft Schwester Nata.

SCHWESTER NATA: Ist das Telefonat schon wieder vorbei?

HERR TURIN: Ach, diese Businessmenschen haben ja nie Zeit. Nata, ich werde alles tun, damit dein Sohn eine Anstellung bekommt. Zuerst muss er aber das Praktikum machen.

SCHWESTER NATA: Wie soll ich dir danken?

HERR TURIN: Du brauchst mir nicht zu danken. Gibt es hier einen DVD-Player im Heim?

Herr Turin wartet auf das Mittagessen, aber es ist erst 08:52 Uhr. ~~Herr Turin vermisst Katharina. Ein Gespräch mit ihr. Er könnte die Beba anrufen und sie bitten, ihm einen DVD Player mitzubringen. Und eine Flasche Whiskey~~. Er könnte doch in die Cafeteria fahren. Um diese Uhrzeit? Er könnte sich um die Freitodbegleitung kümmern. Drei Dokumente müssen vorbereitet werden: das Ersuchen, in dem er dem Verein mitteilt, dass er die FTB in Anspruch nehmen möchte, seine medizinischen Unterlagen und ein selbstverfasster Lebensbericht. Turin öffnet ein neues E-Mail, adressiert es an sich selbst und beginnt, einen Lebensbericht zu verfassen. Schon der erste Satz missfällt ihm. Er speichert das E-Mail als Entwurf. Mila ist nicht im Haus. Katharina ist nicht im Haus. Alle haben Urlaub bis zum 9. Jänner. Herr Turin fährt zum Nachtkästchen, nimmt die Whiskeyflasche und trinkt. Irene verschweigt ihm also manche Dinge. Nein, sie belügt ihn. Denn wenn sie ihm nicht von Mentulas Tod erzählt, muss Turin annehmen, dass Gregor Mentula noch lebt. Und wie oft hat er gesagt, er überlege,

Gregor einmal zu kontaktieren. Vielleicht haben ihn auch alle anderen belogen?

Die Beba:

Also, ich mach das. Ich fahre dich in die Schweiz.

Die Didi hat mich gebeten, das zu sagen. Sie wollte sehen, wie du reagierst.

Schwester Aliki:

Nehmen Sie nicht persönlich, was Schwester Margit zu Ihnen gesagt hat.

Schwester Margit hat schon recht. Es darf keinen [redacted] mehr geben. Und keinen Alkohol.

Katharina Payer:

Herr Turin, niemand kennt dieses Heim so gut wie Sie. Ich brauche Ihren Rat.

Ich werde Sie schon noch dorthin bringen, wo ich Sie haben will, Herr Turin.

Lena:

Das war alles. Seither war nichts mehr zwischen Gregor und mir. Ich schwöre es.

Natürlich gehe ich mit ihm ins Bett. Er hat mir schließlich diesen Job gegeben – mit einem sagenhaften Gehalt.

Schwester Samantha:

Sie müssen sich meinen Namen nicht merken.

Ich bin Geriatriepatienten gewohnt, Herr Turin.

Schwester Nata:

Ich habe in Belgrad Deutsch unterrichtet, an der Universität.

Ich musste mich so interessant wie möglich machen, damit du mir hilfst – und meinem Sohn.

Anita Turin:

Dein Vater ist einfach umgefallen und war tot. Ich hoffe, dass er nicht lange leiden musste.	Dein Vater hat sich im Keller erschossen, wie sein Vorbild Kastenberger. Ich habe dich erst angerufen, nachdem die Leiche weggebracht worden war, damit du ihn nicht sehen musst.

Irene Turin:

Ich bin Mitte Jänner wieder zurück.	Ich habe einen Job in Japan angenommen.

Dr. Steinhäuser:

Es ist bestimmt kein neuer Krankheitsschub, Herr Turin. Man könnte es vielleicht als einen Fake-Schub bezeichnen.	Sie sind intelligent genug, um sich selbst ein Bild von Ihrer Lage zu machen. In zwei Jahren sind Sie menschliches Gemüse.

Als Schwester Nata das Zimmer betritt, hat Turin die Whiskeyflasche in der Hand. Nata erschrickt kurz, dann stellt sie das Tablett ab, nimmt Turin den Whiskey aus der Hand und verstaut ihn im Nachtkästchen.

Schwester Nata:

Iss doch wenigstens ein paar Bissen, Robert!	Alkoholiker kriegen nicht viel runter, stimmt's?

Es gab keine weißen Weihnachten, jetzt hoffen alle auf Schnee zum Jahreswechsel. Herr Turin ist das gleichgültig. Das Essen ist heute nicht gut, das Essen ist essbar. Herr Turin isst ein paar Bissen davon. Schwester Nata ist Herrn Turins Lieblingsschwester. Er hat noch eine andere Lieblingsschwester: Aliki. Beide haben ihn belogen. Herr Turin hatte in den Neunzigerjahren eine zwei Jahre dauernde Affäre mit seiner Assistentin Lena. Er hatte noch andere, kürzere Affären. Herrn Turin hat Irenes Schwester anfangs besser gefallen als Irene. Warum er sich dann für Irene entschieden hat, weiß er nicht mehr. Herr Turin ist aus dem französischen Fenster gefahren, weil er sich umbringen wollte. Er würde es jederzeit wieder versuchen. Herr Turin kann Lüge und Wahrheit voneinander unterscheiden. Es ist nicht schwer.

Schwester Nata:

<table>
<tr><td>Fährst du heute nicht hinunter in die Cafeteria?</td><td>Den ganzen Tag sitzt du in deinem Zimmer herum!</td></tr>
</table>

Herr Turin:

<table>
<tr><td>Ich muss noch den Bodhibaum gießen.</td><td>Du hast niemals Deutsch unterrichtet, meine liebe Nata. Dass du ein Gedicht auswendig kannst, beweist gar nichts!</td></tr>
</table>

8. Lebensbericht

Heute Nacht hatte Turin einen Traum. In diesem Traum hatte er einen Sohn. Dieser Sohn war nicht von Irene. Irene wusste gar nicht, dass es diesen Sohn gab. Die Mutter dieses Sohnes war dick und weinte ständig. Turin bat sie, mit dem Weinen aufzuhören. Bald werde er seiner Frau von seinem unehelichen Sohn erzählen, dann könne der Kleine zu ihm kommen, und Turin würde ihm das Rollstuhlfahren beibringen. Doch insgeheim dachte Turin, dass er Irene nicht von seinem Sohn erzählen könne. Sie würde zugrunde gehen vor Neid und Schmerz.

Es muss weitergehen: Die aktuellen Befunde müssen eingescannt, zusammengestellt und in die Schweiz geschickt werden. Es muss möglich sein, das in drei Tagen zu erledigen. Wir denken immer an die Zukunft. Das war Mentulas Devise.

Gregor Mentula: Es geht jetzt nicht darum, stundenlang darüber nachzudenken, was wir falsch gemacht haben. Es geht um die Zukunft. Was machen wir das nächste Mal? Wir denken immer an die Zukunft.

Herr Turin: Jetzt, wo du tot bist, denkst du da auch noch an die Zukunft?

Gregor Mentula: Ich denke, nach einem Selbstmordversuch sollte man tot sein.

Herr Turin: Lenk jetzt nicht ab!

Gregor Mentula: Ich bin tot. Weg. Verstehst du? Fang nicht an, mich für das zu missbrauchen, was du dir denkst. Projektion nennt man das in der Psychologie. Das hast du immer gemacht mit diesem Katzenvieh. Ich habe nie verstanden, warum ein intelligenter

Mensch mit einer Katze spricht, egal ob mit einer toten oder einer lebendigen. Also, lass mich in Ruhe ruhen.

SCHWESTER ALIKI: Guten Morgen, Herr Turin!

HERR TURIN: Schwester Aliki, der Stern von Athen, die beste aller Schwestern, das schönste Lächeln im Heim, die Prinzessin mit dem Ohrring in der Nase.

SCHWESTER ALIKI: Was ist denn mit Ihnen los? Sind Sie gut gelaunt?

HERR TURIN: Ich freue mich, dass Sie wieder da sind. Weihnachten ohne Sie, das geht wirklich nicht.

SCHWESTER ALIKI: Sie müssen das Tablet aufladen, Herr Turin, es ist im gelben Bereich. Nur mehr vierzehn Prozent Akku.

HERR TURIN: Administratorin des Tablets, Königin des Internets. Stellen Sie sich vor: Ich habe mir für den Fasching im Internet schon eine Verkleidung bestellt.

SCHWESTER ALIKI: Na bitte. Jetzt machen wir mal die Pflegerunde, dann hole ich Sie aus dem Bett. Heute kommt Ihre neue Nachbarin, Frau Professor Kupelwieser.

HERR TURIN: Ist sie wirklich Professorin?

SCHWESTER ALIKI: Schwester Margit hat uns eingebläut, sie immer mit Frau Professor anzusprechen.

HERR TURIN: Schwester Margit? Was hat sie denn auf unserer Station zu suchen?

SCHWESTER ALIKI: Sie kommt immer noch manchmal zur Dienstbesprechung.

HERR TURIN: Würden Sie mir zwei Flaschen vom Veltliner in den Kühlschrank stellen?

SCHWESTER ALIKI: Na gut, Herr Turin, weil heute Silvester ist. Und weil Schwester Barbara nicht da ist. Aber sonst ist es besser, Sie gehen in die Cafeteria.

Und schon bestimmt man wieder über ihn. Herr Turin muss sich konzentrieren, er muss die drei Aufgaben erledigen. Für das Ersuchen um FTB hat er schon einen Text geschrieben, die Befunde muss er noch ordnen. Nun fehlt noch der selbstverfasste Lebensbericht. Doch wer soll die Befunde scannen? Marcus ist ab morgen nicht mehr in der Cafeteria. Turin müsste erst herausfinden, auf welcher Station er dann arbeitet, und dort wird es bestimmt schwieriger, unter vier Augen mit ihm zu sprechen. Katharina ist auf Urlaub. Eigentlich kommt nur mehr die Beba infrage, und die wird es sofort Irene erzählen. Bleibt Schwester Nata. Er hat bei ihr etwas gut, so viel ist klar. Aber was sie betrifft, ist Turin nicht sicher. Alles muss anders werden: Herr Turin muss alleine hinaus, er muss selbst in die Bank fahren, auf die Post und in einen dieser Shops, in denen man Handyzubehör bekommt, aber auch Pakete abgeben und abholen kann. Dort gibt es immer einen Drucker. Doch er weiß nicht, ob er barrierefrei dorthin kommt. Außerdem ist es Winter. Turin müsste sich von den Schwestern die Jacke anziehen lassen.

Schwester Aliki: Unten in der Halle gibt es heute Abend ein Fest. Mit Buffet. Wenn Sie hingehen möchten, dann lassen wir das Abendessen auf der Station aus.

Herr Turin: Ich gehe nicht hinunter.

Schwester Aliki: Also Abendessen ganz normal?

Herr Turin: Ja, bitte.

Schwester Aliki: Ach, ein Grauer war da. Er kommt heute zu Ihnen und bringt einen DVD-Player. Haben Sie den bestellt?

Herr Turin: Ja, wunderbar.

Schwester Aliki: Gut, ich muss jetzt.

Herr Turin: Sagen Sie, Schwester Aliki, wissen Sie, ob dieses Einkaufszentrum im Jänner wirklich eröffnet wird?

Schwester Aliki: Die Shoppingmall? Keine Ahnung. Fragen Sie doch den Portier.

Herr Turin: Und noch etwas …

Schwester Aliki: Herr Turin, ich habe es wirklich eilig, eine neue Patientin kommt heute auf die Station.

Herr Turin: Wie kann ich denn ein Dokument einscannen?

Schwester Aliki: Das Tablet hat eine Kamera. Fotografieren Sie es doch einfach!

Und schon ist sie weg. Fotografieren Sie es einfach! Alles ist so einfach. Herr Turin wollte Herrn Kelemen noch vor dem neuen Jahr besuchen. Der DVD-Player, der Lebensbericht, das Einscannen der Befunde, der Besuch bei Herrn Kelemen: Seit Herr Turin nicht mehr in die Cafeteria geht, ist sein Lebensrhythmus völlig durcheinander. In der ersten Jännerwoche ist die Cafeteria wegen Umbaus geschlossen.

Lebensbericht Robert Turin

Ich bin am 23. Dezember 1970 in Mattersburg, im Bundesland Burgenland, Österreich, geboren. Nach dem Besuch der Volksschule und einer Allgemeinbildenden Höheren Schule zog ich 1989 nach Wien, um Rechtswissenschaften zu studieren. Da kurz vor Beginn meines Studiums mein Vater ~~unerwartet~~ verstarb und die finanziellen Mittel der ~~Familie~~ Mutter für mein Studium nicht mehr ausreichten, begann ich im selben Jahr als Angestellter in einer Buchhandlung zu arbeiten. Ein Jahr darauf gründete ich mit zwei Kollegen ein kleines EDV-Unternehmen. Dieses Unternehmen konnte nach anfänglichen Schwierigkeiten erfolgreich geführt werden ~~und wuchs ständig~~. Ab dem Jahr 1993 leiteten mein Freund und Kollege Gregor Mentula und ich die Firma zu zweit. Im Jahr 1993 lernte ich meine Frau Irene kennen. In dieser Zeit waren meine Frau, mein Kompagnon Gregor Mentula und die Mitarbeiterinnen und Mitarbeiter unserer Firma mein gesamtes Lebensumfeld. Ich war glücklich verheiratet und liebte meine Arbeit. Ich hätte als Kind, ~~das als einziges Kind seiner Eltern in sehr beengten provinziellen Verhältnissen aufwuchs~~, nie gedacht, jemals eine derartig selbständige und unabhängige Position im Leben zu erreichen. Meine Arbeit war vom Privatleben nicht zu trennen: Mit meinem Kompagnon, Mitarbeiterinnen und Mitarbeitern und meiner Frau und ihrer Familie verbrachte ich auch die Wochenenden.

In diese Zeit fallen erste Anzeichen meiner erst später erkannten chronischen Erkrankung. Ich wurde – anfangs nur punktuell – von seltsamen Sensationen in den Gliedmaßen, besonders den Beinen, und temporären Sehstörungen heimgesucht. Nach einem Jahr verdichteten sich die Anzeichen auf eine Erkrankung, die schließlich 1997 eindeutig als Multiple Sklerose identifiziert werden konnte. Die Auswirkungen dieser Diagnose waren enorm und veränderten meinen Ausblick auf das weitere Leben drastisch. Zwar konnte ich mich zunächst weitgehend ohne Gehhilfe fortbewegen, doch waren meine Frau und ich in der Frage der Familienplanung nun sehr verunsichert. Würde es mir möglich sein, in meinem Le-

ben Kinder großzuziehen? Würde ich überhaupt noch in der Lage sein, Kinder zu zeugen?
Schon drei Jahre später ging ich mit Gehstock und begann, wenn möglich, von zu Hause aus zu arbeiten. ~~Die Ehe litt in diesen drei Jahren stark unter der Ungewissheit und der vagen Einschätzung des Krankheitsverlaufs durch Experten~~. Meine Frau nahm eine höhere Position in ihrem Unternehmen ein, damit wir gegen den Ausfall meines Einkommens abgesichert waren. Im Jahr 2002 setzte ich mich erstmals in einen Rollstuhl, zeitweise ging ich noch mit dem Rollator. Mit jedem Krankheitsschub traten allerdings Einschränkungen auf, die sich nie wieder völlig zurückbildeten. Schon ab der Jahrtausendwende war meiner Frau und mir klar, dass meine Krankheit unsere beiden Leben veränderte. Im Jahr 2003 verkaufte ich meine Anteile an dem Unternehmen, das ich mitgegründet hatte, und bin seither ohne Beschäftigung.
Nachdem ich mich zwei Jahre zu Hause nur im Rollstuhl bewegt hatte, und meine Frau mich neben ihrer Berufstätigkeit gepflegt hat, beschloss ich, diesem Zustand ein Ende zu setzen und zog im Jahr 2006 in ein Pflegeheim. Ich bin für die Aufnahme und die Pflege in diesem Heim sehr dankbar, und ich darf hier immer noch menschliche Begegnungen erleben, die mein Leben bereichern.
Nichtsdestotrotz ist die ständige Abwärtsbewegung meines Zustands, der sekundär progrediente Verlauf der MS-Erkrankung, auch von Experten nicht zu leugnen. Ich bin seit 15 Jahren impotent. Ich bin seit 9 Jahren auf Rund-um-die-Uhr-Pflege, einen Harnkatheter und einen Rollstuhl angewiesen, und die Verschlechterung von Sicht, Sprachfähigkeit und die Beeinträchtigung durch

die Medikation gegen chronische Schmerzen verschlechtern meinen Zustand von Tag zu Tag.
Vor vier Jahren bin ich darauf aufmerksam geworden, dass bestimmte Organisationen in der Schweiz Freitodbegleitung anbieten. In meinem Land ist es mir verwehrt, selbst die Entscheidung über mein Ableben zu treffen. Ich habe mich über viele Jahre und Monate mit dem sogenannten ärztlich assistierten Suizid beschäftigt. Diese Recherchen, aber auch die Kommunikation mit Ihnen ist für mich sehr schwierig und kräfteraubend. Aus diesem Umstand können Sie ermessen, dass es sich bei meinem Wunsch, zu sterben um keine hastig oder in einer bestimmten Stimmung getroffene Entscheidung handelt.
Ich kenne noch dazu von vielen anderen Patientinnen und Patienten dieses Heims die Zukunftsaussichten: Im Pflegerollstuhl oder im Bett werde ich bald ein Patient sein, der möglicherweise seinen Willen sprachlich nicht mehr artikulieren kann und eine vielleicht jahrelange, sinnlose Verlängerung seines Leidens in Kauf nehmen muss.
Dazu kommt: Ich liebe meine Frau Irene. Ich freue mich, dass sie in ihrem Unternehmen zu einer international begehrten Fachkraft aufgestiegen ist. Der Gedanke, dass mein Gesundheitszustand sie daran hindern könnte, ihr Leben zu leben und zu genießen, ist mir ein Gräuel und betrübt mich auf das Äußerste. Irene hat ohnehin durch unsere Kinderlosigkeit und die jahrelange Rücksicht auf mich und meine Erkrankung viel Leid auf sich genommen. Es ist nicht fair, sie ein halbes Leben lang an allem zu hindern, das sie tun und sein könnte.
~~Heute ist der 31. Dezember des Jahres 2016. Und~~ ich habe

nur einen Wunsch: Im kommenden Jahr, dem Jahr 2017, diese Welt auf friedliche und möglichst schmerzfreie Art zu verlassen, damit auch meine Lieben, die viel für mich gegeben haben, ihr Leben leben können.
Dukakis: Viel zu lang.

9. Sauvignon blanc

Ein Grauer kommt. Und das am Samstag. Er klopft an die Tür, tritt ein und geht sofort auf den Weihnachtsbaum zu. Er wickelt die Lichterkette um das Bäumchen und schiebt es aus dem Zimmer. Dann kommt er mit einem Besen wieder und kehrt die Tannennadeln zusammen, die vom Baum gefallen sind. Er bückt sich, kehrt die Nadeln auf eine kleine Schaufel und leert sie in einen Müllsack. Turin bemerkt, dass der Graue Linkshänder ist. Der Graue dreht sich kurz um und schaut Turin an. Dann geht er mit dem Müllsack, Schaufel und Besen aus dem Zimmer. Wenige Sekunden später schaut er wieder bei der Tür herein.

DER GRAUE: Haben Sie einen DVD-Player bestellt?

HERR TURIN: Ja.

Der Graue kommt mit einem kleinen Wagen, auf dem sich ein DVD-Player befindet. Er stellt ihn in das kleine Fach, in dem der Decoder steht, und stellt den Decoder auf den DVD-Player. Dann nimmt er von seinem Wagen ein Bündel von Kabeln, aus dem er mühsam ein Stromkabel zieht, indem er den Kabelsalat entwirrt. In einem weiteren Knäuel sucht er nach einem Datenkabel. Er sitzt auf dem Boden und schwitzt. Der im Kabelsalat gefangene Lurch löst sich und verteilt sich in Turins Zimmer.

HERR TURIN: HDMI?

DER GRAUE: Scart.

HERR TURIN: Altmodisch.

Diese Art, in Einwortsätzen zu sprechen, hat Herr Turin von Aliki gelernt. Früher hat sie nur so gesprochen. Eigentlich ist sie erst im letzten Jahr immer gesprächiger geworden.

Dukakis: Sie redet wie ein Wasserfall.

Herr Turin: Das Wasser des Lebens.

Dukakis: Im Finnischen: Aquavit. Im Schottischen: Whiskey.

Anita Turin: Das Bäumchen ist weg. Und das vor Maria Lichtmess!

Der Graue steht vor Turin. Er hat es geschafft, sich aus dem Knäuel von Kabeln und Lurch zu befreien. Houdini des Altersheims!

Der Graue: Haben Sie eine DVD?

Herr Turin greift neben sich und nimmt die DVD, die er von Katharina zum Geburtstag bekommen hat, vom Nachtkästchen. Er gibt sie dem Grauen. Der Graue mustert die Hülle mit dem Cover.

Der Graue: Altmodisch.

Und schon läuft der Film, in englischer Sprache mit deutschen Untertiteln. Herr Turin muss sich sehr konzentrieren, um etwas zu verstehen, die Untertitel kann er ohnehin nicht lesen. Doch bald wird er müde, der Film kann ihn gar nicht fesseln. Weder die Hauptdarstellerin noch Ronnie Reagan.

Dukakis: Kastenberger war besser.

Heinrich Turin: Er war der Beste. Den ersten Mord an einem Mann namens Pollhammer hat er nur begangen, weil Pollhammer sich in einem Berufsumschulungskurs schlecht benommen hat. Er hat während des Kurses geraucht.

Es klopft an der Tür.

Schwester Claudia: Ich habe extra angerufen und gefragt, ob Margit heute da ist oder nicht.

Herr Turin: Sie ist nicht mehr auf der Station.

Schwester Claudia: Das habe ich dann auch erfahren.

Herr Turin: Dafür haben wir jetzt die Gugrell.
Schwester Claudia: Herr Turin, die rauchen Sie doch in der Pfeife.

Claudia stellt Geschenke auf das Nachtkästchen. Eines ist eine Weinflasche, das zweite vermutlich ein Buch.

Schwester Claudia: Alles Gute zum Geburtstag, lieber Herr Turin. Ich habe es leider nicht geschafft, am 23. zu kommen.

Schon lange hat Turin von Claudia kein Küsschen mehr bekommen und daher ihre seltsame Art vergessen, ihn fest an der Schulter zu packen und beim Wangenküsschen den Kopf so weit zur Seite zu drehen, als wäre es ihr unangenehm, berührt zu werden. Claudia ist immer eine sehr biedere Person gewesen, bieder, aber nicht religiös. Sie hielt Distanz zu allen, mit denen sie zu tun hatte, und war die einzige Schwester, bei der es Turin nicht unangenehm war, sich nach dem Stuhlgang reinigen zu lassen und zuschauen zu müssen, wie sie danach die Schüssel mit den Exkrementen entfernte. Bei jeder anderen Schwester schämt Turin sich bis heute, doch Claudia wirkte immer, als ob sie all das nicht wahrnahm. Sie war der erste menschliche Vorläufer der Pflegeroboter. Auch im persönlichen Umgang zeigte sie Nähe und Distanz auf seltsame Weise. Sie setzte sich oft zu Turin, um mit ihm zu plaudern; kaum eine Schwester machte das sonst, und auch heute noch geht Turin den meisten auf die Nerven. Aber nie war es zu vertraulichen Worten, zum Du-Wort oder zu einem Gespräch über persönliche Befindlichkeiten gekommen. Turin vermied es, Claudia gegenüber über seine Krankheit oder Schmerzen zu klagen.

Herr Turin: Danke, danke! Ich freue mich, dass Sie da sind. Und jetzt bringen Sie auch noch Weihrauch, Myrrhe und Gold.

Schwester Claudia: Alles Gute zum Geburtstag!

Ungeschickt versucht Turin, das Papier, in das die Flasche eingewickelt ist, mit dem Fingernagel einzuritzen. An die Dutzend Mal gleitet sein Finger darüber, aber er schafft es nicht. Claudia nimmt ihm die Flasche aus der Hand und entfernt das Papier.

Herr Turin: Sauvignon blanc *Les Deux Tours* von 2015.

Schwester Claudia: Sie haben gesagt, Sie wollen noch einmal im Leben einen Sauvignon blanc trinken, wie damals auf Ihrer Reise nach Frankreich, mit dem Motorrad.

Herr Turin: Um Himmels willen, was haben Sie denn dafür ausgegeben?

Schwester Claudia: Unsere Kleine war in Frankreich, zum Sprachtraining. Sie hatte den Auftrag, etwas Gutes für Sie mitzubringen. Machen Sie doch das zweite Geschenk auf.

Schwester Margit: So war es immer bei Schwester Claudia: Alles musste schnell gehen, und man musste nach ihrer Pfeife tanzen.

Schwester Barbara: Bei allen anderen hat Turin rebelliert, aber ihr hat er gehorcht, bedingungslos. Was hat sie, das wir nicht haben?

Katharina Payer: Es gibt durchaus Frauen, denen Herr Turin gehorcht.

Herr Turin: Ein Buch!

Schwester Claudia: Machen Sie es auf!

Herr Turin: Ein Notizbuch!

Schwester Barbara: Er kann doch gar nicht mehr mit

der Hand schreiben. Wie dumm von Claudia, ihm so etwas zu schenken.

Schwester Margit: Gescheit war sie nie. Aber sie hat brav gearbeitet. Und sie war wirklich krank, wenn sie sich krankgemeldet hat. Nicht wie die anderen.

Schwester Claudia: Wie verbringen Sie Silvester? Kommt Ihre Frau Sie besuchen?

Dukakis: Oh, Schwester Claudia, das ist leider das ganz falsche Thema.

Herr Turin schweigt. Doch während er ein schlechtes Gewissen hat, wenn er Irene gegenüber zu lange schweigt, genießt er es bei anderen. Wie ein Navigationssystem, das davon verwirrt ist, dass sich der Lenker nicht an die vorgeschlagene Route gehalten hat, sucht sein Gegenüber nun nach einer anderen Frage, nach einem anderen Weg, ihn wieder zum Sprechen zu bringen.

Schwester Claudia: Gehen Sie denn nicht mehr in die Cafeteria?

10. Die Groupies waren da

Um 18:00 Uhr liegt Herr Turin schon im Bett. Er hat sich die Flasche Sauvignon blanc, die Schwester Claudia ihm geschenkt hat, bringen und öffnen lassen. Und wieder hat er sich ein Video angeschaut, von einer Französin, die nach Zürich gebracht wird und dort selbstbestimmt stirbt. Sie trinkt den Becher Pentobarbital vor laufender Kamera. Turin hat das Video so angestrengt verfolgt, dass er noch keinen Schluck von seinem Wein genommen hat. Vieles am Video stört Turin. Wieder und wieder sieht er sich an, wie die Frau den Becher in einem Zug austrinkt, um etwas später wegzudriften. Turin ist viel zu viel Chaos und Unruhe in diesem Raum, in dem sich alles abspielt. Dieses Bett! Es ist nicht sauber, nicht ordentlich genug. Die Tür ist immer halb offen, dabei muss sie in diesem Moment geschlossen sein, wenn nicht ganz abgesperrt. Und wie man die Patientin fragt, ob sie sterben will, das alles hat zu wenig Würde. Die Menschen wahren nicht genug Distanz. Könnte Irene Distanz wahren? Sogar sie könnte es in diesem Moment nicht. Und auch in diesem Video: Weiber, Weiber, nichts als Weiber! Vielleicht muss er es doch die Königin der Berge besorgen lassen, langsam und grausam. Aber so, dass er noch versuchen kann, ihr an die Brust zu greifen, ihr in die Brustwarze zu beißen. Er könnte noch einige Brüste sammeln.

DUKAKIS: Die Beba?

HERR TURIN: Das ginge vielleicht sogar.

DUKAKIS: Mila?

HERR TURIN: Niemals. Schlag dir das aus dem Kopf.

DUKAKIS: Für Irene bekommst du nur fünfzig Punkte, sie ist schließlich deine Frau. Aber für Mila gibt es fünfhundert Punkte.

Und schon klopft es. Turin blickt kurz auf die Uhr des Tablets: 18:43 Uhr. Die Beba steht in der Tür.

DUKAKIS: Zweihundert Punkte.

Auf dem Tisch liegen noch das Geschenkpapier und das in Leder gebundene Notizheft, das Claudia gebracht hat.

DIE BEBA: Hast du schon wieder Geburtstag gehabt?

HERR TURIN: Eine Dame war mich besuchen.

Die Beba ist heute nicht so elegant wie eine Woche zuvor. Sie trägt Jeans, eine Bluse und darüber einen Pullover, der ihr viel zu groß ist. Entweder hat sie ihn einem ihrer Ex-Männer weggenommen, oder es ist eine neue Mode. Katharina würde diese abgerissene Kleidung stehen, aber nicht Christiane.

HERR TURIN: Magst du Sauvignon blanc?

DIE BEBA: Ruf schon mal den Zimmerservice!

HERR TURIN: Öffne den Kleiderschrank! Unten links steht ein zweites Weinglas.

Die Beba bringt das Glas. Sie gießt den Wein ein und trinkt den ersten Schluck, ohne mit Turin anzustoßen.

HERR TURIN: Wahrscheinlich ist er zu warm.

DIE BEBA: Eine feine Sache! Hat den auch eine Dame gebracht?

HERR TURIN: Ja.

DIE BEBA: Wahnsinn! Die Groupies waren da.

Jetzt stoßen sie an und trinken. Der Wein ist nicht schlecht, aber eben kein Veltliner. Es fehlt der Geschmack der Erde. Das kann niemand verstehen. Turin kann es selbst nicht verstehen. Er kann sich gar nicht erinnern, früher Weißwein getrunken zu haben. Früher haben Irene und er ausschließlich Rotwein getrunken und sich über Weißweintrinker lustig gemacht.

DIE BEBA: Du lebst ja ganz schön im Luxus. Bist du sicher, dass du sterben willst?

HERR TURIN: Ich möchte nicht mehr darüber sprechen. Erzähl mir lieber, wie es Melissa geht.

DIE BEBA: Sie ist süß. Aber du weißt, dass ich es grausam finde, Katzen in Wohnungen zu halten.

HERR TURIN: Geht sie am Abend immer noch ins Stiegenhaus?

DIE BEBA: Ja. Irene hat gesagt, ich soll sie kurz rauslassen. Ich habe aber immer große Angst, dass sie nicht zurückkommt.

HERR TURIN: Ich kenne das, ich habe diesen Albtraum noch heute. Mit Dukakis hat das begonnen.

DIE BEBA: War das der dicke schwarze Kater?

HERR TURIN: Genau.

DUKAKIS: Du musst dich nicht entschuldigen!

HERR TURIN: Gehst du zu einer Party? Heute ist doch Silvester, oder?

DIE BEBA: Nein, ich glaube, ich bleibe zu Hause.

HERR TURIN: Da wird sich Melissa freuen. Silvester ist für sie ein Horror. Ich war zu Silvester nie zu Hause. Erst seit ich nur mehr rolle und nicht mehr rocke, bin ich daheimgeblieben. 2003 war das erste Silvester im Rollstuhl.

Dann lange Stille. Turin hat Angst, dass er zu viel jammert. Das darf er nicht tun. Er braucht die Beba und darf sie nicht durch beständiges Klagen vertreiben. Als er ihr von den Weihnachtsfeiertagen berichtet, bemerkt er, wie kümmerlich das alles ist. Er will ihr etwas von dem Western mit Ronald Reagan erzählen, aber er wurde beim

Anschauen jedes Mal unterbrochen oder ist eingeschlafen und weiß nicht einmal, worum es wirklich geht. Er erzählt von Schwester Claudias Besuch, aber auch das ist mit wenigen Sätzen getan.

DIE BEBA: Sie arbeitet nicht mehr im Heim und kommt dich trotzdem hier besuchen?

HERR TURIN: Ja. Warum?

DIE BEBA: Wahrscheinlich auch nur ein Two-Night-Stand.

HERR TURIN: Dir darf man nichts erzählen.

DIE BEBA: Warum nicht? Erzähl mir was! Ich liebe Sex-Geschichten.

HERR TURIN: Wenn du wüsstest, wie mein Sex ausschaut.

DUKAKIS: Jetzt könntest du Punkte sammeln.

HERR TURIN: Manchmal frage ich mich, ob du wirklich Irenes Schwester bist.

DIE BEBA: Als Kind habe ich mich das auch immer gefragt. Die Nana hat irgendwann mitgekriegt, dass ich Zweifel habe, dann hat sie mir lange von unserem Vater erzählt. Aber wenn ich meine Hände betrachte, die kurzen, dicken Finger …

HERR TURIN: So dick sind sie gar nicht.

DIE BEBA: Niemand in unserer Familie hat so dicke Finger.

Sie trinken das zweite Glas. Christiane, das Kuckucksei: Turin kann sich das gut vorstellen. Das passt zu dem wilden Mädchen, das dieser Familie nie entsprochen hat. Sie hat sich bemüht, aber es half alles nichts.

HERR TURIN: Warum hast du Irene von unserem Gespräch erzählt?

DIE BEBA: Hätte ich nicht sollen?

HERR TURIN: Es wäre besser gewesen, du hättest es nicht getan.

Die Beba: Das hättest du mir vorher sagen müssen.
Herr Turin: Ich dachte, das ist dir klar.
Die Beba: Habt ihr deswegen gestritten?
Herr Turin: Ich will jetzt nicht darüber sprechen.
Die Beba: Nimm es nicht so ernst, wenn sie sich aufregt. Sie macht sich eben Sorgen. Nach deinem Suizidversuch sind alle ein wenig empfindlich.
Herr Turin: Darf ich dir das Notizbuch schenken?
Die Beba: Geschenke darf man nicht weiterschenken.
Herr Turin: Ich schon.
Die Beba: Was wünschst du dir fürs neue Jahr?
Herr Turin: Wie hat unser Spiel geheißen? Jetzt schweigen – immer schweigen.
Die Beba: Jetzt schweigen. Immer schweigen. Nur hast du nicht geschwiegen.
Herr Turin: Nein. Eigentlich will ich auch nächstes Silvester noch erleben. Ich hätte nur gern etwas bei mir, damit ich sterben kann, bevor ich mich gar nicht mehr bewegen kann.
Dukakis: Springe mit dem Fersenbein munter in den Kahn hinein.

Es war bei einer Grillparty, vielleicht ein oder zwei Jahre, nachdem Irene und ich geheiratet hatten. Man saß im Garten und aß, als Wolken aufzogen. Ich sah die Wolken nicht, die Beba saß mir gegenüber. Sie trug ein dunkelblaues Kleid, daran kann ich mich genau erinnern. Damals hatte sie kurzes Haar und sah sehr streng aus. Während des Essens streckte sie unter dem Tisch ihr Bein aus und legte die Ferse zwischen meine Oberschenkel auf die Stuhlkante. Ich wusste nicht, was ich tun sollte. Ich tat nichts. Sie hatte damals gerade mit dem Medizinstudium begonnen und lernte die Knochen des Menschen auswendig.

Die Beba: Die Fußwurzelknochen: Talus, Calcaneus, Os naviculare.

Bald begann es zu regnen, die Gäste flüchteten ins Haus, und Christiane und ich trugen eilig Teller und Schüsseln in die Küche. Patschnass kamen wir dort an. Als Christiane in dem engen Raum an mir vorbeiwollte, um etwas in den Kühlschrank zu stellen, drehte sie sich mit dem Gesicht zu mir und drückte ihren Körper gegen meinen. Ich spürte ihre Brüste, ihre Lippen und hatte das Gefühl, dass sie mir einen flüchtigen Kuss gab.

Irene Turin: Das ist dreiundzwanzig Jahre her. Und ehrlich gesagt finde ich es irgendwie charmant.

Die Beba: Ich kann dir schon Tabletten besorgen, aber du musst schweigen wie ein Grab. Wenn irgendwer davon erfährt, bin ich nicht nur meinen Job los.

Herr Turin: Jetzt schweigen. Immer schweigen.

Die Beba: Happy New Year!

Die Beba setzt sich mit dem Weinglas an Turins Bett. Sie prostet ihm zu, dann hält sie ihm zuerst die Wange hin, dreht dann aber den Kopf langsam auf die andere Seite, sodass sie mit ihren Lippen seine Lippen streift. Turin versucht mit der rechten Hand unter ihren Pullover zu gelangen – in der linken Hand hält er das Weinglas.

Der Graue: Linkshänder?

Herr Turin: Die Beba hat meine Hand genommen, unter den Pullover geführt und auf ihre Brust gelegt.

Dukakis: Hat sie nicht! Du musst geträumt haben. Du bekommst null Punkte. Du bist eingeschlafen.

Herr Turin: Wann ist sie denn gegangen?

11. Silly Walks

Der Neujahrstag ist nicht nur ein Feiertag, sondern auch noch ein Sonntag. Die Station ist so leer, dass Herr Turin beim Aufwachen glaubt, er sei in der Nacht verstorben und müsse nun feststellen, dass es doch ein Leben nach dem Tod gibt. Sein Atheismus hat nichts geholfen. Ein Engel kommt, gibt ihm Medikamente, wäscht ihn, wischt seinen Hintern aus und setzt ihn in den Rollstuhl. Später kommt ein weiterer Engel, der die große Barbara genannt wird: ein hässlicher, verbitterter Engel, der in seinem Leben niemals gelacht hat. Die Klimaanlage im Himmel hat die Vertrocknung dieses Engels noch weiter befördert. Die große Barbara wünscht Herrn Turin und allen anderen Toten ein glückliches neues Jahr.

Am 21. Jänner muss Herr Turin das Haus verlassen, um die Geburtstagsparty von Katharina Payer zu besuchen. Muss? Er muss gar nicht. Ihm wird noch eine Ausrede einfallen. Turin hasst es, das Haus verlassen zu müssen. Katharina hat er seit über einer Woche nicht mehr gesehen. Er weiß gar nicht mehr, wie sie aussieht. Ein wenig ist er in sie verliebt gewesen, aber man kann nicht von ihm verlangen, dass er an Menschen denkt, die nicht wenigstens jeden dritten oder vierten Tag hier auftauchen. Auch Irene ist ihm fremd geworden, da hilft kein Video-Chat. Nun sind ihm Schwester Claudia und die Beba nahe, auch wenn er weiß, dass er beide lange nicht mehr wiedersehen wird. Er muss sich bei Schwester Claudia für die Geschenke bedanken und schreibt ihr ein SMS. Dabei lobt er den Sauvignon blanc.

Die Weinreserven sind nun aufgebraucht. Die Cafeteria wird erst am 9. Jänner wieder eröffnet. Wie er Neueröffnungen hasst! Er wird dort bestimmt nicht hingehen. Er reist gerne in die Vergangenheit, aber für die Zukunft hat er nichts übrig. Der Neujahrsvorsatz, keinen Alkohol mehr zu trinken, wird um 08:31 Uhr mit einem Schluck Whiskey gebrochen. Ein zweiter Schluck um 08:32 Uhr bekräftigt die Abstinenz von der Abstinenz. Herr Turin fährt auf den Korridor und kommt am Sozialraum vorbei. Die alte Ditscheiner sitzt vor dem Fernsehapparat. Der Bildschirmtext ist an und zeigt internationale Schlagzeilen. Aus der Ferne kann Turin lesen: *39 Tote bei Anschlag auf Nachtklub in Istanbul.* 39 Tote. So viele, wie es in Simbabwe MS-Patienten gibt. Der alten Ditscheiner macht das nichts aus. Vielleicht ist sie tot. Sie bewegt sich jedenfalls nicht und schnarcht auch nicht. Herr Turin fährt zum französischen Fenster am Ende des Korridors. Das erste Mal seit dem Vorfall im November stellt er sich mit dem Rollstuhl vor dieses Fenster und schaut hinaus. Die Welt ist hässlich. Der Ginkgobaum in dem kleinen Park auf der anderen Straßenseite ist noch da.

DUKAKIS: Wo soll er hingegangen sein? Du musst den Bodhibaum düngen, hast du gestern vergessen.

Warum beginnt jeder Satz mit *Du musst*? ~~Ich muss gar nichts~~. Herr Turin muss gar nichts! Herr Turin muss nicht aufhören zu trinken. Herr Turin muss nicht in die Schweiz fahren. Herr Turin muss sein Bäumchen nicht düngen. Herr Turin muss nicht aufhören, Frauen an die Brust zu greifen. Herr Turin muss nicht leben wollen. Herr Turin muss nicht sterben wollen. Herr Turin muss nicht in die Cafeteria gehen. Herr Turin muss nicht auf der Station zu Mittag essen. Herr Turin muss nicht auf der Station zu Abend essen. Herr Turin muss nicht zur Psychotherapie. Herr Turin muss nicht einmal zur Physiotherapie. Herr Turin müsste sich auch keine Youtube-Videos über Sterbebegleitung anschauen, aber manchmal kann er es einfach nicht lassen. Heute kehrt er zu Beethovens drittem Klavierkonzert zurück. Die Musiker sind zu einer Art Familie für ihn geworden, wie die Schwestern hier im Heim. Allen hat er Namen gegeben. Alle kennt er schon.

Carla: Mein Name gefällt mir nicht.

Intira: Mir auch nicht. Es kann doch nicht sein, dass ich von einer slowenischen Physiotherapeutin einen Namen bekomme.

Herr Turin betätigt den Joystick des Rollstuhls. Er fährt über den Gang zum Lift und drückt die Taste. Seit über einer Woche hat er die Station nicht verlassen. Das ist das Problem. Er braucht Luft. ~~Immer dieselben Sätze von denselben Menschen, die längst tot sind oder nie existiert haben~~. Turin fährt im Erdgeschoss aus dem Lift und auf den Haupteingang zu. Er wagt einen Blick in die Cafeteria. Wo früher die Tische waren, ist jetzt alles leer, auch die Theke ist abgeräumt, die Kaffeemaschine ist verschwunden. Zwei Männer sind gerade damit beschäftigt, hinter der Theke mit der Bohrmaschine in die Wand zu bohren. Turin fährt durch den Haupteingang, die automatische Tür öffnet sich. Turin ist kalt, obwohl er gerade im Bildschirmtext gelesen hat, dass der Dezember deutlich wärmer war als das klimatologische Mittel. Schon lange hat er die Straße vor dem Heim nicht gesehen. Sie ist auch nicht sehenswert. ~~Nur nicht aufgeben, Herr Robert Turin!~~ Als Erstes muss er Irene verzeihen, dass sie ihm Gregor Mentulas Tod verschwiegen hat. Das wird ihm nicht schwerfallen. Was bedeutet ihm Gregor Mentula? Seit Jahren nichts mehr.

Turin fährt mit dem Rollstuhl über den Platz vor dem Heim Richtung Gehsteig. Die Straße neben dem Heim ist abschüssig. Er fährt auf dem Gehsteig die Straße bergab, der Elektromotor des Rollstuhls heult auf. Neben dem Heim liegt das Einkaufszentrum, dort gibt es angeblich auch ein kleines Café. Warum nicht die Cafeteria boykottieren und täglich hierherkommen? Er müsste sich nur eine Jacke anziehen lassen. Und eventuell eine Mütze, wenn es kalt ist. Herr Turin fährt bis zur Eingangstür des Einkaufszentrums. Es ist menschenleer. In der Mitte ist eine Drehtür, auf beiden Seiten sind automatische Glastüren. Auf diesen Glastüren ist ein Zettel angebracht, Eröffnung ist am 16. Jänner.
Turin fährt zurück ins Heim, mit dem Lift in den vierten Stock und auf sein Zimmer. Dann lässt er sich von Pfleger Bernhard einen Rollator bringen und bittet ihn, wieder zu gehen. Das Angenehme an Pfleger Bernhard ist, dass er keine Fragen stellt. Turin konzentriert sich: Er wird sich mit den Armen aus dem Rollstuhl drücken und, wenn er fest genug steht, die Hände auf die Griffe des Rollators legen. Wenn er das geschafft hat, wird er mit dem Rollator einen Schritt gehen. Es muss gehen. Er muss gehen. Schon wieder: Er *muss*. Turin beschränkt sich schon vorher auf drei Versuche.
Erster Versuch: Turin kann sich aus dem Rollstuhl drücken, aber er wagt es nicht, die Hände von den Armlehnen zu nehmen. Nach einer halben Minute lässt er sich in den Rollstuhl zurückfallen. Zweiter Versuch: Turin drückt sich aus dem Rollstuhl und bringt die rechte Hand bis zum Griff des Rollators. Dann fällt er in den Rollstuhl zurück. Dritter Versuch: Turin ist zu schwach, um sich ein drittes Mal hochzudrücken.

Ich erinnere mich genau: 1999 oder 2000 benötigte ich das erste Mal einen Stock zum Gehen. Der Hausarzt riet mir, bei der Krankenkasse Pflegegeld zu beantragen. Dort teilte man mir mit, dass zuerst ein Gutachter eine Pflegestufe festlegen müsse. Also musste ich vor diesem Gutachter ohne Gehhilfe im Zimmer von einem Tisch zum Fenster gehen.

Der Gutachter: Nun, das sieht ja ganz gut aus.

Die Szene erinnerte mich an einen Sketch von *Monty Python: Ministry of Silly Walks*. Ich dachte die ganze Zeit, ich hätte schlechter gehen müssen. Mein Walk wurde von Jahr zu Jahr more silly, aber es war gar nicht so einfach, es bis in die höchste Pflegestufe zu schaffen.

~~Der Gutachter: Steh auf, Turin, du hast genug gelitten!~~

Mila: Wir nehmen uns für diesen Monat nur ein kleines Stück vor. Vielleicht bis dort hinüber zum Eingang des Cafés.

Der Gutachter: Dort gibt es den schlechtesten Veltliner der ganzen Welt. Aber für Pflegestufe 1 übernehmen wir einen Betrag von 157,30 Euro des Monatsbedarfs.

Irene Turin: Kaum bin ich ein paar Tage weg, beginnt mein Mann wieder zu gehen.

Schwester Margit: Ich habe immer gesagt, man darf den Glauben niemals verlieren. Gelobt sei Jesus Christus!

Pater Reisinger: In Ewigkeit, Amen!

Vierter Teil

Unter Fernen Oliven

1. Veltliner vom Strohschwein

Ob Herr Turin noch ein Jahresende überleben wird, weiß er nicht. Geburtstag, Weihnachten, Neujahr, und das alles innerhalb von etwas mehr als einer Woche, das ist zu viel für einen Untertan der Berge. Doch in der zweiten Jännerwoche hat er Beachtliches geleistet. Turin hat sein Ansuchen auf FTB und seinen Lebensbericht vervollständigt, seine Befunde von der Beba einscannen lassen und alles in die Schweiz geschickt. Inzwischen hat er sich auch an die neue Cafeteria gewöhnt, und das war keine leichte Arbeit. Dort servieren nun zwei Damen in schwarz-weiß gestreiften Blusen. Die Streifenhörnchen kommen aus dem Ostblock, wie Turin gerne sagt, obwohl ihn Katharina deswegen jedes Mal ermahnt. Turin nennt die beiden Damen A-Hörnchen und B-Hörnchen, unterscheiden kann er sie nicht. Weiters gibt es nun zwei verschiedene Grüne Veltliner, einen aus der Wachau und einen aus dem Kamptal. Turin hat sich für das Kamptal entschieden. Vielleicht schafft er es doch, am Veltliner zugrunde zu gehen. Ansonsten ist die neue Karte in der Cafeteria fürchterlich: Burger vom Weiderind, Curry vom Strohschwein, Ingwer-Zwiebelsenf und biodynamische Weine. Die Streifenhörnchen haben sich an Turins Kommentare bereits gewöhnt.

HERR TURIN: Bitte noch einen Veltliner vom Strohschwein.

Auch die Preise sind kräftig gestiegen. Turin hat bereits ein Beschwerde-E-Mail an die Geschäftsführerin des Pflegeheims verfasst und die Antwort erhalten, dass man ihm für sein Feedback dankt und sich umgehend mit seinem Anliegen befassen wird.

Katharina Payer: Wie geht es Ihnen heute, Herr Turin?

Herr Turin: Wenn Sie bei mir sind, geht es mir besser.

Katharina Payer: Sie wissen, dass Sie am Samstag einen Termin haben?

Herr Turin: Ich werde sehen, ob ich am Samstag bei guter Verfassung sein werde.

Katharina Payer: Nein, mein lieber Turin, geben Sie mir keinen Korb. Bitte!

Herr Turin: Wie soll ich das denn mit dem Fahrtendienst machen?

Katharina Payer: Das habe ich Ihnen doch schon gesagt: Herr Dr. Keller und seine Frau holen Sie ab und bringen Sie wieder her.

Die Pregnerin ist lockerer geworden. Katharina beschwert sich kaum noch darüber, dass sie von den Schwestern angefeindet wird, und sie sitzt oft lange neben ihm in der Cafeteria. Früher war es ihr unangenehm, dass jeder sehen konnte, wenn sie bei Turin saß.

Das neue Jahr hat sie noch schöner gemacht. Katharina muss Sonne unbedingt vermeiden, Blässe macht sie unwiderstehlich. Und wenn sie einen Rollkragenpullover trägt, können ihre Brüste beinahe mit denen von Irene konkurrieren. Turin könnte täglich mehrmals in das Muttermal auf ihrem Hals beißen. Er kann es fast nicht aus den Augen lassen. Manchmal aber blitzt das Roboterhafte an ihr durch. Turin erkennt die Algorithmen, die diesen Roboter betreiben, aber er findet keinen Weg, diese Programme zum Absturz zu bringen. Das wichtigste Programm ist wohl: Ich verliere niemals die Fassung. Ein anderes: Ich gebe niemals auf. Dieses Programm läuft gerade auf Hochtouren.

Herr Turin: Ist es denn ein runder Geburtstag?

Katharina Payer: Herr Turin! Man fragt doch eine Dame nicht nach dem Alter.

Herr Turin: Aber Frau Doktor, Sie wissen doch aus der Fachliteratur, dass MS-Patienten zur Distanzlosigkeit neigen.

Katharina Payer: Ich bin am 21. Jänner 1984 geboren. Jetzt können Sie sich alles Weitere ausrechnen. Also, wir sehen uns später.

Herr Turin: Und wann besuchen wir Herrn Kelemen?

Katharina Payer: Das schaffen Sie auch alleine.

Da geht sie. Turin muss ihr hinterherschauen, sehen, wie sie mit ihrer Mappe im Arm die Eingangshalle durchquert. Katharina. Katharina. Katharina. Irene ruft nun immer seltener an. Entweder bedrückt es sie, dass er im Video-Chat so wortkarg ist, oder sie hat jetzt einfach weniger Zeit. Bei jedem Anruf betont sie, wie sehr sie sich auf das Wiedersehen freut und dass sie ihn ab 23. Jänner täglich besuchen wird.

Dukakis: Das schlechte Gewissen.

Herr Turin: Ich finde, Irene macht alles richtig.

Dukakis: Du weißt doch gar nicht wirklich, was sie macht. Zuerst kommen alle anderen, du erst unter ferner liefen.

Herr Turin: Als Kind habe ich immer geglaubt, es heißt *unter fernen Oliven.*

Herr Turin beobachtet die Kellnerin an der Kaffeemaschine. Es wurde eine neue angeschafft, dabei mochte Turin die Geräusche der alten so gerne. Am liebsten hat er Dejan beim Bedienen der Kaffeemaschine zugeschaut, es waren immer dieselben routinierten Handgriffe. Zuerst hat er das Kaffeesieb mit der rechten Hand aus der

Verankerung gedreht, eine kleine Lade geöffnet und das Sieb ausgeklopft. Es waren immer zwei laute Klopfgeräusche. Dann hat er das Sieb mit Kaffee aus dem Spender gefüllt und mit einer leichten Drehung wieder eingehängt. Meistens hat Dejan gleich zwei Tassen darunter gestellt. Es gab zwei Siebe, sodass man bis zu vier Tassen gleichzeitig machen konnte. Herr Turin liebte es, wenn Dejan beide Siebe für vier Tassen befüllt hat und nebenher das Treiben in der Eingangshalle beobachtete oder sich mit Mila unterhielt. Die neue Kellnerin braucht noch lange, um mit der Maschine zurechtzukommen. Auch wenn sie Herrn Turin das Weinglas auf den Tisch stellt, wirkt das unbeholfen, als habe sie Angst, zu verschütten. Nachdem Turin ihr wieder und wieder eingebläut hat, das Glas immer auf seine linke Seite zu stellen, tut sie das zwar, doch so, als würde sie eine Vase hinstellen und die Anwesenden fragen, ob sie dafür einen guten Platz ausgesucht habe.

Irgendwann wird Turin die Namen von A-Hörnchen und B-Hörnchen erfahren, und er wird sie sich merken müssen. Auf der Party der Pregnerin wird er vielen neuen Menschen begegnen und sich deren Namen merken müssen. Schon wieder ist alles ein einziges Müssen. Müssen. Müssen. Müssen. Wie heißt das Ehepaar, das ihn am Samstag abholen wird? Noch vor wenigen Minuten hat Katharina ihm den Namen gesagt, schon hat er ihn vergessen. Auf Partys ist es ihm immer so gegangen. Jemand hat sich vorgestellt, und kurz darauf wusste Turin den Namen nicht mehr.

Was bezweckt Katharina mit ihrer Einladung? Will sie ihm zeigen, dass er in seinem Leben noch Spaß haben kann? Ihm Menschen vorstellen, die gesund sind und mitten im Leben stehen? Ihn unterhalten? Ihm einmal etwas anderes bieten als den Alltag im Heim? Eine Woche wird er brauchen, um diesen Abend einigermaßen zu verdauen. Und das alles für einen 33. Geburtstag!

Irene Turin: Wer ist denn diese Katharina, dass du für ihre Party sogar das Heim verlässt?

Schwester Aliki: Ich glaube, Herr Turin ist verliebt.

Schwester Michaela: Sie ist eine attraktive junge Frau.

Schwester Margit: Das mag sein. Uns Schwestern macht sie trotzdem nur Schwierigkeiten.

Herr Kelemen: Sie ist öfter mit Turin zu mir aufs Zimmer gekommen. Die könnte einen Minirock tragen mit ihrer Figur.

Pater Reisinger: Sie ist eine Bereicherung für das Heim. Es ist nicht immer angenehm, mit anderen Positionen konfrontiert zu werden, aber es ist wichtig. Ich glaube, wir sollten uns den Rat von Frau Dr. Payer immer zu Herzen nehmen.

Katharina Payer: Ich bin keine Frau Doktor.

Die kleine Barbara: Herr Turin, es ist schon wieder ein Paket für Sie gekommen.

2. Leeres Gerede

Millionen Menschen sind gekommen, um die Amtsübergabe an den neuen Präsidenten zu sehen. Im Sozialraum sitzen zwei davon: Frau Ditscheiner und Herr Turin. Eigentlich wollte Turin das neue Einkaufszentrum besichtigen, die Shoppingmall, wie alle anderen dazu sagen, aber er schiebt das vor sich her. Täglich gibt es eine neue Ausrede. Heute ist es die Antrittsrede von Donald Trump.

DONALD TRUMP:

Chief Justice Roberts, Präsident Carter, Präsident Clinton, Präsident Obama, amerikanische Mitbürger und Menschen in aller Welt: Danke schön!

Alle vier Jahre stehen wir auf diesen Stufen, um einer friedlichen und ordentlichen Machtübergabe beizuwohnen, und wir danken Präsident Obama und der First Lady Michelle Obama für ihre freundliche Unterstützung bei dieser Übergabe. Sie waren großartig. Der 20. Jänner 2017 wird als der Tag erinnert werden, an dem das Volk wieder der Herrscher über diese Nation wurde.

Liebe Frau Ditscheiner, lieber Herr Turin, lieber Kater Dukakis: Ich danke Ihnen, dass Sie sich so zahlreich im Sozialraum eingefunden haben. Danke schön!

Alle vier Jahre wird diese Zeremonie zusammen mit einer langweiligen Rede im Fernsehen übertragen. Frau Ditscheiner wird bald einschlafen, und ich werde die langweilige Rede jetzt vom Teleprompter ablesen. Die Obamas sehen Sie heute zum allerletzten Mal. Schon morgen werden wir nicht mehr wissen, was am 20. Jänner 2017 geschehen ist. Wir werden es googeln müssen.

Die vergessenen Männer und Frauen dieses Landes werden nicht länger vergessen sein.

Wir sind eine Nation, und ihr Schmerz ist unser Schmerz, ihre Träume sind unsere Träume, und ihr Erfolg wird unser Erfolg sein. Wir teilen ein Herz, ein Heim und ein großes Schicksal.

Von heute an wird eine neue Vision unser Land regieren: Amerika zuerst!

Amerika wird wieder siegen, siegen wie nie zuvor. Wir werden unsere Arbeitsplätze zurückbringen, unsere Grenzen, unseren Wohlstand. Und wir werden unsere Träume zurückbringen.

Wir werden zwei einfachen Regeln folgen: Kauf amerikanisch und beschäftige Amerikaner.

Wir werden alte Allianzen stärken und neue Allianzen eingehen und mit der zivilisierten Welt gegen radikal islamischen Terror

Über vierzig Prozent der wahlberechtigten Bevölkerung sind nicht zur Wahl gegangen.

Ihre Gleichgültigkeit kümmert uns nicht, ihre Träume kennen wir nicht, was sie tun, wissen wir nicht. Wir leben in einem Land und wissen doch nichts voneinander.

Eine alte Parole wurde wieder ausgegraben. Sie lautet: Amerika zuerst!

Amerika wird so sein, wie es immer war, nur ein wenig schlechter: Die Arbeitslosigkeit wird steigen, die Einwanderung wird steigen, die Armut wird steigen. Sie können trotzdem weiter träumen.

Wir werden zwei einfachen Regeln folgen: Kauf chinesisch und betreibe Lohn-Dumping.

Mit anderen reichen Staaten werden wir weiter Waffen an Diktatoren und und Länder verkaufen, die diese Waffen an isla-

vorgehen, den wir auf der gesamten Erde auslöschen werden.

Die Bibel sagt: Wie gut ist es, wenn Gottes Volk in Harmonie lebt!

Wir müssen unsere Gedanken offen äußern, unsere Meinungsverschiedenheiten offen diskutieren, aber immer solidarisch bleiben.

Die Zeit für leeres Gerede ist vorbei. Die Stunde des Handelns ist gekommen.

Wir stehen am Anfang eines neuen Jahrtausends, bereit, die Geheimnisse des Weltraums zu erforschen, die Welt von der Plage durch Krankheiten zu befreien und uns die Energie, Arbeit und Technologie von morgen zunutze zu machen.

Wir werden nicht scheitern. Unser Land wird wieder wachsen und gedeihen.

Alle Amerikanerinnen in fernen und nahen Städten, in großen und kleinen

mistische Terroristen und Milizen weitergeben.

Die Bibel habe ich nicht gelesen. Ich kann gar nicht lesen.

Wenn mir Journalisten in den Zeitungen widersprechen, bezeichne ich sie als Lügner. Ihre Kritik dulde ich nicht.

Die Rede ist bald vorbei. Danach habe ich für die nächsten vier Jahre das Sagen.

Wir stehen am Anfang eines neuen Jahrtausends, in dem die Raumfahrt keine Rolle mehr spielt, wir MS-Kranke immer noch nicht heilen können, bei fossiler Energie bleiben und so arbeiten, wie wir immer gearbeitet haben.

Das entscheide ich, denn ich wurde gewählt und bin jetzt Präsident dieses Landes. Egal, wo ihr zu Hause seid, ihr könnt an dem, was 24 Prozent der Wahl-

Städten, von Berg zu Berg, von Meer zu Meer, sollen diese Worte hören:

Ihr werdet nie wieder ignoriert werden.

Eure Stimmen, eure Hoffnungen und Träume bestimmen das amerikanische Schicksal. Euer Mut, eure Güte und Liebe wird uns den Weg weisen.

Zusammen werden wir Amerika wieder stark machen. Wir werden Amerika wieder reich machen. Wir werden Amerika wieder stolz machen. Wir werden Amerika wieder sicher machen. Und ja: Wir werden Amerika wieder groß machen. Danke, Gott segne euch und Gott segne Amerika.

bevölkerung entschieden haben, nichts mehr ändern.

Die nächsten Wahlen finden in vier Jahren statt.

Ihr könnt reden, hoffen und träumen, was ihr wollt. Das war schon immer so. Was immer ihr macht, es spielt jetzt keine Rolle mehr für mich.

Ich werde versuchen, täglich in die Schlagzeilen zu kommen. Ich werde die Reichen reicher machen. Ich werde patriotische Floskeln von mir geben. Und ich werde mich und meine Familie besser schützen. Meine Tochter hat Unterwäsche entworfen, die solltet ihr kaufen.

Die ganze Zeit ist Schwester Aliki hinter Herrn Turin gestanden. Sie hat das Ende der Rede abgewartet. Turin erschrickt, als er sie bemerkt.

Schwester Aliki: Herr Turin, ich habe das Paket jetzt in Geschenkpapier verpackt.

Herr Turin: Das ist sehr lieb von Ihnen, danke!

Schwester Aliki: Sie müssen bitte noch den Ausgangsschein für morgen ausfüllen.

Und während man sieht, wie das Ehepaar Obama in einen Militärhelikopter steigt und davonfliegt, beugt Aliki sich zu Frau Ditscheiner.

Schwester Aliki: Und, hat Ihnen die Rede gefallen, Frau Ditscheiner?

Frau Ditscheiner: Der Traaaaaamp. So schlecht war er nicht, der Traaamp.

Schwester Aliki: Soll ich das Mittagessen dann aufs Zimmer bringen, oder bleiben Sie hier?

Frau Ditscheiner: Hier bitte. Hier!

Schwester Aliki: Herr Turin?

Herr Turin: Was gibt es denn heute?

Schwester Aliki: Drei Mal dürfen Sie raten. Heute ist Freitag.

3. Schwarzseher

Die Beba hat Herrn Turin einen Anzug von zu Hause gebracht, und Nata hat versucht, ihm die schwarze Hose anzuziehen. Der Versuch ist gescheitert, und Turin hat beschlossen, zu dem weißen Hemd und dem Sakko die schwarze Trainingshose zu tragen. In diesem Outfit steht er nun schon seit zehn Minuten im Rollstuhl vor der Eingangstür. Auf seinem Schoß liegt Katharinas Geschenk, das Aliki am Vortag verpackt hat. Turin wartet in der Halle, denn draußen ist ihm zu kalt. Das Ehepaar Keller soll ihn abholen. Lange hat er geübt, bis er sich den Namen gemerkt hat. Doch sie tauchen nicht auf. Turin wird noch fünf Minuten warten, dann muss er Katharina anrufen.

Turin hat es gefallen, wie routiniert Nata die Krawatte gebunden hat. Er fragt sich nur, ob er damit nicht ein wenig overdressed sein wird. Katharina wird dreiunddreißig, und vielleicht kommen lauter junge Leute, die es lächerlich finden, wenn jemand Krawatte trägt. Auf der Station hat er damit Eindruck gemacht. Die alte Kupelwieser, die tatsächlich mit Frau Professor angesprochen werden will, weil ihr Mann Universitätsprofessor war, hat, seit sie in der zweiten Jännerwoche auf die Station gekommen ist, kein Wort mit Turin gesprochen. Als sie ihn aber mit Krawatte auf dem Gang sah, hat sie freundlich genickt und irgendetwas gesagt. Turin hat sie nicht verstanden und ihr einen schönen Abend gewünscht.

Aber Schwester Nata hat Turin nicht nur die Krawatte gebunden. Sie hat auch zwei Tücher genommen, sie an einer Seite zusammengenäht und damit den Harnbeutel abgedeckt. Herr Turin wird trotzdem darauf achten, dass niemand rechts von ihm sitzt. Es ist ihm unangenehm, wenn man den Harnbeutel sieht, und jetzt, da er getarnt ist, bemerkt man ihn vielleicht noch mehr als zuvor. Ein schwarzer Kleinbus fährt vor. Eine elegant gekleidete Dame steigt aus und sieht sich um. Turin fährt nach draußen.

Herr Turin: Frau Keller?

Elisabeth Keller: Robert?

Herr Turin: Robert Turin.

Elisabeth Keller: Elisabeth. Ich denke, wir können per Du sein.

Und nun geht alles schnell: Elisabeth öffnet das Heck und lässt mit einem Knopfdruck die Hebebühne herunter, Herr Turin fährt mit dem Rollstuhl auf die Plattform, und Elisabeth hebt ihn in den Wagen. Alles ist eingerichtet wie beim Fahrtendienst. Der Sitz hinter dem Fahrer fehlt, dort bleibt Turin mit dem Rollstuhl stehen. Elisabeth verankert ihn und legt ihm den Gurt an.

Elisabeth Keller: Unser Sohn sitzt im Rollstuhl. Wir sind sozusagen gut ausgerüstet.

Während dieser Prozedur hat der Mann am Fahrersitz, der gar nicht ausgestiegen ist, Turin über den Rückspiegel zugewunken und gegrüßt. Nun dreht er sich um und nickt Turin zu. Herr Keller sagt seinen Vornamen: Horst. Und dann wird losgefahren. Herr Turin weiß nicht, was er sagen soll. Aber er wird Konversation betreiben müssen. Er wird den ganzen Abend reden müssen, über seine Krankheit, woher er Katharina kennt und wahrscheinlich darüber, wie er Donald Trump findet. Längst hätte er sich darauf vorbereiten können, aber er ist nicht dazu gekommen. Nun sitzt er ohne Plan in diesem Auto und kann nicht flüchten. In zwei Tagen kommt Irene aus Japan zurück, und Turin ist auch darauf nicht vorbereitet. Er hat kein Geschenk für Irene. Er hat kein Geschenk für die Beba, um sich bei ihr dafür zu bedanken, dass sie auf Melissa aufgepasst hat. Und bisher hat er auch die versprochenen Tabletten nicht bekommen.

Zu Turins Erstaunen wird er nicht gezwungen, Small Talk zu machen. Das Ehepaar Keller beginnt, sehr ruhig und leise, ein Gespräch miteinander. Turin versteht nicht alles. Irgendjemand hat irgendetwas falsch gemacht oder nicht gemacht und ist jetzt seit zwei Wochen telefonisch nicht mehr erreichbar. Zum dritten Mal in einem Jahr komme das jetzt schon vor, das müsse man abstellen.

Elisabeth Keller: Sag bloß nicht, dass du Katharina auch eine Slackline schenkst!

Herr Turin: Sie werden lachen, ich weiß nicht einmal, was das ist.

Elisabeth Keller: Also, das ist ein Ding zum Seiltanzen. Alle üben jetzt in den Parks das Seiltanzen, aber nicht auf einem Seil, sondern auf einer … auf einer Slackline eben … Die wird zwischen zwei Bäume gespannt.

Herr Turin: Wissen Sie, ich bin nie in Parks. Ich habe das Heim in den letzten Jahren nur selten verlassen, meist für Spitals- oder Arztbesuche. ~~Ich hasse Parks. Ich hasse die Natur überhaupt~~.

~~Turin fällt es schwer, mit Menschen, die er nicht kennt, per Du zu sein~~. Eigentlich findet er die Kellers sehr angenehm, viel angenehmer als die Fahrer der Behindertenfahrtendienste, die immer nerven.

Elisabeth Keller: Was ist denn in deinem Paket, wenn ich fragen darf.

Herr Turin: Ich habe befürchtet, dass du mich das fragst.

Elisabeth Keller: Du musst es ja nicht sagen.

Herr Turin: Sehen Sie, Frau Dr. Payer ist ein Segen für das Pflegeheim. Ich habe dort auch viel mit ihr zu tun, aber als ich mir überlegt habe, was ich ihr schenken könnte, habe ich bemerkt, dass ich fast nichts über sie weiß. So ist das im Heim: Man spricht immer über Krankheit und Tod und glaubt, das ist das einzige Thema. Und nach Monaten weiß man nicht einmal, ob der andere lieber Bier oder Wein trinkt.

Herr Keller: Ich glaube, in diesem Fall ist es Gin Tonic.

Herr Turin: Bitte lachen Sie jetzt nicht: Ich schenke ihr einen Fensterputzroboter.

Elisabeth Keller: Nun, das ist wirklich einmal etwas Nützliches.

Herr Keller: Da wird sich Jonathan freuen.

Herr Turin: Ist das ihr Mann?

Herr Keller: Eigentlich wollten wir dich das fragen.

Herr Keller lacht. Turin hat seinen Vornamen schon wieder vergessen. Elisabeth sieht ihren Mann von der Seite an.

Elisabeth Keller: Wir kennen uns einfach nicht aus. Also, Katharina ist nicht verheiratet, aber sie hatte die letzten Jahre einen Freund oder Lebensgefährten. Dann haben sie sich getrennt. Ein anderer Mann ist aufgetaucht. Vor Kurzem aber war sie doch wieder mit dem ersten zusammen.

Herr Keller: Jonathan kennen wir schon länger. Aber der andere … wie heißt er?

Elisabeth Keller: Ich weiß es nicht mehr.

Frau Keller scheint das Gespräch unangenehm zu sein. Sie blickt aus dem Fenster. Dann dreht sie den Kopf wieder nach links.

Elisabeth Keller: Kommen noch andere Leute aus dem Pflegeheim?

Diese Frage hat eine niederschmetternde Wirkung auf Turin. Er hat sich das keine Sekunde überlegt. Was, wenn die große Barbara auftaucht und ihn maßregelt, weil er sich gerade zum zehnten Mal an der Bowle bedient?

Herr Turin: Ich hoffe nicht.

Herr Keller lacht wieder. Es ist derselbe Lacher wie vorher. Elisabeth sieht ihren Mann wieder von der Seite an.

Elisabeth Keller: Sie ist ein hübsches Kind. Ein hübsches Kind.

Nun sieht Elisabeth wieder zu ihrem Mann. Ihr Mann nickt demonstrativ. Elisabeth ist zufrieden und sieht wieder nach vorne.

Herr Turin: Wissen Sie … Entschuldigung … Wisst ihr … so eine Party … ich bin das nicht mehr gewohnt. So viele Menschen stellen sich vor. Ich vergesse die Namen gleich wieder …

Herr Keller: So geht es doch jedem.

Elisabeth Keller: Wir haben drei Kinder. Horst verwechselt ständig ihre Namen. Er merkt sich nicht einmal die Namen seiner Kinder, und schon gar nicht ihre Geburtstage. Hast du Kinder, Robert?

Herr Turin: Nein. ~~Die Turins sterben mit mir aus~~.

Die Fahrt dauert nun schon lange. Turin hat vergessen, Katharina zu fragen, wo sie wohnt. Fast nickt er ein.

Herr Turin: Euer Sohn … der im Rollstuhl sitzt … was fehlt ihm?

Elisabeth Keller: Er ist querschnittgelähmt ab Th6/7. Nach einem Unfall.

Herr Turin: Wie alt ist er?

Elisabeth Keller: Zweiundzwanzig.

Herr Turin: Der arme Wurm!

Horst Keller: Wir sind gleich da. Im Hof ist ein Lift. Fahr ins Dachgeschoss, Elisabeth kommt nach. Ihr werdet nicht beide in den Lift passen, er ist sehr klein.

Bei der Ankunft wiederholt Elisabeth dieselben Handgriffe wie vor der Abfahrt, nur in umgekehrter Reihenfolge. Elisabeth trägt ein rotes Abendkleid und hat eine kleine silberne Handtasche in der Hand. Die Kellers müssen reich sein, denkt Turin. Sie nehmen den Sohn wahrscheinlich zu Ausflügen mit. Vielleicht würde Turin auch auf Ausflüge mitfahren, wenn er Freunde mit so einem Auto hätte. Man könnte nach Frankreich fahren zum Sauvignon blanc oder in die Südsteiermark. Elisabeth geht vor. Der Lift ist ein Außenlift. Zuerst fährt Turin rückwärts in die Kabine, Elisabeth steigt zu.

Elisabeth Keller: Siehst du, wir passen beide in den Lift. Horst hat mir ja nicht geglaubt. Er ist immer so pessimistisch. Seit dem Unfall unseres Sohnes ist er ein richtiger Schwarzseher geworden. Ich hoffe, du bist kein Schwarzseher. Wir wollen jetzt Spaß haben. Katharina mag es gar nicht, wenn man ihre Partys verhaut.

4. Der zukünftige Ex

Herr Turin fährt durch die Eingangstür. Gleich an der Seite befindet sich ein großer Wandkalender mit einem Sinnspruch. Elisabeth kommt hinter Turin durch die Tür. Während sie sich sofort unter die Leute mischt, bleibt er alleine im Rollstuhl neben der Eingangstür stehen. Er schaut von dort in einen riesigen Vorraum mit einem großen Tisch, an dem schon zwölf oder mehr Menschen sitzen. Turin möchte gerne das Päckchen loswerden, das immer noch auf seinem Schoß liegt. Kaum jemand beachtet ihn, eine blonde Frau zwinkert ihm zu. So steht er einige Minuten, bis er es läuten hört. Die Gegensprechanlage befindet sich genau hinter ihm. Turin wendet mit dem Rollstuhl, um den Türöffner zu drücken, in diesem Moment kommt Katharina aus einem anderen Zimmer auf ihn zugelaufen. Sie brüllt *Dachgeschoss* in den Hörer und drückt den Türöffner. Dann hängt sie den Hörer wieder ein, und erst jetzt kommt sie zu Herrn Turin und küsst ihn auf beide Wangen.

KATHARINA PAYER: Danke, dass Sie gekommen sind, Herr Turin. Es bedeutet mir sehr, sehr viel. Darf ich Ihnen das abnehmen?

Katharina nimmt das Paket von Turins Schoß und stellt es auf das Sideboard, das sich über die ganze Länge der Wand erstreckt und auf dem schon Blumen stehen und Kuverts liegen. Dort steht auch ein Tablett mit gefüllten Sektgläsern. Die Pregnerin nimmt zwei Gläser und hält ihm eines hin. Das erste Mal sieht Turin Katharina im Kleid, ein schwarzes Kleid, das bis kurz unter die Knie reicht. Hosen stehen ihr wesentlich besser. Ihre Beine sind nicht so schlank, wie sie in Hosen wirken.

Herr Turin: Ich überlege gerade, ob ich Sekt mag.
Katharina Payer: Punkt 1: Es ist Champagner. Punkt 2: Ja.
Herr Turin: Na dann, zum Wohl, liebe Frau Doktor.
Katharina Payer: Ab heute: Katharina.
Herr Turin: Robert.
Katharina Payer: Komm, ich stelle dich ein paar Leuten vor.

Robert Turin muss seinen Unwillen mit aller Kraft verbergen. Er hat es hierher geschafft, eine gewaltige Anstrengung auf sich genommen und bewältigt, jetzt würde er gerne hier sitzen und unsichtbar sein. Er würde sich lieber mit niemandem unterhalten müssen, sondern alleine trinken. Stattdessen muss er sich nun durch Gespräche quälen. Vor zwanzig Jahren hätte er sich auf einer solchen Party sofort ins Getümmel gestürzt. Bestimmt hätte er hier zwei neue Kunden gefunden. Aber auch schöne Frauen. Turin hätte sich ihre Namen eingeprägt oder ihnen Namen gegeben, damit er sich später an sie erinnern könnte. Stundenlang hielt er früher auf solchen Partys durch. Irene, wenn sie überhaupt mit war, ging oft früher oder zupfte nach einigen Stunden an seinem Ärmel, während er gerade erst begonnen hatte, einem kleinen Publikum, das ständig größer wurde, die besten Witze und Anekdoten zu erzählen. Er wird versuchen, heute dieser frühere Robert Turin zu sein, obwohl diese Vorstellung lächerlich ist. Turin sieht aus wie ein Sechzigjähriger, seine Haut ist unrein und fleckig, er sitzt im Rollstuhl, er führt einen Urinbeutel mit sich, nickt immer wieder ein, hat manchmal Artikulationsprobleme. Er ist kein Mann mehr, den eine junge Frau mit einem kleinen Schwips gerne einmal unabsichtlich berührt oder dem sie etwas erzählt, das sie sonst nicht erzählen würde. Vielleicht wird der frühere Robert Turin heute Abend kurz zum Vorschein kommen – für einige Sekunden.

Katharina Payer: Das ist meine frühere Studienkollegin Pamela. Pamela. Robert.

Pamela: Freut mich sehr.

Dukakis: Im Heim beschwerst du dich immer, dass du nur von Alten und Dementen umgeben bist.

Katharina Payer: Robert ist der Leiter des Pflegeheims, in dem ich arbeite. Er tut so, als wäre er dort Patient, aber in Wahrheit ist er dort der Chef.

Dukakis: Sie hat sich gut vorbereitet, die Pregnerin. Sie braucht keinen Teleprompter.

Katharina Payer: Pamela hat mit mir studiert und ist zurzeit Pressesprecherin in einem großen Energiekonzern.

Herr Turin will etwas sagen, aber schon entdeckt Katharina einen Mann und zerrt ihn vor Turins Rollstuhl. Sie stellt die beiden vor. Turin hat nichts verstanden. Er will nachfragen, aber Katharina fragt ihn, ob er noch ein Glas Champagner möchte. Doch auch jetzt wartet sie seine Antwort nicht ab, sondern drückt ihm einfach ein volles Glas in die Hand.

Der Mann: Sie sind auch in der IT tätig?

Herr Turin: War ich früher. Ich habe vor zehn Jahren aufgehört, gesundheitsbedingt.

Der Mann: Ein Unfall?

Herr Turin: MS. Multiple Sklerose.

Aber Turin möchte nicht über seine Krankheit sprechen. Daher fragt er sein Gegenüber nach seiner Tätigkeit, und erfährt, dass der Mann Geologe ist und Computerprogramme schreibt, die Satellitenaufnahmen so bearbeiten, dass die Aufnahme ein- und desselben Motivs bei verschiedener Bewölkung gleich aussieht. Auch Spiegelungen und Verzerrungen in der Luft, die etwa durch Hitze entstehen, müssen Pixel für Pixel aus den Bildern herausgerechnet werden. Könnte man nicht die MS aus Herrn Turin herausrechnen, Bit für Bit, sodass er hier so wie früher auftreten könnte? Das wäre seine Party!

Dann beginnt der Geologe davon zu sprechen, dass Donald Trump im US-Wahlkampf angeblich Social-Bots benutzt habe, um in den sozialen Medien mehr Echo und Stimmung für sich zu erzeugen. Turin fragt nach, was das genau ist. Der Geologe erklärt es gerne und ausführlich. So einen Gesprächspartner würde er im Heim schon einmal im Monat brauchen, denn die Weiber dort können ihm das alles nicht erklären. Bestimmt weiß der Geologe auch, wie das mit diesem Uber funktioniert. Doch wieder wird Turin von Katharina fortgerissen. Auf der Terrasse wird von einem jungen Mann mit Jihadistenbart Bowle ausgeschenkt. Daneben ein Tisch mit kleinen Häppchen.

KATHARINA PAYER: Bevor ich dich jetzt vorstelle, musst du eines wissen: Ich habe sozusagen zwei Männer. Verstehst du? Also, sie wissen voneinander, und sie sind beide hier. Jonathan ist mein Ex, mit dem ich jetzt doch wieder zusammen bin, irgendwie. Und der hier heißt Ralph und ist mein zukünftiger Ex, sozusagen.

Turin lächelt verlegen. Er setzt zu einer Frage an, doch dafür ist keine Zeit. Schon wird er dem Jihadisten vorgestellt.

KATHARINA PAYER: Ralph. Robert Turin.

Und schon bekommt er das erste Glas Bowle. Dazwischen gibt Katharina Ralph Anweisungen und ermahnt

ihn, er müsse regelmäßig nachsehen, ob dieses oder jenes noch ausreichend vorhanden sei, sie könne sich nicht um alles kümmern. Ein wenig tut er Herrn Turin leid. Vielleicht ist dieser Ralph ein Bot, ein von einem Programm erschaffener Avatar? Vielleicht hat jemand die Elemente seines Aussehens aus einem Menü ausgewählt und sich beim Bart geirrt. Katharina ist verschwunden. Turin interessiert sich für die Häppchen. Es sind kleine Fleischbällchen auf längeren hölzernen Spießen.
Herr Turin: Ist das Schweinefleisch?
Ralph: Ich weiß es nicht, ich bin Veganer.
Herr Turin: Wirklich? Ich hasse Veganer.

5. Little Brother

Nachdem ihm die Menschenansammlung auf der Terrasse zu viel geworden war, hat Turin eine Runde durch die Wohnung gedreht. Dabei hat er das WC entdeckt, und tatsächlich ist die Tür breit genug für den Rollstuhl. Er öffnet die Tür, wendet, fährt rückwärts in die Toilette und sperrt von innen ab. Stille.

Seit vielen Jahren war Turin nicht mehr auf einem WC. Plötzlich erinnert er sich, dass er sich auf Partys immer wieder gerne dorthin zurückgezogen hat, auch wenn er gar nicht musste. Man konnte ein wenig verschnaufen. Und man fand auf den Toiletten immer etwas, das mehr über die Gastgeber verriet.

Katharinas WC ist lang und breit. Sie ist also schon in jungen Jahren darauf eingerichtet, dass sie einmal ein Pflegefall sein oder im Rollstuhl sitzen wird. Über dem Heizkörper ist ein Holzbrett an die Wand geschraubt, auf dem Bücher stehen. Turin nimmt das vorderste Buch aus dem Regal: *Die Blendung* von Elias Canetti in der Taschenbuchausgabe. Aus dem Buch ragt eine Bahnkarte, die als Lesezeichen in das Buch gesteckt wurde. Wenn die Bahnkarte an der Stelle steckt, wo sie zu lesen aufgehört hat, dann ist sie noch nicht weit gekommen. Um die Bahnkarte lesen zu können, muss Turin das Vergrößerungsglas zur Hand nehmen, das in der linken Tasche seiner Trainingshose steckt. Es ist eine Karte für die Strecke Wien – Feldkirch. Der Zangenabdruck ist vom 23. Dezember 2014, Turins Geburtstag. Herr Turin reißt ein Stück Toilettenpapier von der Rolle und legt es an der Stelle in das Buch, an der die Bahnkarte war, die Bahnkarte steckt er ein. Turin hat innen in der linken Armlehne des Rollstuhls ein Geheimfach. Marcus, der Zivildiener, hat dieses Fach konstruiert, indem er eine A4-Klarsichthülle mit Gafferband an die Innenseite der Armlehne geklebt hat. Dort kann Turin Dokumente hineinstecken, sodass sie beim Transport nicht zerknittern und für niemand sichtbar sind.

Herr Turin hofft, dass draußen nicht jemand darauf wartet, dass die Toilette frei wird. Sie werden schon klopfen, denkt er dann und geht die anderen Bücher durch. Leider findet er keine Bahnkarte und keine persönlichen Hinweise mehr. Er öffnet den Schrank über dem Handwaschbecken. Verbandszeug, Seifen und Tabletten. Leider kann Turin das obere Regalfach nicht mit der Hand erreichen, er hätte sich die Tabletten gerne näher angesehen. Über eine Frau kann man beinahe alles sagen, wenn man die Tabletten kennt, die sie regelmäßig nimmt. Leider sind diese meist nicht an einem Platz, die wichtigsten Tabletten sind aber immer in der Handtasche. Wenn man an die Handtasche kommt, wenn man sie ausleeren kann (*auslernen*, würde Mila sagen, und das hat etwas Richtiges an sich), sodass man alles sieht, dann weiß man viel über ihre Besitzerin.

Schon damals, als Turin eine Nacht mit Lena im Doppelbett eines Hotels in Linz verbracht hat, war er darin Experte. Lena war schnell eingeschlafen. Der Alkohol hatte sie müde gemacht. Die Handtasche hatte sie einfach neben das Bett fallen lassen, und Turin war es ein Leichtes, im Liegen in die Handtasche zu greifen, etwas zu entnehmen, anzuschauen und wieder zurückzustecken. Und bald wusste er: Lena nimmt die Pille und Antidepressiva.

Katharinas WC gibt weniger Aufschlüsse. Leider. Die

Pille nimmt sie bestimmt. Wie sollte das sonst gehen mit zwei Männern? Psychopharmaka nimmt Katharina nicht. Das braucht sie nicht, außerdem hat sie Angst, davon abhängig zu werden. Neben dem Waschbecken liegt ein Stapel Gästehandtücher bereit. Auf der rechten Seite befindet sich ein Korb, in den man die gebrauchten Handtücher werfen kann. Noch ist der Korb so gut wie leer. Herr Turin nimmt ein Gästehandtuch und verstaut es hinter dem Stoffbezug seiner Rückenlehne. Er will es behalten, als Andenken an diesen Abend. Turin schließt den Schrank über dem Handwaschbecken. Er sieht sich um. Mehr ist hier nicht. Es war schön, wieder einmal in einem WC gewesen zu sein.
Herr Turin betätigt die Spülung. Wie klug er doch ist! Er hat nichts vergessen: Er hinterlässt die Toilette so, wie er sie vorgefunden hat. Dann wäscht er seine Hände. Dabei muss er sich stark nach vorne beugen, sodass etwas Wasser auf seine Trainingshose tropft. Er wirft das gebrauchte Gästehandtuch in den Korb, entriegelt die Tür und fährt aus dem WC. Eine ältere Frau wartet schon. Sie scheint sich nicht sehr zu wundern, dass ein Rollstuhlfahrer auf der Toilette war.
Herr Turin fährt den Korridor entlang bis zu einem kleinen Kabinett. Die Tür ist halb offen. Hier sind keine Gäste, nur Tabletts mit Brötchen und anderen Dingen, die nach und nach serviert werden sollen. Als Turin näher heranfährt, hört er Katharinas Stimme.

KATHARINA PAYER: Ich habe doch gesagt, du sollst als Erstes die Lachsbrötchen hinausbringen. Ich weiß nicht, warum das so schwer zu begreifen ist.

Turin versucht zu wenden und zurückzufahren, aber sie hat ihn schon gesehen.

Katharina Payer: Robert, komm! Ich stelle dich jetzt meinem Vater vor.

Herr Turin: Deine Mutter ist nicht da?

Katharina Payer: Meine Eltern sind geschieden. Schon lange. Meine Mutter wohnt gar nicht in Wien.

Herr Turin: Nicht in Wien?

Katharina Payer: Nein, und um ehrlich zu sein, ich besuche meine Mutter nur an ihrem Geburtstag und zu Weihnachten.

Herr Turin: Zu Weihnachten! Lass mich raten: Deine Mutter wohnt in Feldkirch.

Katharina lacht und bleibt stehen.

Katharina Payer: Woher weißt du denn das? Spielst du hier Big Brother?

Herr Turin: Na ja, sagen wir, ich spiele Little Brother.

Katharina lacht noch lauter.

Der Vater ist nicht zu finden. Irgendwann verliert Turin Katharina aus den Augen. Er stellt sich in eine Ecke des Wohnzimmers. Gerne würde er den Geologen wieder treffen, aber auch ihn sieht er nicht. Turin spürt die Müdigkeit.

Dr. Steinhäuser: Die Fatigue ist eines der größten Probleme im Alltag des MS-Patienten. Das dürfen wir nicht vergessen, wenn wir seine Leistungsfähigkeit beurteilen. Oft erscheint uns der Patient so, als könnte er agieren wie der gesunde Mensch. Das kommt daher, dass er in außergewöhnlichen Situationen, bei Untersuchungen oder Messungen, aufgeregt und daher leistungsfähig ist. Im Alltag ist diese Leistungsfähigkeit aber oft nicht gegeben, weil der Patient von der Fatigue befallen wird. Das führt häufig zu depressiven Verstimmungen.

6. Mit Gluten

Die Torten mit den Kerzen und Sprühkerzen anzuzünden, Happy Birthday zu singen und Katharina dabei zuzuschauen, wie sie ein Geschenk nach dem anderen auspackt, hat fast eine Stunde gedauert. Der Fensterputzroboter wurde mit großem Beifall aufgenommen, zumindest von den Gästen. Katharina wirkt müde, manchmal lächelt sie.

Nun wird Torte gegessen. Es ist kurz nach Mitternacht, Herr Turin ist auf Weißwein umgestiegen. Zwar gäbe es hier alles Mögliche zu trinken – Turin hätte wieder einmal gerne einen Gin Tonic getrunken, denn er muss feststellen, dass Gin Tonic offensichtlich ein Modegetränk ist unter den Jihadisten, Veganern und Social-Bots –, aber Turin ist nur mehr Weißwein gewohnt. Elisabeth kommt und fragt, ob es ihm recht wäre, in etwa einer Stunde aufzubrechen. Turin weiß genau, dass es nicht bei einer Stunde bleiben wird, aber er möchte jetzt keine Schwierigkeiten machen. Er bekommt einen starken Schweißausbruch, das Sitzen fällt ihm schwer, und er fragt Katharina, ob er sich in das Kabinett mit den Lachsbrötchen zurückziehen darf, nur für ein paar Minuten. Katharina fühlt sich verpflichtet, ihm dort Gesellschaft zu leisten. Kartons mit gecaterten Brötchen und Häppchen liegen herum, aber hier ist es wenigstens kühl, und die beiden sind kurz alleine. Turin weiß, dass er die Party loben muss.

Herr Turin: Eine unglaubliche Party! Ich habe so etwas seit Jahren nicht mehr erlebt.

Katharina Payer: Wenn du fahren willst, musst du es nur sagen.

Herr Turin: Wir fahren in einer Stunde.

Katharina Payer: Elisabeth und Horst, ihr Sohn ist …

Herr Turin: Ich weiß, ich weiß, sie haben mir alles erzählt.

Katharina versteht, warum Robert ihr ins Wort gefallen ist. Er will nichts wissen von Querschnittgelähmten, keinen Trost gespendet bekommen, nicht hören müssen, dass es anderen, die jünger sind als er, schlechter geht.

Katharina Payer: Ich habe dich noch nie eine Krawatte tragen sehen.

Herr Turin: Ich stamme noch aus einer anderen Zeit. Als ich meine Firma hatte, habe ich immer Krawatte getragen.

Katharina Payer: Steht dir gut.

Herr Turin: Ich will zurück. Ins Jahr 1990. Da beginnst du gerade mit der Volksschule.

Katharina Payer: Das war für mich keine gute Zeit.

Herr Turin: Damals hatte ich noch ein sogenanntes Vierteltelefon in der Wohnung. Vier Parteien, ein Anschluss. Wenn man telefonieren wollte, musste man einen Knopf drücken, und nur wenn niemand anderer telefonierte, war die Leitung frei. Niemand hatte damals einen Computer. Mobiltelefone gab es nicht. Damals aß niemand Mangalitzawurst oder Strohschwein, es gab keinen Hugo und keinen Aperol Spritz: Niemand litt an Laktoseintoleranz, alles wurde noch mit Gluten gegessen, und es gab auch keine Veganer. Nein, stimmt nicht, ich kannte sogar einen Veganer. Nur hieß das damals anders: makrobiotische Ernährung.

Katharina Payer: Damals warst du gesund.

Herr Turin: Ich habe nicht über Krankheit nachgedacht. Hast du mit zwanzig über Krankheit nachgedacht?

Katharina Payer: Ich habe darüber nachgedacht, wie ich alles anders machen könnte als meine Eltern. Und ich habe über Männer nachgedacht. Und über Drogen.

Herr Turin: So ist es auch richtig.

Katharina Payer: Aber jetzt über Weihnachten habe ich viel über dich nachgedacht. Immer wieder. Wenn ich an dich denke, sehe ich dich in der Cafeteria sitzen. Und ich stelle dir eine Frage.

Herr Turin: Zum Beispiel: Soll ich mir einen dritten Mann anschaffen?

Katharina Payer: Du Idiot! Nein!

Ein junger Mann steckt den Kopf bei der Tür herein.

Der junge Mann: Schatz, soll ich nun die Käseplatte hineintragen?

Katharina Payer: Gib mir noch zehn Minuten!

Das also ist Mann 2. Oder Mann 1? Der Mann geht gleich wieder.

Turin ist jetzt ganz still geworden. Katharina hat sich etwas vorgenommen. Er weiß, dass es ihr wichtig ist.

Herr Turin: Ich gehe jetzt nach Hause. Ins Heim. Zuerst reich ins Heim und dann heim ins Reich!

Katharina Payer: Du bist ein Idiot.

Herr Turin hat schon einige Liebeserklärungen und auch Heiratsanträge von betrunkenen Frauen bekommen. Aber erstens ist das lange her, und zweitens handelt es sich in diesem Fall um eine besondere Frau.

Katharina Payer: Also, ich muss es dir jetzt sagen. Ich mach das. Ich fahre dich in die Schweiz. Aber es gibt zwei Bedingungen: Du musst dich verabschieden – von deiner Frau und deinen Freunden. Sie müssen es wissen. Und mein Name darf nicht erwähnt werden. Niemals! Sonst bin ich nicht dabei.

In diesem Moment schaut Horst Keller zur Tür herein.

Horst Keller: Es wird hier morgen zwar aussehen, als hätte eine Bombe eingeschlagen, aber dafür sind alle deine Fenster geputzt. Die Leute lieben den Roboter, sie sind nicht mehr zu halten.

Katharina Payer: Das muss ich mir ansehen. Kommst du auch, Robert?

Herr Turin: Ich komme gleich.

Katharina geht mit Horst davon. Herr Turin nimmt sein Weißweinglas, er fährt in die Küche. Dort stehen Menschen herum und reden, suchen nach Getränken oder essen die Reste vom Buffet. An einem kleinen runden Tisch sitzen Personen. Turin wird kaum beachtet. Plötzlich will Turin nicht, dass diese Party vorübergeht. Der Weg zurück ins Heim kommt ihm lange und mühsam vor. Und eigentlich völlig sinnlos. Die Nachtschwester wird fluchen, wenn sie seinetwegen aus dem Sofa aufstehen muss, um ihn ins Bett zu bringen. Vom Pflegeberuf kann Turin nur sehr abraten. Und auch vom Beruf der Psychologin. Die arme Katharina! Sie konnte sich nicht erfolgreich gegen ihn wehren. Sie hat mit sich gekämpft, sie hat ihn extra zu ihrer Party eingeladen, nur um ihm mitzuteilen, dass sie bereit sei, ihn in die Schweiz zu fahren. Wäre sie ein Profi, hätte sie jeden persönlichen Kontakt unterlassen.

7. Death Is Not the End

DUKAKIS: Kater, besonders Wohnungskater, kennen diese Tage, an denen ihnen nichts geboten wird. Sie müssen sich fragen: Wozu haben mich Menschenhände in eine Kiste gesteckt und in eine Wohnung gebracht, wenn man sich dann nicht um mich kümmert? Natürlich schläft ein Kater fünfzehn oder sechzehn Stunden am Tag. Aber es bleiben immer noch acht Stunden. Acht Stunden! Da nützt es nichts, wenn die Nachrichten sagen, dass Katzen das Internet beherrschen, dass Katzenfotos in größeren Datenmengen heruntergeladen werden als Pornografie, dass nicht der Social-Bot das Web regiert, sondern die Katze. Seltsam, dass man immer die weibliche Form verwendet: die Katze. Sind wir Katzen auch beim Gendern vorne? Niemand würde je sagen: die Hündin – wenn er damit die Gesamtheit aller Hunde und Hündinnen meint.
Jedenfalls: Es gibt diese Tage, und heute ist so ein Tag. Herr Turin schläft. Er schläft seit drei Uhr morgens. Das Frühstück wurde gebracht und wieder entfernt. Das Mittagessen wurde gebracht und wieder entfernt. Herr Turin war in einer anderen Wohnung, er riecht jetzt anders. Und er hat die ganze Zeit keine Sekunde an mich gedacht. Nun will er sein Leben beenden mit der Hilfe dieser Frau. Und er denkt dabei keine Sekunde an mich. Und auch nicht an das Katzenvieh, das in seiner früheren Wohnung herumläuft.
Was Herr Turin nicht weiß: Sein Ansuchen auf Freitodbegleitung wird angenommen werden. Am 15. Februar 2017, in etwa drei Wochen, wird er den positiven Bescheid bekommen. Und er wird gar nicht erfreut

sein. Würde man ihn ablehnen, wäre alles einfacher. Er würde sich das restliche Leben darüber beklagen können, dass man ihn abgelehnt hat, dass er keine andere Chance hatte, als dahinzusiechen. Er würde die Pregnerin damit verschonen, und für Irene wäre das Ganze ohnehin eine riesige Erleichterung.

So wie Donald Trump die Präsidentschaftswahl niemals gewinnen wollte, wollte Herr Turin nicht zur Freitodbegleitung zugelassen werden. Nun aber ist er dazu gezwungen, standhaft und mutig zu sein. Ich habe versucht, Turin vor der Psychologie zu bewahren; die Psychologie tut niemandem gut. Ich habe versucht, ihn an das zu erinnern, was ihm Spaß macht. Ein kastrierter Kater kennt sich damit aus und in gewisser Weise ist auch Turin ein kastrierter Kater. Er jammert nur mehr, beklagt sich, findet sein Schicksal ungerecht.

Ich habe Herrn Turin von 1988 bis 2005 begleitet, in der Zeit, in der er aus seinem Elternhaus ausgezogen ist, sein Vater gestorben ist, er zu arbeiten begonnen hat, eine Firma gegründet, Irene kennengelernt, sie geheiratet hat und mit ihr in die Eigentumswohnung gezogen ist, die er bis zum Ende seiner beruflichen Tätigkeit, bis er durch seine Krankheit völlig arbeitsunfähig geworden war, bewohnt hat. Auch ich war krank, sehr krank, aber bereits sehr alt. Herr Turin hat seit dem Tod seines Vaters das erste Mal geweint, als er mit dem Tierarzt übereingekommen ist, mich einzuschläfern.

Die beste Zeit seines Lebens war damals schon zu Ende. Turin brauchte zuerst einen Stock zum Gehen, später einen Rollator. Es wurde klar, dass sich sein Zustand verschlimmern würde. Er hat um sich selbst ge-

weint. Ich war nur der Kater, der ihn an diese Jahre erinnert hat. Gut, ich musste bei meinem Tod nicht leiden. Aber musste ich mich in meinem Leben freuen? Darüber denkt man besser nicht nach. Ich wurde eingesperrt, man hat an mir Genitalverstümmelung praktiziert. Von der eintönigen Kost will ich gar nicht sprechen. Herr Turin beklagt sich immer über das Essen hier im Heim. Aber war mein Futter über fast siebzehn Jahre nicht ebenso eintönig?
Ich mache Turin keinen Vorwurf, er ist kein schlechter Mensch. Er hat sich nur niemals Zeit genommen für die Menschen und Katzen, die ihm am nächsten waren. Und heute tut ihm das leid.
Aber das ist nicht der Grund, warum er MS bekommen hat. Es gibt überhaupt keinen Grund, warum Herr Turin MS bekommen hat. Es gibt Ursachen dafür, aber keinen Grund. Das ist für die Menschen am schwierigsten zu verstehen. Wer Herrn Turin vor seiner Krankheit kannte, hat sich seine Art zugelegt, damit umzugehen: Irene hat sich vorgenommen, die Vergangenheit ruhen zu lassen und in ihrem Mann nur noch den kranken Menschen zu sehen, der jetzt in einem Heim liegt. Ihre Schwester behandelt ihn zwar wie einen normalen Menschen, aber da er beinahe die ganze Zeit im Heim ist, sehen die beiden einander kaum. Sie ist eine typische Ärztin, für sie gibt es nur Leben und Tod. Krankheit ist für sie etwas, das mit Arbeit zu tun hat, ein unangenehmes Wort, auf das man im Privatleben gar nicht erst reagieren sollte. Und sonst ist niemand mehr da, der den gesunden Turin kannte. Das heißt: Natürlich sind sie da, die Soporans und Lenas dieser Welt. Aber sie

kommen erst gar nicht auf die Idee, ihn hier zu besuchen.
Aber auch Turin hat mit seinem früheren Leben abgeschlossen. Er ist jetzt nicht mehr Robert Turin, sondern Herr Turin. Er ist nicht mehr Ich, sondern Er. Irene wollte ihm mit dem Tablet Lust darauf machen, sich wieder mit Computern zu beschäftigen. Er tut das sogar, aber ohne einen Zusammenhang zu früher.
Ich übe immer noch die Rede für meinen Amtsantritt. Ich habe Zeit. Ein toter Kater hat unendlich viel Zeit. Dukakis wird seine Rede bekommen. George Herbert Walker Bush hat bei seiner Amtsantrittsrede gesagt: *The Best of America is yet to come.* Ich sage: *Death is not the end.* Wenn Turin tot sein wird, wenn wir nicht mehr in diesem stickigen Heim mit den stinkenden Cremesuppen gefangen sein werden, werden Turin und ich leben, wo wir wollen. Dann werden wir das haarsträubende Chaos, die fürchterliche Beliebigkeit der Welt mit Lachen sehen und sagen: *Death is not the end.*
Wir werden die Toten nicht wieder lebendig machen, wir werden Amerika nicht größer machen, als es ist. Aber wir werden einen Platz auf der MS-Station des Heims frei machen. Und wir werden Irene ein wenig freier machen. Sie muss dann nur noch zwei Mal im Jahr zum Friedhof, um ein paar Minuten vor Roberts Grab zu stehen, weil sie sich das eben so vorgenommen hat. Ich, Dukakis, Präsident der Vereinigten Staaten, habe kein Grab. Ich lebe in der Erinnerung anderer Menschen. Und ich sage: Gott wird euch nicht segnen, wie er auch Amerika nicht segnen wird. *Death is not the end.* An dieser Stelle meiner Rede wird es bei der Inauguration zu regnen beginnen.

Herr Turin öffnet kurz die Augen.

DUKAKIS: Und wie sieht es heute mit einem Besuch im neuen Einkaufszentrum aus?

HERR TURIN: Heute ist Sonntag. Da ist geschlossen.

Fünfter Teil

Menschliches Gemüse

1. Der Käse und die Besuchszeit

Nata kommt, um zu sehen, ob die Kortisoninfusion durchgelaufen ist.

Dr. Steinhäuser: Einen Schub sollte man nicht verschleppen. Wir haben deshalb umgehend mit der Kortisontherapie begonnen.

Es ist Herrn Turins erster Krankheitsschub, infolge dessen Sprechstörungen auftreten. Turin geniert sich dafür und redet nicht. Auch mit den Schwestern nicht.

Dr. Steinhäuser: Die sogenannte paroxysmale Dysarthrie. Sie betrifft nur den Sprechvorgang und nicht das Sprachvermögen. Ich rechne mit einer vollständigen Rückbildung nach dem Schub.

Schwester Nata fragt Herrn Turin, ob er ein wenig vom Frühstück essen möchte. Ein paar Bissen Toast oder einen Löffel vom Joghurt? Turin schüttelt den Kopf und schweigt. Wenn er versucht zu essen, treten Schluckstörungen und Hustenreiz auf. Nata lässt das Tablett eine Weile stehen und nimmt es erst zwei Stunden später wieder mit. Turin hat es nicht angerührt.

Die Kortisontherapie macht Turin schlaflos, er fühlt sich wie aufgeputscht. Abends lässt er sich immer eine Schlaftablette geben. Wenn Aliki oder Nata im Dienst sind, bekommt er noch eine zweite, obwohl Dr. Steinhäuser davon abgeraten hat. Irene kommt nun täglich. Sie setzt sich zu ihm und hält seine Hand. Nach einer halben Stunde geht sie wieder. Sie kommt abends um 18:30 Uhr oder 19:00 Uhr nach der Arbeit und sieht müde aus. Manchmal nimmt Turin das Tablet zur Hand, aber er zittert zu stark, um es lange halten zu können. Beim Versuch, Nachrichten zu tippen, entstehen groteske Tippfehler. Immer wieder öffnet er das Mail, das er aus der Schweiz bekommen hat. Bevor der Schub begonnen hat, hat er es beantwortet. Er hat zurückgeschrieben, dass er seine Reise in die Schweiz aufgrund seiner Krankheit lange planen müsse und sich melden werde, wenn die Fahrt bevorstehe. Turin hofft auf Katharina. Nein, er rechnet sicher mit ihrer Hilfe. Katharina kommt etwa jeden zweiten Tag. Sie hat angeboten, eine Logopädin zu schicken, aber Turin hat nur den Kopf geschüttelt. Herr Turin bekommt Sonderkost, fettarm und salzarm. Und er soll wenig Zucker zu sich nehmen. Herr Turin soll Milch trinken und Milchprodukte essen. Nachts, wenn sein Herz klopft und er nicht und nicht einschlafen kann, sieht er, wie ein riesiger Käse durch die Station geht. Der Käse kommt auch in Turins Zimmer.

Die kleine Barbara: Wir werden uns beim Molkereiverband beschweren. Was will denn der Käse von Ihnen, Herr Turin?

Dukakis: Der Käse redet die ganze Zeit. Und Herr Turin ist hungrig.

Schwester Nata: Robert, es ist 23:30 Uhr, ich kann dir jetzt nichts zu essen bringen. Aber ich schaue nach, ob ich ein Joghurt im Kühlschrank finde. Oder ein Stück Käse.

Herr Turin möchte sterben, aber er will nicht von einem Käse umgebracht werden. Wenn sich der Käse in die Tür stellt, kommt niemand mehr ins Zimmer. Und Mäuse gibt es hier keine.

Irene Turin: Du hast nur schlecht geträumt. Geht es dir besser? Mit mir kannst du reden. Wenn du willst, mache ich die Tür zu. Aber bitte, sag etwas! Sag irgendetwas!

DUKAKIS: Die fürsorgliche Gattin.

SCHWESTER ALIKI: In den Wochen vor dem Schub ist Herr Turin öfter draußen gewesen. Ich habe ihm fast täglich die Jacke angezogen und eine warme Wollmütze aufgesetzt.

SCHWESTER NATA: Bisher habe ich für ihn Geld abgehoben. Seit die Shoppingmall neben dem Pflegeheim eröffnet ist, macht er das selbst. Die Shoppingmall ist von hier aus barrierefrei zu erreichen. Robert beschwert sich nur manchmal, dass der Geldautomat so hoch hängt.

DIE KLEINE BARBARA: Dort gibt es ein Café, wo er bestimmt immer Wein trinkt, um seinen Alkoholkonsum vor uns zu verbergen.

KATHARINA PAYER: In seinem Zustand ist Alkoholabusus wohl nicht das vordringlichste Problem.

DIE KLEINE BARBARA: Das sehen Sie so! Wir hier auf der Station haben da aber eine andere Meinung.

IRENE TURIN: Sag irgendetwas! Bitte!

Was soll Turin sagen? Wenn er Käse sagen will, sagt er [redacted]äse. Es klingt vielleicht wie Däse, oder wie Häse. Kaum ein Konsonant kommt so aus seinem Mund, wie er klingen soll, und die Suppe rinnt ihm wieder aus dem Mundwinkel. Oder er muss beim Essen husten. Dann landet alles auf dem Tablett oder auf seiner Kleidung, und sein Nachthemd muss gewechselt werden. In den Rollstuhl lässt er sich kaum setzen. Nach zwei Stunden ist er schon wieder im Bett.

DIE KLEINE BARBARA: Soll ich einen Pflegerollstuhl für Sie besorgen, Herr Turin? Ich weiß schon, was Sie sagen wollen, aber so ist es nicht. Es ist nicht für immer. Es ist nur für jetzt. Nur für die Phase dieses Schubs.

Turins Nein wäre ein [redacted]ein. Daher schüttelt er den Kopf, und Schwester Barbara geht wieder. Es [redacted]eh[redacted] [redacted]i[redacted]. Es [redacted]eh[redacted] [redacted]i[redacted]. Herr Turin schweigt lieber. Auch mit dem Käse will er nicht sprechen. Frau Professor Kupelwieser, die keine Frau Professor ist, redet ja auch nichts. Also hat er das Recht, ebenso zu schweigen. Da[redacted] [redacted]e[redacted] [redacted]u [redacted]ei-[redacted]en. Ja. Herr Turin kann das Wort *Ja* sagen. Es klingt so, wie es immer klingt. Vielleicht sagt der alte Kelemen deshalb immer nur *Ja, ja, ja*?

IRENE TURIN: Wie lange dauert denn dieser Schub?

DR. STEINHÄUSER: Wenn ich eine Zahlenangabe machen würde, wäre das einfach unseriös. Niemand kann das vorhersagen. Aber machen Sie sich keine Sorgen, Gnädigste. Ich rechne, wie schon gesagt, mit einer vollständigen Rückbildung nach dem Schub. Ihr Mann wird wieder sprechen können wie davor.

Dann wird Steinhäuser versuchen, einen Blick in Irenes Ausschnitt zu erhaschen. Und schließlich werden sie gehen und Turin mit dem Käse alleine lassen. Der Käse kommt außerhalb der Besuchszeit.

Das Kortison kommt immer morgens. Turin beobachtet das Tropfen der Infusionslösung gerne, aber er mag es nicht, wenn es zu schnell geht. Ob das Kortison hilft oder nicht, jedenfalls ist die Nacht vorbei. Ein paar Erinnerungen an die Albträume der vergangenen Nacht hat er noch. Zwischen 02:00 und 04:00 Uhr wacht Turin immer auf. Die Albträume sind zu Gedanken und Ängsten geworden und gehen wieder in Träume über. Die schwarze Stunde. Danach ist Turins Kopfkissen nass. Wenn er in der Nacht genug Kraft hat, dreht er es einmal um. Schwester Aliki wechselt das Kopfkissen zuerst.

SCHWESTER ALIKI: Geht es Ihnen heute besser?

HERR TURIN: I[redacted] wei[redacted] [redacted].

SCHWESTER ALIKI: Ihnen sage ich es als Erster, Herr Turin, heute wird es offiziell: Ich bin nicht mehr lange hier. Noch drei Monate.

Dann beugt Aliki sich vor und flüstert etwas. Turin hat sich vom ersten Teil der Nachricht noch nicht erholt, den zweiten kann er nicht verstehen. Es hat etwas mit einem zischenden SCH zu tun. Noch denkt Turin an seinen Traum, in dem die Beba mit Messer und Gabel am Couchtisch der Turins sitzt und sich Robert zuwendet, der gerade die Wohnung betritt.

DIE BEBA: Ich weiß, ich hätte auf eure Kinder aufpassen sollen.

Doch die Beba hat die Kinder aufgegessen. Es ist kein Blut zu sehen, keine Knochenreste, kein Kinderspielzeug, nichts. Seelenruhig sitzt die Beba da und kramt in einer Handtasche. Eine Handtasche, denkt Turin, die Beba hatte doch nie eine Handtasche.

Das war der Traum, an den Turin sich erinnert. Im Halbschlaf hat er sich dann den Kopf zerbrochen, weil er nicht mehr wusste, ob Irene und er nun Kinder haben oder nicht. Beide Antworten schienen ihm möglich. Dann musste er wieder eingeschlafen sein. Jetzt aber erkennt er an Alikis Lippenbewegungen das Wort *schwanger*.

Schwester Aliki: Ich bin schwanger.

Genau das hat Aliki gesagt. Und als sie das frische, trockene Kopfkissen unter seinen Kopf legt, fällt Turin mit dem Kopf in dieses Kopfkissen. Er fällt und fällt und schließt die Augen. Und als er sie wieder öffnet, mag er Aliki nicht mehr sehen. Ihr Lächeln verärgert ihn jetzt, ihre Haltung kommt ihm frech und kokett vor. Und dieses Nasenpiercing, das er immer schon gehasst hat! Wahrscheinlich kommt ihr Kind mit einem solchen Piercing zur Welt.

Herr Turin: [redacted]a[redacted]ulie[redacted]e.

Schwester Aliki: Danke, Herr Turin. Es war nicht geplant, umso schöner ist es jetzt.

Aliki hängt die Infusion an den Ständer und dreht das Rädchen an dem Clip, um die Durchflussgeschwindigkeit einzustellen. Turin findet, dass das Kortison zu schnell fließt, aber er protestiert nicht. Heute beachtet er es gar nicht. Er blickt an die Decke auf seine Weltkarte und sucht Griechenland. Rechts vom Wassersprinkler ist eine kleine feuchte Stelle, die ein wenig wie Griechenland aussieht. Deutlich erkennt Turin den Peloponnes. Er sieht, wie Mazedonier und Türken einfallen und die Griechen immer weiter zurückdrängen, bis sie vor Zäunen stehen, die sie einmal selbst errichtet haben.

Später, vor dem Mittagessen, kommt nicht mehr Aliki, sondern die kleine Barbara. Sie wirkt bedrückt, fragt aber freundlich, ob er denn etwas zu Mittag wolle. Ein Joghurt vielleicht? Herr Turin nickt. Er hat im Moment Heißhunger und könnte alles essen, was man ihm vorsetzt. Turin bittet die kleine Barbara zur linken Seite des Bettes, das ist sehr ungewöhnlich. Er öffnet die Tür des Nachtkästchens und zeigt ihr die Whiskeyflasche. Dann bedeutet er ihr mit einer Bewegung beider Hände, dass sie sie wegwerfen soll.

Herr Turin: We[redacted]we[redacted]en.

Die kleine Barbara: Ich soll die Flasche entsorgen? Aber das mache ich gerne, Herr Turin.

Als sie zurückkommt, tritt sie ganz nah an die rechte Seite seines Betts und beugt sich zu ihm.

Die kleine Barbara: Haben Sie das von unserer Aliki gehört? Ich freue mich so für sie.

Dabei bildet sich eine kleine Träne in Barbaras Auge, die auf die Bettdecke fällt. Die Tränen sind zu langsam eingestellt, das Kortison zu schnell, aber beide tropfen und tropfen. Turin hebt die rechte Hand und greift nach Schwester Barbara. Er macht das sehr ungeschickt, als würde er Halt suchen. Doch die kleine Barbara nimmt seine Hand und legt sie auf ihre Brust.

Dukakis: Textil dazwischen. Das gibt Punkteabzug.

Turin drückt ein wenig zu und spürt ein angenehmes Gefühl in seinen Oberschenkeln, das erste Mal seit vielen Tagen.

Die kleine Barbara: Aber wir beide, wir schaffen das: Ganz locker, nicht wahr? Leicht und locker.

Und bei jedem L klebt ihre Zunge am Gaumen.

Die beiden müssen ein grotesker Anblick sein, doch es ist niemand da. Turin lässt die Brust der kleinen Barbara los und will ihr mit Zeige- und Mittelfinger über die Wange streichen. Er erwischt die Oberlippe und streicht durch einen weichen Flaum kurzer Härchen.

Dukakis: All the catholic girls with a tiny little mustache.

Turins neue Busenfreundschaft mit der kleinen Barbara …

Dukakis: Kalauer!

~~Sei still!~~ Turins neue Busenfreundschaft mit der kleinen Barbara hat dazu geführt, dass er heute zum Mittagessen auf der Station bleibt. Während er isst, tut die kleine Barbara so, als hätte sie im Zimmer zu tun. Sie bleibt bei ihm. Als Erstes isst Turin einen ganzen Becher Joghurt.

Die kleine Barbara: Wollen Sie vielleicht lieber einen großen Löffel, Herr Turin?

Turin schüttelt den Kopf. Zu viele L. Dann stürzt er sich auf die geröstete Leber. Gar nicht schlecht. Daraufhin isst Turin das Dessert, eine Art Milchreis mit Rosinen. Schmeckt nach nichts, aber Turin mag die Konsistenz. Und zum Schluss nimmt er einen Löffel von der Suppe. Die Suppe ist wie immer scheußlich, aber sie enthält Kartoffelstücke, die Turin mit einer Gabel eines nach dem anderen aufspießt und isst.

Die kleine Barbara: Heute haben Sie aber brav gegessen.

Turin beobachtet, wie Schwester Barbara mit dem Tablett zur Tür geht: triumphierend, der Bleistift in ihrem Haarknoten wackelt mehr als sonst. Gerne würde Turin sie noch mehr durchschütteln, diese arme blonde Frau mit dem kleinen Schnurrbart und dem großen Kinderwunsch. Er würde sie so durchschütteln, dass sich ihre Kleidung und ihr Haar lösen würden und Bleistift um Bleistift zu Boden fielen. Doch als Turin wieder allein ist, bemerkt er, dass er Aliki jetzt schon vermisst.

Schwester Michaela: Sie hat immer allen geholfen. Wenn Herr Turin wieder seinen Wutanfall gehabt hat, weil die Schnabeltasse mit dem Früchtetee acht Millimeter zu weit rechts gestanden ist, hat Aliki ihn beruhigt. Ich nehme eine Überdosis Valium.

Katharina Payer: Herr Turin hat sie als Stellvertreterin der Stationsschwester empfohlen, so bin ich auf sie aufmerksam geworden. Also, wenn Sie glauben, dass Sie nach Valium tot sind, haben Sie sich getäuscht. Ich nehme einen Streifen Schlaftabletten und stürze mich von der Terrasse meiner Wohnung im Dachausbau.

Pater Reisinger: Wieder eine gute Seele weniger im Heim. Aber der Anlass ist in diesem Fall erfreulich. Ich würde es bevorzugen, mich zu erschießen. Allerdings finde ich die Idee der doppelten Absicherung nicht schlecht.

Dukakis: Eine Katze hat neun Leben. Sie muss sich also zehn Mal umbringen, um tot zu sein.

Die Beba: Als Anästhesistin kann ich mich nur wundern, wie stümperhaft die Ausbildung der Schwestern in Pflegeheimen ist. Ich bringe Robert am Wochenende Tabletten mit. Wenn er alles richtig macht, kann er sein Leben so beenden. Und ich finde, er hat das Recht, Zeitpunkt und Art seines Todes zu wählen. Ich bringe mich wegen einer Krankenschwester nicht um. Sonst wäre ich schon tot. Eine Krankenschwester hat meine erste Ehe zerstört. Ich sehe sie jetzt noch manchmal in der Klinik, wenn sie Nachtdienst hat. Die Hure.

3. Hirschziegenantilope

Irene Turin: Du musst nicht reden, wenn du nicht reden möchtest.

~~Herr Turin: Ich habe Sprechstörungen. Das ist furchtbar~~.

Irene Turin: Nächste Woche geht es dir bestimmt besser.

Dukakis: Kannst du dich an Osho erinnern? Shree Bhagwan Rajneesh, den indischen Weisen? Er hat einmal vier Jahre lang geschwiegen.

Herr Turin: Das hast du schon hundert Mal erzählt.

Irene Turin: Ich weiß, dass du verzweifelt bist. Aber du siehst schon viel besser aus, glaube mir. Dr. Steinhäuser ist überzeugt …

Es sind immer dieselben Phrasen. Irene redet und redet und sie schaut dabei auf den Pudding auf Turins Tablett. Wie alles andere hat er auch den Pudding nicht angerührt. Er kann heute nicht essen.

Irene Turin: Darf ich deinen Pudding haben?

Herr Turin nickt, aber er hätte gar nicht nicken müssen, Irene isst schon, und so gehen ihre Phrasen von der baldigen Gesundung schnell in das nervige Schmatzen über, das Turin immer schon gestört hat. Er weiß auch, warum es ihn stört und warum er sich deswegen sogar einmal scheiden lassen wollte: Es erinnert ihn an seine Mutter.

Irene Turin: Das blonde Gift sagt, du hättest vor zwei Tagen alles aufgegessen.

~~Herr Turin: Die muss auch alles ausplaudern.~~

Irene Turin: Die Beba kommt morgen. Sie möchte nicht, dass ich mitkomme.

Dukakis: Für die Beba bekommst du zweihundert Punkte. Nein, ich erhöhe auf vierhundert.

Herr Turin: Ich bekomme noch die Punkte für die kleine Barbara am Mittwoch.

Dukakis: Aber das war doch nicht die nackte Brust.

Herr Turin: Na und? Es war schwere Arbeit. Fünfhundert Punkte.

Dukakis: Niemals! Höchstens hundert.

Irene Turin: Melissa kotzt nach jeder Mahlzeit. Der schöne Teppich, den wir in Istanbul gekauft haben! Der Tierarzt hat mir ein Medikament gegeben: Prednisolon. Stell dir vor, es ist ein Kortisonpräparat. Melissa bekommt jetzt dasselbe Medikament wie du. Ist das nicht sonderbar?

~~Herr Turin: Vielleicht wäre es besser, wenn man sie einschläfert.~~

Irene Turin: Möchtest du nicht einmal aus deinem Zimmer raus? Warum willst du denn nicht mehr in die Cafeteria gehen? Ich finde, sie haben sie sehr hübsch eingerichtet. Vorher war das ein graues Krankenhausbuffet, jetzt ist es ein nettes kleines Kaffeehaus. Sogar dieser Alte sitzt regelmäßig unten, der Neunzigjährige, der immer nur von Fußball redet. Wie heißt er?

Herr Turin: [redacted]yko[redacted]a.

Irene Turin: Sykora. Siehst du, ich verstehe dich, du musst dich nicht vor mir genieren. Und das blonde Gift hat gesagt, sie könnte dir eine Logopädin schicken. Jeden Tag fünfzehn Minuten, immerhin.

Wieder eine Therapie mehr! ~~Herr Turin wird sich sein Schweigen nicht wegtherapieren lassen~~. Doch Irene sitzt hier und will nicht gehen. Sie hat das Gefühl, sie muss etwas für ihn tun. Oder sie ist einfach nur hungrig ~~und stürzt sich gleich auch noch auf die Cremesuppe. Turin~~

~~weiß, wie es zu Hause aussieht~~. Für Irene könnte man eine Wohnung ohne Küche bauen. Sie lebt fast ausschließlich von bestelltem Essen, isst aus Kartons und entsorgt am nächsten Tag Karton und Essensreste. Sie braucht nicht einmal Geschirr.

~~Die Logopädin: Wer war denn dieser Stojaspal?~~

~~Herr Turin: De[redacted] [redacted]oja[redacted]al. [redacted]yko[redacted]a [redacted]e[redacted]e[redacted] i[redacted]e[redacted] ü[redacted]e[redacted] [redacted]oja[redacted]a[redacted].~~

Irene Turin: Mein Mann hat ein sehr gutes Gedächtnis. Ich frage mich oft, woher er all diese Sachen weiß. Ich brauche ihn oft, weil ich ihn Dinge fragen muss, die mir nicht mehr einfallen.

Irene braucht kein Geschirr. ~~Aber Irene braucht einen Mann.~~

Herr Turin: Damit sie nachfragen kann, wie der i[redacted] [redacted]i[redacted]e [redacted]u[redacted]u [redacted]ei[redacted]t, de[redacted] au[redacted] de[redacted] [redacted]ei[redacted]i[redacted]ten [redacted]aaten ausgewie[redacted]en wu[redacted]e u[redacted] in [redacted]una [redacted]ei[redacted]e[redacted] Ashra[redacted] e[redacted] [redacted]i[redacted]et hat, und ob [redacted]ojaspal Au[redacted]ianer oder [redacted]a[redacted]i[redacted] [redacted]er war und [redacted]ie [redacted]ie[redacted]e [redacted]u[redacted]en[redacted]i[redacted]ome[redacted]er die Hi[redacted]ie-[redacted]ena[redacted]i[redacted]o[redacted]e laufen kann und wie de[redacted] [redacted]om[redacted]u[redacted]e[redacted]i[redacted]u[redacted] hie[redacted], de[redacted] im Ja[redacted] [redacted]ei[redacted]au[redacted]e[redacted] [redacted]u[redacted]ie[redacted]i[redacted]ause[redacted] [redacted]e[redacted]er we[redacted]wei[redacted] i[redacted]i[redacted]ie[redacted]e.

~~Die Logopädin: Das war jetzt schon sehr gut, Herr Turin.~~

Irene Turin: Wie du willst, aber halt ein bisschen durch! Dr. Steinhäuser sagt, du hast es bald geschafft.

Die Wettervorhersage, die MS-Schub-Vorhersage, das Orakel Steinhäuser: Vorhersagen sind Kortison für das Volk.

Die einzige gute Nachricht, die Herr Turin Irenes Wortschwall entnehmen kann, ist, dass die Beba kommt. Hoffentlich bringt sie Tabletten, die ihn schlafen lassen. Und damit meint er nicht den rastlosen Zustand, den er hier jede Nacht ertragen muss, diese Mischung aus Angst, Schweiß und Tränen bei all den Versuchen, sich durch eine leichte Drehung so zu legen, dass er für fünf Minuten Entspannung empfinden kann. Aber all das darf er nicht sagen: Irene hasst es, wenn er darüber spricht, die Schwestern hören ihm nicht zu, und die Ditscheiner und die Kupelwieser und alle anderen Patienten auf der Station haben selbst MS. Also bleibt Turin liegen und schweigt. Heimlich übt er nachts Wörter. Manchmal kommt ihm vor, dass er BE sagen kann. Wenn er BE sagen kann, kann er auch BEBA sagen. Und er fragt sich, ob Katharina ihn besuchen kommen wird. Er weiß, dass sie zu tun hat, aber er würde sie so gerne sehen. ~~Herr Turin hat Angst~~. Die neue Cafeteria läuft auch ohne ihn. ~~Alles ist weg~~. Er könnte auf dem Tablet Videos anschauen. Ob es alte Aufnahmen von Stojaspal gibt? Tatsächlich findet er ein Video vom Spiel Österreich : Uruguay von 1954. In der 16. Minute bringt Stojaspal Österreich durch einen Elfmeter mit 1:0 in Führung. Der Kommentar ist allerdings französisch, der Kommentator sagt *Stopajal* oder *Stopaschal* statt Stojaspal. Ja, wenn man nicht sprechen kann, dann muss man eben schweigen.

DUKAKIS: Gestern wurde im österreichischen Parlament beschlossen, den ärztlich assistierten Suizid ab 1. Jänner 2018 nicht mehr zu bestrafen.

HERR TURIN: Wo steht das?

DUKAKIS: Ein kleiner Aprilscherz. Heute ist der 1. April.

4. The Rolling Hitch

Herr Turin hat nicht damit gerechnet, dass die Beba kommt. Doch sie kommt, und sie kommt alleine. Sie nimmt einen Stuhl, stellt ihn neben das Bett und setzt sich. Die Beba hat keine Handtasche, sie trägt niemals eine Handtasche, aber heute hat sie eine Stofftragetasche dabei.

Die Beba: Ich habe dir keine Blumen mitgebracht, du magst doch Blumen nicht. Ach ja, Irene hat gesagt, du willst nicht sprechen. Wahrscheinlich versucht man seit Tagen, dich zum Sprechen zu bringen. Ich werde das nicht tun. Du kannst auch einschlafen. Ich bleibe hier sitzen, ich habe mir etwas mitgenommen.

Sie nimmt aus der Stofftragetasche eine Rolle Garn und eine Schere. Mit der Schere schneidet sie ein etwa dreißig Zentimeter langes Stück Garn ab und steckt die Rolle und die Schere in die Tasche zurück.

Die Beba: Ich mache gerade den Hochseeschein, und da muss man diese Knoten können. Also, ich zeig dir einmal den Türkenkopf.

Die Beba zeigt Herrn Turin mehrere Knoten, am besten gefallen ihm die Namen. Sehen kann er die Knoten ohnehin nicht, zumindest kann er keine Unterschiede zwischen ihnen erkennen. Stattdessen versucht er sie sich vorzustellen, wie sie alleine mit einem Segelboot auf dem Indischen Ozean fährt. Kann sie das? Nein, ihr Mut liegt eindeutig im Aussprechen von Wahrheiten. Aber Haie, Tropenstürme und Riesenwellen diskutieren nicht. Das mit dem Hochseeschein ist wahrscheinlich nur eine Episode in ihrem Leben, so wie das Klavierspielen, Curling, Westernreiten, Operngesang, Freeclimbing, Poledancing, die Bierdiät und Einradfahren. Knoten um Knoten landet auf Turins Bettdecke.

Herr Turin: U[redacted]u[redacted]ä[redacted]en?

Die Beba: Was?

Herr Turin: [redacted]ä[redacted]en. [redacted]ä[redacted]en.

Die Beba: Ach, aufhängen. Nein, bitte nicht aufhängen und nicht ins Wasser gehen, das ist grauenhaft.

Die Beba greift in die Stofftasche. Sie hält etwas in ihrer Hand, das knistert.

Die Beba: Bevor ich dir das gebe, musst du mir drei Dinge schwören. Erstens: Niemand erfährt, dass ich dir die Tabletten gegeben habe. Zweitens: Du nimmst sie nicht hier im Heim, sondern außerhalb. Drittens: Es sind zwei verschiedene Medikamente. Zuerst nimmst du das Chloroquin, die oberen beiden Streifen, dann die drei unteren. Nach fünfzehn bis zwanzig Minuten wirst du einschlafen. Halt den Körper gut warm und schau, dass man dich sechs bis acht Stunden nicht findet. Sinn hat das Ganze nur, wenn du danach tot bist – sonst steckst du in einem riesigen Schlamassel.

Herr Turin: I[redacted]ö[redacted]e.

Die Beba gibt Herrn Turin mehrere Streifen Tabletten, die mit einem Gummiband zusammengebunden sind.

Die Beba: Wo kann ich sie hingeben, wo sie niemand findet?

Herr Turin: [redacted]o[redacted]tuh[redacted].

Die Beba: Dotu?

Herr Turin: [redacted]o[redacted]tuh[redacted].

Turin zeigt auf den Rollstuhl, der in der Ecke des Zimmers steht. Christiane setzt sich in den Rollstuhl. Sie nimmt den Joystick mit der rechten Hand und drückt ihn nach vorne. Doch sie drückt ihn gleich ganz nach vorne, sodass sie mit einem Ruck wegfährt. Mit einem kleinen Schrei lässt sie den Joystick wieder los. Auch beim zweiten Mal klappt es mit dem langsamen Anfahren nicht. Herr Turin muss laut lachen, die Beba kichert.

DIE BEBA: Gar nicht so leicht.

Das wird nichts mit dem Hochseeschein. Die Haie im Indischen Ozean brauchen nur zu warten, bis die Piccola kentert. Die Beba fährt ein Stück retour und dann wieder nach vor. Diesmal fährt sie langsam an und schlägt auch gleich eine Kurve in die richtige Richtung ein. Es dauert noch eine Weile, bis sie neben dem Bett steht. Herr Turin zeigt ihr das Geheimfach in der linken Armlehne.

DIE BEBA: Ah, jetzt weiß ich, wo unsere Patienten immer diese kleinen Wodkaflaschen verstecken. Sehr schlau.

Sie fährt wieder, aber nicht, um den Rollstuhl zurückzustellen, sondern weil ihr das Fahren plötzlich Spaß macht. Wahrscheinlich wird das ihre nächste Episode werden: im Elektrorollstuhl die Sahara durchqueren. Aber die Piccola hat ihr Versprechen wahr gemacht und ihm Tabletten gebracht. Sie riskiert damit viel: beruflich und was das Verhältnis zu ihrer Schwester betrifft. Aber möglicherweise ist es Irene nur recht, dass die kleine Schwester das erledigt. Als Herr Turin das nächste Mal aufschaut, ist der Rollstuhl wieder an seinem Platz.

DIE BEBA: Jetzt schweigen. Immer schweigen.

DUKAKIS: Springe mit dem Fersenbein munter in den Kahn hinein.

Am Abend der Grillparty herrschte, nachdem der Regen eingesetzt hatte, große Aufregung im Hause Siewert. Die einen borgten sich trockene Kleidung und Handtücher und zogen sich um, die anderen versuchten, das Essen ins Wohnzimmer zu schaffen und dort so viele Tische wie möglich zusammenzustellen, damit die Party weitergehen konnte. In diesem Tumult nahm ich die Beba bei der Hand, und wir gingen nach draußen. Das Auto stand gleich neben dem Haus, von wo der Kiesweg immer bergab bis zum Waldrand führt. Ich ließ die Beba einsteigen und setzte mich hinters Lenkrad. Hätte ich den Wagen gestartet, hätte man das im Haus hören können. Also löste ich nur die Handbremse, trat die Kupplung und ließ den Wagen bergab bis zum Waldrand rollen. Und dann saßen wir im Auto, die Piccola und ich, und legten die Rücklehnen um.

Die Beba: Man muss diese alte Geschichte nicht wieder und wieder erzählen. Ich wollte sie überhaupt vergessen, aber irgendwann hat die Didi davon erfahren.

Herr Turin: Damals hast du die Knochen des Menschen auswendig gelernt.

Die Beba: Wollte ich damals nicht das Einradfahren lernen?

Herr Turin: Du wolltest Indianersprachen lernen.

Die Beba: Ich möchte jetzt wirklich nicht mehr darüber sprechen. Ich habe nicht das Gefühl, dieselbe Person zu sein wie damals.

Irene Turin: Dass mein Mann sich mit meiner Schwester gut verstanden hat, wurde in meiner Familie immer positiv gesehen. Bei uns gibt es einen großen Zusammenhalt. Und ich werde diesen Zusammenhalt nicht durch Eifersucht oder Neid zerstören. Mein Mann hatte früher einige Unsicherheiten, was unsere Beziehung betrifft. Und vergessen Sie nicht: Wir waren Mitte zwanzig. Während unsere Ehe in meiner Familie durchwegs positiv aufgenommen wurde, war das auf Roberts Seite ganz und gar anders.

Die Beba sitzt da und knüpft ihre Knoten. Irgendwann kommt Schwester Michaela und bringt das Abendessen. Die Beba bedeutet ihr mit dem Zeigefinger auf den Lippen, dass Herr Turin schläft und dass sie das Tablett auf den Tisch stellen soll. Turin stellt sich schlafend. Er empfindet die Stille als sehr angenehm.

DIE BEBA: Hast du geschlafen? Dieser Knoten heißt *The Rolling Hitch*. Den mag ich besonders.

5. Können müssen dürfen sollen

~~Katharina kommt nicht.~~

KATHARINA PAYER: Das stimmt nicht, ich war fast täglich bei ihm. Meistens hat er geschlafen.

Katharina hat per E-Mail ihre Handynummer geschickt, nun schreibt Turin ihr ein SMS. Mit der Schweiz ist es jetzt sowieso vorbei. Bis zur Zusage hat Turin es gebracht, immerhin. Eine großartige Leistung für einen chronisch Kranken, der tertiärer Analphabet ist. Er hat alles geschafft, was in diesem Leben möglich war.

DUKAKIS: Du könntest Donald Trump ermorden.

HERR TURIN: Wozu?

DUKAKIS: Damit du tot bist.

HERR TURIN: Ein Selbstmordanschlag.

DUKAKIS: Das ist doch der beste Weg, den Freitodwunsch mit politischem Engagement zu verbinden.

Das ist wirklich keine schlechte Idee. Kommando retour: Ab jetzt wird Herr Turin alle Menschen fragen, ob sie ihn nach Washington bringen. Leider fliegt die Concorde nicht mehr.

Es war im März 1981, ich muss zehn Jahre alt gewesen sein.

DUKAKIS: Es war am 1. April 1981. Noch ein Aprilscherz.

HERR TURIN: Du, mein Lieber, warst noch lange nicht auf der Welt.

DUKAKIS: Aber ich habe Zugang zum Internet. Ich bin kein tertiärer Analphabet.

Der Vater saß mit der Zeitung in der Küche, der Fernsehapparat lief schon frühmorgens. Immer wurde dieselbe Szene wiederholt: Ronald Reagan auf seinem Weg zum Auto, es fallen Schüsse; Reagan sieht verwirrt um sich, als sich ein Leibwächter vor ihn stellt und ihn in das Auto drängt. Trotzdem trifft ihn ein Querschläger in die Brust und verletzt seine Lunge.

HEINRICH TURIN: US-Präsident Reagan hat weniger als vierundzwanzig Stunden, nachdem er bei einem Attentatsversuch durch den fünfundzwanzigjährigen berufs- und beschäftigungslosen John Warnock Hinckley einen Lungenschuss erlitten hatte und operiert wurde, seine Amtsgeschäfte bereits wieder aufgenommen.

DUKAKIS: Hätte Kastenberger geschossen, dann wäre er tot gewesen.

HEINRICH TURIN: Der Präsident befindet sich nach Angaben der Ärzte in außergewöhnlich guter Verfassung, ist guter Laune und scherzt mit den Krankenschwestern.

DUKAKIS: Du hast also doch etwas mit Ronald Reagan gemeinsam.

HEINRICH TURIN: Es würde mich nicht wundern, wenn er in ein paar Tagen wieder herumliefe, sagte Dr. Steinhäuser.

DUKAKIS: Was?

HEINRICH TURIN: Ein kleiner Aprilscherz, sagte der Arzt Dr. Nennis O'Leary. Nach einigen Monaten werde er auch wieder reiten können.

DUKAKIS: Hast du *Königin der Berge* nun eigentlich schon gesehen?

HERR TURIN: Nicht ganz, ich bin immer eingeschlafen.

HEINRICH TURIN: Zweieinhalb Stunden nach der schweren Operation schob Präsident Reagan seinen Ärzten einen Notizzettel zu, denn sprechen konnte er nicht.

DUKAKIS: Warum verwendest du eigentlich keine Notizzettel?

HEINRICH TURIN: Der Attentäter John Hinckley sei ein über die mangelnde Militanz seiner Partei enttäuschter Neonazi ohne Berufsziel und mit starken psychischen Störungen.

HERR TURIN:

I[redacted] [redacted]eue [redacted]i[redacted], da[redacted] de[redacted] [redacted]ä[redacted]ide[redacted] woh[redacted]au[redacted] i[redacted]. E[redacted] wa[redacted] [redacted]i[redacted] [redacted]ei[redacted]e A[redacted]i[redacted]t, jema[redacted]d a[redacted]deren a[redacted] mi[redacted] se[redacted]s[redacted] z[redacted] töten. I[redacted] wo[redacted]te mit diesem Ans[redacted]a[redacted] da[redacted] au[redacted] hi[redacted]weisen, dass in den meisten [redacted]änder[redacted] der We[redacted]t die [redacted]eitodbe[redacted]eitu[redacted] ver-[redacted]oten und damit [redacted]o-nisch [redacted]an[redacted]en Menschen, die [redacted]eine [redacted]e[redacted]ens[redacted]a[redacted]i-tät mehr ha[redacted]en, die Mö[redacted] [redacted]i[redacted]eit eines [redacted]ie[redacted]o[redacted]en, schme[redacted]freien und [redacted]eit-[redacted]ich se[redacted]estimmten To-des [redacted]enommen ist.

Ich freue mich, dass der Präsident wohlauf ist. Es war nicht meine Absicht, jemand anderen zu töten, obwohl mir der Mensch Trump gleichgültig ist. Ich wollte darauf hinweisen, dass in den meisten Ländern der Welt die Freitodbegleitung verboten ist und damit chronisch kranken Menschen, die keine Lebensqualität mehr haben, die Möglichkeit eines friedvollen, schmerzfreien und zeitlich selbstbestimmten Todes genommen ist.

DIE LOGOPÄDIN: Sehr gut, Herr Turin. Das M und das S kommen schon wieder sehr gut. Ich sehe, dass Sie ein Tabletbenutzer sind. Ich kann Ihnen da eine App empfehlen, mit der Sie selbständig üben können. Haben Sie ein Headset?

HERR TURIN:

Wie Sie sehen [redacted]önnen, hat meine [redacted]an[redacted]heit mir die Bewe[redacted]un[redacted]ähi[redacted]eit ge-

Wie Sie sehen können, hat meine Krankheit mir die Bewegungsfähigkeit genommen, wie Sie hören, hat sie meine S[redacted]re[redacted]fähi[redacted]eit ein[redacted]esch[redacted]än[redacted]t. So wird es weiter[redacted]ehen. Und man wird es mir weni[redacted]stens zu[redacted]estehen, darau[redacted] hinweisen zu dür[redacted]en, dass wir noch sagen [redacted]önnen müssen dür[redacted]en sollen, dass der ärztlich assistierte Suizid, wie er etwa im US-Bundesstaat Ore[redacted]on unter bestimmten Au[redacted]a[redacted]en erlaubt ist, eine Hoffnun[redacted] ist. In meinem Fall die einzige Hoffnung.

nommen, wie Sie hören, hat sie meine Sprechfähigkeit eingeschränkt. So wird es weitergehen. Und man wird mir wenigstens zugestehen, darauf hinweisen zu dürfen, dass wir noch sagen können müssen dürfen sollen, dass der ärztlich assistierte Suizid, wie er etwa im US-Bundesstaat Oregon, in den Niederlanden und in der Schweiz erlaubt ist, eine Hoffnung ist. In meinem Fall die einzige Hoffnung.

HEINRICH TURIN: Die Videobotschaft des Attentäters Robert Warnock Turin wurde einen Tag vor der Tat auf Youtube veröffentlicht. Erste Ermittlungen ergaben, dass der Attentäter psychisch labil war und bereits sein Vater [redacted] begangen hat.

SCHWESTER MARGIT: Er war kein schlechter Mensch, das kann man wirklich nicht sagen.

FRAU DITSCHEINER: Den Traaaamp wollte er umbringen! Den Traaaaaaaaaamp!

DR. KUPELWIESER: Wir betrachten diese Vorgänge nach dem Modell der konzentrischen Kreise. Im Zentrum steht das Opfer.

FRAU KUPELWIESER: Mein Sohn ist heute wieder im Fernsehen.

Katharina hat Herrn Turin ein SMS geschickt. Jetzt noch

ungefähr tausend Facharzttermine. Und auf der Station gibt es eine neue Schwester. Schließlich muss Aliki bald ersetzt werden. Herr Turin kann ihr Namensschild nicht lesen.

Die neue Schwester: Möchte Herr Turin vielleicht in den Garten gehen und Sonne tanken?

6. Der Papierene

Im Garten versammeln sich nicht jene, die Sonne tanken, Pflanzen betrachten oder Bienen beobachten wollen. Im Garten versammeln sich vor allem jene, die rauchen und nicht angesprochen werden wollen. Der Gärtner des Heims ist dafür das beste Beispiel: ein schweigsamer Mensch, den man auch besser nicht dazu bringt, zu sprechen, denn als Schweigender ist er viel interessanter. Herr Turin hat das überprüft. Inzwischen nickt er dem Gärtner zu, wenn er den Garten betritt. Und manchmal auch, wenn er wieder geht. Aber dazwischen ist Schweigen für beide das Beste.

Katharina kommt in den Garten, setzt sich auf eine Bank und bittet Robert Turin, sich mit dem Rollstuhl neben sie zu stellen. Katharina, die Große. Katharina, die Schöne.

KATHARINA PAYER: Danke für deine Komplimente. Geht es dir besser?

HERR TURIN: Musst du nicht arbeiten?

KATHARINA PAYER: Ich arbeite. Die psychologische Betreuung der Patienten gehört zu meinen Aufgaben.

Katharina sitzt links von Herrn Turin, so wie ihm das am liebsten ist. Sie legt ihre rechte Hand auf seinen linken Oberschenkel, das tut gut. Obwohl er es kaum spüren kann, tut es gut.

HERR TURIN: Ich habe es noch einmal geschafft. Das nächste Mal schaffe ich es vielleicht nicht mehr.

KATHARINA PAYER: Ich bewundere dich.

HERR TURIN: Tu das nicht. Ich habe so viele Fehler gemacht in der Vergangenheit.

KATHARINA PAYER: Ich kenne niemand, der keine Fehler gemacht hat.

Herr Turin: Aber man denkt doch immer wieder: Hätte ich damals nur das und das getan oder das und das nicht getan.

Katharina Payer: Stellst du mir deine Frau einmal vor?

Turin ist überrascht, dass Katharina aus seinen Worten auf Irene schließt. Das ist ihm unangenehm. Noch unangenehmer ist ihm, dass sie damit ins Schwarze getroffen hat. Aber wie soll er das Gespräch nun elegant auf ein anderes Thema lenken? Je länger die Pause dauert, umso klarer wird, dass er um Worte ringt.

Herr Turin: Vielleicht nervt es dich, wenn ich das sage, aber es ist nun einmal so: Diese vielen Veränderungen machen mich fertig. Schwester Margit ist nicht mehr auf der Station, die Cafeteria ist neu übernommen und meine Zivildiener sind weg. Und jetzt geht auch noch Schwester Aliki, weil sie ein Kind bekommt.

Katharina schweigt. Was dieses Schweigen wohl bedeutet? Es ist sehr unangenehm, dieses Schweigen. Alles, was Turin sich dabei denkt, ist tödlich.

Katharina Payer: Aber Schwester Aliki kommt doch wieder zurück.

Herr Turin: Dann lebe ich hoffentlich nicht mehr.

Schwester Barbara, die große Barbara, geht durch den Garten. Wie immer blickt sie zu Boden und schaut nur auf, wenn es ein Hindernis oder ein Mensch, den sie grüßen muss, unbedingt erfordert. Lächeln hat Herr Turin die große Barbara nie gesehen. Sie hebt sogar die Hand zum Gruß, nur weiß Turin nicht, ob es Katharina gilt oder ihm. Barbara, die Verklemmte. Barbara, die Missmutige.

Herr Turin: Weißt du, wer John Hinckley war?

Katharina Payer: Nein.
Herr Turin: Weißt du, wer Johann Kastenberger war?
Katharina Payer: Nein.
Herr Turin: Weißt du, wer Michael Dukakis war?
Katharina Payer: Nein. Hast du noch Probleme beim Sprechen?
Herr Turin: Nur abends und wenn ich müde bin.
Katharina Payer: Dr. Steinhäuser hat recht gehabt.

Auf solche Sätze wird sie keine Antwort bekommen. Dr. Steinhäuser, der Korrekte.

Herr Turin: Und Ernst Stojaspal und Ernst Probst und die Hitzeschlacht von Lausanne? Und Matthias Sindelar, der Papierene?
Katharina Payer: Ich habe keine Ahnung, was du da redest.
Herr Turin: Ich zähle Namen auf. Donald Trump. Richard Nixon. Dwight D. Eisenhower. Weißt du, wofür das D. in Dwight D. Eisenhower steht?
Katharina Payer: Nein.
Herr Turin: Weißt du, wofür das S. in Harry S. Truman steht?
Katharina Payer: Wer war Harry S. Truman?
Herr Turin: Vergiss es, Katharina Payer.
Katharina Payer: Und Robert Turin.
Herr Turin: Und Sigmund Freud.
Katharina Payer: Und Anna Freud.

Was für Blumen müssen das sein, die ein solches Paar neben sich ertragen. Und was für Bienen, die bei einem solchen Gesumme das Bienensterben vergessen.

Herr Turin: Stimmt es, was du mir am 21. Jänner leicht beschwipst versprochen hast?
Katharina Payer: Dass ich dich in die Schweiz fahre?

Wenn du das willst, tu ich es. Aber bitte sprich hier im Heim nicht darüber. Auch mit mir nicht.

HERR TURIN: Hast du einen Führerschein?

KATHARINA PAYER: Natürlich. Was soll denn diese Frage jetzt? Natürlich habe ich einen Führerschein.

HERR TURIN: War nur ein Scherz.

KATHARINA PAYER: Ich habe dir mein Wort gegeben. Aber du musst wissen, dass das Ganze nicht nur für dich schwierig ist, sondern auch für die anderen.

HERR TURIN: Bring mich nicht zum Weinen, hübsches Kind. Ich soll jetzt wieder stärker werden und nicht schwächer.

KATHARINA PAYER: Was willst du tun?

HERR TURIN: Ich fahre heute in das Einkaufszentrum.

KATHARINA PAYER: Die Shoppingmall? Ich war noch nie dort.

HERR TURIN: Dort gibt es Mülltonnen, Obdachlose und Raucherzonen. Nicht nur Blumen, Frischluft und Bienen.

Katharina lacht. Sie steht auf und geht vor. Wenn es kühler ist, trägt sie über dem T-Shirt eine graue Strickweste. Herr Turin muss lachen, als er sieht, dass Katharina Crocs trägt, diese Plastikschlappen, die Primarärzte, Apotheker, Gärtner, Putzfrauen und Obdachlose tragen. Die beiden betreten die Eingangshalle. Nur aus dem Augenwinkel schaut Herr Turin in die neue Cafeteria mit den beiden Streifenhörnchen. Er hat nicht vor, je wieder dorthin zu gehen, aber er hat sich in den letzten Wochen und Monaten schon so viel vorgenommen, und doch ist es immer anders gekommen. Was Herrn Turin gefällt: dass er spürt, wie die Augen der Pfleger und Putzfrauen sich sofort auf das ungleiche Paar heften. Herr Turin weiß, was im Heim geredet wird. Und so wird er immerhin noch zu einem Helden, obwohl er Donald Trump nicht ermordet hat.

Schwester Aliki: Herr Turin hat viele Verehrerinnen.

Schwester Michaela: Wer war denn die, die letzte Woche hier war? Die mit dem Bindfaden?

7. kkkijjjjjjjjjjjjjjjjjjjjjjjjjjjjjjjjjjjj

Die Schwestern sind über Herrn Turins tägliche Ausgänge erstaunt. Und auch wenn es ihm schwerfällt, sich dafür zu motivieren, zwingt sich Herr Turin täglich dazu, das neue Einkaufszentrum zu besuchen. *Einkaufszentrum* ist wohl der falsche Ausdruck: Es ist eine Halle, in der es ein Café, einen Geldautomaten, eine Trafik und fünf oder sechs Geschäfte gibt. Nach dem Schließen der Geschäfte, Montag bis Freitag um 20:00 Uhr, wird die gesamte Halle abgesperrt.
In dem kleinen Café ist Herr Turin bereits so etwas wie ein Stammgast. Man bringt ihm sein Getränk, ohne dass er bestellen muss. Und er führt regelmäßig Gespräche mit dem Betreiber des Cafés und anderen Stammgästen. Alle diese Gäste tun so, als würden sie einander seit Jahrzehnten kennen. In der Mitte der Halle befindet sich ein Springbrunnen, ein hässliches Ding, das immer plätschert. Daneben befinden sich zwei Sitzbänke, auf denen meist Obdachlose oder Betrunkene sitzen. Die Mitarbeiter der Sicherheitsfirma müssen die, die dort sitzen und möglicherweise eingeschlafen sind, nach draußen bringen, bevor sie die Halle schließen. Es gibt noch einen kleinen Treppenaufgang. Turin hat keine Ahnung, wohin diese Treppe führt, denn es gibt keine Geschäfte im oberen Stockwerk. Vielleicht Toiletten oder Büros. Hinter diesem Treppenaufgang ist ein toter Winkel, dort steht ein Müllbehälter, der dazu auffordert, Papier, Metall und Restmüll in verschiedene Unterteilungen zu werfen. An der Seite des Treppenaufgangs ist eine Tür. Vielleicht ist dahinter eine Kammer, in der der Putzdienst seine Geräte verstaut. Vom Betreiber des Cafés

weiß Turin, dass der Putzdienst um 05:00 Uhr morgens kommt.
Das Wetter macht die Sache noch schwieriger. Die Schwestern neigen dazu, ihn zu warm anzuziehen. Protestiert Turin am nächsten Tag und nimmt die dünne Jacke, friert er tatsächlich und hat Angst, dass er wieder einen Harnwegsinfekt bekommt. Außerdem hat er seit dem letzten Schub beim Sitzen Schmerzen im Genick und in den Schultern. Schwester Jessy hat dieses Problem gelöst, indem sie ein Kissen zwischen seinen Nacken und die Rückenlehne gesteckt hat. Das hilft zwar, aber erstens ist das Kissen zu dick und zweitens rutscht es bei der geringsten Vorwärtsbewegung nach unten, und Herr Turin tut sich schwer, es wieder nach oben zu drücken. Schließlich brachte Irene ein Kissen von zu Hause, ein kleines Kissen, das sie vor fast zwanzig Jahren genäht hatte. Auf dem Kissen steht *kkkijjjjjjjjjjjjjjjjjjjjjjjjjjjjjjjjjjj*. Damals, als Irene dieses Kissen genäht hat, ist Dukakis immer auf dem Schreibtisch neben der Tastatur gesessen, und manchmal landete sein Schwanz oder eine Pfote auf der Tastatur und gab Zeichenkombinationen ein, die Turin in einer Datei gesammelt hat. Eine dieser Kombinationen war: *kkkijjjjjjjjjjjjjjjjjjjjjjjjjjjjjjjjjjj*. Irene brachte dieses Pölsterchen, und Jessy nähte die oberen Zipfel des Kissens an den Stoffbezug der Rückenlehne des Rollstuhls, sodass es nicht verrutschen konnte. So ist es Turin nun möglich, das Einkaufszentrum zu besuchen, obwohl er sich dazu überwinden muss und obwohl sich die Schwestern über den Geruch von Zigarettenrauch und Fritierfett in seiner Kleidung beschweren. Die kleine Barbara, die dachte, dass Turin seit zwei Monaten nicht mehr trinkt, bemerkt bald, dass seine alkoholfreie Phase offenbar nicht

ganz so alkoholfrei ist. Aber Robert Turin findet Gefallen an seinen täglichen Erlebnissen. Natürlich hat Turin auch Angst vor dem Weg dorthin. Er hat Angst, dass der Rollstuhl umkippen könnte, denn all diese Auffahrten und Rampen sind nicht gut konstruiert. Er hat Angst, dass man den Gehsteig auf der Seite des Heims eines Tages für eine Baustelle aufgraben wird, sodass der barrierefreie Weg zum Einkaufszentrum unterbrochen sein könnte. Und er hat Angst, dass man ihn beim Zusperren vergessen könnte und er die Nacht dort verbringen muss. Dennoch macht sich Turin nun seit mehreren Tagen schon nach dem Abendessen auf, um ins Einkaufszentrum zu fahren. Kurz nach 20:00 Uhr kehrt er dann zurück. Den Schwestern ist das ganz recht, sie kümmern sich inzwischen um die anderen Patienten und können Turin später zu Bett bringen. Außerdem schläft er seither länger.
Zum großen Amusement der Schwestern imitiert Turin Menschen, die er im Café beobachtet oder kennengelernt hat. Besonders Jessy hört diese Geschichten gerne, etwa die von dem Herrn, dessen Onkel an Billardmeisterschaften teilgenommen haben soll und bei jedem Turnier im Hotelzimmer nur mit seinem Queue ins Bett gegangen ist, weil er behauptet hat, dass der Queue sonst über Nacht von seinen Gegnern manipuliert würde. Ein anderer Mann heißt Herr Bratfisch. Er behauptet, er sei der direkte Nachfahre des Kutschers von Mary Vetsera und erzählt alle möglichen Geschichten über die Habsburger. Und ein dritter Stammgast des Cafés sitzt dort den ganzen Tag vor einem Bierglas, redet nicht und schläft immer wieder ein. Wenn er dann aufwacht, spricht er nur in Satzanfängen, die eigentlich nichts bedeuten. Diese Satzanfänge gefallen Jessy besonders. Jessy liebt es, wenn

Turin Menschen imitiert; es erinnert sie an ihre ersten Jahre in Österreich, als sie mit niemandem sprechen konnte, weil sie die Menschen nicht verstanden hat.

SCHWESTER JESSY: Und Frauen gibt es keine in diesem Café?

HERR TURIN: Wenige. Sie müssen einmal mitkommen, Schwester Jessy.

SCHWESTER JESSY: Ich glaube, Ihre Erzählungen sind besser, als es mir dort gefallen würde.

Am ersten Mai bleibt das Einkaufszentrum geschlossen. Am Donnerstag darauf fährt Turin schon am Nachmittag hin, um eine Glückwunschkarte für Aliki zu besorgen. Alikis Abschied am Freitag ist unspektakulär: Einen Umtrunk gibt es nicht. Aliki trinkt wegen ihrer Schwangerschaft keinen Alkohol, und Schwester Barbara sieht solche Feierlichkeiten ohnehin nicht gern. Und so geht Aliki von Zimmer zu Zimmer und verabschiedet sich.

SCHWESTER ALIKI: Herr Turin, bleiben Sie brav!

HERR TURIN: Sie gehen?

SCHWESTER ALIKI: Schwester Barbara sagt, ich darf ausnahmsweise schon um drei weg. Besuchen Sie heute wieder Herrn Bratfisch?

HERR TURIN: Nein, ich bin nicht so in Form. Ich habe etwas für Sie, Schwester Aliki.

Herr Turin gibt Aliki das Kuvert, Aliki bedankt sich. Das letzte Mal betrachtet er das Piercing in ihrer Nase. Er hofft, dass der Abschied schnell vorbei ist.

HERR TURIN: Machen Sie es gut im Leben, besser als ich! Und passen Sie auf den jungen Mann in Ihrem Bauch auf!

SCHWESTER ALIKI: Woher wissen Sie denn, dass es ein Mann ist?

Herr Turin: Das sieht man doch. Gut, dass ich Ihnen begegnet bin.

Schwester Aliki: Aber Herr Turin, wir sehen uns ja wieder. Ich komme zurück.

Herr Turin schweigt. Aliki steht etwas hilflos mitten im Zimmer. Sie will nur weg von hier, das kann Turin deutlich erkennen. Sie lächelt ihm zu und zwinkert. Dann verlässt sie sein Zimmer und geht zur alten Kupelwieser.

Schwester Aliki: Frau Professor, ich komme, um mich zu verabschieden.

Sechster Teil

Chinmoku

1. Die allwissende Müllhalde

Nach dem Frühstück fährt Turin mit dem Rollstuhl zum Stationsstützpunkt, um den Dienstplan zu studieren. Die alte Kupelwieser steht auch dort, aber Turin bezweifelt, dass sie auf diese Distanz lesen kann.

HERR TURIN: Guten Morgen, Frau Kupelwieser.

FRAU KUPELWIESER: Frau Professor, bitte. Frau Professor Kupelwieser.

HERR TURIN: Ihr Sohn ist doch der Psychologe Kupelwieser.

FRAU KUPELWIESER: Psychiater. Psychiater, bitte. Das ist ein haushoher Unterschied.

HERR TURIN: Ich weiß. Der Psychologe ist diplomierter Wissenschafter, und der Psychiater eigentlich ein ganz normaler Arzt.

FRAU KUPELWIESER: Facharzt. Ein Facharzt.

HERR TURIN: Ein Arzt, der nicht will, dass ihn Kranke aufsuchen.

Oft kommt er ja nicht, der Sohn, der Fernsehstar, der in den Nachrichtensendungen nach Amokläufen, Flugzeugabstürzen und Terroranschlägen erklärt, wie sich die Opfer fühlen und dass sie im Zentrum stehen. Aber nett ist er, der Sohn der unnetten Frau Nicht-Professor, das muss Turin immer wieder feststellen. Turin schaut, wann Nata Dienst hat, als ein junger Pfleger lächelnd auf ihn zukommt.

DER PFLEGER: Herr Turin, ich war Sie drei Mal besuchen im März, aber Sie haben immer geschlafen.

Jetzt erst erkennt Turin, dass es Marcus ist, der Zivildiener Marcus, dessen Zivildienst bereits zu Ende sein müsste.

HERR TURIN: Herr Marcus, ist denn der Zivildienst auf zwei Jahre verlängert worden? Und warum sind Sie als Krankenschwester verkleidet?

HERR MARCUS: Ich mache jetzt die Ausbildung zum Diplomkrankenpfleger. Und zwanzig Stunden die Woche arbeite ich hier.

HERR TURIN: Hat es Ihnen so gut gefallen, dass Sie den Rest Ihres Lebens hier verbringen möchten?

HERR MARCUS: Ich bin auf Station 6.

HERR TURIN: Kommen Sie doch kurz mit auf mein Zimmer.

Wie kommt man auf die kranke Idee, die Wirtschaftsinformatik für den Pflegeberuf aufzugeben? Andererseits ist Turin froh: Nachdem die Cafeteria ausgelagert wurde, Aliki weg ist und ihm zahlreiche andere Veränderungen das Leben schwer machen, ist hier wenigstens ein junger Mann, den er schon kennt und mit dem er reden kann.

HERR MARCUS: Ich dachte, Sie kommen einmal mit, Herrn Kelemen besuchen.

HERR TURIN: Das werde ich tatsächlich tun. Setzen Sie sich doch.

Marcus entfernt einen Stuhl am Tisch, damit Turin mit dem Rollstuhl zufahren kann. Dann setzt der junge Mann sich links von Turin.

HERR MARCUS: Gehen Sie noch in die Cafeteria?

HERR TURIN: Nein, nein. Ich war zwei oder drei Mal dort, aber es gefällt mir nicht. Ich war jetzt immer wieder in dieser Shoppingmall, dort gibt es auch ein Café.

HERR MARCUS: Und Sie fahren alleine hin?

HERR TURIN: Das ist gar kein Problem mit dem Rollstuhl.

Herr Marcus: Nun, dort sehen Sie wenigstens … das wirkliche Leben.

Herr Turin: Wenn einen das Pflegeheim nicht genug deprimiert, kann man dort weiterführende Studien betreiben.

Herr Marcus: Sie scheinen wirklich viel zu wissen. Die Schwestern sagen oft zu mir: Fragen Sie Herrn Turin.

Herr Turin: Ich gelte als allwissende Müllhalde. Dabei weiß ich gar nicht mehr, in welcher Fernsehserie die Allwissende Müllhalde vorgekommen ist. Waren das die Muppets oder die Fraggles?

Herr Marcus: Ich weiß es nicht. Aber darf ich die Allwissende Müllhalde etwas fragen?

Herr Turin: Nur zu!

Herr Marcus: Um die Weihnachtszeit war Sie eine Dame besuchen, sehr elegant gekleidet, mit kurzem brünettem Haar. Sie hat nach Ihnen gefragt, und ich habe sie auf die Station geschickt. Es war einen Tag vor Weihnachten, nach Ihrem Geburtstagsumtrunk.

Herr Turin: Ach, das war meine Schwägerin. Christiane heißt sie.

Herr Marcus: Können Sie ihr bitte Grüße von mir ausrichten?

Herr Turin: Wie alt sind Sie denn, mein Lieber?

Herr Marcus: Ich bin achtundzwanzig Jahre alt. Warum fragen Sie?

Herr Turin: Na ja, Christiane ist vierzig, das sage ich Ihnen gleich. Und sie hat zwei Ehen hinter sich.

Herr Marcus: Ich will ja nur, dass Sie ihr meinen Gruß ausrichten.

Was Turins Aufmerksamkeit nicht alles entgangen ist! Dass dieser junge Mensch sich in so kurzer Zeit für den

Pflegeberuf begeistert hat, dass er jetzt sein Leben umkrempelt und freiwillig hier arbeitet, hat Turin nicht bemerkt. Dass er mit der Beba zwei Worte gewechselt hat und sich jetzt daran erinnert, obwohl es mehr als vier Monate zurückliegt. Es wird Zeit, dass er wieder mit ein wenig mehr Aufmerksamkeit durchs Haus fährt.

Herr Turin: Wie geht es denn unserem lieben Herrn Kelemen?

Herr Marcus: An und für sich hat er den Schlaganfall gut weggesteckt. Aber mit dem Sprechen und der Mobilität, da gibt es leider keine Aussicht auf Besserung.

Herr Turin betrachtet den jungen Pflegeanwärter. Schlank und sportlich wirkt er, die kurzen schwarzen Haare sind aufgestellt. Bestimmt steht er lange vor dem Spiegel und gelt sein Haar täglich, aber er ist ein netter Kerl, er muss ins Schwesternalphabet, da hilft nichts. Die Ehe zwischen der Beba und ihm wird zwar nicht länger als drei Jahre halten, aber dafür wird die Scheidung diesmal kein Drama.

Herr Turin: Wie lange wird denn Ihre Pflegeausbildung dauern?

Herr Marcus: Drei Jahre. Sicher wird die Pflege im Haus in den nächsten Jahren modernisiert werden müssen, auch wenn die Damen das nicht gerne hören.

Ständig blickt Marcus nach der halb offenen Tür, immer in Sorge, dass jemand mithört.

Herr Turin: Das meint Katharina … also Frau Dr. Payer ja auch.

Herr Marcus: Sicher. Nur glaube ich, dass es besser kommt, wenn die Stationsschwestern es von einem normalen Pfleger hören und nicht von einer Akademikerin, von der sie sich nur kontrolliert fühlen.

Herr Turin: Sie machen Ihren Weg, Herr Marcus.

Herr Marcus: Kommen Sie doch einmal Herrn Kelemen besuchen. Er freut sich, auch wenn er das nicht mehr so sagen kann.

Herr Turin: Ich komme, natürlich komme ich. Aber Sie wollen doch jetzt noch nicht gehen. Leider kann ich Ihnen nichts zu trinken anbieten.

2. Vergessen

HERR TURIN: Wo ist Nata?

SCHWESTER MICHAELA: Der Tagdienst ist längst nach Hause gegangen, Herr Turin.

HERR TURIN: Ist es schon so spät?

SCHWESTER MICHAELA: Fast 22:00 Uhr.

Und mit wenigen Handgriffen zieht Schwester Michaela Herrn Turin aus dem Rollstuhl hoch, dreht ihn zur Seite, setzt ihn auf das Bett und legt ihn hin. Der Harnbeutel wird rechts an das Bett gehängt. Michaela ist die pragmatischste von allen Schwestern. Herr Turin konnte nie ein Verhältnis zu ihr aufbauen. Warum eigentlich nicht? Ohne sie wäre er nun die ganze Nacht im Rollstuhl gesessen. Vier Stunden war er praktisch unentdeckt hier gestanden.

DIE BEBA: Halt den Körper gut warm und schau, dass man dich sechs bis acht Stunden nicht findet.

Waren es sechs bis acht oder vier bis sechs Stunden? Turin erinnert sich nicht.

SCHWESTER MICHAELA: Sie müssen todmüde sein.

HERR TURIN: Todmüde.

SCHWESTER MICHAELA: Also, schlafen Sie gut. Und lang. Ich sage der Morgenrunde, dass sie Sie als Letzten drannehmen. Dann haben Sie ein wenig Ruhe.

Nach Hause, nach Hause,
nach Hause fahren wir.
Und wenn Marcus nicht mehr kann,
dann kommt sofort Michaela dran.
Nach Hause, nach Hause,
nach Hause fahren wir.

Der nächste Dienstag wird genau so sein, wie der heutige

Mittwoch war. Das ist die Chance. Turin schaut mit letzter Kraft auf den Kalender des Tablets. Dienstag, 16. Mai 2017, das geht. Einmal muss Herr Turin die Beba nächste Woche noch anrufen. Dabei muss er fröhlich und aufgeweckt klingen. Er wird ihr von Herrn Marcus erzählen und dass sich der ehemalige Zivildiener gerne an sie erinnert. Vielleicht kann er wirklich ein Treffen zwischen den beiden arrangieren.

Schwester Michaela: Gestern hätte der Tagdienst beinahe auf Herrn Turin vergessen.

Katharina Payer: Die Pflegeroutinen sind einfach zu chaotisch. Jede Station hat ihre eigenen Regeln, die von der Stationsschwester vorgegeben werden. Wenn eine Schwester Aushilfe macht, weiß sie nicht, wie die Einteilung genau getroffen wird. Hier müssen wir gegensteuern und ein einheitliches System schaffen, damit es nicht wieder zu einem gravierenden Fehler kommt. Selbstverständlich sollte dieses System von einer Gruppe erfahrener Pflegerinnen entworfen werden.

Schwester Margit: So etwas haben wir bisher nicht gebraucht, und wir werden es auch in Zukunft nicht brauchen. Die einzelnen Stationen sind eben grundverschieden.

Die kleine Barbara: Herr Turin ist kein gutes Beispiel. Man weiß nie, wo er sich aufhält. Er ist dafür selbst verantwortlich.

Katharina Payer: Die Schwestern haben bettlägerige und immobile Patienten am liebsten, weil sie sich nicht wehren können. Es ist aber unsere Aufgabe, Mobilität zu fördern und zu erhalten.

Noch einmal ruft Turin Schwester Michaela. Schon auf

dem Gang hört er ihre Schritte, sie schleifen über den Boden.

Schwester Michaela: Das nächste Mal kostet es etwas.

Herr Turin: Bitte geben Sie mir noch Früchtetee.

Schwester Michaela: Die Schnabeltasse ist doch ganz voll, Herr Turin.

Herr Turin: Nicht in die Schnabeltasse, in eine normale Tasse.

Schwester Michaela: Sie trinken doch immer aus der Schnabeltasse.

Herr Turin: Ich möchte bitte Früchtetee in einer normalen Tasse.

Noch vor wenigen Minuten hat er Schwester Michaela leidgetan, weil man ihn offensichtlich vergessen hatte, nun ist ihr klar, warum niemand zu ihm gehen wollte. Seine Laune ist wieder einmal schlecht, niemand will ihn so ertragen. Manche Schwestern sitzen dann weinend am Stationsstützpunkt. Schwester Michaela hat noch nie geweint. Sie bringt eine Tasse und füllt sie mit Früchtetee, und zwar fast bis zum Rand.

Schwester Michaela: Besser?

Herr Turin: Viel besser, Schwester. Viel besser.

Schwester Michaela: Sie müssen es wissen.

Herr Turin: Manche Dinge haben einfach einen viel zu großen Schnabel. Das gibt es ja auch beim Menschen.

Solche Anspielungen versteht Schwester Michaela nicht. So rührend, wie sie sich gerade um ihn gekümmert hat, so ungerührt geht sie nun.

Schwester Michaela: Brauchen Sie noch etwas?

Herr Turin: Nein, danke, Schwester. Gute Nacht.

Als Turin Schwester Michaela davongehen sieht und bedenkt, dass er ohne sie die ganze Nacht im Rollstuhl gesessen wäre, bekommt er plötzlich Angst vor ihr.

Nach Hause, nach Hause,
nach Hause fahren wir.
Und wenn die Beba nicht mehr kann …

3. Der Rollstuhlattentäter

Herr Turin hat Katharina ein SMS geschrieben, um zu fragen, ob sie mit ihm zu Herrn Kelemen geht. Sie hat leider abgelehnt. Turin hat kein gutes Gefühl, irgendetwas stimmt mit Katharina nicht. Dennoch geht Turin jetzt selbst. Es ist ja nicht weit, er muss nur zwei Stockwerke höher, und er fragt sich, warum er das nicht öfter macht. Wenn es nur zwei Stockwerke sind, kann er während der gesamten Fahrt den Atem anhalten. So bekommt er den Geruch der Cremesuppen nicht in die Nase.

Schon auf dem Gang begegnet er Schwester Dorothea, der Leiterin von Station 6.

SCHWESTER DOROTHEA: Sie sind Herr Turin, richtig?

HERR TURIN: Richtig, Schwester Dorothea. Ich wollte Herrn Kelemen ein wenig Gesellschaft leisten.

SCHWESTER DOROTHEA: Das ist lieb von Ihnen. Gehen Sie nur hinein. Zimmer 604.

HERR TURIN: Sagen Sie, ist Herr Marcus heute im Dienst?

SCHWESTER DOROTHEA: Der müsste jeden Moment hier sein. Ein sehr ehrgeiziger junger Mann.

HERR TURIN: Bekommt Herr Kelemen noch Besuch von seiner Nichte?

SCHWESTER DOROTHEA: Ja, sie kommt immer am Wochenende.

Turin fährt in Kelemens Zimmer. Es ist kleiner als das von Turin. In einer Ecke steht der Pflegerollstuhl, der wohl seit vielen Wochen nicht mehr benutzt worden ist. Vielleicht hat man Kelemen zur Christmette oder am Ostermontag in die Kapelle geschoben. Auf der rechten Seite befindet sich das Bett, und dort liegt er auch, so wie bei Turins letzten Besuchen. Kelemens Gesicht wirkt ein wenig aufgedunsen, die Haut glänzt und sieht ungesund aus. Und rasiert haben sie ihn auch nicht.

HERR TURIN: Herr Kelemen, guten Tag.

HERR KELEMEN: Ja – ja.

Turin kommt vor, dass Kelemen langsamer spricht als früher.

HERR TURIN: Meine Frau lässt Sie grüßen. Sie haben so ein Glück, Herr Kelemen. Der junge Herr von der Cafeteria ist jetzt auf Ihrer Station. Herr Marcus.

HERR KELEMEN: Ja – ja – ja.

HERR TURIN: Der arbeitet ordentlich. Und ich hoffe, er kümmert sich um Sie?

Kelemen rollt den Kopf zur Seite. Er dreht seine Augen nach außen und reißt sie auf. Jetzt kommt ein Laut aus seinem Mund, der definitiv etwas anderes bedeuten soll als Ja. Aber Turin hat keine Ahnung, was Kelemen sagen will.

HERR TURIN: Also, ich dachte immer, der junge Mann, also, als er noch in der Cafeteria war, dachte ich, er hätte ein Auge auf meine Frau geworfen. Tatsächlich hat er aber ein Auge auf meine Schwägerin geworfen. Die ist Ärztin im Allgemeinen Krankenhaus. Jedenfalls hat sie mir Tabletten gebracht, damit man ... verstehen Sie ... es wird dann leichter. In meinem Fall ... ich kann das noch selbst, aber Sie, Herr Kelemen ... ich habe leider nicht die Kraft dazu ... und ich bin hier sicher nicht unbeobachtet. Ich müsste Ihnen die Tabletten geben und dann Ihr Kissen nehmen, verstehen Sie? Und dieses Kissen drei oder vier Minuten fest gegen Ihren Mund und Ihre Nase drücken. Ich schaffe das nicht. Leider. Aber Sie wären erlöst.

HERR KELEMEN: Ja – ja – ja – ja – ja.

Herr Turin: Also, nicht böse sein, ich kann das nicht. Mir sagt meine Frau auch immer: Ich kann das nicht. Es ist schrecklich, dass sich niemand um uns kümmert. Das alte Gemüse lässt man vor sich hin rotten. Eine seltsame Idee von Menschlichkeit ist das.

Herr Kelemen: Ja – ja.

Herr Turin: An mir liegt es nicht, ich würde Ihnen meine Tabletten geben. Ich brauche sie nämlich nicht. Ich fliege nach Amerika und verübe dort ein Selbstmordattentat. Ich gebe Trump die Hand, und dann geht der Sprengstoff in meinem Rollstuhl los. Hier in der linken Armlehne ist er versteckt. Aber es geht mir gar nicht um Trump; er ist kein größerer Trottel als Reagan oder beide Bush. Nein, es geht um uns. Ich werde die Weltöffentlichkeit auf unsere Sache hinweisen, und ich werde Sie namentlich erwähnen, Herr Kelemen. Der Mann, der für Mary Quant Stoffe hergestellt hat, liegt jetzt hilflos in einem Heim in Wien. Inzwischen könnten Sie eines tun, Herr Kelemen. Sie könnten auf meinen Kater aufpassen. Er ist das Einzige, was mir von früher geblieben ist. Und er spricht. Er wird Sie gut unterhalten.

Herr Kelemen: Ja – ja – ja – ja.

Herr Turin: Trump ist gerade in Saudi-Arabien und verkauft Waffen um Milliarden. Die Saudis geben diese Waffen sofort an den Islamischen Staat weiter. So viel zum Kampf gegen den Terror. Der neue Feind ist jetzt der Iran. Sie können sich bestimmt noch erinnern, als Ronald Reagan Waffen an den Iran verkauft hat, trotz des Embargos. Dafür sind sogar hohe Militärs verurteilt worden; Reagan nicht, denn er konnte sich an nichts erinnern. Er hatte ja seine beiden Amtszeiten hindurch Alzheimer. Etliche Militärs sind für diesen Waffendeal verurteilt worden. Doch ein Jahr später war Bush Präsident und hat sie alle begnadigt. Reagan ist das Vorbild von Donald Trump. Also wird auch er bald Waffen an den Iran verkaufen. Und wissen Sie was: Es wird niemand stören. Einen Tag kann man es in den Medien lesen, dann ist es wieder vergessen. Denn Menschen wie Sie und mich, Menschen, die sich an früher erinnern, gibt es keine mehr. Auch über mich werden sie nur einen Tag lesen können: der Rollstuhlattentäter. Und dann wird es still sein um mich. Ganz still.

Es klopft an der offenen Tür. Marcus. Er sieht ungewohnt aus im Outfit eines Pflegers.

Herr Marcus: Herr Turin, wie schön. Ein Besuch.

Herr Turin: Wir reden gerade über die Achtzigerjahre, Herr Kelemen und ich.

Herr Marcus: Reden Sie weiter, ich höre gerne zu.

Herr Turin: Herr Kelemen passt auf meinen Kater auf, während ich auf Reisen bin. Es wird eine lange Reise, aber ich habe eine Menge Katzenfutter besorgt.

Herr Marcus: Ich verstehe.

Herr Turin: Sie füttern ihn morgens und abends, das reicht. Eine Tasse Nassfutter jeweils. Sehen Sie zu, dass er immer frisches Wasser und genug Trockenfutter hat. Meine Schwägerin kommt hin und wieder, um nach dem Kater zu sehen und Einkäufe zu machen. Ich gebe Ihnen ihre Handynummer. Vielleicht schreibt Herr Marcus sie Ihnen auf.

Herr Marcus nimmt einen Kugelschreiber aus der Brusttasche und sucht nach einem Stück Papier. Auf dem Nachtkästchen von Herrn Kelemen findet er einen kleinen Block mit Haftnotizen.

Herr Turin: Also, sie heißt Dr. Christiane Siewert.

Und nun nimmt Turin das Mobiltelefon, drückt ein wenig herum und liest dann die Nummer laut vor, die Marcus Ziffer für Ziffer aufschreibt.

Herr Turin: Ich werde ihr noch ausrichten, dass Sie anrufen werden. Aber, wie gesagt, Sie werden sie nicht so einfach erreichen, sie ruft Sie aber bestimmt zurück. Und nun mein Lieber, geben Sie gut acht! Wie lautet das alte venezianische Sprichwort? Sei vorsichtig, beim Esel von vorne, beim Pferd von hinten und bei der Frau von allen Seiten!

4. Meist genommenste Särge

Schwester Nata: Hat dir das Essen geschmeckt?
Herr Turin: Was muss ich jetzt sagen?
Schwester Nata: Essbar.

Nata rückt die Teller und das Besteck zurecht, dann nimmt sie das Tablett. Nata gefällt Turin jeden Tag besser. Aber wie viele Tage gibt es noch?

Schwester Nata: Gehst du noch hinaus?

Turin schüttelt den Kopf.

Herr Turin: Geh nur! Du musst doch müde sein. Ich rufe dann die Nachtschwester.
Schwester Nata: Ich habe morgen Nachtdienst. Bis dann.
Herr Turin: Bis dann.

Endlich ist sie weg. Turin ist bereit. Er hat seine Jacke zurechtgelegt, eine Decke und eine Flasche Wein, die er in der Cafeteria gekauft hat. Er fährt zum Bodhibaum und berührt zuerst ein Blatt und dann den Stamm. Die Hindus sagen, dass man einen Bodhibaum nur am Samstag berühren darf. An allen anderen Tagen bringt das Unglück. Heute ist Dienstag. Und Herr Turin kann Unglück gut gebrauchen.

Jetzt aber nichts wie weg. Als Turin durch die Tür fährt, schlägt er mit der flachen Hand gegen den Türstock. Er nimmt sich fest vor, sich nicht umzudrehen, auch wenn man nach ihm rufen sollte. Im Lift begegnet er einer Schwester, die er kennt. Sie macht manchmal Aushilfsdienste auf Station 4. Zu Weihnachten hat er ihr sogar Geld gegeben, das Kuvert, das eigentlich für Dejan gedacht war. Sie grüßt freundlich, er grüßt freundlich, aber ihr Name fällt ihm nicht ein.

Der Weg durch die Halle ist schnell geschafft. Es ist Dienstende, viele Schwestern verlassen das Heim, sie sind mit ihren Gedanken nicht mehr bei den Patienten. Turin rollt mit ihnen mit, fährt dann aber nicht zur Straßenbahn, sondern Richtung Einkaufszentrum. Dort herrscht reges Treiben. Herr Turin fährt ins Café, trinkt drei Veltliner, bis es kurz nach 19:45 Uhr ist. Dann zahlt er und verlässt das Café.

Lange hat Herr Turin überlegt, welchen Ort er wählen soll; es war eine Diskussion, die er mit sich selbst geführt hat. Am Donnerstag davor diskutierte Turin eine ähnliche Frage mit dem Bestattungsamt. Er hat ein Grab gekauft, ein Urnengrab auf dem Zentralfriedhof. Die Dame am Telefon erklärte ihm, dass er einen Sarg für die Kremation und eine Urne für die Beisetzung benötigt. Alles wollte Turin vor seinem Tod klären, vor allem bezahlen. Turin wollte einen günstigen Sarg für seine Einäscherung. Er erklärte der Dame am Telefon, dass er im Rollstuhl sitze und dass es für ihn schwer sei, sie aufzusuchen. Und er frage daher, ob es möglich sei, die Sache per E-Mail zu erledigen. Tatsächlich bekam er am nächsten Tag eine Nachricht mit dem Betreff *Meist genommenste Särge und Urnen*. Turin hat sich für den ~~billigsten~~ günstigsten Sperrholzsarg und eine biologisch abbaubare Urne aus Maisstärke entschieden. Jetzt aber, als Turin aus dem Café im Einkaufszentrum fährt und einen Platz für sein Vorhaben sucht, entscheidet er sich für den toten Winkel unter dem Treppenaufgang.

Herr Turin fährt mit dem Rollstuhl rückwärts so weit wie möglich hinein. Hier wird man ihn nicht so schnell entdecken. Es ist 19:45 Uhr, und Turin hofft, dass seine Abwesenheit auf der Station bis 22:00 Uhr nicht bemerkt

wird. Dann wird man beginnen, ihn zu suchen. Aber man wird ihn nicht finden. Nicht vor morgen, wenn der Wachdienst aufsperrt. Natürlich hat Robert Turin Mitleid mit dem Menschen, der ihn finden muss, aber darauf kann er jetzt keine Rücksicht nehmen. Er wird ein kleines Trinkgeld auf seiner Leiche hinterlassen. Turin nimmt die Tablettenstreifen aus dem Geheimfach in der linken Armlehne des Rollstuhls. Er öffnet den Schraubverschluss der Weinflasche. Er drückt eine Tablette nach der anderen aus dem Streifen, schluckt sie und spült mit einem Schluck Wein nach. Der Wein schmeckt erbärmlich. Wie Irene die neue Cafeteria nur loben kann? Ein Skandal ist das, was man dort geboten bekommt!
Nachdem Turin mit dem ersten Streifen fertig ist, wirft er ihn in den Behälter für den Restmüll, dann beginnt er mit dem zweiten. Er ist schon richtig müde, eigentlich möchte er eine Pause machen. Nein, es muss weitergehen: noch vier Streifen! Es darf ihn hier nur niemand finden. Nach den ersten beiden Streifen blickt Turin auf das Mobiltelefon: 19:53 Uhr. In fünfzehn bis zwanzig Minuten werden die Scherengitter zugehen, da wird er schon gut schlafen. Turin schaltet das Mobiltelefon aus. Die Tabletten drückt er weiter Stück für Stück aus der Verpackung und schluckt sie. Mit dem Wein kommt er nicht wirklich voran. Hat er schon alle Tabletten genommen? Die Decke! Er muss sich zudecken! Die Weinflasche ist kaum halb leer. Er will sie auf den Boden stellen, doch er muss darauf achten, dass sie ihm nicht aus der Hand fällt, sonst könnte er gehört werden. Turin spürt die Müdigkeit. Doch über seine Oberschenkel breitet sich auch ein angenehmes Gefühl. Er hofft, dass die Beba für diese mutige Tat belohnt werden wird. Turin ist ihr dank-

bar, auch für das schöne Schäferstündchen damals im Auto. Die Beba ist eine großartige Frau. Zum Dank darf sie nun den angehenden Pfleger vernaschen. Das hat sie sich verdient.

Wahrscheinlich wäre es noch ein Jahr gegangen. Mit höchster Anstrengung. Ein Jahr, in dem das gesamte Heim an eine Firma ausgelagert, Pflegeroboter eingeführt worden wären, Irene für immer nach Japan gegangen wäre, die Beba zum dritten Mal geheiratet hätte … ein Jahr, in dem Schwester Michaela Brüste gewachsen wären … aber warum … auch sie schwanger … alle Schwestern wären schwanger geworden in diesem Jahr … für ihre Kinder muss später Arbeit gefunden werden … Katharina wäre schwanger geworden … von zwei Männern … sie streiten um die Vaterschaft, der eine, dessen Name Turin vergessen hat, und der andere, dessen Name Turin niemals gewusst hat … ohnehin besser so … Katharina soll keine anderen Männer neben ihm haben … diese Nebenmänner … sind wie Nebenhöhlen … nur für Entzündungen gut … am Ende sieht man wohl nicht … Katharina muss … raus dort … nichts wie raus dort … aber aufpassen … ~~die Katze ist weg~~ … die Katze … ~~Schwester Michaela wird so schnell nicht nach Turin sehen~~. Die Lichter … ~~die Lichter werden~~ … zuerst werden die Scherengitter geschlossen … Dukakis ist bei Herrn Kelemen gut aufgehoben … Irene wird sehr wütend sein … die Methode des französischen Fensters ist überholt und konnte sehr stark verbessert werden … dank der neuesten Forschung von Frau Dr. Siewert … ~~wenn die Haifische um das Boot der Beba kreisen~~ … wenn Nata nun endlich diesen Mann loswird und diese Kinder außer Haus gebracht hat … wenn Irene das Konto vom

Hausverkauf auflösen und den Saldo auf ihr Girokonto überweisen kann … denn das Heim muss jetzt nicht mehr … nur mehr für die Einäscherung … für die Einäscherung muss ein Sarg gekauft werden … und die Urne … biologisch abbaubar … 190 Euro … ich habe es gegoogelt … Dr. Steinhäuser rät ab … Googeln ist ungesund … ~~dafür ist genug~~ … und Katharina … das könnten die Scherengitter sein … ~~die Geräusche erinnern aber an~~ [redacted] … das Halsband der ~~Negerin~~ … der [redacted] Schwester … Name vergessen … auf beiden Seiten … ~~auf beiden Seiten tut sich nichts~~ … bis heute weiß ich nicht … ein Leben lang Schuhprobleme … und in einem … Name vergessen … in einem Traum … das kann kein Traum sein … Amerika wird wieder groß … ~~wenn die Bombe~~ … im Fernsehen wird Dr. Kupelwieser … wie es dazu … der kombinierte [redacted] … denn eine Katze hat neun Leben … oder sieben … sieben oder neun … habe ich Katharina nicht gesagt … nur mehr diese Stimme … wer hat mir diesen idiotischen Namen … was soll das ständige *Herr* vor meinem Namen … ich heiße … Robert … das reicht … mehr muss man nicht … dieses idiotische *Herr* … weg … weg … weg …

5. Per sofort

Ein Glück, dass Herr Marcus noch da war, sagen sie. So ein Glück! Herr Turin blickt kurz auf. Er kennt den Mann vor sich. Wer auch immer es ist, Turin hasst diesen Mann.

Herr Turin: Haben Sie mir das angetan?

Turin ist hellwach. Er liegt im Bett. Pfleger Bernhard kommt ins Zimmer, doch anstatt mit der Pflegerunde zu beginnen, geht er gleich wieder und ruft laut.

Pfleger Bernhard: Er ist wach!

Der schrecklichste Tag in Herrn Turins Leben ist der 17. Mai 2017. Es erwartet ihn nun eine Armee von Psychiatern. Das heißt, Armeen bilden sie nicht, dafür aber konzentrische Kreise.

Dr. Steinhäuser:

Die Hinweise auf die Suizidalität des Patienten sind seit Monaten nicht zu übersehen.

Es ist ihm auch beim zweiten Versuch nicht gelungen, sein Leben zu beenden.

Doch anstatt eines Arztes kommt Schwester Margit.

Schwester Margit: Herr Turin, wie geht es Ihnen?

Herr Turin: Nächste Frage.

Schwester Margit: Wissen Sie, wo Sie sich befinden?

Herr Turin: Ich möchte bitte mit Frau Dr. Payer sprechen.

Schwester Margit: Das ist leider nicht möglich.

Herr Turin: Warum ist das nicht möglich?

Schwester Margit: Das erklären wir Ihnen später, jetzt haben wir andere Sorgen.

Herr Turin: Sie schicken mir sofort Frau Dr. Payer, verdammt noch einmal!

Schwester Margit: Sie sind der Letzte, der jetzt anderen Befehle erteilt!

Herr Turin: Raus mit Ihnen! Sie haben auf dieser Station nichts zu sagen.

Langsam blickt Herr Turin sich um: Es ist sein Zimmer, Zimmer 409. Der Bodhibaum ist da, er hat kein Unglück gebracht. Oder doch: Er hat sogar sehr viel Unglück gebracht. Herr Turin sucht sein Mobiltelefon, er hat es in die rechte Tasche der Trainingshose gesteckt. Er schaltet es ein und gibt die PIN ein. Nach und nach tauchen sie auf, die entgangenen Anrufe von gespeicherten und nicht-gespeicherten Nummern.

Die Tür zu Turins Zimmer ist geschlossen. Das hat Schwester Margit absichtlich getan. Warum kommt denn niemand? Was ist, wenn er trinken oder essen will? Die Schnabeltasse mit dem Früchtetee steht auf dem Nachtkästchen, wie immer. Turin macht einen Schluck. Der Früchtetee schmeckt erbärmlich, wie immer. Ohne Zucker ist er gar nicht hinunterzubekommen. Es ist niemand da. Herr Turin wählt Irenes Nummer.

Irene Turin: Ich bin bei Schwester Barbara, ich komme später zu dir.

Und schon hat sie aufgelegt. Irene ist bei Schwester Barbara. Der kleinen oder der großen? Das wäre jetzt wichtig zu wissen. Wahrscheinlich werden gerade die Papiere unterschrieben, die Herrn Turin in die geschlossene Psychiatrie bringen. Er ist selbstmordgefährdet, das Pflegeheim kann für ihn keine Verantwortung mehr übernehmen. Es ist 10:36 Uhr. Turin fehlen etwas mehr als vierzehn Stunden. Hat er nicht herrlich geschlafen? Hat er nicht von Irene und Katharina und der Beba geträumt? Hat er ihnen nicht das Beste für dieses Leben gewünscht?

Es klopft. Dr. Steinhäuser. Was er hier zu suchen hat, ist Turin völlig unklar.

Dr. Steinhäuser: Herr Turin, ich bin zufällig im Haus. Aber man hat mich gebeten, nach Ihnen zu sehen. Sind Sie müde?

Herr Turin: Sehr müde, sehr müde. Seit Jahren sehr müde.

Dr. Steinhäuser: Ja, das geht vorbei. Sie haben da ein Beruhigungsmittel genommen, eine etwas höhere Dosis. Haben Sie das von hier?

Turin hat keine Lust, sich von diesem Affen verhören zu lassen.

Dr. Steinhäuser: Dazu Chloroquin. Das ist ein Medikament, das zur Malariaprophylaxe und gegen Rheuma eingesetzt wird. Haben Sie sich das im Internet besorgt?

Herr Turin: Was ist denn schiefgegangen?

Dr. Steinhäuser: Wir freuen uns alle, dass Sie noch am Leben sind, Herr Turin. Aber wir müssen mehr darauf achten, dass Sie keinen Unsinn machen. Sie hätten beinahe eine letale Dosis eingenommen.

Ist die Beba schuld? Oder hat er nicht alle Tabletten geschafft, weil er eingeschlafen ist?

Dr. Steinhäuser: Der junge Herr hier – ich höre, dass er erst die Pflegeausbildung macht –, der junge Herr hat geahnt, wo Sie sich befinden. Er hat Ihnen das Leben gerettet. Und er konnte auch die Medikamentenpackungen sicherstellen. Wir verzichten auf eine Einweisung. Die Heimleitung hat großes Interesse, kein Aufsehen zu erregen. Zu Ihnen kommt heute eine Kollegin von der Psychiatrie.

Herr Turin: Ich muss in die Klapsmühle.

Dr. Steinhäuser: Sie sollten sich jetzt ausruhen. Wir werden uns in den nächsten Wochen nochmals Ihre Schmerztherapie ansehen. Ich bin sicher, dass wir Verbesserungen vornehmen können. Wie ist es denn jetzt bei Ihnen mit dem Alkohol?

Herr Turin: Ich trinke täglich vier bis acht Gläser Wein. Ich bin Alkoholiker.

Dr. Steinhäuser: Wissen Sie, das Suchtverhalten spielt für mich in Ihrem Fall keine wichtige Rolle. Aber die Wechselwirkung von Schmerztherapie und Alkohol ist zu beachten. Die Stationsschwester hat mir erzählt, dass Sie zwei Monate lang ganz auf Alkohol verzichtet haben. Wie war die Wirkung?

Herr Turin: Alles war genauso wie vorher, nur ein wenig schlechter.

Dr. Steinhäuser: Also, fürs Erste kommt einmal die Kollegin von der Psychiatrie.

Herr Turin: Herr Doktor! Was ist mit Frau Dr. Payer?

Dr. Steinhäuser: Sie meinen Frau Baccalaurea Payer? Herr Turin, ich bin kein Mitarbeiter dieser Einrichtung. Mir wurde mitgeteilt, dass Frau Payer per sofort dienstfrei gestellt wurde. Über alles Weitere sollte Sie jemand aus dem Haus informieren. Das sind doch wohl Interna, würde ich meinen.

Herr Turin sitzt da und wartet. Er wartet auf Irene. Er wartet auf eine bisher namenlose Psychiaterin. Es wird ein schrecklicher Tag werden. Ab heute wird jeder Tag in diesem Heim schrecklich werden. Die kleine Barbara traut sich nicht einmal mehr in sein Zimmer. Sie hat alles delegiert: Sie hat Schwester Margit vorgeschickt und diesen Dr. Steinhäuser, der wohl aufgrund seiner rhetorischen Fähigkeiten zum Ehrendoktor ernannt wurde. Tu-

rin muss lachen: per sofort dienstfrei. Hinausgeworfen, so könnte man es auch nennen. Aber warum?
Die Schnabeltasse ist leer. Turin ist hungrig, er spürt es, der Magen knurrt. Und wo ist jetzt die stinkende Cremesuppe? Turin nimmt das Mobiltelefon zur Hand. Er löscht alle entgangenen Anrufe und alle SMS. Dann sucht er nach Katharinas Nummer.

HERR TURIN: Ist es wahr, was sie mir sagen?

KATHARINA PAYER: Ja! Sie haben mich dienstfrei gestellt, weil ich der Gugrell eine gescheuert habe.

HERR TURIN: Eine Ohrfeige?

KATHARINA PAYER: Zwei.

HERR TURIN: Gratuliere!

KATHARINA PAYER: Du bist wieder da?

HERR TURIN: Leider.

KATHARINA PAYER: Ich bin froh, dass du lebst.

HERR TURIN: Ich nicht.

KATHARINA PAYER: Ich weiß. Robert, ich muss Schluss machen. Ich schreib dir bald, wie du mich erreichen kannst.

6. Kein Platz

Zuerst kommt die Psychiaterin. Herr Turin hat sich viel vorgenommen für dieses Gespräch, er will die Dame ganz und gar ignorieren. Erstens wird er sich nie wieder verlieben, denn alle, in die er sich verliebt, kommen ihm doch nur abhanden. Zweitens wird er sich keinen neuen Namen mehr merken.

SCHWESTER ALIKI: Herr Turin, Sie haben so viele Verehrerinnen, da ist kein Platz für mich.

Tatsächlich ist kein Platz mehr. Für niemanden!

Herr Turin beantwortet alle Fragen unwahrheitsgemäß, und schnell ist die Psychiaterin auch wieder draußen. Irene kommt ganz im Businessoutfit. Sie wurde aus ihrer Welt gerissen, mitten unter der Woche, das tut Turin leid. Bestimmt versäumt sie gerade ein wichtiges Meeting mit wichtigen Leuten. Trotzdem ist Irene schön, weil sie an dem, was nun offensichtlich die Stimmung stört, keinen Anteil nimmt.

IRENE TURIN: Hast du keinen Hunger?

HERR TURIN: Doch, aber niemand bringt mir etwas.

IRENE TURIN: Warte, ich sage der Schwester Bescheid.

HERR TURIN: Nein, lass, sie haben genug zu tun. Geh wieder zur Arbeit.

IRENE TURIN: Das geht nicht.

HERR TURIN: Es tut mir leid. Es tut mir leid. Es tut mir leid.

IRENE TURIN: Ich bitte dich nur um eines: Wenn dir die Beba das Zeug gebracht hat, dann halt deinen Mund und erzähl es niemandem. Niemandem! Ihr seid solche Idioten! Und immer haltet ihr alle anderen für dumm. Sie sind aber nicht dumm. Dieser Marcus ist sogar sehr gescheit.

Herr Turin: Dieser Idiot! Hätte er mich nicht gesucht, wäre ich jetzt tot.

Irene Turin: Falsch. Dr. Steinhäuser sagt, du wärst nicht tot. Nicht von dem, was du genommen hast.

Irenes Stimme, ihre Brüste, ihr Haar, alles ist ganz, ganz weit entfernt. Er muss im Internet einen Feldstecher bestellen, wenn er seine Frau je wieder aus der Nähe sehen will. Malaria und Rheuma, zwei Krankheiten, die Herr Turin nicht hat.

Herr Turin: Katharina Payer wurde gekündigt.

Irene Turin: Wer ist Katharina Payer?

Herr Turin: Die Psychologin. Sie wollte dich kennenlernen.

Irene Turin: Du und deine Weiber! Du hast mir nie von ihr erzählt, nicht ein einziges Mal.

Herr Turin: Hat man dir nicht davon erzählt?

Irene Turin: Irgendeine Psychologin wird schon kommen. Du musst jetzt Antidepressiva nehmen. Und du musst eine Therapie machen.

Herr Turin: Wie oft habe ich das alles schon gehört!

Irene Turin: Ich musste alles zusagen, sonst können sie dich nicht hierbehalten. Und ich sage dir eines: Du wirst das alles machen! Alles! Hast du mich verstanden?

Turin ist von Irenes Autorität angetan. Ob sie das in der Arbeit auch so macht? Ob die Männer sie bewundern, wenn sie so herrisch ist?

Irene Turin: Du wirst tun, was sie dir sagen! Egal was, du wirst es tun!

Wenn Irene aufgeregt ist, streckt sie den Rücken durch und hält den Kopf ein wenig schief. Robert Turin hat oft erlebt, dass Irene die Beba und sogar ihre Mutter immer wieder wegen irgendeiner Sache angeherrscht hat. Die Nana, Irenes Mutter, hat dann oft gelacht.

Die Nana: Du bist ja blass wie die Ahnfrau! Schau mich nicht so an, ich bekomme Angst.

Irene Turin: Ich habe lange überlegt. Du kommst wieder nach Hause, und wir beschäftigen zwei Pflegerinnen, das geht sich aus. Melissa und ich würden uns freuen.

Dieses Angebot schmettert Turin nieder. Es ist die deprimierendste aller Aussichten, dorthin zurückzukehren, wo sein wirkliches Leben stattgefunden hat.

Herr Turin: Es ist lieb von dir, aber ich komme zurecht.

Irene Turin: Du versuchst nur jedes halbe Jahr, dich umzubringen.

Sie geht auf Turin zu. Sie hält seinen Kopf mit beiden Händen fest und drückt ihm einen Kuss auf die Lippen.

Irene Turin: Ein wenig bleibst du noch bei uns. Und die Beba hat ab jetzt Besuchsverbot!

Herr Turin: Irene! Christiane hat nichts damit zu tun.

Irene Turin: Ich diskutiere nicht mit dir. Es wird Zeit, dass man dir zeigt, wo die Grenzen liegen …

Herr Turin: Du kannst doch nicht …

Irene Turin: Ich bin noch nicht fertig. Du verursachst mit so etwas jedes Mal ein riesiges Chaos – Chaos im Heim, Chaos in meinem Leben. Und dann verlangst du, dass man einfach nicht mehr davon spricht. Das geht nicht.

Irenes Blick ist wie immer, keine Spur von Verbitterung. Trotzdem wäre es Robert Turin lieber, wenn die Ahnfrau jetzt wieder in der Wand verschwände, aus der sie gekommen ist. Aber die Moralpredigt ist noch nicht vorbei.

Irene Turin: Tu mir einen Gefallen: Versöhn dich mit der Stationsschwester, dieser Brigitte oder wie sie heißt.

Herr Turin: Schwester Barbara? Wir sind ein Herz und eine Seele!

Irene Turin: Na, das klingt mir nicht ganz so. Sie ist verzweifelt und überfordert. Immer schickt sie Schwester Margit, die etwas gegen mich hat. Sie hatte immer etwas gegen mich, warum, weiß ich nicht.

Herr Turin: Barbara und ich sind nicht verfeindet.

Irene Turin: Wie auch immer. Du kannst sehr charmant sein, das habe ich oft erlebt. Sei charmant zu ihr! Sie ist nun einmal die Chefin auf diesem Stockwerk.

Schüler Robert Turin hat nun seine Unterweisungen bekommen. Zur Strafe dafür, dass er wieder zu dumm war, sein Leben zu beenden.

Irene Turin: Und Robert: Ich bin froh, dass du noch lebst. Und die Beba in Wahrheit auch.

Herr Turin: Die Beba hat nichts damit zu tun.

Irene Turin: Das sagtest du schon. Leb wohl!

7. Die Wolken

Die Tage bekommen Bärte, Herr Turin rasiert sich nicht. Das Einkaufszentrum ist für ihn tabu, die Cafeteria auch, er kann nicht mehr mit Katharina sprechen, und er muss zu allem Ja und Amen sagen. Dafür hat er gestern wenigstens erfahren, wie es zu Katharinas Kündigung gekommen ist. Marcus hat ihm die Geschichte erzählt, und obwohl Turin insgeheim den Verdacht hegt, dass Marcus sich über Katharinas Abgang freut, glaubt er ihm.

Nachdem man Turins Abwesenheit am Abend bemerkt hatte, wurde im ganzen Haus nach ihm gefragt. Auch auf Station 6 bei Herrn Kelemen. Marcus hatte dann die Idee, auch das Einkaufszentrum abzusuchen. Man musste erst die Sicherheitsfirma kontaktieren, um sich Zutritt zu verschaffen, aber schließlich war Turin, der bewusstlos in seinem Rollstuhl saß, schnell gefunden. Marcus fand auch die leeren Tablettenschachteln. Natürlich war die große Barbara längst informiert; sie fragte den Notarzt, ob es möglich sei, Turin ins Heim zu bringen, um seinen [redacted] nicht über jenen Personenkreis, der davon wusste (Marcus, Schwester Margit und die diensthabenden Schwestern von Station 4), hinaus bekannt zu machen. Der Notarzt versicherte, dass mit Erbrechen, langem Schlaf und mehrtägiger Müdigkeit des Patienten zu rechnen sei. Turin kann das alles nicht ganz glauben, und er fragt sich, ob ein Notarzt so etwas überhaupt tun darf. Jedenfalls brachte die große Barbara auch Irene und Dr. Steinhäuser dazu, die Sache für sich zu behalten. Einzig Katharina Payer war dagegen.

Im Zimmer von Herrn Turin soll es laut Marcus zu einer Auseinandersetzung zwischen der kleinen Barbara und Katharina gekommen sein. Schreiend seien die beiden Damen aufeinander losgegangen. Schwester Barbara habe etwas gesagt, worauf Katharina Payer ihr eine Ohrfeige versetzt habe. Barbara sei zurückgewichen und habe eine Entschuldigung verlangt. Katharina habe gefordert, dass die kleine Barbara das Gesagte zurücknehme. Marcus ging dazwischen und versuchte Katharina dazu zu bewegen, das Zimmer zu verlassen. Als sie sich umdrehte, um zu gehen, habe Schwester Barbara ihr etwas nachgerufen. Katharina riss sich von Marcus los, stürmte auf Barbara zu und versetzte ihr eine zweite Ohrfeige. Dann ging sie. Barbara Gugrell habe geweint: Sie werde bestimmt ihren Posten als Stationsschwester verlieren, wenn nicht überhaupt ihre Anstellung – und das alles nur wegen Turins [redacted]. Doch am Morgen wurde sie zur großen Barbara gerufen, die den Stationsschwestern mitteilte, dass Frau Dr. Payer gekündigt habe und per sofort nicht mehr im Heim arbeite. Das wisse er von Schwester Dorothea.

Nach dem Mittagessen bekommt Herr Turin ein SMS von einer Nummer, die er nicht in seinen Kontakten gespeichert hat. Zuerst versteht er die Nachricht nicht, dann wird ihm klar, dass Katharina ihre neue Handynummer geschickt hat.

Herr Turin: Ich fahre in den Garten hinunter. Melde mich gleich.

Herr Turin fährt in den Garten. Eigentlich würde er ihr lieber schreiben, aber er kann nicht schnell genug tippen. In diesem Fall muss telefoniert werden.

Herr Turin: Hast du ein neues Handy?

Katharina Payer: Mein Zweitgerät. Ab jetzt mein Erstgerät. Das andere bleibt aus. Ich möchte mit denen vom Heim nicht kommunizieren.

Herr Turin: Was treibst du nur für Sachen?

Katharina Payer: Robert, ich wollte es dir schon vorher sagen: Ich habe Anfang Mai gekündigt. Schwester Barbara wollte, dass ich bis Ende Juni bleibe, nun aber war der Anlass da, sofort zu Hause zu bleiben.

Herr Turin: Was soll ich dazu sagen?

Katharina Payer: Ich habe mich dort die ganze Zeit nicht wohlgefühlt. Du warst der einzige Grund, warum ich geblieben bin.

Herr Turin: Für mich ist das eine Katastrophe.

Katharina Payer: Ich möchte, dass du mich bald einmal zu Hause besuchen kommst.

Herr Turin: Katharina, du weißt, wie schwer das für mich ist. Und meine Frau hat mir nach den Vorfällen der letzten Tage schon angekündigt, mich stärker zu überwachen.

Katharina Payer: Oder du zeigst mir dieses Café in der Shoppingmall. Da gehen wohl keine Pflegerinnen hin. Oder doch?

Herr Turin: Nein.

Katharina Payer: Sag doch was.

Herr Turin: Ja.

Katharina Payer: Kopf hoch, Robert! Das ist alles nicht so schlimm.

Herr Turin: Du wirst mich schnell vergessen. Und das ist gut so.

Katharina Payer: Hör auf!

Herr Turin: Und du wirst vergessen, was du versprochen hast.

Katharina Payer: Nein. Es bleibt dabei. Wenn du zu mir kommst, können wir darüber sprechen.
Herr Turin: Ok.
Katharina Payer: Sei nicht so kurz angebunden. Oder kannst du jetzt nicht sprechen?
Herr Turin: Ich bin noch nicht in Form.
Katharina Payer: Ruf mich morgen an!
Herr Turin: Ok.
Katharina Payer: Versprich es mir!
Herr Turin: Ich rufe dich morgen an.
Katharina Payer: Also dann: Bye-bye.
Herr Turin wird nun auch das Schweigen lernen. Er wird es von den Pflanzen und von den Bienen lernen. Er wird Chinmoku lernen. Erstens weiß er nicht, wer von den Vorbeigehenden und Grüßenden über seinen [redacted] informiert ist. Zweitens kann es sein, dass sie sehr wohl Bescheid wissen, aber darüber schweigen. In diesem Fall ist es noch besser, wenn Turin nicht davon spricht. Er überlegt, ob er sich ein wenig dement stellen, die Namen der Schwestern absichtlich verwechseln und mehrmals hintereinander dasselbe erzählen soll. Vielleicht würde alles besser werden, wenn er sich den anderen Patienten anpasste. Turin denkt daran, was Nata ihm erzählt hat: Sie habe nur eine Anstellung als Putzfrau erhalten, wenn sie mit starkem jugoslawischen Akzent gesprochen habe. Die Menschen hätten das eben erwartet. Vielleicht erwartet man von ihm eben auch ein wenig mehr Vergesslichkeit und Wunderlichkeit.
Tatsächlich sitzt er lange genug im Garten, um einem Gesprächspartner zu begegnen. Pater Reisinger: An ihm will er sich einmal versuchen.
Herr Turin: Ach, Hochwürden! Ich muss jetzt zu einem

Termin … bei dieser Psychologin … Frau Dr. … wie heißt sie denn … die im Erdgeschoss ihr Büro hat? Neben der Physiotherapeutin.

Pater Reisinger: Frau Dr. Payer.

Herr Turin: Genau. Ich muss jetzt zu ihr.

Pater Reisinger: Hat man Ihnen denn nichts gesagt?

Herr Turin: Gesagt?

Pater Reisinger: Frau Dr. Payer arbeitet leider nicht mehr bei uns. Es tut mir persönlich sehr leid, sie war … sie ist ein heller Geist. Und das braucht es manchmal.

Herr Turin: Aha. Nun, dann mache ich für nächste Woche einen Termin aus.

Doch auch Pater Reisinger hat Chinmoku gelernt. Er schweigt.

Siebenter Teil

Die andere Wahrheit

1. Beachschach

Heute hat Schwester Nata Dienst. Was für ein Glück! Besonders in der Urlaubszeit verliert Herr Turin den Überblick über den Dienstplan. Einige Schwestern sind nicht da, andere kommen von anderen Stationen, um auszuhelfen. Sie arbeiten schnell und sind froh, wenn sie fertig sind.

Schwester Nata nimmt sich Zeit. Sie überprüft wie immer, ob der Harnbeutel entleert werden muss. Im Juni wurde Herrn Turin operativ ein suprapubischer Katheter gelegt. Sein Urin fließt nun von der Bauchdecke in den Harnbeutel. Weiter unten ist alles ruhig, beim Pflegen wird dort noch mit dem Waschlappen gewaschen.

HERR TURIN: Die Schnabeltasse mit dem Früchtetee immer auf meine linke Seite!

SCHWESTER NATA: Willst du nicht einmal einen anderen Tee?

HERR TURIN: Ach, nein, das passt schon so. Früchtetee ist der Whiskey der Rollstuhlfahrer.

Das Tablet ist Herrn Turins ständiger Begleiter. Einmal am Tag chattet er mit Irene, und täglich schaut er Youtube-Videos an. Außerdem mag er Webseiten von Fluglinien und Hotels. Gestern ist er alle Schritte zur Buchung eines Fluges auf die Azoren durchgegangen, nur den allerletzten Klick hat er nicht mehr gemacht. Seither bekommt er täglich E-Mails von der Fluggesellschaft. Auch das teuerste Hotelzimmer auf den Azoren hat er fast gebucht. Er weiß genau, wann dort Busse fahren, was die Mietautos kosten und wie die besten Restaurants heißen.

HERR TURIN: Willst du nicht auch einmal auf die Azoren, Nata?

Schwester Nata: Ich muss leider im September nach Serbien. Mein Vater ist krank.

Herr Turin: Alleine fliege ich nicht. Dann buche ich doch nur Zürich für ein paar Tage. Und jetzt gehe ich in den Garten.

Schwester Aliki: Vergiss nicht auf das Mittagessen!

Herr Turin isst schon um 11:30 Uhr zu Mittag. Seine Diät wurde auf salzarm umgestellt. Herr Turin fährt in den Garten. Freundlich grüßt er alle Schwestern und Patienten, denen er auf dem Weg zum Lift im Korridor begegnet. Er grüßt, und wenn sie etwas sagen oder ein Gespräch beginnen wollen, fährt er weiter und tut so, als habe er nicht gehört. Er hat in den letzten Wochen drei wesentliche Techniken erlernt: Die erste besteht darin, so zu tun, als habe man nicht gehört. Das spart Energie und Zeit. Das Gegenüber wird das Gesagte schon noch wiederholen, wenn es wichtig sein sollte. Die zweite Technik, die Turin vor allem am Nachmittag anwendet, ist noch einfacher: Er schließt die Augen und tut so, als wäre er eingenickt. Dabei kann das Gegenüber ruhig weiterreden, den Vortrag geordnet zu Ende bringen, während Turin an anderes denkt oder wirklich einschläft und sich ein wenig erholt. Die dritte Technik ist komplizierter und auch ein wenig aggressiver: Dabei übergeht Turin das, was man zu ihm sagt, und spricht von etwas anderem.

Schwester Barbara: Herr Turin, haben Sie schon Herrn Wegscheidler kennengelernt? Er ist ALS-Patient und erst ein paar Tage bei uns. Vielleicht stellen Sie sich einmal vor.

Herr Turin: Im Garten wurde eine Robinie eingesetzt. Ich muss mir das ansehen. Ich kenne mich mit Bäumen nicht aus, aber ich bin gespannt. Vielleicht habe ich schon Tausende Robinien in meinem Leben gesehen und nur nicht gewusst, dass es Robinien sind.

Turin fährt weiter zum Lift. Die Menschen, die er dabei trifft, grüßt er freundlich, und er ignoriert sie.

Das Schönste am Garten sind nicht die Pflanzen und die Beete oder der stumme Gärtner, der den ganzen Tag unermüdlich jätet und gießt und hin und wieder mit seinem Mobiltelefon ein Foto macht. Das Schönste am Garten sind die Raucher. Sie verbringen ihre Zeit hier nicht, weil sie nicht wissen, was sie sonst tun sollen, sondern sie haben wirklich etwas zu tun. Turin überlegt, mit dem Rauchen anzufangen. Man muss sich Zigaretten und ein Feuerzeug besorgen, man muss in den Garten oder auf die Straße vor dem Heim gehen, um rauchen zu dürfen. Turin hat das Gefühl, dass nur mehr Raucher untereinander wirklich kommunizieren und einander als gleichwertige Geschöpfe achten. Egal ob eine Schwester mit einem Patienten oder die Geschäftsführerin mit einer Putzfrau redet: Bei den Rauchern sind alle Grenzen aufgehoben. Raucher reden mit Rauchern, und bestimmt wird dabei über Dinge gesprochen, über die man unter anderen Umständen niemals sprechen würde. Die Raucher müssen sich inzwischen in die hintersten Winkel verkriechen, sie müssen sich verstecken, sie wissen, dass ihr Laster etwas Geächtetes ist. Und das schweißt zusammen.

Herr Turin hat einen Lieblingsplatz. Er befindet sich neben der Bank, auf der Katharina bei ihrem letzten Gespräch gesessen ist. Turin stand mit dem Rollstuhl neben der Bank, genau dort, wo er jetzt steht. Das Tablet hat er dabei, und er macht manchmal Fotos, die er aber niemals anschaut, sondern per E-Mail oder MMS versendet. Die Zeit zwischen 09:00 und 11:30 Uhr verbringt er täglich im Garten, wenn er nicht zu einer der verschiedenen Therapien muss, für die er eingeteilt ist. Seit sechs Wochen bekommt Herr Turin ein Antidepressivum, das er jeden Morgen einnimmt und das antriebssteigernd wirken soll.

Dr. Steinhäuser: Haben Sie in den ersten Wochen Nebenwirkungen gespürt?

Herr Turin: Was sind denn die Nebenwirkungen?

Dr. Steinhäuser: Gott sei Dank, sie haben weder die Packungsbeilage gelesen noch gegoogelt.

Nun sitzt Herr Turin also angetriebener als sonst im Garten. Wenn Leute vorbeikommen, die er kennt, gibt es vielleicht ein kurzes Gespräch über die aktuelle Hitzewelle, wie lange sie wohl noch anhalten wird, oder darüber, dass es heuer zu wenig regnet. Dauern solche Gespräche zu lange, greift Turin auf Technik 3 zurück, dann ist sein Gegenüber bald verschwunden.

Mit Irene muss Herr Turin täglich über Video-Chat reden, sie bildet sich das ein. Das Problem ist, dass Turin dann bei ihren Besuchen am Samstag und am Sonntag nichts mehr zu erzählen hat. Aus diesem Grund sind die Nachrichten doch nicht unwichtig, sie schaffen wenigstens Gesprächsthemen: Trump und die Grand-Jury, die Regierungskrise in Niedersachsen, die Beachvolleyball-WM und der Wechsel von Fußballer Neymar zu Paris Saint-Germain. Allerdings bedeuten Irene solche Nachrichten nichts. Sie weiß nicht einmal, dass es Beachvolleyball gibt.

Herr Turin: Beachvolleyball, so ein idiotischer Sport! Wie wäre es mit Beachangeln oder Beachschach?

Herr Turin: Ich muss für Oktober eine Wahlkarte anfordern.

Herr Turin: Nata kann nicht auf Urlaub gehen. Sie muss nach Serbien, ihr Vater hat Krebs. Die arme Nata! Ihre Tochter ist seit Jahren magersüchtig, und jetzt ist auch noch der Vater krank. Wenigstens hat der Sohn jetzt bei Viktor eine Anstellung gefunden.

Herr Turin: Wir haben einen neuen Patienten auf der Station. Keinen MS-Patienten, sondern einen ALS-Patienten. Armer Teufel!

Herr Turin: Kannst du dich an Schwester Aliki erinnern? Sie hat einen Brief an die Station geschrieben, mit einem Foto von dem Baby: Es ist ein Bub, wie ich es vorausgesagt habe.

2. Salzarm

Was Herrn Turin am Mittagessen am meisten stört, ist nicht sein Essen, sondern das viele Wasser. Nimmt man den Deckel von der Suppenschüssel, tropft Kondenswasser auf das Tablett. Sofort ruft Turin Schwester Nata, damit sie das Wasser wegwischt.

SCHWESTER NATA: Schmeckt es dir?

HERR TURIN: Interessiert dich Beachvolleyball? Ich finde, es ist eine idiotische Sportart.

FRAU DITSCHEINER: Schweeester! Schweeeeeeester!

Nach dem Essen schläft Herr Turin normalerweise in jeder Position ein, egal, ob er im Bett liegt, auf das Tablet schaut oder einfach nur dasitzt. Doch heute schreit die alte Ditscheiner pausenlos.

HERR TURIN: Was hat sie denn? Ist Trump ermordet worden?

SCHWESTER NATA: Ich habe sie doch vor einer halben Stunde in den Sozialraum gebracht und vor den Fernsehapparat gesetzt.

FRAU DITSCHEINER: Schweeester! Schweeeeeeester!

SCHWESTER NATA: Und wieder muss ich gehen, weil keine andere geht.

Herr Turin telefoniert zwei Mal die Woche mit Katharina, zurzeit ist sie leider auf Urlaub. Der Harnwegsinfekt ist im Sommer trotz des suprapubischen Katheters wiedergekommen. Die vorgeschlagene Maßnahme seitens der Pflege besteht darin, Turin täglich Preiselbeerextrakt zu verabreichen.

HERR TURIN: Ich bekomme Preiselbeeren gegen eine Infektion. Bestimmt werden sie bald Lungenentzündungen mit Karotten bekämpfen.

Dafür spielt der Veltliner in Turins Leben keine Rolle mehr. Schade, der Wein hat wenigstens manchmal Begeisterung in Turins Alltag gebracht.
Das Geschrei am Gang wird noch lauter. Nun ist es nicht mehr nur Frau Ditscheiner, sondern auch andere reden laut durcheinander. Turins Tür ist wie immer halb offen. Er hat schon überlegt, das zu ändern und die Schwestern zu bitten, seine Tür künftig zu schließen, so wie bei allen anderen Patienten. Vielleicht macht er das. Im September dann.
Seit Katharina auf Urlaub ist, schreibt sie ihm nur manchmal ein E-Mail. Am 7. August soll sie wieder zurück sein, dann will sie Robert treffen. Elisabeth Keller soll ihn mit dem Auto abholen, denn Katharina möchte weder ins Heim kommen noch davor gesehen werden. Jeden Tag denkt Turin an das gelockte brünette Haar, an die Muttermale, an Katharinas schönes Lachen, daran, wie er immer versucht hat, ihr in der Eingangshalle zufällig zu begegnen.
Bestimmt wird es das Treffen geben, dann aber wird sich der Kontakt verlieren. Turin kennt das schon von Schwester Claudia. Er hat dafür Verständnis. Warum sollte man ihn oft sehen wollen? Er hat nichts zu erzählen und außer Unerfreuliches nichts zu berichten, während sich das Leben von Claudia und Katharina täglich verändert und neue Menschen in ihren Blickpunkt rücken. Dennoch schreibt Turin Katharina heute ein E-Mail.
Herr Turin: Liebe Katharina, ich hoffe, Neapel gefällt dir. Ich kann es mir nicht anders vorstellen. Du musst unbedingt den Vesuv sehen. Ich habe alles genau nachgelesen. Du kannst mit Auto oder Bus hinfahren und musst dann die letzten 200 Meter zu Fuß zurück-

legen. Man kann um den Krater herumgehen und soll einen großartigen Ausblick auf die Bucht von Neapel haben. Wenn du das nicht machst, bekommst du ein Vulkantrauma, wie ich es als Kind gehabt habe. Oder: Du musst später noch einmal hin. Hier ist alles gut. Die Königin der Berge ist verhältnismäßig ruhig. Mit der Anstalt und ihren Insassen verschone ich dich. Ich freue mich so sehr, dich wiederzusehen. Dein (halb toter) Robert.

Besser, Herr Turin liest das Mail nicht noch einmal. Und er schickt auch das Foto von der neu gepflanzten Robinie nicht mit. Gerade als er auf Senden drückt, kommt Schwester Nata lachend in sein Zimmer.

Schwester Nata: Stell dir vor, der Fernsehapparat im Sozialraum ist weg.

Herr Turin: Was heißt weg?

Schwester Nata: Weg. Nicht mehr da. Gestohlen oder was weiß ich. Ich habe Frau Ditscheiner um 11:00 Uhr in den Sozialraum gebracht. Sie hat irgendetwas gerufen, aber ich habe sie nicht beachtet. Sie ruft und schreit ja immer. Sie wollte mir aber sagen, dass auf dem Fernsehtischchen kein Fernsehapparat ist. Ich habe das gar nicht bemerkt. Eine halbe Stunde hat sie gerufen. Er ist wirklich weg. Schwester Barbara ist wütend. Die Haustechnik wird die Überwachungsvideos von den Stiegenhäusern und vom Lift überprüfen.

Herr Turin: Wer sollte hier einen Fernsehapparat stehlen?

Schwester Nata: Ich habe keine Ahnung.

Herr Turin: Diese alte Kiste, die kaum jünger ist als Frau Ditscheiner.

Nun versteht Turin die Aufregung. Immerhin gibt es Neuigkeiten, und das nicht nur im Fernsehen. Seltsamerweise wird auch in dieser Sache Pflegeranwärter Marcus auf die Station gerufen und klopft alsbald bei Herrn Turin.

Herr Marcus: Herr Turin, könnten Sie mir kurz Ihr Tablet leihen? Ich müsste vom Sozialraum ein Foto machen. Vom Fernsehapparat.

Herr Turin: Vom verschwundenen Fernsehapparat.

Herr Marcus: Genau, wir brauchen das für die Polizei und die Versicherung. Mein Smartphone ist leider kaputt, deswegen …

Glücklicherweise ist Turin geistesgegenwärtig genug, das Tablet nicht aus der Hand zu geben. Er bietet an, das Foto selbst zu machen. Das ist seine Rettung. Denn nachdem er in den Sozialraum gegangen ist und einige Fotos gemacht hat, sagt Marcus etwas, das Turin stutzig macht.

Herr Marcus: Bitte schicken Sie mir die Fotos in der höchsten Auflösung. Sie haben ja meine E-Mail-Adresse noch.

Tatsächlich hat Marcus, als er noch in der Cafeteria gearbeitet hat, Briefe an den Verein in der Schweiz gescannt und Turin geschickt. Hätte Turin Marcus das Tablet gegeben und entsperrt, hätte Marcus alle seine Mails lesen können. Und jetzt, wo er auf der anderen Seite steht, hätte er bestimmt alles der Heimleitung mitgeteilt.

Turin ist klar, dass er überwacht wird. Von allen. Die Schwestern überwachen ihn spätestens seit seinem ersten Suizidversuch. Und auch Irene hat einiges Interesse, über seine Tätigkeiten Bescheid zu wissen. Immer wieder verraten die Schwestern sich, wenn sie anscheinend ungeplant ins Zimmer kommen oder ihm über die

Schulter schauen, wenn er das Tablet benutzt. Dann liest Turin ihnen die Wetterwerte vor oder Börsenkurse oder die exakte Uhrzeit. Aber er sieht, worauf sie es abgesehen haben. Sie wollen wissen, was er im Internet sucht und mit wem er kommuniziert. Und sie ahnen, dass er noch Kontakt zu Katharina hat. Turin muss aufpassen. Deswegen hat er nun einen sechsstelligen Code, mit dem das Tablet zu entsperren ist. Das Auto-Locking aktiviert sich bereits nach dreißig Sekunden ohne Benutzereingabe.

3. Bierdeckelnotation

Jessy steht vor dem Rollstuhl. Sie stellt die Füße quer und zieht Turin hoch, dreht ihn um neunzig Grad und setzt ihn auf das Bett. Turin ist erleichtert, heute hat er das Sitzen kaum mehr ertragen.

HERR TURIN: Bitte bringen Sie mir das Tablet.

SCHWESTER JESSY: Hören Sie noch Beethoven vor dem Einschlafen?

Beethoven ist Turin zu mühsam geworden. Die zweiten Sätze sind immer sehr schön und ruhig, aber der Rest ist ihm zu dramatisch. Jessy geht und lässt die Tür einen Spaltbreit offen, wie immer.

HERR TURIN: Schwester Jessy! Ab heute möchte ich, dass Sie meine Tür nachts schließen. Vielleicht sagen Sie es weiter. Den Türstopper legen Sie bitte einfach unter den Tisch dort.

Schwester Jessy macht, was Turin sagt. Kein Widerspruch, kein Wort der Verwunderung, das liebt Turin an Jessy. Turin schiebt das Tablet unter den Kopfpolster. Wie der Billard-spielende Onkel des Mannes aus dem Café liegt Herr Turin nun mit seinem Tablet im Bett. Und jetzt das Lied. Das Lied, das nicht mehr mit Alıkı beginnt. Es gibt keine Schwester mehr auf der Station, die mit A beginnt. Die erste Schwester im Alphabet ist jetzt Barbara.

Nach Hause, nach Hause,
nach Hause fahren wir.
Und wenn Barbara nicht mehr kann,
dann kommt sofort Bernhard dran.
Nach Hause, nach Hause,
nach Hause fahren wir.

Die Beba hat sich nicht mehr gemeldet. Sie wird wohl Angst haben, dass irgendjemand herausfindet, dass sie ihm die Tabletten gegeben hat. Längst hat Herr Turin alles gegoogelt. Eine Überdosis Chloroquin kombiniert mit starken Beruhigungsmitteln aus der Gruppe der Benzodiazepine – viele, die sich umbringen wollen, scheinen es damit zu versuchen. Glücklicherweise weiß niemand im Heim, dass Turins Schwägerin Anästhesistin ist. Doch einer weiß es: Marcus. Und Turin war sogar so dumm, ihm die Nummer der Beba zu diktieren. Wie hat sich dieser Ex-Zivildiener hier zum Spitzel hinuntergearbeitet! Vielleicht war auch das amouröse Interesse an der Beba nur ein Vorwand? Was ist Turin nur für ein naiver Idiot! Gleich morgen wird er Christiane anrufen.

Nach Hause, nach Hause,
nach Hause fahren wir.
Und wenn Bernhard nicht mehr kann,
dann kommt sofort Christiane dran.
Nach Hause, nach Hause,
nach Hause fahren wir.

Herr Turin: Bist du noch wach?

Irene Turin: Kannst du nicht schlafen?

Herr Turin: Ich habe schon geschlafen, aber ich wache immer auf. Heute ist ein Fernsehapparat auf der Station gestohlen worden.

Irene Turin: Wirklich? Die Kriminalität im Heim steigt. Hoffentlich war es nicht dein Fernsehapparat!

Herr Turin: Nein. Der im Sozialraum, wo die Ditscheiner immer sitzt.

Irene Turin: Was für ein Glück für dich. Aber er wird bestimmt ersetzt.

Herr Turin: Keine Ahnung. Ich brauche meinen eigentlich auch nicht.

Irene Turin: Hörst du noch Beethoven?

Herr Turin: Selten.

Irene Turin: Ines, meine Sekretärin, hat mich da auf eine Idee gebracht. Wir bekommen ja vergünstigte Karten für den Musikverein. Wir könnten doch einmal zu einem Beethoven-Klavierkonzert gehen, was meinst du? Sie hat nachgefragt, die haben Plätze für Rollstuhlfahrer.

Herr Turin: Da muss ich bestimmt weinen.

Irene Turin: Das macht nichts. Ich auch.

Herr Turin: Sag, in welchem Jahr haben wir die Motorräder verkauft? War das 1998?

Irene Turin: Das weiß ich leider nicht mehr. Du wolltest doch damals noch zur Fußball-WM nach Frankreich fahren.

Herr Turin: Stimmt.

Irene Turin: Wie kommst du jetzt darauf?

Herr Turin: Vergiss es! Ich habe mich nur gefragt, was mit den Motorrädern passiert ist.

Irene Turin: Schlaf jetzt, mein Süßer. Sonst kannst du morgen keine Bäume ausreißen.

Herr Turin: Ja, das wäre ganz schlecht. Du schlaf aber auch bald. Und lass deine Power-Point-Präsentation mit den 3D-Tortengrafiken. Die kann deine Ines auch am Montag fertig machen.

Irene Turin: Danke für deine sarkastische Bemerkung. Bis morgen.

Herr Turin: Bis morgen.

Robert Turin hasst diese Telefonate. Er ist froh, dass ihm das Wort *Tortengrafik* eingefallen ist. So hat er wenigstens eines verwendet, dass er im Gespräch mit Irene zuvor noch nie benutzt hat. Sonst ist alles beim Alten geblieben. Womit wird Turin Irene das nächste Mal überraschen? Ihm fällt nichts Neues mehr ein. Würde er an Demenz leiden, dann würde es niemanden stören, wenn er immer dasselbe sagt. Nur das Wort *Ja*, Tausende Male hintereinander, wäre genug. Ein System, das nur aus einer einzigen Informationseinheit besteht. Der Computer ist binär, die Sprache von Kelemen ist unär. Herr Turin googelt *unär*, und er findet ein schönes neues Wort: *Bierdeckelnotation*. Das muss er sich merken.

HERR TURIN: Beherrscht deine Ines auch die Bierdeckelnotation?

IRENE TURIN: Wenn ich meinem Mann helfe, sich umzubringen, ist das falsch. Wenn ich ihm nicht helfe, ist das falsch. Ich kann nur alles falsch machen. Wir müssen reden, sagt Robert oft zu mir. Und schon, wenn er das sagt, wird mir übel. Wie oft haben wir alles besprochen. Hinter jedem seiner Sätze lauert dieselbe Frage.

HERR TURIN: Bierdeckelnotation. Ich liebe dieses Wort.

IRENE TURIN: Er fragt mich: Wann haben wir die Motorräder verkauft? Das weiß er doch ganz genau.

HERR TURIN: Bierdeckelnotation. Bierdeckelnotation. Bierdeckelnotation.

DIE BEBA: Du musst mit ihm über alles reden.

IRENE TURIN: Ich muss. Ich muss. Immer dieses Müssen. Warum erklärt mir jeder, was ich tun muss?

HERR TURIN: Bierdeckelnotation. Ich liebe dieses Wort.

DIE BEBA: Ich sage dir nicht, was du tun musst. Ich sage nur: Wenn du mit ihm über alles redest, verheimlicht er dir nichts.

Irene Turin: Er hat gerne Geheimnisse, das war schon immer so. Ich möchte ihm nicht auch noch seine Geheimnisse nehmen.

Herr Turin: Herr Kelemen ist ein Experte in der Bierdeckelnotation.

Die Beba: Ich sage jetzt nichts mehr.

Katharina Payer: Er musste als Kind seine Gefühle vor der Mutter verbergen. Vor allem die große Zuneigung für seinen Vater.

Herr Turin: Bierdeckel. Bierdeckel. Bierdeckel.

4. Die ausländischen Wölfinnen

Die Wahrheit findet man in den Worten der Menschen, in Büchern und auf Webseiten. Und wenn man die unerwünschten Nebenwirkungen der Wahrheit kennen will, muss man die Packungsbeilage lesen oder sich an den Arzt oder Apotheker wenden. Die andere Wahrheit steht in den Gesichtern der Menschen. Im Fall der kleinen Barbara steht sie dort in einer sehr, sehr großen Schrift, Herr Turin würde sagen: Arial 400pt bold.

Die kleine Barbara: Haben Sie gut geschlafen, Herr Turin?

Herr Turin: Danke.

Die kleine Barbara: Zuallererst lüften wir einmal gründlich. Heute habe ich Schwester Agnieszka dabei. Sie wird bei uns arbeiten, solange Schwester Aliki nicht da ist.

Die kleine dickliche Polin mit den vielen Hautunreinheiten im Gesicht gibt einen piepsenden Ton von sich, wohl eine Art Gruß. Turin grüßt zurück. Agnieszka. Sie heißt genauso wie Irenes Putzfrau und wird nun im Alphabet die Stelle von Schwester Aliki einnehmen.

Die kleine Barbara: Also, Agnes … ich sage Agnes, das ist kürzer. Beim Pflegen immer zwei Schwestern, jede an einer Seite des Bettes. Bitte niemals allein pflegen!

Fast hätte Herr Turin laut aufgelacht, dann wäre die kleine Barbara wieder zwei Wochen beleidigt gewesen. Doch er verhält sich ruhig und betrachtet Barbaras Gesicht. Es ist auf seltsame Weise fahl geworden, unter die blonden Haare haben sich graue Strähnen gemischt.

Die kleine Barbara:

Herr Turin ist ein sehr ge-	Herr Turin weiß alles bes-

scheiter Mann, Agnes. Wenn du etwas wissen willst, kannst du ihn immer fragen. Er ist schon sehr lange im Heim.

ser. Lass dir von ihm nichts einreden, Agnes. Irgendwann wird er schon sterben.

Frau Ditscheiner: Schweeester! Schweeeeeeester!

Die kleine Barbara:

Gehst du bitte zu Frau Ditscheiner, Agnes. Zimmer 407.

Endlich haben wir eine gefunden, die wir zu der Alten schicken können.

Und schon ist sie weg, die arme neue Agnes, die der Ditscheiner nun zum tausendsten Mal erklären muss, dass bereits ein Fernsehapparat bestellt wurde, dass es aber ein paar Tage dauern kann, bis das neue Gerät geliefert wird.

Die kleine Barbara: Herr Turin, Herr Marcus feiert heute Geburtstag, am Nachmittag auf Station 6. Sie sollen vorbeikommen. Aber bitte denken Sie daran: Wir trinken nicht!

Wir. Herr Turin liebt es, dieses persönliche Wir. Wir tun dies nicht, und wir tun das nicht. Es ist die neue Art, Verbote auszusprechen.

Herr Turin:

Ach, Schwester Barbara, wenn Sie mir das so nett sagen, werde ich es nicht vergessen. Inzwischen schmecken mir Paspertin, Cipralex, Tysabri, Gabapentin, Siponimod, Imurek und Thrombo-Ass ohnehin besser als Veltliner.

Ach, Schwester Barbara, wenn ich so wäre wie früher, würde ich Sie mit Wein abfüllen, und danach würde ich Ihnen auf dem Weg der natürlichen Befruchtung Drillinge einpflanzen. Es müsste Ihnen eine dritte

Brust wachsen, um alle stillen zu können.

Die kleine Barbara: Wo ist denn die Kleine jetzt nur hin?

Herr Turin: Bitte denken Sie daran: Wir pflegen nicht alleine.

Wahrscheinlich nimmt Barbara zwei Arten von Drogen: morgens Aufputschmittel, die ihr ein wenig Antrieb geben (Cipralex kann es nicht sein, das nimmt Herr Turin, und es bewirkt nichts), und abends Beruhigungsmittel, damit sie ihren Ehemann erträgt, wenn er nach seinen großen Verkaufserfolgen schlecht gelaunt nach Hause kommt und alles ohrfeigt, was sich ihm in den Weg stellt. Es ist ja nur sie da, denn das Ehepaar ist kinderlos. Und im Geohrfeigtwerden ist Schwester Barbara eine Koryphäe. Als Christin bekommt sie es immer zwei Mal ab: Sie muss ja auch die andere Wange hinhalten.

Schwester Barbara:

Sie haben immer schlaue Ideen, Herr Turin. Wirklich, es war ernst gemeint, als ich zu Agnes gesagt habe, dass Sie sehr gescheit sind.

Halten Sie den Mund und lassen Sie mich fertig machen. Ich habe noch andere Patienten und muss eine neue Schwester einschulen.

In dem Moment, als Turin aus dem Bett hochgezogen wird, um in den Rollstuhl gesetzt zu werden, beträgt der Abstand zu Schwester Barbaras Gesicht wenige Zentimeter. Es ist ein Sekundenbruchteil, in dem er sich aus nächster Nähe ein Bild über ihren Zustand machen kann. Gut, dass er morgens noch etwas sieht. Und was er bei Barbara sieht, ist verheerend. Anstatt dass sie ein wenig zunimmt, was die Haut jünger aussehen lassen würde, ist sie hager geworden und sichtlich gealtert. Selbst die Brüste, die einmal fest waren und eigentlich von schöner Form, sehen aus, als hätten die Drillinge sie am Morgen leer getrunken. Offensichtlich wird sie nun auch in ihrer Kleidung nachlässig und schlampig, verzichtet auf Push-up-Bras, da sie sich für den zeugungsunfähigen Ochsen, den sie einst für einen Stier gehalten hat, nicht mehr herrichtet. Auf Make-up verzichtet sie völlig.

HERR TURIN: Schwester Barbara …

SCHWESTER BARBARA: Ja, Herr Turin?

HERR TURIN: Ich möchte Ihnen gerne etwas sagen.

SCHWESTER BARBARA: Ja, bitte …

HERR TURIN: Es ist vielleicht … etwas … ich meine … der Zeitpunkt ist vielleicht …

SCHWESTER BARBARA: Ich habe immer Pech, nicht wahr? Zuerst das mit Ihnen, und jetzt die Sache mit dem Fernsehapparat. Immer trifft es meine Station. Warum nicht eine andere? Bei der Pflegeleitung bin ich unten durch.

HERR TURIN: Ich wollte mit Ihnen über etwas anderes sprechen.

SCHWESTER BARBARA: Herr Turin, rufen Sie mich später. Oder kommen Sie zum Stützpunkt, ja? Ich muss jetzt wirklich weiter. Die Kleine ist den ersten Tag da. Und die kommen heute von der Krankenpflegeschule und können nicht einmal Handschuhe anziehen. Abgesehen davon, dass sie nicht Deutsch können. Das hört man ohnehin kaum mehr hier.

HERR TURIN: Machen Sie nur weiter.

Tatsächlich ist die kleine Barbara, die ausländische Ausländerhasserin, mit der Pflege fertig, bevor Agnes zurückkommt. Herr Turin nimmt vor ihr das Cipralex und die anderen Tabletten ein. Barbara geht. Die Einschulung wird im nächsten Zimmer fortgesetzt. Das ist Turin nur recht. Die Drillinge bleiben hungrig, die Wölfin hat keine Milch für sie. Sie muss einschulen. Die ausländischen Wölfinnen kommen. Die haben Neunlinge statt Drillinge. Turin fühlt sich seltsam wach. Ist das schon das Cipralex, das da wirkt?

DUKAKIS: Was machen wir heute?

HERR TURIN: Keine Ahnung.

DUKAKIS: Quälen wir eine Schwester?

HERR TURIN: Aber welche?

DUKAKIS: Du solltest jetzt endlich mutig genug sein und nach einer Brust greifen.

HERR TURIN: Aber welche?

DUKAKIS: Agnieszka?

HERR TURIN: Sind da Erhebungen sichtbar? Wäre mir nicht aufgefallen.

DUKAKIS: Jetzt wirst du auch noch blind.

HERR TURIN: Wir könnten versuchen, den Feueralarm auszulösen.

DUKAKIS: Das klingt lustig. Was muss man dafür tun?

HERR TURIN: Du kennst doch das Zeug, mit dem Pater Reisinger die Zimmer ausräuchert, wenn ein Patient verstorben ist. Das brauchen wir. Man muss es nur anzünden, schon geht der Feuermelder los.

5. Drei Medaillen

Heute holt Irene alle drei Medaillen: schönste Frau, beste Kleidung, bestes Benehmen. Nach langer Zeit wieder Cafeteria. Herr Turin erzählt vom Alkoholverbot, das quasi über ihn verhängt wurde. Irene nimmt sein Kinn in ihre rechte Hand und quetscht es ein wenig.

IRENE TURIN: Dann bestellst du eben Kaffee, und ich bestelle Veltliner.

Und dann trinkt er Irenes Getränk und sie seines. Turins Stimmung bessert sich von Glas zu Glas.

HERR TURIN: Schwester Barbara hat heute zu mir gesagt: Wir trinken nicht!

IRENE TURIN: Ach, diese Schwester Barbara. Vertragt ihr euch jetzt einigermaßen?

Die Turins schweigen. Irene bestellt nach. In letzter Zeit hat Herr Turin das Gefühl, dass Irene ihn beobachtet, wahrscheinlich um seine Stimmung einzuschätzen oder aus seinem Ausdruck etwas über ihn zu erfahren. Wenn er sie dabei ertappt und sie lange anschaut, lächelt sie, oder sie beginnt, aus Verlegenheit zu nicken.

HERR TURIN: Wie geht es Christiane?

IRENE TURIN: Kein Anruf, kein SMS. Nichts.

HERR TURIN: Ich werde sie morgen anrufen.

IRENE TURIN: Das lässt du schön bleiben!

HERR TURIN: Die Arme hat ja jetzt niemand. Mit wem soll sie sprechen, wenn sie Sorgen in der Arbeit hat?

IRENE TURIN: Wenn sie einsam wäre, hätte sie sich schon bei mir gemeldet.

HERR TURIN: Vielleicht ist sie verreist. Vielleicht macht sie Urlaub. Sie muss ja in Kroatien diese Prüfung machen für den Hochseeschein.

Nun nimmt Irene doch einen Schluck von dem Veltliner, der für ihn gedacht war.

IRENE TURIN: Woran denkst du?

HERR TURIN: Woran denke ich? Amerikanische Präsidenten.

IRENE TURIN: Glaub ich dir nicht.

HERR TURIN: An deine Brüste?

IRENE TURIN: Nein, das war es auch nicht.

HERR TURIN: An einen gestohlenen Fernsehapparat?

IRENE TURIN: Fernsehen ist richtig. Fernsehen ist dabei.

Und dann geschieht es vor Turins Augen: Durch die Tür in der Eingangshalle tritt Dr. Kupelwieser, der berühmte Fernsehpsychologe. Turin muss grinsen, er hört nicht mehr, was Irene sagt. Dr. Kupelwieser ist eine etwas altmodische Erscheinung mit englischem Anzug und Schnurrbart. Turin deutet Irene mit dem Kopf, in welche Richtung sie blicken soll. Irene muss sich umdrehen.

IRENE TURIN: Was ist passiert?

HERR TURIN: Er ist da. Dr. Harald Kupelwieser.

IRENE TURIN: Wer ist das?

Das ist typisch für Irene: Sie würde auch dem amerikanischen Präsidenten seelenruhig gegenübersitzen.

IRENE TURIN: Und was machen Sie beruflich, wenn ich fragen darf?

DONALD TRUMP: Ich mache Werbung für die Unterwäschekollektion meiner Tochter.

HERR TURIN: Du kennst ihn nicht? Das ist der berühmte Fernsehpsychologe. Man sieht ihn immer in den Nachrichten, als Experten.

IRENE TURIN: Was macht er hier?

HERR TURIN: Er besucht seine Mutter. Die ist bei uns auf der Station.

Und schon ist die Aufregung wieder vorbei. Die Streifenhörnchen streifen heute in hoher Frequenz um die Tische. Irene bestellt noch einmal nach und bezahlt gleich. Dabei beginnt sie ein Gespräch mit A-Hörnchen oder B-Hörnchen darüber, dass die Österreicher immer noch alles bar bezahlen wollen und welche Schwierigkeiten das den Betrieben macht.

IRENE TURIN: Warum gehst du nicht mehr in die Cafeteria?

HERR TURIN: Ich sitze ja gerade hier.

IRENE TURIN: Ich meine unter der Woche, alleine.

HERR TURIN: Ich will nicht.

IRENE TURIN: Du kannst ruhig zwei, drei Gläser trinken. Ich kläre das schon mit deiner Schwester Barbara. Wir sind hier die zahlenden Kunden.

HERR TURIN: Jetzt sagst du auch schon *wir*.

IRENE TURIN: Es gibt kein Alkoholverbot. Basta.

HERR TURIN: Ich bin ja auch ein wenig selbst schuld.

IRENE TURIN: Jetzt reden wir nicht von Schuld und nicht von der Vergangenheit. Du machst es dir hier so bequem, wie es geht. Und wenn man dich etwas nicht tun lässt, dann sagst du es mir. Ok? Das Einzige, was ich nicht mag, ist Geheimniskrämerei.

HERR TURIN: Irene, vor dir habe ich keine Geheimnisse.

IRENE TURIN: Das ist lächerlich. Du weißt selbst, dass das nicht stimmt. Warum hast du mir nie von dieser Katharina Payer erzählt?

HERR TURIN: Was hätte ich dir erzählen sollen? Sie war die Psychologin, jetzt ist sie weg: Habe ich dir je von der Physiotherapeutin erzählt? Habe ich auch nicht.

IRENE TURIN: Du willst mir nicht die Wahrheit sagen.

HERR TURIN: Reden wir von etwas anderem. Sind deine Tortengrafiken rechtzeitig fertig geworden?

Und wieder zehn Minuten Schweigen.

Herr Turin: Nun gibt es doch eine neue Schwester. Statt Schwester Aliki.

Immer wenn Turin von den Schwestern spricht, hat er das Gefühl, dass Irene gar nicht zuhört. Dann beschäftigt sie sich mit sich selbst oder liest in der Zeitung. Und so vergeht der Samstag nicht, und der Sonntag wirft seinen langen Schatten voraus. Herr Turin muss nachdenken, worüber er mit Irene sprechen könnte.

Herr Turin: Es ist ein Bub, wie ich es vorausgesagt habe. Aliki hat ein Foto geschickt. Es hängt oben auf der Station an der Pinnwand neben dem Dienstplan. Wenn du morgen kommst, zeige ich es dir.

Irene Turin: Seit wann interessierst du dich für Kinder?

Herr Turin: Ich freue mich einfach für Schwester Aliki.

Irene Turin: Was ist mit dieser Katharina Payer?

Herr Turin: Jetzt fängst du schon wieder an. Was ist mit ihr? Sie hat gekündigt.

Irene Turin: Und du hast keinen Kontakt mehr zu ihr?

Herr Turin: Sie arbeitet nicht mehr hier.

Irene Turin: Das war nicht meine Frage.

Die Schnüffler sind überall. Hinter Turins Rücken wird geredet. Schwester Barbara und Marcus haben Irene alles erzählt. Turin könnte sich selbst ohrfeigen. Immer hat er seine Vorsicht für übertrieben gehalten. Sie war untertrieben.

Irene Turin: Es gibt doch auch Schwestern, die nicht mehr hier arbeiten und dich immer noch besuchen kommen. Diese eine Furie da, wie hieß sie denn … sie kommt dich doch manchmal besuchen. Sie schreibt dir SMS. Und du schreibst zurück.

Herr Turin: Was wird das hier? Ein Verhör?

Irene Turin: Du kannst nicht damit aufhören, mir Dinge zu verheimlichen. Du bist als Kranker nicht anders, als du vorher warst.

Herr Turin: Du verheimlichst mir auch manches.

Irene Turin: Jetzt sprechen wir von dir.

Herr Turin: Zum Beispiel Gregors Tod. Hast du dir einmal überlegt, was das für mich bedeutet?

Irene Turin: Ich wollte dich nur schützen. Es war nicht möglich, dass du ihn noch vor seinem Tod siehst. Und er hat mir persönlich gesagt, dass er dich und sich selbst lieber so im Gedächtnis behält, wie ihr einmal gewesen seid.

Herr Turin: Das habt ihr gut gemacht. Mich muss man ja nicht fragen! Du kannst gehen. Melissa muss ihr Futter kriegen.

Robert Turin fährt einfach davon und lässt Irene sitzen. Das muss er ohnehin üben. Es fällt ihm nicht leicht, aber es geht. Der Rollstuhl fährt schließlich mit Elektroantrieb.

6. Hippotherapie

Mila: Wie geht es Ihnen, Herr Turin?

Wie immer beginnt die Physiotherapie am Dienstag mit dieser Frage. Jetzt darf Turin ein oder zwei Sätze sagen, bevor die erste Übung dran ist.

Herr Turin: Jetzt kann ich auf Youtube endlich Playlists erstellen.

Mila: Na, sehen Sie. E-Mail haben Sie mir ja keines mehr geschrieben mit Ihren Lieblingsvideos.

Herr Turin: Die Videos, die ich mir anschaue, interessieren Sie bestimmt nicht.

Mila nimmt Turin die Schuhe und die Socken ab. Er muss seine Füße auf einen kleinen Hocker legen, und Mila zieht die Trainingshose bis zu seinen Knien hoch. Turin geniert sich für seine Füße, sie sehen unappetitlich aus, fast schwarz, so wie die Leichen nach dem Atombombenangriff auf Hiroshima, über den er gestern eine Dokumentation im Fernsehen gesehen hat.

Mila: So, wir testen jetzt Ihre Temperaturempfindung. Ich berühre Ihre Füße mit verschiedenen Gläsern, und Sie sagen, ob es warm ist oder kalt.

Mila nimmt ein Reagenzglas und senkt es über Turins Fuß, bis es ihn berührt.

Mila: Warm oder kalt?

Herr Turin: Kalt.

Mila: Sicher?

Mila nimmt ein weiteres Reagenzglas.

Mila: Und jetzt: warm oder kalt?

Herr Turin: Kalt.

Es ist offensichtlich, dass Turin den Test nicht bestanden hat. Eines der beiden Gläser war mit warmem Wasser gefüllt. Turin mag es nicht, wenn er eine Aufgabe nicht richtig löst. Noch wütender macht es ihn, dass Mila das nicht kommentiert.

Mila: Jetzt prüfen wir die Vibrationsempfindung. Sagen Sie mir, ob Sie etwas spüren. Ich setze diese Stimmgabel auf Ihren Knöchel.

Herr Turin: Ganz leicht spüre ich etwas.

Mila: Was spüren Sie?

Herr Turin: Es … kitzelt.

Turin hat diese Antwort erfunden. Er nimmt an, dass Mila bemerkt hat, dass er lügt. Sie versucht es mit dem anderen Fuß.

Mila: Wissen Sie, wie der Knöchel auf Lateinisch heißt?

Herr Turin: Malleolus.

Mila: Sehr gut, Herr Turin!

Herr Turin: Ich war einmal in eine Medizinstudentin verliebt, die gerade alle Knochen des Körpers gelernt hat. Während andere Verliebte an Paris denken oder an eine Gondelfahrt in Venedig oder an Verona und Romeo und Julia, habe ich sie geprüft. Ich habe sie an einer Stelle berührt, und sie musste die Knochen sagen.

Mila berührt zuerst den äußeren, dann den inneren Knöchel.

Mila: Das ist der Malleolus lateralis, und das ist der Malleolus medialis. Was spüren Sie?

Herr Turin: Wenig.

Mila: Das ist wirklich lustig.

Mila kehrt immer wieder zu ihrem Clipboard zurück, nimmt den Kugelschreiber und macht Häkchen. Immer noch werden alle diese Aufzeichnungen händisch gemacht.

Herr Turin: Sammeln Sie die Zettel von jeder Einheit?
Mila: Ja, wir legen sie in einem Ordner ab. Wir sind noch sehr altmodisch.
Herr Turin: Ich würde das mit einem Computer machen. Oder einem Tablet.
Mila: Vielleicht bringen Sie Schwester Barbara dazu, mir eines zu kaufen. Wenn Sie das schaffen, haben Sie etwas bei mir gut.
Herr Turin: Das mache ich.
Mila: Jetzt Schmerzempfindung. Ich setze einmal die Spitze einer Nadel, dann die stumpfe Seite auf Ihrem Fuß auf. Sie sagen, ob Sie nur berührt oder gestochen werden.
Herr Turin kann die Nadel auf seinem Fuß spüren.
Mila: Im Heim ist es komisch jetzt, im August, nicht wahr?
Herr Turin: Wie meinen Sie das?
Mila: So viele sind auf Urlaub. Es ist so leer, finden Sie nicht?
Herr Turin: Ich hätte auch gerne einmal Urlaub.
Mila: Aber Sie können doch jederzeit Urlaub machen?
Herr Turin: Meinen Sie? Ich gebe die MS beim Hinausgehen ab, fahre ins Freibad und springe vom Dreimeterbrett.
Mila: Das nicht. Aber Sie könnten nach Italien fahren.
Herr Turin: Italien.
Mila: Was ist Ihr Lieblingsland, Herr Turin?
Herr Turin: Italien ist nicht mein Lieblingsland, nur weil mein Name so geschrieben wird wie eine Stadt dort. Ich glaube, mein Lieblingsland ist Simbabwe.
Mila: Wirklich. Wann waren Sie dort?
Herr Turin: Noch nie.

MILA: Das geht nicht. In seinem Lieblingsland muss man schon gewesen sein.

Drei Minuten zu früh sind alle Übungen gemacht. Und zu früh hat Mila Herrn Turin wieder Socken und Schuhe angezogen und die Trainingshose nach unten gerollt. Drei Minuten, das ist eine lange Zeit. In dieser Zeit überlegt Turin, ob Mila wohl auch noch in dreißig Jahren Patienten mit der Spitze und der Rückseite einer Nadel stechen und die Ergebnisse auf ein Blatt Papier schreiben wird.

MILA: Kommen Sie einmal zu unserem Hof nach Slowenien, Herr Turin. Dort machen wir Hippotherapie.

HERR TURIN: Hippotherapie?

MILA: Therapie mit Pferden, das ist das beste Rumpftraining, gut für die Hüfte und den Rücken. Die Rückenmuskulatur ist bei Ihnen besonders schwach.

HERR TURIN: Haben Sie einen Hof mit Pferden?

MILA: Mein Vater hat einen Hof. Wenn er in Pension geht, übernehme ich ihn.

HERR TURIN: Da gehen wir dann Westernreiten.

MILA: Mit den Patienten gehen die Pferde natürlich nur im Schritt. Sie müssen es probieren, Sie werden wie neugeboren zurückkommen.

HERR TURIN: Aber wie komme ich nach Slowenien?

Doch die drei Minuten sind um. Mila ist mit Aufräumen beschäftigt und schaut auf ihren Plan, um zu wissen, was sie für den nächsten Patienten braucht. Nur nebenher, während sie diese Vorbereitungen macht, spricht sie noch zu ihm.

MILA: Alles ist möglich, wenn man will.

HERR TURIN: Ich bin Rollstuhlfahrer.

MILA: Hippotherapie wird auch bei Rollstuhlfahrern angewendet.

Herr Turin: Dann komme ich bestimmt.

Mila: Nicht vergessen: Nächster Termin ist erst in drei Wochen, 29. August.

Herr Turin: Wenn ich dann noch lebe.

Mila: Herr Turin, was sagen Sie denn da?

Herr Turin: Also, schönen Urlaub, wünsche ich. Jetzt weiß ich gar nicht, was Ihr Lieblingsland ist.

Aber Mila sagt nichts mehr. Da er nicht geht, begleitet sie ihn zur Tür. Nun muss er sich beeilen, den Raum zu verlassen. Herr Turin denkt noch: Wie im Himmel, so auf Pferden, aber es ist niemand da, der mit ihm darüber lachen könnte.

Mila: Was Sie immer wieder untertags machen können: Ziehen Sie den Bauch ganz stark ein, spannen Sie ihn an, als ob Sie einen Faustschlag erwarten. Und dann atmen Sie ein und aus, lassen den Bauch aber eingezogen. Das stärkt Ihre Muskulatur.

7. Für immer

Herr Turin verlässt den Behandlungsraum der Physiotherapeutin, bleibt aber gleich wieder stehen, um auf sein Mobiltelefon zu schauen. Einige Meter von ihm entfernt wischt eine Putzfrau den Boden, sie hat Turin den Rücken zugekehrt. Sie wischt in S-Linien und schiebt dabei den Putzwagen mit dem Rücken nach hinten. Dann klappt sie den Mopp zusammen, nimmt den Lappen und taucht ihn in einen Eimer mit Wasser. In einer Presse wird der Lappen ausgedrückt und wieder in den Mopp gespannt. Als die Putzfrau auf Turins Höhe angelangt ist, sieht er sie an.

HERR TURIN: Soll ich sie nächste Woche treffen?

Die Putzfrau zeigt mit dem Daumen nach oben, dann wischt sie weiter.

HERR TURIN: Liebe Katharina, am besten wäre Montag, der 14.

Turin wartet auf eine Antwort, aber lange kommt nichts. Er schaut den Gang hinunter. Die Putzfrau hat sich schon weit von ihm entfernt. Turin würde auch gerne den Fußboden wischen. Sehr gerne sogar.

KATHARINA PAYER: Ich habe gerade mit Elisabeth telefoniert. Sie kommt am Montag um 13:00 Uhr und bringt dich um 16:00 Uhr wieder zurück, damit du zum Abendessen im Heim bist.

HERR TURIN: Ist gut.

KATHARINA PAYER: Bitte bring nichts mit, schon gar keinen Roboter.

HERR TURIN: Zu spät, ich habe einen Staubsaugerroboter für dich gekauft.

Mila kommt aus dem Behandlungsraum und sperrt die Tür hinter sich zu.

Mila: Na, Herr Turin, immer noch da? Chatten Sie noch mit Ihrer Freundin?

Herr Turin: Ich checke die Urlaubstermine für 2018. Im August komme ich drei Wochen zu Ihnen nach Slowenien zum Westernreiten.

Mila: Perfekt. Frühbucher bekommen immer Rabatt. Ich muss meine nächste Patientin von der Station abholen. Alles Gute!

Herr Turin betrachtet die Tür neben Milas Behandlungsraum. Das Büro der Hauspsychologin, die Tür, durch die er jeden Montag gegangen ist, wenn er Katharina getroffen hat. Ihr Posten ist immer noch nicht nachbesetzt worden. Herr Turin kann sich noch gut an Katharinas Vorgängerin erinnern. Es war sein allererster Besuch im Heim, als er ihr begegnet ist.

Turin hatte sich für ein Zimmer auf der MS-Station angemeldet und wurde eingeladen, das Haus kennenzulernen. Er war damals sechsunddreißig Jahre alt. Während andere Menschen in seinem Alter überlegten, Kinder zu zeugen, nun doch endlich eine gut bezahlte Stellung zu suchen oder eine Eigentumswohnung zu kaufen, die sie für den Rest ihres Lebens bewohnen wollen, checkte Turin im Pflegeheim ein. Für immer. Nach dem Gespräch mit der Psychologin wurde Turin die Station, der Garten und die Hauskapelle gezeigt. Er erinnert sich daran, dass er nicht verstanden hat, wie das Leben im Heim abläuft. Es war, als sähe er sich eine Wohnung an. Das kannte er: Man sieht sich um, weiß sofort, dass sie aus verschiedenen Gründen nicht infrage kommt, spielt aber für die Maklerin oder die Vorbesitzer weiter den Interessierten und stellt diese und jene Frage. Wenn man dann geht, ist man erleichtert, dass die Wohnung nicht zu einem passt.

Nach drei oder vier Monaten Wartezeit wurde Turins Zimmer frei, und es galt, keine Zeit zu verlieren. Binnen weniger Tage zog er hier ein.

Er erinnert sich noch daran, wie Irene einen Trolley mit Kleidung ins Heim brachte. Sie füllte den Schrank mit Hosen, Hemden, Unterwäsche und T-Shirts, als wäre Turin auf einer sechsmonatigen Geschäftsreise. Nach und nach hat sie alles wieder mit nach Hause genommen. Sie behauptet zwar, dass sie seine Sachen in die Altkleidersammlung gegeben hat, aber Turin ist sicher, dass Irenes Verehrer einiges davon bekommen haben. Irene, die Turins Kleider ausgesucht und gekauft hat, greift nur zum Besten. Vor seiner Ehe war er vom alten Schlag: löchrige T-Shirts und zerschlissene Pullover. Mit Irene kamen Versace, Armani und René Lezard in sein Leben. Doch ab dem ersten Tag im Pflegeheim stieg Turin auf einen Trainingsanzug um.

Und noch etwas änderte sich ab Turins erstem Tag im Heim: Er beschloss, keinen Computer mehr zu benutzen. Er war nun hier. Für immer. Das frühere Leben lag hinter ihm, er wollte sich daran nicht mehr erinnern. Was sollte er auch von hier aus tun? Wieder und wieder fragte Irene, ob sie ihm seinen Laptop bringen sollte, wieder und wieder lehnte er ab. Freilich war es nicht leicht, im Heim Beschäftigung zu finden. Eigentlich war es unmöglich. Die Aktivitäten waren auf alte und senile Menschen zugeschnitten, der Fokus lag auf christlichen Festen, die Turin ablehnte. Und so begann er, die Menschen im Heim auszuforschen, sich ihre Namen zu merken und mit ihnen zu sprechen, wenn das möglich war. Herr Turin merkte sich alle und alles. Er erstaunte sie damit, dass er ihnen ihre eigenen Geschichten erzählte, ih-

nen sagte, welche Teile sie diesmal ausgelassen oder verändert hatten. Doch er musste auch feststellen, dass ihn all diese Menschen irgendwann verließen, entweder durch die Vordertür oder durch die Hintertür. Durch die Vordertür verschwanden viele Schwestern, Zivildiener und Angestellte. Durch die Hintertür verschwanden jene Patienten, die das Glück hatten, in ihre letzte Ruhestätte oder die biologisch abbaubare Öko-Urne umzusiedeln. Und nun ist auch Katharina weg.
Herr Turin erinnert sich an den Kleiderständer in Katharinas Büro. Jedes Mal, wenn er es verlassen musste, fuhr er mit dem Rollstuhl dicht an ihn heran und schnupperte an Katharinas Jacken und Schals. Er hätte eine dieser Jacken stehlen sollen oder einen Pullover oder irgendetwas. Er weiß jetzt, was er sich von Katharina wünscht: ein von ihr getragenes Kleidungsstück.

8. In Worten: Null

Herr Turin hat schon geschlafen, als die Tür seines Zimmers aufgeht. Es wurde nicht geklopft. Eine Schwester kommt auf das Bett zu. Ist es Nata? Turin kann sie nicht genau erkennen. Sie geht ganz vorsichtig. Turin stellt sich schlafend. Vielleicht kommt sie und gibt ihm eine Spritze, weil sie glaubt, dass er schläft. Turin hat Angst, dass man ihm heimlich Injektionen gibt oder ihm Medikamente unterjubelt, um ihn schneller auf Station 6 zu bringen. Irgendwelche Kreislauftabletten, die die Infarktgefahr drastisch erhöhen, seine Abwehr schwächen oder seine ohnehin fast verschwundene Muskelkraft. Und ist er dann einmal auf Station 6 gelandet, hat man leichtes Spiel mit ihm, so wie mit Kelemen, der zu allem Ja sagt. Dann beginnen die Schwestern ihr grausames Spiel: Sie reiben ihn mit scharfen Salben oder Alkohol ein, fügen ihm absichtlich Schmerzen zu oder demütigen ihn, während andere Schwestern zusehen. Turin hat immer wieder davon gehört. Er hat niemals gedacht, dass er von diesen Grausamkeiten betroffen sein könnte. Aber wenn er einmal wehrlos sein wird, werden einige Schwestern den Rachegelüsten, die sie seit Jahren gegen ihn hegen, freien Lauf lassen können.
Turin weiß, dass die Schwestern das nicht machen, weil sie abartig sind. Die meisten von ihnen sind einfach frustriert. Sie wissen, dass Schwestern in Krankenhäusern, die dieselbe Arbeit verrichten, viel besser verdienen. Sie wissen, dass die Patienten hier einen Luxus genießen, den sie sich von ihrem Gehalt oder der dürftigen Pension, die sich später aus diesem Gehalt ergibt, niemals werden leisten können. Sie wissen, dass sie in einem Pfle-

geheim arbeiten und somit beruflich auf einem Abstellgleis sind. Darum beneiden sie auch alle, die das Heim wieder verlassen, egal ob freiwillig oder unfreiwillig. Von Schwester Claudia darf Turin in Anwesenheit ihrer Exkolleginnen nicht mehr sprechen. Auch Katharina ist im Heim tabu.

Turin muss vorsichtig sein. Er wird überhaupt keine Tabletten mehr einnehmen. Wozu? Die Schwester kommt näher an das Bett heran. Es ist Nata.

Schwester Nata: Gehst du fort?

Sie bleibt wie immer am Fuß des Bettes stehen.

Schwester Nata: Schläfst du wirklich?

Herr Turin: Was ist los, Nata?

Schwester Nata: Ich frage dich, ob du fortgehst.

Herr Turin: Wohin soll ich gehen? Ich kann nicht gehen.

Schwester Nata: Bringt dich jemand fort?

Herr Turin: Ich werde morgen für einen Ausflug abgeholt. Zum Abendessen bin ich wieder da. Ich habe doch den Ausgangsschein ausgefüllt und unterschrieben.

Schwester Nata: Das meine ich nicht. Ich meine, ob du ganz fortgehst, für immer?

Herr Turin: Wie kommst du auf die Idee?

Schwester Nata: Ich war gerade auf dem Stützpunkt und habe geschlafen. Dann bin ich aufgewacht. Es war ganz ruhig auf der Station. Und plötzlich ist mir das eingefallen: Robert geht. Er geht weg. Für immer.

Turin schämt sich, dass er Nata verdächtigt hat und so schlecht von den Schwestern denkt. Er hat keine Ahnung, wie spät es ist. Er rührt sich nicht, aber er macht einen Kontrollgriff, um zu sehen, ob das Tablet bei ihm im Bett liegt.

Schwester Nata: Du sagst gar nicht, dass es nicht stimmt. Du widersprichst nicht.

Herr Turin: Nata, was soll das? Wo soll ich hingehen?

Schwester Nata: Glaubst du, dass du es dort besser haben wirst? Wenn du das glaubst, dann habe ich nichts dagegen, dass du gehst.

Herr Turin: Wo? Was meinst du?

Schwester Nata: Ich weiß es nicht. Ich habe immer Angst gehabt, dass du mich fragst.

Herr Turin: Was soll ich dich fragen?

Und schon hat er seine Hand in ihrem Nacken. Und um den Zopf mit den schwarzen Haaren.

Herr Turin: Kannst du dich noch erinnern, als du den ersten Tag hier warst, als Aushilfe, und mich gefragt hast, ob ich in den Garten gehen will?

Schwester Nata: Die anderen Schwestern haben mir gesagt, dass ich dich das fragen soll.

Herr Turin: Und du bist darauf hereingefallen!

Nata beginnt gleichzeitig zu lachen und zu weinen. Jetzt weiß Turin, woher es kommt, dass neue Schwestern immer fragen, ob er in den Garten gehen möchte. Es ist eine Falle, die ihnen von den anderen Schwestern gestellt wird. Turins Zorn hat also immer die Falschen getroffen. Nata tut ihm leid. Ihre Tränen sind schön, aber sie zeigen ihm, dass er eine große Ungerechtigkeit begangen hat.

Schwester Nata: Du warst so böse, ich habe geweint.

Herr Turin: Wie jetzt.

Schwester Nata: Jetzt weine ich anders.

Herr Turin: Du bist die Beste hier. Du weißt es.

Schwester Nata: Geh nicht fort!

Herr Turin: Nata, ich gehe nicht fort.

Schwester Nata: Du sagst nicht die Wahrheit. Wenn

du einen Satz mit *Nata* beginnst, sagst du nicht die Wahrheit.

HERR TURIN: Es wird die Zeit kommen, da wirst du mich verstehen.

SCHWESTER NATA: Ich weiß es nicht. Ich habe immer Angst gehabt, dass du mich fragst. Aber jetzt … jetzt würde ich es tun.

Natürlich hat Turin sich immer wieder vorgestellt, wie es wäre, Natas Brüste zu halten, sie zu berühren. Er war sicher, dass ihr vor ihm ekeln würde. Und er war auch sicher, dass sie ihren Ekel niemals zeigen würde.

SCHWESTER NATA: Aber du musst es sagen. Ich habe es in diesem Film gesehen, aber in Wirklichkeit dauert es länger, bis du tot bist.

Plötzlich ist Turin hellwach. Er möchte sich zur Seite drehen, aber er schafft es nicht. Er schwitzt.

DUKAKIS: Was bist du nur für ein Esel, Robert Turin. Ein alter Esel.

HERR TURIN: Was hast du in diesem Film gesehen?

SCHWESTER NATA: Wie der Mann seiner Frau das Kissen ins Gesicht drückt, bis sie tot ist.

Turin erstarrt.

KATHARINA PAYER: Mach jetzt keinen Unfug, Turin!

DIE BEBA: Nicht hier im Haus, habe ich dir gesagt. Niemals hier im Haus!

HERR TURIN: Gib mir deine Hand, Nata.

Und wirklich legt sie nun ihre Hand, eine sehr heiße Hand, in die seine. Er drückt sie fest. Erst dann denkt er, dass ihr bestimmt auch davor ekelt.

HERR TURIN: Solange du hier bist, schaffe ich das schon noch. Du sollst dir nicht so viele Gedanken machen. Wie geht es deiner Tochter?

Nun beginnt Nata wieder zu weinen. Sie zieht ein Taschentuch aus der Schachtel auf Turins Nachtkästchen. Als sie ein zweites nehmen will, sieht sie, dass die Schachtel leer ist. Turin hat immer ein Handtuch auf seinem Kopfkissen liegen, da er nachts stark schwitzt. Er gibt es Nata, sie trocknet ihre Tränen damit.

SCHWESTER NATA: Ich bin so dumm.

HERR TURIN: Du bist überhaupt nicht dumm. Du machst dir so viele Gedanken über andere Menschen, das ist schön von dir.

SCHWESTER NATA: Entschuldige, bitte.

HERR TURIN: Wofür entschuldigst du dich?

SCHWESTER NATA: Ich komme gleich wieder. Ich muss kurz auf die Toilette.

DIE BEBA: Wie dir die Weiber auf den Leim gehen! Unglaublich.

DUKAKIS: Das waren 0 Punkte, Robert Turin. In Worten: Null!

9. Bewerbungen

Es ist seltsam, hier ein zweites Mal zu sein. Das letzte Mal war alles voller Menschen, jetzt liegen nur ein paar Kleider und Zeitungen herum. Diesmal wurde Turin nicht vom Ehepaar Keller, sondern von Elisabeth Keller allein hergebracht. Katharina kommt in einem leichten Morgenrock zur Tür.

Herr Turin: Was ist los? Bist du erst aufgestanden?

Katharina Payer: Ich schlafe gerne lang. Jetzt, wo ich kann.

Herr Turin: Im Hochsommer!

Katharina Payer: Nicht alle sind so fleißig wie du. Du siehst gut aus.

Herr Turin: Nächste Lüge bitte.

Katharina Payer: Kaffee?

Herr Turin: Veltliner.

Katharina Payer: Ist das ein Scherz?

Herr Turin: Ich scherze nie. In meiner Lage empfiehlt sich die Faustregel: Harte Getränke ab dem Mittagessen, Weißwein ab dem Frühstück.

Katharina geht in die Küche. Turin hat ihr nicht gesagt, wie gut sie aussieht. Er überlegt, wie er es wiedergutmachen kann. Katharina kommt mit einer halb vollen Weißweinflasche, einem Glas und einer Schale Kaffee.

Katharina Payer: Hier ist noch etwas übrig. Keine Ahnung, ob das trinkbar ist.

Herr Turin: Egal.

Katharina setzt sich. Sie zieht die Beine hoch und stellt die Fersen auf die Sitzfläche.

Herr Turin: Aber du siehst blendend aus.

Katharina Payer: Ein wenig musste ich mich erholen

nach dieser Sache im Heim. Du weißt nicht, wie ich gelitten habe. Was sie mir nicht alles verboten haben. Ich habe gleich am Anfang gespürt, dass der Job nicht das Richtige für mich ist, aber ich dachte, ich muss geduldig sein. Und dann waren da auch schöne Begegnungen …

Katharina redet ohne Unterbrechung, so locker, wie sie nie mit ihm gesprochen hat. Das gefällt Turin einerseits, andererseits macht es ihn gleich wieder traurig. Wie oft wird er noch mit Katharina sprechen können? Dann wieder macht ihm ihr Wortschwall Angst. Ob da unter ihren Tabletten nicht doch welche sind, die den Antrieb steigern?

HERR TURIN: Ich nehme immer noch dieses Cipralex. Jeden Morgen.

KATHARINA PAYER: Hast du in den ersten Wochen die Nebenwirkungen gespürt?

HERR TURIN: Was sind die Nebenwirkungen?

DR. STEINHÄUSER: Googeln Sie nicht zu viel, lieber Herr Turin! Wer um die Nebenwirkungen weiß, spürt sie am Ende auch.

KATHARINA PAYER: Das hat dein Arzt gesagt?

HERR TURIN: Ja. Dr. Steinhäuser ist ein Orakel. Er ist die Allwissende Müllhalde, nicht ich.

KATHARINA PAYER: Die Allwissende Müllhalde … kommt die nicht bei den Fraggles vor?

HERR TURIN: Du bist gut! Sehr richtig!

KATHARINA PAYER: Also, es geht dir ein wenig besser. Dank Cipralex.

HERR TURIN: Keine Ahnung, ob das Zeug etwas bewirkt. Bist du bei Tinder?

Katharina blickt auf. Zuerst zieht sie die Augenbrauen zusammen, dann aber lacht sie.

Katharina Payer: Nein. Du?

Herr Turin: Ich weiß nicht, wie das geht. Und das mit diesem Uber verstehe ich auch nicht.

Katharina Payer: Willst du noch Wein?

Herr Turin: Nein, danke, es tut mir nicht gut.

Katharina ist nun ganz still. Die Tür zur Terrasse ist offen. Einmal hört man einen Hubschrauber, sehr laut und lange, als würde er sich nicht entfernen.

Herr Turin:		
	Schade, dass ich nicht öfter kommen kann.	Ich würde gerne über die Schweiz sprechen.
Katharina Payer:		
	Du kannst kommen, so oft du willst.	Jetzt noch nicht. Ich bestimme, wann wir darüber reden.
Herr Turin:		
	Manche Dinge kann ich nicht mehr tun.	Ich würde gerne über die Schweiz sprechen.
Katharina Payer:		
	Tinder.	Du kannst keinen Sex mehr haben.
Herr Turin:		
	Zum Beispiel.	Leider auch nicht mit dir.
Katharina Payer:		
	Uber.	Du kannst nicht hinfahren, wohin du willst.
Herr Turin:		
	Ich könnte die App installieren.	Darum bin ich jetzt hier.

Katharina legt ihre Hand auf Turins Unterarm. Sie kniet vor ihm auf dem Boden und schaut ihn an. Turin kann sehen, dass sie unter dem Morgenmantel keinen BH trägt.

Herr Turin: Wo sind denn deine beiden Männer?

Katharina Payer: Der eine ist in der Arbeit. Irgendwer muss ja Geld nach Hause bringen und die faule Frau durchfüttern. Und der andere ist mir irgendwie abhandengekommen.

Turin kann nicht anders, er streicht durch Katharinas brünettes Haar. Sie legt den Kopf zur Seite und schließt die Augen. Aber sie ist zu unruhig. Nach kurzer Zeit springt sie auf und geht vor ihm auf und ab.

Katharina Payer: Ich möchte, dass du weißt, dass ich mein Versprechen halte. Was ich auf der Party gesagt habe, gilt immer noch. Wenn du es wirklich willst, dann fahre ich dich dorthin.

Obwohl ihm der Wein schon beim ersten Schluck den Magen verdorben hat, greift er jetzt wieder zum Glas, einfach weil er nicht weiß, was er sonst tun soll. Der Wein schmeckt grauenhaft, das Glas ist für ihn viel zu groß. Er hat Angst, dass er sich beim Trinken anschüttet.

Katharina Payer: Wenn du sicher bist, sagst du Bescheid. Aber vergiss nicht, zwei Bedingungen: Du musst deiner Frau vorher Bescheid sagen, und niemand darf erfahren, dass ich dich dorthin gebracht habe. Niemand. Auch deine Frau nicht.

Herr Turin: Nicht der Weg ist das Ziel, sondern das Ziel ist das Ziel. Daher mache ich das so, wie du es sagst.

Das Reden, das ewige Reden, das alles ersetzt, was Herr Turin nicht mehr tun kann, hat ihn müde gemacht. Jetzt gibt es nichts mehr zu sagen. Jetzt ist auch das Reden zu einem Ende gekommen. Herr Turin sollte sich wie ein Sieger fühlen, doch in diesem Moment versteht er die Sportler, die nach einem Sieg weder erklären können, wie sie ihn errungen haben, noch, warum sie diesen

Sport eigentlich betreiben. Das Ziel ist erreicht. Alles ist völlig sinnlos geworden.

HERR TURIN: Die Stelle von Mann 2 ist also vakant?

KATHARINA PAYER: Absolut. Bewerbungen jederzeit möglich.

HERR TURIN: Sind schon viele eingelangt?

KATHARINA PAYER: Du hättest gute Chancen.

10. Bier und Brot

Turin möchte schon längst gehen. Sein Rücken schmerzt und heute auch sein Magen. Turin verträgt nur mehr Wasser und Früchtetee, es ist besser, wenn er sonst nichts zu sich nimmt. Die wenigen Schlucke Weißwein waren ein großer Fehler, inzwischen wird Wasser getrunken. Katharina füllt Turins Glas aus einer Karaffe. Manchmal nimmt sie ihr Mobiltelefon und wirft einen Blick darauf. Oft erscheint dann ein seliges Grinsen in ihrem Gesicht, sie tippt etwas, grinst wieder, dann legt sie das Telefon auf den Tisch und trinkt einen Schluck Wasser.

KATHARINA PAYER: Elisabeth … sie gibt mir das Auto.

HERR TURIN: Wozu brauchst du ein Auto?

KATHARINA PAYER: Also nicht für immer. Nur für diese zwei Tage.

HERR TURIN: Machst du einen Kurzurlaub?

KATHARINA PAYER: Ich fahre nach Zürich. Willst du mitfahren?

Tatsächlich: Er hat nicht verstanden, worauf Katharina hinauswollte, erst jetzt wird es ihm klar.

HERR TURIN: Ja, ich will mitfahren.

KATHARINA PAYER: Den Termin sagst du mir.

HERR TURIN: Du wirst dafür nicht belohnt werden. Es gibt keinen Himmel und keinen Gott, der dich dafür belohnen wird. Alles, was du bekommst, ist der Dank eines kranken Mannes.

KATHARINA PAYER: Schade, ich habe mit großen Geschenken gerechnet. Vielleicht eine Roboterarmee, die hier und im Landhaus putzt und kocht und arbeitet.

HERR TURIN: Meine kleine Pregnerin … Ich möchte, dass du mich jetzt nicht anschaust. Mach die Augen zu!

Katharina tut es.

Herr Turin: Ich liebe dich, Katharina. Ich liebe dich.

Katharina Payer: Bring mich nicht zum Weinen.

Herr Turin: Du darfst die Augen wieder öffnen.

Katharina Payer: Der nächste Mann bist du. Und dann werde ich wohl eine lange Pause machen. Weißt du, ich klammere – ich mag es nicht, wenn Männer mir abhandenkommen.

Herr Turin: Der Herr hat gegeben, der Herr hat genommen.

Katharina Payer: An dir ist nicht nur ein Psychologe, sondern auch ein guter Christ verloren gegangen.

Herr Turin: Wenn ich könnte, würde ich dich jetzt ohrfeigen.

Turin ist durstig, sehr durstig, aber er kann im Moment nicht trinken. Er müsste den Arm ausstrecken und nach dem Wasserglas greifen. Schon dabei würde er viel zu stark zittern. Er lässt es lieber. Sein Speichel ist ganz dickflüssig.

Herr Turin: Katharina … die Sache ist … wenn es so aussieht …

Katharina Payer: Du musst nichts sagen. Nicht zu mir. Aber du weißt, dass du mit jemand sprechen musst. Du musst dich verabschieden. Ich weiß nicht, wer aus deiner Familie dir nahesteht und ob du enge Freunde hast. Aber deiner Frau musst du es sagen. Es muss einen Abschied geben. Sie muss es wissen, sonst kann ich das nicht tun.

In diesem Moment wird Turin klar, dass beides nicht geht. Er muss nun schnell eine Entscheidung treffen.

Katharina Payer: Es ist gut, dass ich deine Frau nie kennengelernt habe. Du sagst ihr nicht, dass ich dich hinfahre, sonst hasst sie mich. Aber sie muss wissen, dass du es tust. Du kannst ihr das nicht antun, auch nicht, wenn du sie nicht mehr liebst.

Wie kommt Katharina auf die Idee, dass Turin seine Frau nicht mehr liebt? Turin trinkt doch noch einen Schluck Wein. Mit diesem Schluck ist das Glas leer.

Herr Turin:

Natürlich werde ich mit ihr sprechen. Und das werden sicher mehrere Gespräche werden. Aber nach allem, was geschehen ist, versteht sie meinen Wunsch.

Ich werde meiner Frau nichts davon erzählen. Sie wird mitfahren wollen und letztendlich alles verhindern. So funktioniert es nicht.

Katharina Payer: Es ist deine Sache.

Herr Turin: Was hast du Elisabeth Keller gesagt? Dass wir zur Hippotherapie nach Slowenien fahren?

Katharina Payer: Sieh an, du bist ein Weltmeister im Lügen.

Herr Turin: Ich würde eher von alternativen Fakten sprechen.

Katharina lacht. Endlich ist sie wieder die Alte. Sie müsste nur mehr aus diesem Morgenmantel schlüpfen und wieder die weiße Trainingshose und das T-Shirt mit dem Institutsemblem tragen. So wünscht er sie sich. Das ist seine Katharina.

Dukakis: Heute heißt es *Logo* und nicht mehr *Institutsemblem.*

Katharina Payer: Wir werden fröhlich sein und uns nicht streiten.

Herr Turin: Und ich lade dich zum Essen ein. Das wollte ich schon immer. Seit mehr als zehn Jahren habe ich keine Frau mehr zum Essen eingeladen.

KATHARINA PAYER: Apropos Essen: Ich habe noch nicht gefrühstückt.

HERR TURIN: Ich bekomme in einer Stunde das Abendessen.

KATHARINA PAYER: Musst du schon zurück? Bleib noch ein wenig. Du könntest sogar hier schlafen. Mann 1 kommt heute nicht, er ist auf Dienstreise.

HERR TURIN: Mann 3 muss zurück auf Station 4.

KATHARINA PAYER: Schade. Wenn wir im September wirklich fahren, musst du mich vorher noch einmal besuchen. Ich möchte einen ganzen Tag mit dir verbringen.

HERR TURIN: Das ist jetzt schon die dritte Bedingung.

KATHARINA PAYER: Das ist die dritte Bedingung.

HERR TURIN: Ab vier muss ich mitschreiben.

KATHARINA PAYER: Dann kannst du mich zum Essen einladen. Gleich nächste Woche. Wir suchen ein Restaurant, in dem ich frühstücken kann, während du zu Abend isst.

Was ist das nur für ein Wesen, das vor Turin steht? Die mädchenhafte Art, die er heute an ihr kennengelernt hat, überrascht ihn. Jetzt tut es ihm leid, dass er Katharina belügen muss, damit sie ihn in die Schweiz bringt. Turin dachte, es würde ihm leichter fallen. Und jetzt muss er noch einmal lügen.

HERR TURIN:

Wir machen uns für Ende August etwas aus. Ich schreib dir ein SMS.

Das ist mir viel zu anstrengend, Katharina.

Katharina geht aufs WC. Als sie zurückkommt, sagt Turin, dass er gehen muss. Drei Mal versucht sie ihn daran zu hindern. Katharina ist plötzlich aufgedreht und redet in einem fort. Immer wieder beugt sie sich zu Turin und gibt ihm einen Kuss auf die Wange, manchmal sogar auf die Lippen. Vielleicht sind da doch Tabletten im Spiel? Turin sieht den großen Wandkalender neben der Eingangstür, der ihm schon damals auf der Party aufgefallen ist. Diesmal steht dort aber kein Sinnspruch, sondern ein Gedicht:

> Ohne Wort, ohne Wort
> rinnt das Wasser immerfort;
> andernfalls, andernfalls
> spräch' es doch nichts andres als:
>
> Bier und Brot, Lieb und Treu, –
> und das wäre auch nicht neu.
> Dieses zeigt, dieses zeigt,
> dass das Wasser besser schweigt.

Katharina ist kurz still, als Turin das Gedicht liest, doch dann verabschiedet sie sich überschwänglich und redet ununterbrochen auf ihn ein. Selbst nachdem sie sich verabschiedet hat und Turin auf den Gang fährt, um den Lift zu rufen, ist sie nicht zu stoppen.

KATHARINA PAYER: Ich muss morgen auf eine Hochzeit und soll dort ein Dirndl tragen. Glaubst du, steht mir das? Oder soll ich es lieber sein lassen?

11. Leben ohne Handtasche

Die Beba: Gut, ich mache das. Ich hoffe, dir ist klar, was du da von mir verlangst.

Die Beba hat ein blaues Kleid an. Sie ist nicht geschminkt, nur roten Lippenstift trägt sie. Streng sieht sie aus. Turin hat Angst vor ihr.

Die Beba: Ich belüge meine Schwester. Geschätzter Zeitraum, bis sie mir vergeben haben wird: drei Jahre.

Herr Turin: Glaubst du, ich schaffe es, wenn ich es ihr vorher sage?

Die Beba: Hast du es versucht?

Herr Turin: Wir sprechen seit Jahren immer wieder über dieses Thema. Es endet immer im Streit. Sie kann das nicht.

Die Beba: Das heißt nur, dass sie dich nicht hinfährt.

Herr Turin: Das heißt viel mehr.

Die Beba: Also, wie lautet mein Text?

Herr Turin: Schau, Christiane, ich sag es ihr dann, wenn ich in der Schweiz bin. Ich sage ihr alles. Ich will nur, dass es dann zu spät ist, dass sie nicht mehr eingreifen kann. Ich will nur einen Tag gewinnen. Ich rufe sie dann aus der Schweiz an – an dem Tag, an dem es so weit ist. Ich schwöre es dir.

Die Beba: Und das schaffst du?

Herr Turin: Ich muss es schaffen.

Die Beba: Also, was sage ich?

Herr Turin: Ich sage auf der Station, dass du mich am 5. September morgens hier abholst und dass ich über Nacht bei dir bleibe.

Die Beba: Ich soll also für dich lügen.

Herr Turin: Es geht nicht anders.

Die Beba: Wann fährst du wirklich?

Herr Turin: Ich fahre wirklich am 5. September. Allerdings schon um 04:00 Uhr morgens. Ich muss am selben Tag noch zwei Arzttermine in der Schweiz wahrnehmen.

Die Beba: Und wer bringt dich dorthin?

Herr Turin: Das ist doch unwichtig.

Die Beba: Ich will es aber wissen.

Herr Turin: Wenn Irene den Namen erfährt … weißt du, was dann los ist? Das kann ich nicht verantworten.

Die Beba: Es ist also eine Frau.

Herr Turin: Das habe ich nicht gesagt. Sei fair! Wenn du so etwas machen würdest … stell dir vor … du würdest dein Leben lang von den Hinterbliebenen angefeindet.

Die Beba: Wie machst du das immer mit den Weibern?

Herr Turin: Was meinst du?

Die Beba: Dass die immer noch tun, was du willst. Es ist unfassbar! Dabei lügst du. Du lügst und kriegst doch alle rum – auch mich.

Herr Turin: Christiane, ich habe mich dir jetzt anvertraut.

Die Beba: Christiane … Christiane … wenn deine Sätze mit meinem Vornamen anfangen, wird es gefährlich.

Herr Turin: Du weißt, dass ich Irene liebe.

Die Beba: Weiß ich das?

Herr Turin: Willst du mich jetzt demütigen? Und selbst wenn du es mir nicht glaubst: Ich habe ihr alles überschrieben, was ich hatte. Und ich wünsche ihr einen Mann und Glück und Liebe und Gesundheit.

Die Beba: Lassen wir das.

Herr Turin: Kommst du mich vorher noch einmal besuchen?

Die Beba: Im Schnitt komme ich vier Mal im Jahr. Also, ich denke: nein.

Die Eingangshalle ist leer, nur die Beba und Herr Turin sitzen da. Sie trinken nichts, nicht einmal Wasser. Auch der Tisch ist leer. Da die Beba niemals eine Handtasche dabeihat, liegt nichts auf dem Tisch.

Herr Turin: Gibt es noch Fragen?

Die Beba: War ich für dich ein One-Night-Stand?

Herr Turin: Nein. Du weißt, dass ich dich sehr geliebt habe.

Die Beba: Was heißt das bei dir schon! Unter die ersten zehn schaffe ich es vielleicht.

Herr Turin: Du kannst so gemein sein. Noch eine Frage?

Die Beba: Mir fällt nichts ein. Hast du noch Fragen?

Herr Turin: Drei.

Die Beba: Drei. Um Himmels willen!

Herr Turin: Weißt du noch, was der Malleolus ist?

Die Beba: Der Fußknöchel. Prüfst du mich jetzt? Nächste Frage.

Herr Turin: Wie ist das Leben einer Dame ohne Handtasche?

Die Beba: Das kann ich dir nicht sagen, weil ich nicht weiß, wie das Leben mit Handtasche ist. Außerdem bin ich keine Dame. Ich bin die kleine Schwägerin, die immer die Drecksarbeit machen muss. Als die Nana gestorben ist, war das auch so. Alle haben über den Tod philosophiert und über das erfüllte Leben meiner Mutter und ihr romantisches Ende, und ich musste zur Bestattung gehen und Särge aussuchen und Urnen und ein Grab kaufen und die Leiche überstellen lassen.

HERR TURIN: Und die dritte Frage …
DIE BEBA: Antwort: Ja. Für mich war das offensichtlich viel mehr als für dich. Und ich hätte weitergemacht. Du hast gekniffen damals. Wenn du jetzt alles aussprechen willst, damit du das Gefühl hast, es ist erledigt – nein, für mich ist es nicht erledigt. Und ich verzeihe dir auch nicht. Niemals! Ich war achtzehn Jahre alt, Mensch. Achtzehn Jahre.

Herr Turin hasst es, wenn davon gesprochen wird, dass Menschen vor ihrem Tod noch alles regeln. Das kann nicht mehr als eine Floskel sein. Es gibt nichts zu regeln. Würde man beginnen, alles zu regeln, dann stünde man vor jahrelanger Arbeit. Turin dankt der Beba, und dieser Dank kommt von Herzen. Wieder gelingt es ihm nicht, nicht zu weinen. Die Beba klopft ihm drei Mal auf die Schulter, küsst ihn drei Mal auf die Wange und geht dann. Einmal dreht sie sich noch um.

DIE BEBA: Wenn du sterben willst, sollst du sterben dürfen. Aber wenn du dieses Mal nicht tot bist, bringe ich dich um.

Dann ist sie fort. Und wer sie kennt, weiß genau, dass sie es jetzt auf die Bars dieser Stadt abgesehen hat. Wenn du sterben willst, sollst du sterben dürfen, hat sie gesagt. Und? Will Herr Turin sterben? Wer kann das schon beantworten? Jedenfalls trinkt man Pentobarbital nicht, weil man an seinem kräftigen Körper, komplexen Bukett oder an seinem runden samtigen Abgang interessiert ist. Es hat Turin immer geärgert, wenn Säufer sich hinter Geschmacksbeschreibungen, Kenntnissen über Weinbau oder den Punktesystemen von Gourmetmagazinen verschanzt haben. Nichts da! Man trinkt Wein, um betrunken zu sein. Man trinkt Pentobarbital, um tot zu sein.

12. Die Zukunft wird morgen besser

Herr Kelemen sieht schlecht aus. Er liegt nun, die Beine ein wenig angezogen, auf der Seite. So hat Turin ihn noch nie liegen gesehen.

HERR TURIN: Herr Kelemen, würde es Ihnen etwas ausmachen, noch länger auf den Kater aufzupassen?

HERR KELEMEN: Ja – ja.

DUKAKIS: Du musst umgekehrt fragen, er sagt immer Ja.

HERR TURIN: Ich muss gehen, Herr Kelemen. Ein großartiger Scherz, nicht wahr: Ich muss gehen. Ich muss Ihnen übrigens einen Witz erzählen: Ein Toter kauft am Bahnhof eine Fahrkarte. Zum Friedhof, sagt er. Einfach oder retour?, fragt die Frau am Schalter.

HERR KELEMEN: Ja – ja – ja – ja.

DUKAKIS: Es ist doch so viel Zeit. Warum muss es schon im September sein?

HERR TURIN: Sieh mich doch an. Nächstes Jahr liege ich vielleicht schon herum wie der da.

HERR KELEMEN: Ja – ja – ja.

HERR TURIN: Es muss bald geschehen, sonst ist es zu spät.

DUKAKIS: Warum willst du nicht einfach auf den Tod warten? Warum musst du dich selbst einschläfern? Der Tod kommt doch von allein.

HERR TURIN: Hör jetzt auf.

DUKAKIS: Und unsere Vergangenheit? Die vielen Jahre, seit dein Vater mich gesehen hat, einen Tag nach meiner Geburt?

HERR TURIN: Es waren schöne Jahre. Aber ich bin zu müde, um nur an das Schöne zu denken. Früher dachte ich, mit sechzig werde ich dasitzen, eine Flasche

Wein aufmachen und mich an alles erinnern, was ich erlebt habe.

Dukakis: Das kannst du doch jetzt schon tun.

Herr Turin: Aber ich habe nicht gedacht, dass mich dabei diese unendliche Müdigkeit überkommt, die mich alle zehn Minuten einnicken lässt. Dass ich kaum mehr sehe, dass ich meine Beine nicht spüre, mit den Händen nur mehr tollpatschige Bewegungen machen kann, dass ich immer Angst haben muss, dass morgen alles schlimmer ist, dass ich diese Entzündungen habe und diese Hautausschläge, dass meine Pisse aus dem Bauch in einen Sack rinnt, dass ich ertragen muss, wie ein armes Mädchen meinen stinkenden Arsch reinigen muss, und mich für mein Aussehen, den Gestank meines Körpers und seine Unansehnlichkeit schämen muss.

Herr Kelemen: Ja.

Herr Turin: Passen Sie mir gut auf Schwester Nata auf, Herr Kelemen. Sie kennen doch Schwester Nata, nicht wahr? Sie ist sehr traurig.

Herr Kelemen: Ja.

Herr Turin: Und lassen Sie mir Ihre liebe Nichte grüßen.

Herr Kelemen: Ja.

Herr Turin: Und Sie werden immer gut für Dukakis sorgen?

Herr Kelemen: Ja.

Herr Turin: Sie könnten mir einen Gefallen tun, Herr Kelemen: Meine Frau hat zu Hause noch eine alte Zeitschrift, sie sagt, sie findet sie nicht mehr. Aber wenn Sie meiner Frau ins Gewissen reden, dann sucht sie bestimmt noch einmal genauer. Die Zeitschrift heißt *The Quayle Quarterly.*

HERR KELEMEN: Ja – ja – ja.

HERR TURIN: Dan Quayle war zwischen 1988 und 1992 Vizepräsident der Vereinigten Staaten. Wir Alten wissen das noch, aber die Jungen – keine Ahnung mehr. Heute wundern sie sich in den Nachrichten über amerikanische Neonazis. Aber auch John Hinckley war ein amerikanischer Neonazi.

DUKAKIS: Die amerikanischen Nazis sind die einzigen Nazis, die niemals besiegt wurden.

HERR KELEMEN: Ja – ja – ja – ja – ja.

HERR TURIN: Also, dieser Dan Quayle hat so dumme Sachen gesagt, dass ein amerikanisches Ehepaar sie gesammelt und vierteljährlich herausgegeben hat. Es war damals sehr schwer, an diese Zeitschrift zu kommen. Abonnenten aus aller Welt haben sie bestellt. Es war kompliziert, Dollar nach Amerika zu überweisen, und ich weiß noch, dass das Porto mehr gekostet hat als die Zeitschrift. Dukakis, er liebt diese Zeitschrift! Und wenn er Ihnen ein wenig lästig wird, dann geben Sie ihm *The Quayle Quarterly*, er liest stundenlang darin.

DAN QUAYLE: Nicht die Verschmutzung schadet unserer Umwelt, sondern die Unreinheit unserer Luft und unseres Wassers.

DUKAKIS: 100 Punkte.

DAN QUAYLE: Für die Menschheit ist die Zeit gekommen, sich ins Sonnensystem zu begeben.

DUKAKIS: 200 Punkte.

DAN QUAYLE: Die Zukunft wird morgen besser.

DUKAKIS: 500 Punkte.

HERR TURIN: Und wegen Nata, Herr Kelemen: Drücken Sie doch einmal kurz ihre Brust!

Dukakis: 250 Punkte.

Herr Turin: Wenn Sie mir wenigstens einmal im Jahr ein Handyfoto von Dukakis schicken könnten? Wissen Sie, er ist jetzt fast neunundzwanzig Jahre alt, das ist sehr ungewöhnlich. Er redet viel, aber das ist ja nur gut für Sie. Sie haben sonst niemanden zum Reden. Ihre Nichte hört Ihnen wohl kaum zu.

Herr Kelemen:

Ja – ja – ja.

Sie haben uns doch ständig unterbrochen, früher in der Cafeteria, wenn Ihre Frau zu spät gekommen ist. Und dann haben Sie meine Nichte angequatscht, mit Ihren Geschichten von Amerika und Ronald Reagan und irgendwelchen Vizepräsidenten, die heute keiner mehr kennt und die lustige Dinge gesagt haben sollen. Und dann haben Sie uns einen lustigen Spruch nach dem anderen gesagt, und wir haben keinen einzigen davon lustig gefunden. Aber Sie sind noch immer nicht gegangen. Sie haben weitergeredet, und ich musste meiner Nichte immer zuzwinkern, um sie zu beruhigen. Er ist ein MSler, ein armer Kerl im Rollstuhl, dachte ich. Niemand hört ihm zu, außer dieser Kater, der schon lange tot ist oder den es nie gegeben hat. Also lass ihn, dachte ich. Er ist ein armer Wurm. Sogar seine Selbstmordversuche gehen alle schief. Und dann vergöttert er seine Frau. Weiß Gott, was man sich vorstellt, wenn er über sie spricht. Aber wenn sie dann kommt, ist man natürlich enttäuscht. Ja, sie hat ihre Figur gehalten. Sie ist nicht dick. Aber sonst. Sie lacht ja nie, sondern schweigt immer nur und hört sich geduldig seine Geschichten an. Wie alle anderen auch.

Herr Turin: Ich muss jetzt wirklich gehen, Herr Kelemen.

Herr Kelemen:

Ja – ja – ja – ja.

Nehmen Sie Ihren Kater ruhig mit! Rapid-Fans und Rolling-Stones-Fans sind mir immer suspekt gewesen. Ich hoffe, Sie haben keinen Schlaganfall, sonst kommen Sie am Ende auch zu uns auf die Station. Dann kann ich mir wieder jeden Tag diesen Mist anhören. Die arme Gerlinde Ditscheiner hat den Fernsehapparat im Sozialraum immer ganz laut aufgedreht, damit sie Sie nicht hören muss. Verschwinden Sie und lassen Sie mir die Schweiz schön grüßen! Dort können Sie vom Wunder von Bern erzählen und von der Hitzeschlacht von Lausanne. Dort wird man Ihre Monologe ohnehin nicht verstehen. Wegen der gemeinsamen Sprache.

Herr Turin: Ich wünsche Ihnen alles Gute, Herr Kelemen.

Herr Kelemen: Ja – ja – ja.

Dukakis: So ein alter Trottel. Ich verstehe nicht, warum du ihn so oft besuchst. Er ist kaum auszuhalten.

Herr Turin: Er war schon immer ein Trottel. Jetzt ist er ein Trottel, der einen Schlaganfall hatte.

Achter Teil

Nach Hause fahren wir

1. Spätsommertag

Am 5. September hat Herr Turin einen Termin in Zürich. Es wurde ihm mitgeteilt, dass vor der FTB zwei ärztliche Konsultationen nötig seien. Der erstmögliche Termin ist daher der 6. September. Turin wurde gefragt, ob er schlucken könne.

Um 03:30 Uhr rufe ich die Schwester. Erst eine Viertelstunde später kommt Jessy, sie sieht verschlafen aus. Als ich ihr erkläre, dass sie mich in den Rollstuhl setzen soll, weil ich nicht mehr liegen kann, widerspricht sie nicht, sondern tut, was ich will. Ich warte, bis sie weg ist. Die kleine Stofftasche mit meinem Reisepass, ein wenig Kleidung und den Medikamenten liegt bereit. Ich habe genug Bargeld und meine Bank- und Kreditkarte dabei. Nun noch der Ausgangsschein. Ich habe ein Schreiben in meinem Nachtkästchen hinterlassen.

Es ist bereits 03:49 Uhr, ich muss mich beeilen. Ich verabschiede mich vom Bodhibaum; fünfzehn Jahre ist er jetzt alt, die einzige Pflanze, die mir in meinem Leben irgendetwas bedeutet hat. Das Tablet bleibt hier, es wäre unnötiger Ballast. Nun muss ich sehen, dass ich zum Lift komme, ohne dass die Nachtschwestern mich bemerken. Ich öffne die Tür, dann stelle ich mich in den Türstock und klopfe mit der flachen Hand drei Mal lautlos dagegen. Ich habe Herzklopfen, als ich auf den Gang hinausfahre. Ich versuche, nirgends anzuschlagen, und rolle den Korridor entlang. Wenn der Lift ankommt, ertönt das Signal, das ich Tausende Male gehört habe. Heute habe ich Angst, dass es jemanden auf mich aufmerksam macht. Unten in der Eingangshalle ist niemand. Ich habe einen zweiten Ausgangsschein ausgefüllt, auf dem 04:00 Uhr statt 09:00 Uhr steht. Denn der Nachtwächter muss mir die Tür nach draußen öffnen, die in der Nacht versperrt ist. Als ich bei der Tür ankomme, öffnet sie sich aber automatisch.

Elisabeth Keller steht schon da, die Hebebühne des Vans ist bereits nach unten gefahren. Alles geht schnell. Es ist vereinbart, dass sie den Wagen bis zu einer bestimmten Tankstelle fährt. Dort wartet Katharina, Elisabeth steigt aus und Katharina fährt weiter. Katharina soll keinesfalls vor dem Heim gesehen werden. Um 07:00 Uhr wird die Beba im Heim anrufen und erklären, dass sie mich schon abgeholt habe, weil ich nicht schlafen konnte. Da ich den Wagen, der sehr geräumig ist, schon kenne, bin ich schnell in das Auto geladen, und wir fahren los. Mir fällt nicht ein, was ich zu Elisabeth sagen könnte. Ihr scheint es ebenso zu gehen. Es ist gut, dass es noch dunkel ist.

Ich: Sie brauchen das Auto hoffentlich nicht für Ihren Sohn.

Elisabeth Keller: Mein Sohn ist zwei Wochen in einem Sommercamp.

Nach einigen Minuten fährt Elisabeth von der Straße runter und hält an einer Tankstelle. Sie stellt den Motor ab. Elisabeth nimmt das Mobiltelefon zur Hand und tippt. Wenig später klopft es gegen die Fensterscheibe an der Fahrerseite. Elisabeth steigt aus, die Heckklappe wird geöffnet, Taschen werden verstaut. Dann steigt Katharina ein.

Katharina Payer: Ich hoffe, ich kann diese Gangschaltung bedienen.

Die Fahrertür wird von außen zugeworfen. Elisabeth Keller klopft an die hintere Scheibe, hebt die rechte Handfläche und winkt mir. Ich winke zurück.

Katharina Payer: Guten Morgen, mein Lieber. Wir müssen los! Du hast nicht gerade die talentierteste Fahrerin erwischt.

Ich: Ich muss dich etwas fragen.

Katharina Payer: Muss nicht eigentlich ich dich etwas fragen?

Ich: Und zwar?

Beide: Bist du sicher, dass du fahren willst?

Dan Quayle: Wenn wir keinen Erfolg haben, besteht das Risiko des Versagens.

Dann wird lange nicht mehr gesprochen. Erst als wir schon auf der Autobahn sind, geht die Sonne auf. Es wird ein schöner Spätsommertag werden, wolkenlos, heiß, ideal für eine Ausfahrt mit dem Motorrad. Irene wird mich wieder darum bitten, nicht über die Autobahn zu fahren, oder zumindest nur ein kurzes Stück. Und einer oder eine aus der Gruppe hat bestimmt wieder den Reisepass zu Hause vergessen. Kurz vor der Grenze verlieren wir dann die anderen, damals hat noch niemand ein Handy. Irene und ich fahren zu einem kleinen Winzer in der Südsteiermark, wo es den Rivaner gibt, der manchmal auch Müller-Thurgau genannt wird. Wie immer die große Show, wenn Irene die Motorradjacke auszieht und eine Dame zum Vorschein kommt. Wir sitzen auf alten Holzbänken unter einem Baum.

Irene Turin: Was ist das für ein Baum?

Ich: Das fragst du mich? Ich kann doch keine Baumarten unterscheiden.

Irene Turin: Vielleicht gibt es hier Gästezimmer, und wir können über Nacht bleiben.

Ich: Das wäre schön, aber … der Kater …

Irene Turin: Ach ja, der Kater.

Dukakis: Und wo war der Kater, als ihr drei Wochen in Burma auf Urlaub wart?

Ich: Gute Frage. Wo war Dukakis, als wir in Burma waren?

Irene Turin: Er war bei der Nana.

Ich: Richtig. Du warst bei Irenes Mutter.

Irene Turin: Und wie hieß der Ort, wo wir den kleinen Holzbuddha gekauft haben, den dieses Mädchen geschnitzt hat?

Ich habe mich vom Bodhibaum verabschiedet, aber den Holzbuddha nicht mitgenommen. Wahrscheinlich wird nach meinem Tod eine Schwester das Bäumchen nach Hause nehmen. Aber ihr Mann wird finden, dass die Holzstatue nicht dazu passt und sie wird in irgendeiner Kiste verschwinden oder im Müll landen.

Katharina Payer: Bist du wach?

Katharinas Stimme klingt anders als sonst.

Ich: Leider.

Katharina Payer: Woran denkst du?

Ich: Ach, Katharina, ich denke immer an dich. Immer an dich, mein hübsches Kind.

Katharina Payer: Du lügst.

Ich: Das hat Horst Keller über dich gesagt: Katharina ist ein hübsches Kind, ein hübsches Kind.

Katharina Payer: Als Kind habe ich meinen Vater beim Autofahren immer dasselbe gefragt.

Ich: Sind wir bald da?

Katharina Payer: Richtig.

Ich: Ich muss aufs Klo.

Katharina Payer: Genau. Und: Ich habe Hunger.

Ich: Mir ist schlecht.

Katharina Payer: Soll ich stehen bleiben?

Ich: Fährst du nicht ein bisschen zu schnell?
Katharina Payer: Hast du Angst?
Ich: Willst du mich umbringen?
Ich lache. Katharina lacht nicht.
Katharina Payer: Idiot!
Ich weiß nicht, ob Katharina mich oder einen anderen Autofahrer meint. Die Sonne scheint nun schon stärker, aber sie steht immer noch im Südosten. Den Holzbuddha hätte ich mitnehmen können und das Tablet auch. Vielleicht wird Jessy jetzt im Heim Herrn Turin suchen und nicht finden und dann Nata fragen, ob sie Herrn Turin gesehen hat. Aber Herr Turin ist nicht da. ~~Herrn Turin gibt es nicht mehr~~. Jetzt gibt es nur noch mich.
Katharina Payer: Du fragst mich gar nicht, was ich jetzt beruflich mache.
Ich: Was machst du jetzt beruflich?
Katharina Payer: Hast du deiner Frau Bescheid gesagt?

2. Milchrahmstrudel

Katharina kommt mit der Hebebühne nicht zurecht. Sie flucht, probiert mehrere Knöpfe und flucht wieder. Lange dauert es, bis sie meinen Gurt gelöst und mich befreit hat, und endlich gelingt es ihr, mich im Rollstuhl nach unten zu fahren. Jetzt erst sehe ich, was mir im Rückspiegel nicht aufgefallen ist: Katharina ist leicht geschminkt, das brünette Haar nicht zusammengebunden, sondern offen und auf eine Seite gekämmt. Sie ist schön, ich muss ihr das sagen. Sie tätschelt dafür meinen Kopf. Auch das braune Stoffkleid steht ihr gut. Unter ihren Achseln zwei große Schweißflecken.

KATHARINA PAYER: Jetzt Kaffee und Milchrahmstrudel.

Wir betreten die Raststätte und finden einen Platz am Fenster. Beide bestellen wir das Gleiche: Cappuccino und Milchrahmstrudel. Und es wäre eine schöne Pause geworden, hätte Katharina nicht sofort von Irene angefangen.

KATHARINA PAYER: Wie hat sie es aufgenommen?

ICH: Katharina, ich sage es ihr erst morgen. Ich wollte einen Tag gewinnen, damit …

Doch da geht ein Sturm los: Ungeachtet der Menschen an den anderen Tischen, ungeachtet des Themas beginnt Katharina zu brüllen.

KATHARINA PAYER: Ich habe es dir gesagt. Du musst dich verabschieden! Du musst! Du musst es ihr sagen! Ich habe es dir im Jänner gesagt und vor vier Wochen noch einmal.

Katharina schnappt nach Luft. Einige Menschen haben sich bereits zu uns umgedreht. Bestimmt kommt gleich die Polizei, und dann ist alles aus. Zuerst aber kommt der Kaffee. Als der Kellner weg ist, geht es wieder los.

Katharina Payer: Es geht so nicht. Ich fahre nicht.

Dan Quayle: Ich verdiene Respekt für alles, was ich nicht getan habe.

Ich: Wie soll ich das machen? Das Gespräch kann Stunden dauern. Vielleicht Tage.

Katharina Payer: Dann dauert es eben Tage.

Ich: Sie weiß es ohnehin. In Wahrheit weiß sie es.

Katharina Payer: Das kannst du jemand anderem erzählen. Ich fahre nicht weiter, bis du es ihr erzählt hast.

Vom Milchrahmstrudel esse ich keinen Bissen. Katharina wartet lange und beginnt dann zu essen. Gnadenlos.

Katharina Payer: Was erzählst du ihr denn, wer dich hinfährt?

Ich: Ich sage, ich fahre mit Uber.

Katharina Payer: Uber? Das gibt es doch nur in der Stadt.

Ich: Vielleicht mit der Mitfahrzentrale, was weiß ich …

Katharina Payer: Was hast du denn im Heim erzählt?

Ich: Sie glauben, dass ich bei Irenes Schwester bin.

Katharina Payer: Deine Schwägerin belügt ihre Schwester?

Ich: Sie hilft mir, einen Tag zu gewinnen, damit es für meine Frau nicht so schwer ist. Damit sie nicht denkt, sie könnte noch eingreifen. Das musst du doch verstehen!

Katharina Payer: Da draußen auf der Terrasse, siehst du, da ist niemand. Da fährst du jetzt raus und rufst sie an. Und wenn du es ihr gesagt hast, fahren wir weiter.

Fast siebzig Minuten (69 Minuten und 11 Sekunden) dauert das Telefongespräch mit Irene. Am Ende muss ich auflegen, es geht nicht anders. Irene hätte das Gespräch

niemals beendet. Vor und nach dem Anruf nehme ich zwei Schmerztabletten und zehn Tropfen Psychopax. Als ich zu Katharina zurückkehre, sitzt sie unbeeindruckt da.
KATHARINA PAYER: Alles gut?
ICH: Fahren wir, sonst kommen wir zu spät.
KATHARINA PAYER: Das hier geht auf deine Kappe, mein Lieber.
ICH: Ist gut. Und jetzt will ich nicht mehr darüber reden, ist das klar?
Wieder drehen sich Menschen nach uns um.
ICH: Ruf den Kellner! Ich bezahle.
KATHARINA PAYER: Man muss zum Shop und dort zahlen.
ICH: Dann gehen wir jetzt zum Shop.
KATHARINA PAYER: Sag mir eines: Was ist die Schwester deiner Frau von Beruf?
ICH: Ärztin. Anästhesistin.
KATHARINA PAYER: Hat sie dir damals die Tabletten besorgt? Als du dich umbringen wolltest?
ICH: Das geht dich nichts an. Wir gehen.
KATHARINA PAYER: Ich muss noch auf die Toilette.
Ich weiß nicht, was geschehen wird, wenn wir wieder im Auto sind, in welche Richtung Katharina fahren wird. Ich weiß nicht, ob sie der Mut verlassen hat oder ob sie alles so lange verzögern wird, bis es sich nicht mehr ausgeht. Das wäre für sie eine gute Möglichkeit, doch noch auszusteigen. Ich wäre ihr deshalb nicht einmal böse. Doch ich will endlich weiter. Ich bin nicht auf dieser Raststätte, um hier zu sterben.
Lange warte ich im Shop auf Katharina. Ich betrachte das Angebot: Souvenirs, Wasserflaschen, Schokoriegel, Schlüsselanhänger, Pannendreiecke, Straßenkarten,

Miniaturschnapsflaschen, Mozartkugeln. Und dann ein Holzregal, auf dem Kaffeetassen mit Vornamen stehen, alphabetisch geordnet. Dort finde ich auch *Katharina, die Reine*. Ich möchte die Tasse kaufen, aber sie hängt zu hoch oben auf dem Regal. Ich kann sie vom Rollstuhl aus nicht erreichen.

3. Fußspezialitäten

Nach einer achtstündigen Autofahrt sind wir an der richtigen Adresse angekommen. Dort habe ich drei Stunden lang auf meinen Termin gewartet. Ich war mir sicher, es würden sich Komplikationen ergeben, man würde mir erklären, ich müsse noch einmal kommen. Katharina müsste mich zurückfahren, und ich würde das Heim nie wieder verlassen dürfen. Wenn ich untertags eingenickt bin, hatte ich immer denselben Tagtraum: Man erklärt mir, dass die Sache komplizierter sei, als ich mir das vorstelle, und dass man mich nicht nach einem kurzen Gespräch zur FTB zulassen könne. Doch in einem etwa halbstündigen Gespräch wird alles geklärt. Ich bekomme einen Zettel mit einer Adresse. Und einen Termin: morgen, um 10:00 Uhr vormittags.

Katharina hat nicht gewartet. Sie war schon im Motel, um einzuchecken. Man sieht ihr die Müdigkeit an: die lange Fahrt, die endlosen Diskussionen und jetzt auch noch die Suche nach unserer Unterkunft. Katharina gibt mir die Zutrittskarte.

KATHARINA PAYER: Wir haben ein Doppelzimmer.

Ein Doppelzimmer, eigenartig. Ich hatte es mir anders vorgestellt, aber warum eigentlich? Katharina muss mich ja zu Bett bringen und morgen wieder in den Rollstuhl setzen.

KATHARINA PAYER: Alles in Ordnung?

ICH: Ja. Morgen um 10:00 Uhr.

KATHARINA PAYER: Wieder hier?

ICH: Nein, eine andere Adresse. Hier ist der Zettel.

Katharina macht mit dem Mobiltelefon ein Foto von meinem Zettel.

Ich: Warum fotografierst du den Zettel?

Katharina Payer: Ich schicke das Foto der NSA. Nein, im Ernst: Was ist, wenn der Zettel verloren geht? Dann wissen wir die Adresse nicht mehr.

Ich: Du könntest die Adresse gleich im Navi einspeichern.

Katharina Payer: Du hast recht. Aber ich weiß nicht, wie man sie dann wieder löscht. Dann wissen die Kellers, wo wir waren.

Ich: Entschuldige, du bist müde. Es tut mir leid.

Katharina Payer: Ich bin vor allem hungrig.

Katharina fährt los. Sie biegt drei oder vier Mal ab, und schon sind wir da.

Ich: Das ging aber schnell.

Katharina Payer: Das Motel ist gleich hier. Wolltest du ein Fünfsternehotel im Zentrum?

Ich: Ist schon in Ordnung. So spare ich wenigstens ein bisschen Geld für schlechtere Zeiten.

Katharina Payer: Wenn du willst, können wir wieder nach Hause fahren.

Ich: Du kannst heute nicht mehr fahren.

Katharina Payer: Es gibt auch einen Autozug nach Wien.

Wir müssen bleiben: Was ich heute geschafft habe, schaffe ich an keinem Tag meines Lebens mehr. Ich kann mir nicht vorstellen, dass ich morgen genug Kraft habe, dass man mir morgen Pentobarbital servieren wird. Und ich weiß nicht, ob ich es trinken werde. Aber Katharina und ich müssen jetzt in dieses Motel. Es gibt keine andere Wahl.

Katharina Payer: Wir können mit dem Autozug nach Hause fahren.

Ich: Wir fahren ja nach Hause. Und jetzt will ich nicht mehr darüber sprechen. Bist du sicher, dass du mit mir in einem Doppelzimmer übernachten willst? Was ist, wenn ich schnarche?

Katharina Payer: Ich bin so hungrig, ich könnte meinen eigenen Fuß aufessen.

Ich: Gibt es hier ein Restaurant mit Fußspezialitäten?

Katharina Payer: Ich bringe dich aufs Zimmer, dann gehe ich für uns einkaufen.

Kurz denke ich, Katharina würde am liebsten flüchten. Ich würde verstehen, wenn sie unter dem Vorwand, einkaufen zu gehen, verschwinden würde. Ich verstehe alle, die weglaufen, ich würde ihr das nicht übel nehmen. Und irgendein Taxi würde mich morgen schon zu meiner Adresse bringen.

Ich: Du kannst jederzeit fahren, wenn du willst.

Katharina Payer: Was? Ich lasse dich doch jetzt nicht allein.

Ich: Wenn du es nicht mehr aushältst, dann fahr.

Katharina Payer: Ich möchte nur essen, das ist alles.

Noch einmal werde ich aus dem Van geladen. Das vorletzte Mal in meinem Leben.

Katharina Payer: Kann ich dir etwas mitbringen?

Ich: Ich esse, was du isst. Aber mir fällt noch etwas ein.

Katharina Payer: Was?

Ich: Ich möchte, dass du mir morgen zum Abschied etwas schenkst.

Katharina Payer: Was denn?

Ich: Ich möchte ein getragenes Kleidungsstück von dir: T-Shirt, Unterhose, BH, ganz egal. Dann kann ich einmal noch daran schnuppern. Obwohl ich eigentlich nichts mehr rieche, brauche ich deinen Geruch.

Und jetzt bring mich hinauf. Du musst etwas essen, sonst bringst du mich noch um mit deiner schlechten Laune.

4. Das Vulkantrauma

Ich stehe mit dem Rollstuhl in diesem Motelzimmer und kann nur wenige Zentimeter vorwärts und rückwärts fahren – das riesige Doppelbett ist im Weg. Katharina kommt mit drei großen Einkaufstaschen zurück. Sie entschuldigt sich dafür, dass es so lange gedauert hat. Sie hat zwei Flaschen Sauvignon blanc gekauft und zeigt sie mir.

ICH: Wie wirst du ihn denn kühlen? Und wie wirst du die Flaschen öffnen?

KATHARINA PAYER: Jetzt habe ich aber genug von deiner permanenten Kritik.

Katharina öffnet die Minibar und versucht vergeblich, die Weinflaschen hineinzulegen. Sie muss zuerst den gesamten Inhalt des kleinen Kühlschranks ausräumen, damit eine Flasche Platz hat. Fluchend verlässt sie das Zimmer. Ich fahre inzwischen mit dem Rollstuhl gegen das Bett und dann wieder ein paar Zentimeter zurück, bis mein Hinterkopf die Wand berührt. Katharina kommt wieder und schwenkt triumphierend einen Korkenzieher. Sie entkorkt die erste Flasche.

KATHARINA PAYER: Du musst diesen Käse kosten.

Erst jetzt bemerkt sie, dass ich nicht um das Bett herum zu dem Tischchen fahren kann, auf dem sie das Essen ausgebreitet hat. Katharina räumt alles wieder ab, trägt das Tischchen auf meine Seite des Bettes und deckt den Tisch noch einmal. Wir sitzen schweigend und essen. Für den Wein hat Katharina zwei Plastikbecher in Form von Weingläsern gekauft. Ich nehme den ersten Schluck, der Wein ist viel zu warm.

KATHARINA PAYER: Wie schmeckt es?

Ich: Ausgezeichnet. Nehmen wir den Wein aus dem Kühlschrank?

Meine größte Angst ist, dass Katharina mich so sehen muss wie die Schwestern im Heim. Damit es nicht dazu kommt, habe ich Imodium genommen. Ich werde eben mit ein oder zwei Kilo mehr sterben. Dieses Extragewicht nehme ich mit in den Sperrholzsarg, in dem ich eingeäschert werde.

Katharina Payer: Woran denkst du?

Ich: Ich denke an den Sperrholzsarg, in dem ich eingeäschert werde.

Katharina Payer: Möchtest du dich hinlegen?

Katharina bringt mich ins Bett. Schon zwei Gläser Wein haben mich müde gemacht. Katharina bleibt noch am Tisch sitzen und spricht darüber, wie eigenartig es ist, ein Doppelzimmer mit jemandem zu teilen. Ich erzähle ihr die Geschichte von Lena und mir, und Katharina muss lachen.

Katharina Payer: Als ich fünfzehn war, habe ich mit meinen Eltern eine Reise durch China gemacht. Einmal haben wir eine Strecke über Nacht in einem Schlafwagen zurückgelegt, zwei Personen pro Abteil. Da alle anderen Mitglieder unserer Gruppe Paare waren, sollte ich das Abteil mit der Reiseleiterin teilen. Sie hieß Christin, eine junge Frau von dreißig Jahren, und war oft den Avancen der Männer ausgesetzt. Sie war wunderschön, schwarzes Haar, dunkle Augen, aber sie hatte auch einen nervösen Tic. Immer wieder drehte sie die Augen zur Seite und blinzelte dabei, wobei sich ihr Gesicht ein wenig verzog. Meine Mutter behauptete nach der Reise, der Tic habe sich auf der Reise auf mich übertragen. Als wir schlafen gingen, fragte Christin, ob sie neben mir auf meiner Liege schlafen dürfe. Ich erlaubte es ihr. Sie legte sich zu mir, umschlang mich mit den Beinen und hielt mich fest. Ich erwartete in der Nacht eine weitere Annäherung von ihr, doch Christin schlief sofort ein und erwachte erst morgens, als der Schlafwagenschaffner an die Abteiltür klopfte. Schnell sprang sie aus meiner Liege und kletterte über die Leiter in ihre eigene. Da bemerkte ich, dass mein Bein, dass das ganze Leintuch unter mir nass war. Christin war Bettnässerin. Ich sagte nichts und warf das Bettzeug und meine Pyjamahose nach dem Aufstehen in den dafür vorgesehenen Wäschesack. Bis heute glaubt meine Mutter, ich hätte die Hose damals im Schlafwagen vergessen, dabei habe ich sie absichtlich in den Wäschesack gesteckt. Ich empfand keinen Ekel, ich fand es eigentlich schön. Zugleich fühlte ich mich ab diesem Zeitpunkt der Reise wie Christins Mutter. Ich verteidigte sie, wenn sie kritisiert wurde, und brachte ihr Tee, wenn sie müde war. Gerne wäre ich noch einmal mit ihr im Schlafwagen gefahren, aber es kam nicht mehr dazu.

Ich habe die ganze Zeit zugehört. Nicht die Erzählung, sondern Katharinas gleichmäßiger Ton hat mich beruhigt. Ich glaube, ich brauche am Abend keine schmerzstillenden Tabletten mehr. Katharina schreibt konzentriert in ihren Kalender.

KATHARINA PAYER: Schau, der Kalender, den du mir geschenkt hast. Ich benutze ihn immer noch.

ICH: Ich hätte dir den für 2018 auch gleich kaufen sollen.

KATHARINA PAYER: Hast du dir den Film je angeschaut?

ICH: Welchen Film?

KATHARINA PAYER: *Königin der Berge.*

Ich: Ich habe es mehrmals versucht, aber ich bin jedes Mal eingeschlafen. Es muss auch für das nächste Mal noch etwas bleiben.

Katharina Payer: Für das nächste Mal?

Ich: Als ich ein Kind war, war ich mit den Eltern in Sizilien. Die Reisegruppe fuhr zum Krater des Ätna, doch weil die Fahrt extra kostete, beschloss meine Mutter, dass wir das Geld lieber sparen und nicht mitfahren.

Katharina Payer: Das ist also das berühmte Vulkantrauma.

Ich: Genau. Als die anderen zurückkamen und von der Lava erzählten und wie ein weggeworfenes Stück Papier darin sofort in Flammen aufgegangen war, begann ich zu weinen. Ich hätte das alles auch gerne gesehen, und je ausführlicher die Schilderungen wurden, desto mehr weinte ich, ich konnte mich nicht mehr beruhigen. Und mein Vater sagte: Es muss noch etwas bleiben für das nächste Mal.

Später legt Katharina sich ins Bett. Sie liegt neben mir, vielleicht dreißig Zentimeter entfernt. Wahrscheinlich riecht sie nach Wein und Käse. Wahrscheinlich würde das jeden anderen Menschen stören. Mich stört es nicht. Katharina ist so schön wie noch nie, so rein wie noch nie.

Ich: Ich möchte auch eine Christin.

Katharina Payer: Ich glaube, du hast andere Vorlieben.

Ich: Zum Beispiel?

Katharina Payer: Nein. Nicht mich fragen. Sag es, sag es einfach.

Ich: Was denn?

Katharina Payer: Sag es!

Ich: Deine Brüste halten. Nur kurz.

Schnell schlüpft Katharina aus ihrer Bluse. Sie trägt ein

kurzes, hauchdünnes Oberteil und steckt meine Hand darunter. Da sind sie. Es ist halbdunkel im Zimmer, ich sehe nichts. Einmal darf ich noch etwas spüren. Doch Katharina nimmt meine Hand und führt sie weiter nach unten, dorthin, wo sie sie haben will. Meine Fingerkuppen sind viel zu rau für eine so weiche Stelle. Ein leises Seufzen entkommt Katharina. Ich habe geglaubt, ich habe alles vergessen, aber man vergisst es nicht. Katharina führt meine Hand, bis es so weit ist. Danach lege ich meine Hände wieder auf ihre Brust. Ein Schlafwagen durch China wäre jetzt natürlich etwas anderes, aber ich habe eine ganze Nacht lang Zeit, um diese Brust zu ertasten. Ich bin froh, dass es dunkel ist. Dass Katharina meine Tränen nicht sehen kann. Katharina ist eingeschlafen. Oder sie tut nur so.

5. Parkplatz

Warum denke ich immer noch, dass Katharina mich vom letzten Schritt abhalten will? Das Haus, vor dem wir stehen, sieht aus wie ein normales Einfamilienhaus. Alles hier ist sauberer, leerer, deprimierender als zu Hause. Es ist, als wäre nach einer riesigen Katastrophe, einer großen Depression Stille eingekehrt. Man darf nicht darüber sprechen, aber jeder denkt bestimmt dasselbe: Hier fehlen Dreck, Geschrei, Menschen, Durcheinander. Doch wir sind richtig. Eine Frau kommt aus dem Haus und winkt uns. Die Frau, die ich gestern schon kennengelernt habe. Sie lächelt.

Katharina ist heute besonders blass, die Haut unter ihren Augen wirkt leicht geschwollen. Ich habe so viele Menschen kennengelernt in meinem Leben, und ich habe versucht, sie mir alle zu merken. Unter all diesen Menschen ist Katharina einzigartig. In zwanzig Jahren wird sie nicht mehr so begehrt sein. Sie wird übergewichtig sein und ein wenig müde. Alles, was ihr jetzt noch nicht zusetzt, wird sie belasten. Auch das, was sie heute tut.

ICH: Willst du mir nicht verraten, was Schwester Barbara damals über mich gesagt hat, als du sie geohrfeigt hast?

KATHARINA PAYER: Das bleibt fürs nächste Mal.

ICH: Schade.

KATHARINA PAYER: Ja, wirklich schade. Du musst sterben und kennst zwei Geheimnisse nicht.

ICH: Was ist das zweite?

Katharina steht hinter mir, sie hält meine Schultern fest und drückt ihr Gesicht gegen meinen Kopf. Ich bitte sie, loszufahren, bis zur Grenze und über die Grenze, und nicht stehen zu bleiben. Ich spüre Katharinas Tränen, ich will, dass sie jetzt geht. Wahrscheinlich sind es nur Sekunden, aber sie vergehen nicht. Katharina gibt mir etwas in die Hand. Es ist das weiße Oberteil, das sie gestern getragen hat.

KATHARINA PAYER: Für dich.

ICH: Danke.

Ich stecke das Oberteil ein. Ich sage noch etwas, obwohl ich mir vorgenommen habe, es nicht zu sagen. Katharina weint daraufhin noch mehr. Ich drehe den Kopf zur Seite und drücke ihr einen Kuss auf die Nase, ich glaube, ich habe die Nase erwischt. Dann lege ich meine Hand auf den Joystick. Tatsächlich fahre ich, Katharina hat mich losgelassen. Die Frau, die vorhin aus dem Haus gekommen ist, steht nun neben mir. Ich sage ihr, dass ich noch ein kurzes Telefonat machen muss. Sie bittet mich ins Haus, aber ich will zuerst die Autotür hören und dass der Motor angeht und Katharina wegfährt. Warum dauert das so lange? Ich sage der Frau, dass ich das Telefonat hier erledige, sie solle mich in fünf Minuten abholen. Sie geht ins Haus, ich fahre mit dem Rollstuhl zum Eingang und drehe mich dann um. Ich schaue über den Parkplatz, der schwarze Van ist weg. Katharina ist weg.

Ich nehme das Mobiltelefon und schreibe Irene ein SMS. Wenige Sekunden später ruft sie an. Ich hebe ab.

IRENE TURIN: Keine Sekunde habe ich geschlafen. Ich sag dir was: Ich hole dich ab. Komm zurück, verbring noch ein Jahr mit mir, und dann fahre ich dich dorthin. Was sagst du dazu?

ICH: Wir haben das doch schon besprochen.

IRENE TURIN: Wie heißt sie denn?

ICH: Wer?

Irene Turin: Die Frau, die dich dort hingefahren hat.

Ich: Das kann ich dir nicht sagen. Ich habe es versprochen.

Irene Turin: Wie kann sie so etwas nur tun?

Ich: Sie ist mutig.

Irene Turin: Und ich bin nicht mutig?

Es entsteht eine lange Pause.

Irene Turin: Ich werde mir das restliche Leben Vorwürfe machen. Die ganze Nacht habe ich überlegt.

Meine Großmutter hätte gesagt: Die ganze Nacht habe ich *studiert*. Immer wieder fallen mir Wörter ein, die meine Großmutter gebraucht hat. Und jetzt fällt mir ein, dass nur ich mich an diese Wörter erinnere, denn ich war das einzige Enkelkind, und Kinder habe ich keine. Also werden diese Wörter vermutlich mit mir sterben. Vielleicht hätte ich Katharina in der Nacht davon erzählen sollen, und sie hätte es sich gemerkt oder in ihren Kalender geschrieben. Irene hat das alles bestimmt schon vergessen. Ich könnte sie jetzt noch darauf ansprechen, aber stattdessen will ich nur, dass sie endlich auflegt.

Irene Turin: Ich brauche dich.

Ich: Irene, du hast alles, was du brauchst. Du machst das. Du kannst nichts für meine Krankheit. Es gibt keinen Ausweg, aber es gibt dein Leben. Du brauchst mich nicht.

Irene Turin: Hast du wenigstens gefrühstückt?

Ich: Ich gehe jetzt frühstücken, dann rufe ich dich zurück. Ok?

Irene Turin: Ich hol dich ab. Schick mir die Adresse für das Navi.

Ich: Ich melde mich in einer halben Stunde wieder.

Ich lege auf. Dann schalte ich das Mobiltelefon aus. Auf dem Parkplatz befindet sich eine Mülltonne.

6. Zugluft

Ich habe während der letzten zwei Tage versucht, niemanden, der sich mir hier vorgestellt hat, weiter zu beachten. Ich habe ihnen allen zugehört, ihre Fragen beantwortet, ihre Hände geschüttelt, aber ich wollte mir weder ihre Namen merken noch irgendwelche Eigenarten an ihnen feststellen oder mir gar ihre Züge einprägen. Das Schwesternalphabet ist abgeschlossen. Ich bin jetzt seit dreißig Stunden weg vom Heim, und schon sind Nata, Jessy und Barbara so weit weg, als wären es Menschen, die ich vor zwanzig Jahren gekannt habe. Ich erinnere mich noch an Katharina, die mich vor wenigen Minuten auf dem Parkplatz zurückgelassen hat. Ich hoffe, dass sie fährt und fährt und ohne Pause fährt, zur Grenze und dann immer weiter. Einen Stopp wird sie bestimmt machen, aber keinen Milchrahmstrudel essen. Heute nicht.

Ich versuche, zu der Dame, die mich nun in die kleine Wohnung bittet, freundlich zu sein. Sie lächelt. Ich sage, dass ich ausgeschlafen bin. Und dass ich bereit bin. Dass ich nicht sprechen und keine Musik hören möchte. Sie führt mich in das Zimmer.

Der Sauvignon blanc hat mir nicht geschmeckt. Beim letzten Abendmahl ist der Wein wohl nicht so wichtig. Im Grunde deines Herzens bist du doch ein Katholik, würde Irene jetzt sagen. Leider vertrage ich Wein gar nicht mehr. Wie schade, Katharina hat es gut gemeint. Ich denke an die Beba. Und immer wieder denke ich daran, wie es heute wäre, wenn alles anders gekommen wäre.

Es stört mich, dass die Tür zum Nebenzimmer ausgehängt ist und eine Plastikplane in den Türstock geklebt wurde. Da in beiden Zimmern die Fenster geöffnet sind, bewegt sich die Plastikplane in der Zugluft. Die Plane raschelt in einem fort. Die Frau scheint das zu bemerken und fragt mich, ob sie das Fenster schließen soll, aber ich schüttle den Kopf. Draußen hat ein Tag begonnen, ein Tag, an dem ich in jungen Jahren bedauert hätte, nicht mit dem Motorrad unterwegs zu sein, sondern Rechner zu installieren oder Büroarbeit zu machen. Jetzt bewegt sich die Plastikplane nur ganz leicht, sie raschelt nicht. Dann kommt wieder ein stärkerer Luftzug. Ich nehme Katharinas Oberteil und vergrabe mein Gesicht darin.

Die Frau hilft mir vom Rollstuhl ins Bett. Tausende Male haben wir das im Heim gemacht. Die quer gestellten Füße, das Hochziehen, die Drehung um neunzig Grad, und schon sitze ich auf dem Bett. Zwar habe ich zwei Kissen im Nacken, doch ich liege unangenehm tief. Das kleine Tischchen vor mir ist leer. Die Frau bringt einen Becher. Sie stellt ihn auf meine rechte Seite zu meiner rechten Hand. Ich beantworte ihre Frage, dann bitte ich sie, den Raum zu verlassen. Sie geht und will die Tür schließen.

ICH: Könnten Sie bitte einen Spalt offen lassen?

Die Plastikplane bläht sich für ein paar Sekunden wieder ganz auf. Noch einen Becher muss ich austrinken, einen Becher, so klein, mit so wenig Flüssigkeit, dass es mir keine Schwierigkeiten bereiten sollte. Ich habe in meinem Leben schon größere Becher in einem Satz ausgetrunken. Die Flüssigkeit ist trüb, Veltliner ist es keiner. Ich liebe Irene. Irene. Irene. Irene. Und wie das mit diesem Uber funktioniert, weiß ich noch immer nicht.

Ich danke Daniela Jungmeyer, Dr. Werner Seel, den Pflegerinnen und Pflegern, Mitarbeiterinnen und Mitarbeitern und Zivildienern der Caritas Socialis (Oberzellergasse, Wien), Robert Meran und Monika Klengel, ohne die dieser Roman nicht entstanden wäre.

DANIEL WISSER
Löwen in der Einöde

Roman, 978-3-99027-095-0

Zum Weinen komisch, zum Lachen traurig: Wer ein Held sein will, sollte den richtigen Moment nicht verpassen!

Ich habe viel gelacht. So ein trauriges Buch. Und wie klar und räumlich einem die Welt dabei wird, fast wird man selbst durchsichtig beim Lesen.

Clemens Setz

Daniel Wisser zeigt uns eine Figur, die – anstatt die Gegenwart zu begreifen – die Vergangenheit vorausahnt. Und das so, dass man meint, die 70er- und 80er-Jahre (obwohl man sie selbst erlebt hat) erst durch das Lesen dieses Romans verstanden zu haben.

Franz Schuh

Daniel Wisser ist Musiker und Schriftsteller, einer der eigenwilligsten Künstler seiner Generation. Mit seinem neuen Roman »Löwen in der Einöde« ist ihm eine lakonisch-melancholische Hommage auf das kleine Leben gelungen.

Katja Gasser, ORF

Auch in seinem vierten Roman versteht es Wisser, Schalk und Ernst, Humor und kluges Erzählen zu verbinden, vielstimmig Fabulier- und Rätsellust, Beobachtungspräzision und unprätentiösen Realismus zu mischen.

Wolfgang Paterno, profil

Daniel Wisser ist mit »Löwen in der Einöde» ein kunstvoller, intelligenter und kurzweiliger Roman gelungen. Und ohne viel verraten zu wollen, ist das Ende das traurigste Ende überhaupt.

Daniel Grabner, FM4